U0113176

王荆文公詩箋註

修訂版

二

〔宋〕王安石 著
〔宋〕李 壁 箋注
高克勤 點校

上海古籍出版社

王荊文公詩卷第十二

古詩

孔子

聖人道大能亦博，學者所得皆秋毫。史記：「顏子曰：『夫子之道至大，故天下莫能容。』」語：「大哉孔子，博學而無所成名。」○退之送王塤序：「吾常以夫子之道大而能博問，弟子不能獨觀而盡識，此故學焉，而皆得其性之所近。」雖傳古未有孔子，蠛蠓何〔一〕足知天高。公孫丑章：「子貢曰：『自生民以來，未有夫子者也。』」如公言，則子貢爲蠛蠓耶？○莊子田子方篇：「孔子見老聃，告顏回曰：『丘之於道也，其猶醯雞與？微夫子之發吾覆也，吾不知天地之大全也。』」注云：「醯雞者，甕中之蠛蠓。」桓魋武叔不量力，欲樹一草搖蟠桃。桓魋欲殺孔子，叔孫武叔毀仲尼，猶蚍蜉而撼大樹。顏回已自不可測，至死鑽仰忘身勞。言顏回所造已深，於夫子猶有高堅之歎。

【校記】

〔一〕「何」，宮内廳本作「豈」。

揚雄三首〔一〕

孔孟如日月，委蛇在蒼旻。光明所照曜〔二〕，萬物成冬春。語：「仲尼，日月也。」言聖人之道大如日月，行乎天而萬物以成，四時以遂。揚子出其後，仰攀忘賤貧。李白詩：「杳出霄漢上，仰攀日月行。」衣冠眇〔三〕塵土，文字爛星辰。山谷詩：「誰知藍縷底，明月弄寒江。」歲晚天禄閣，强顔爲劇秦。雄劇秦美新，見於文選。注云：「雄仕莽朝，見莽數害正直之臣，恐己見危，故著此文，以秦酷暴之甚，以新室爲美，將悦莽意，求免於禍，非本情也。」曾南豐論雄云：「至於美新之文，則非可已而不已者。若可已而不已，則鄉里自好者不爲，况若雄者乎？且較其輕重，辱於仕莽爲重矣。雄不得而已，則於其輕者，其得已哉？箕子至辱於囚，奴而就之，則於美新，安知其不爲而爲之？亦豈有累哉？不曰堅乎？磨而不磷。」曾之言如此，君子不皆以爲是也。○程明道云：「漢儒之中，吾必以揚子爲賢。然於出處之際，不能無過也。其言曰：『明哲煌煌，旁燭無疆。孫于不虞，以保天命。』『孫于不虞』則有之，『旁燭無疆』則未也。光武之興，使雄不死，能免誅乎？觀朱泚之事可見矣。古之所謂言遜者，迫不得已，如劇秦美新之類，非得已者乎？」趨捨迹少邇，「邇」字，恐是「遠」字，或「苟」字。又謂迹若淺近然。行藏意終隣。壤壤外逐物，紛紛輕用身。貨殖傳：「天下壤壤，皆爲利往。」往者或可返，吾將與斯人。檀弓下：「趙文子曰：『死者如可作也，吾誰與歸？我則隨武子乎？』」○語：「吾非斯人之徒與，而誰與？」

【校記】

〔一〕宋本、叢刊本題作揚雄二首，無此第一首。

〔二〕「曜」，龍舒本，宮内廳本作「耀」。

〔三〕「眇」，龍舒本作「渺」。

其二

子雲游天禄，華藻鋭初學。覃思晚有得，晦顯無適莫。語：「無適也，無莫也，義之與比。」法言：「今之學者，非特爲之華藻也。」又：「從而繡其鞶帨。」○雄始好詞賦，擬相如以爲式。晚以爲賦勸而不止，又頗似俳優，非法度所存，於是輟不復爲而火。覃思渾天，倣周易作太玄，象論語作法言，泛然而仕，不以顯晦累心，故三世不從〔二〕官。寥寥鄒魯後，於此歸先覺。余天民之先覺事，見孟子。此言雄直繼孔、孟之傳。豈嘗知符命，何苦自投閣？莽既以符命自立，則歆子棻獻之。莽投棻四裔。辭所連及，便收不請。時雄校書天禄閣，使者來，欲收雄，雄從閣上自投下，幾死。莽聞之，曰：「雄素不與事，何故在此？」故曰「豈嘗知。」○程氏：「世之議子雲者，多疑其投閣之事。以法言觀之，蓋未必有。又，天禄閣，世傳以爲高百尺，宜不可投。然子雲之罪，特不在此，黽勉於莽、賢之間，畏死而不敢去，是安得爲大丈夫哉？」長安諸愚儒，操行自爲薄。謗嘲出異己，傳載因〔三〕疎略。言此事出於愚儒以己度雄，又有嫉雄而造謗者。史官不察，因遂實之，而雄焉是有？孟軻勸伐燕，伊尹干説亳。勸伐燕事，見戰國策，與孟子所記不同。書：「伊尹去亳適夏，復歸于亳。」亳，殷都也。○萬章上：「吾聞其以堯、舜之道要湯，未聞以割烹也。」○伊訓曰：「天誅造攻自牧宮，朕載自亳。」〔三〕扣馬觸兵鋒，武王伐紂，伯夷、叔齊扣馬而諫。左右欲兵之，太公曰：「此義人也。」扶而去之。扣馬之諫，恐不應與食牛負鼎同指爲不可信。○退之頌曰：「若伯夷者，特立獨行，窮天地、亘萬世而不顧者也。微二子，亂臣賊子接迹於後世矣。」既獨以爲不可，安知無扣馬之諫？食牛要禄爵。萬章上：「或曰：『百里自鬻於秦養牲者五羊之皮，食牛以要秦繆公，信乎？』孟子曰：『不然，好事者爲之也。』」小〔四〕知羞不爲，賈誼鵩賦：「小知自私。」孟子：「自鬻以成其君，鄉黨自好者不爲，而謂賢者爲之乎？」況彼皆卓犖。史官蔽多聞，自古喜穿鑿。曾子固言：「前世之傳者，以謂伊尹以割烹要商湯，孔子主癰疽瘠環，孟子皆斷以爲非伊尹、孔子之事。蓋以理攷之，知其不然也。觀雄之所樹〔五〕立，故介甫以謂世傳其投閣者妄也，豈不猶孟子之意哉？」

【校記】

〔一〕「從」，宮内廳本作「徙」。

〔二〕「因」，宮内廳本作「固」。

〔三〕「伊訓」句，尚書正義伊訓作：「皇天降災，假手于我有命，造攻自鳴條，朕哉自亳。」

〔四〕「小」，龍舒本、宋本、叢刊本作「少」。

〔五〕「樹」，原脱，據宮内廳本補。

其三

子雲平生人不〔一〕一作「莫」。知，知者乃獨稱其辭。指詞賦也。今尊子雲者皆是，得子雲心亦無幾。語：「滔滔者，天下皆是也。」○桓譚言：「今人見子雲禄位容貌不能動人，故輕其書。昔老聃著虚無之言兩篇，好之者尚以爲過於六經。今揚子之書，文義至深而論不詭於聖人，若使遭遇時君，更閲賢知爲所稱善，則必度越諸子矣。」聖賢樹立自有師，人知不知無以爲。孟子：「人知之亦囂囂，人不知亦囂囂。」○白詩：「雙金百錢少人知，縱我知君無以爲。」子貢曰：「無以爲也。」俗人賤今常〔二〕一作「尊」。貴古，子雲今存誰汝〔三〕數。秦紀：「俗儒好是古非今。」雄本傳：「凡人賤近而貴遠。」親見，雄云云。○白詩：「人情重今多賤古，古琴有絃人不撫。」二詩説今古處雖不同，而意則一。

【校記】

〔一〕「不」，龍舒本、宋本、叢刊本作「莫」。

〔二〕「常」，龍舒本作「尊」。

〔三〕「汝」，叢刊本作「女」。

漢文帝

輕刑死人衆，文帝十三年詔：「夫刑，至斷支體、刻肌膚，終身不息，何其刑之痛而不德也。其除肉刑，有以易之。」是後外有輕刑之名，内實殺人。喪短生者偷。評曰：死人衆，非輕者意也；生者偷，生者罪也。後人據此，非是。○孟子：「齊宣王欲短喪。」漢文遺詔云：「朕既不德，亡以佐百姓。今崩，又使重服以離寒暑之數。」然則前此民間皆服三年喪也。堯崩，三載，四海遏密八音。禮：「大功九月，小功五月，緦三月。」遺詔云：「其令天下吏民，令到出臨三日，皆釋服。」又云：「服大紅十五日，小紅十四日，纖七日。」是教人以偷薄。仁孝自此薄，哀哉不能謀。詩雨無正：「哀哉不能言。」露臺惜百金，周人之金以鎰計，漢人之金以斤計。斤，方寸而重一斤也。惠帝初即位，賜將軍四十金。鄭氏注：「四十金，四十斤也。」孝文言：「百金，中人十家之産。」然則一金非今一兩之謂。灞陵無高丘。七年，初置南陵，即霸陵也。霸陵因山爲藏，不復起墳，在長安南。故王粲詩云：「南登霸陵岸，回首望長安。」淺恩施一時，長患被九州。評曰：語少刻，第嚴重如史筆。

秦始皇

天方獵中原，狐兔在所憎。傷哉六孱王，記：「子路曰：『傷哉，貧也。』」張耳傳：「貫高曰：『吾王，孱王也。』」當此鷙〔一〕鳥膺。始皇紀注：「鷙鳥，鶻，膺突向前，其性悍勇。」搏〔二〕取已掃地，翰飛尚憑凌。詩四月：「匪鶉匪鳶，翰飛戾天。」箋云：「翰，高也。」戰國策：「楚弋者謂頃襄王：『秦爲大鳥，負海内而處東面而立，左臂據趙之西南，右臂傳楚鄢郢，膺擊韓魏，垂頭中國，奮翼鼓䟦，方三千里。』」 游[三]將跨蓬萊，以海爲丘陵。 始皇二十八年，齊人徐市等上書，言：「海中有三神山，名曰蓬萊、方丈、瀛洲，僊人居之。請得齋戒，與童男女求之。」於是遣徐市發童男女數千人，入海求僊人。 勒石頌功德，羣臣助驕矜。 始皇作琅琊臺，立石刻頌功德，末云：「羣臣相與誦皇帝功德，刻于金石，以爲表經。」 舉世不讀易，但以刑名稱。蚩蚩彼少子，何用辨堅冰。 胡亥，始皇之少子也，以不讀易故，不能辨堅冰，爲趙高所弒。○詩：「氓之蚩蚩。」

【校記】

〔一〕「鷙」，龍舒本作「摯」。

〔二〕「搏」，宋本、叢刊本作「搏」。

〔三〕「游」，龍舒本、宮内廳本作「逝」。

韓信

韓信寄食常歎然，邂逅漂母能哀憐。 信傳：「家貧無行，常從人寄食。信從下鄉南昌亭長食。亭長妻苦之，信亦知其意，自絕去。至城下釣，有一漂母哀之，飯信。」 當時噲等何由伍？但有淮陰惡少年。 「信出門，笑曰：『生乃與噲等爲伍。』」又：「信微時，淮陰少年侮信，令出胯下。信王齊，召以爲中尉，曰：『此壯士也。』」觀此，則少年亦信之徒，非噲等敢望。 誰道蕭曹刀筆吏，從容一語知人意。 「信數與蕭何語，奇之。信亡，何不及以聞，自追之。」班固贊曰：「蕭何、曹參，皆起秦刀筆吏。」 壇上平明大將旗，舉軍盡驚王不疑。「王召信，拜爲大將。何曰：『王素嫚無禮，此乃信所以去也。王必欲拜之，擇日，齋戒，設壇場，具禮，乃可。』王許之。諸將皆喜，人人各自以得大將。至拜，乃韓信也，一軍皆驚。信已拜上坐，王曰：『丞相數言將軍，將軍何以教寡人？』信云云。」搏兵擊楚濰半涉，一作「救兵半楚濰半沙。」[一]從初龍且聞信怯。「龍且救齊，與信夾濰水[二]陣。信乃夜令人爲萬餘囊，滿沙，壅水上流。引軍半渡，擊且，佯不勝，還走。且果喜曰：『固知信怯也。』遂追信，度水。信使人決壅囊，水大至，且軍太半不得度，即急擊，殺且。」鴻溝天下已橫分，談笑重來卷楚氛。「羽自知少助，食盡，信又進兵擊楚。羽患之，乃與漢約，中分天下，割鴻溝以西爲漢，以東爲楚。漢王欲歸，張良、陳平諫，乃徵信引兵會垓下，遂滅楚。」○襄二十七年：「趙孟曰：『楚氛甚惡，懼難。』」但以怯名終得羽，「少年侮信：『雖長大，好帶劍，怯耳。』信熟視，俛出其胯下，一市皆笑信，以爲怯。」然則信自微時，已有怯名矣。誰爲張[三]費兩將軍？「漢五年，信將三十萬垓下，自當羽。孔將軍居左，費將軍居右，高帝在其後，絳侯、柴武在高帝後。又與漢書不同。此言兩將軍，猶腹背之毛，其實當羽者，信也。○觀史記，乃孔將軍。諸本作「張」字，誤。○龜山嘗與其門人論淮陰、武侯二人不同：「若論人品，則淮陰不及孔明遠甚；若論功業，而武侯何寥寥也。」門人曰：「西南者，漢始終地，故漢起於西南而卒終於此。而淮陰當漢之初興，故能卓卓如此。而武侯之時，火將盡矣，故無所成也。」龜山曰：「此固然矣。然淮陰所以得便宜者，以平日名太卑；而武侯所以無成者，以平日名太高也。淮陰有乞食、胯下之辱，而武侯即隱於隆中，當時謂之卧龍。此一事也。又淮陰既從項梁[四]，又事項羽，又歸漢；而武侯則必待以顧而後起，此又一事也。又楚、漢之時，淮共者皆非淮陰之敵，而嘗易之，故淮陰能取勝也；三國之時，其司馬仲達輩乃武侯等輩人也，而又素畏孔明，故武侯不能取勝也。譬如弈碁，有二國手，一國手未有名，而對之者乃低碁，不知其爲國手，而嘗易之，故狼狽大敗；有一國手已有名，對局者亦國手而差弱焉，謹以待之，故勝敗未分也。且淮陰既平魏、趙，而功業如此其卓犖也，而龍且尚且輕之，曰：『吾平生知韓信爲人易與耳，寄食於漂母，無資身之策；受辱於胯下，無兼人之勇。』以淮陰平日名素卑也。孔明與司馬宣王對壘，不能取尺寸地，宣王受其巾幗之辱，而不敢出兵，至其已死，按行軍壘，猶曰：『天下奇材也！』故當時有『死諸葛走生仲達』之嘲，以孔明平日名素高故也。人品高下不同，而其功業反相去之遠者由此。」

【校記】

〔一〕「搏兵」句，宋本、叢刊本作「捄兵半楚濰半沙」，注云：「一作『搏兵擊楚濰半涉』」。
〔二〕「濰水」，原作「潍水」，據史記淮陰侯列傳改。
〔三〕「張」，宋本、叢刊本作「孔」。
〔四〕「項梁」，原作「其梁」，據史記淮陰侯列傳改。

叔孫通

先生秦博士，秦禮頗能熟。通，秦時以文學徵，待詔博士。後以對「羣盜特鼠竊」，二世説，拜爲博士。言通但知秦禮而已，不足以知三代之禮樂也。○揚子雲云：「有作叔孫通儀於夏、殷之時，則惑矣。」量主欲有爲，禮記少儀曰：「事君者，量而後入。」音亮。○魏志：「郭嘉曰：『智者審於量主。』」兩生皆不欲。始，漢儀務爲簡易，羣臣醉，至拔劍擊柱。通知上益厭之，説上曰：「禮因時世人情，爲之節文。臣願頗采古禮，與秦儀雜就之。」上曰：「可試爲之。令易知，度吾所能行，爲之。」此云「量主欲有爲」者，爲是也。方通徵魯諸生，有兩生不肯行，曰：「吾不忍爲公所爲。公所爲不合古，吾不行。公往矣，無污我。」○論語：「吾二臣者皆不欲也。」草具一王儀，草具，謂綿蕞也。○漢贊：「叔孫通舍枹鼓，而立一王之儀。」○賈誼傳：「乃草具其儀法。」羣豪果知肅。漢七年，長樂宮成，諸侯朝。十月，始用通所制儀，自諸侯王以下，莫不震恐肅敬，諸侍坐殿上，皆伏抑首。御史執法，舉不如儀者，輒引去。竟朝置酒，無敢讙譁失禮。高帝曰：「吾乃今知爲皇帝之貴。」黃金既徧〔一〕賜，通爲朝儀竟，賜金五百斤。既出，皆以賜諸生。短衣亦已續。通始降漢，儒服，漢王憎之，乃變其服，短衣，楚製。至是，始易其衣，不復爲短衣。儒術自此凋[二]，何爲反初服？楚辭：「進不入以離尤兮，退將復脩吾初服。」意言通既自貶以從時，雖返儒服，何益？

【校記】

[一]「徧」，宋本作「偏」。

[二]「凋」，龍舒本作「雕」。

東方朔

平原狂先生，隱翳世上塵。禮記月令注：「畢翳，射者所以自隱。」○褚先生續滑稽傳云：「朔上書用三千奏牘。詔拜爲郎。數賜縑帛，擔揭而去。人主左右諸郎，半呼之爲『狂人』。朔嘗行殿中，郎謂之曰：『人皆以先生爲狂。』朔曰：『如朔等，所謂避世於朝廷間者也。古之人，乃避世於深山中。』時坐席中，酒酣，據地歌曰：『陸沉於俗，避世金馬門。宮殿中可以全身，何必深山之中，蒿廬之下？』」材多不可數，上知朔多端，召問朔：「何恐侏儒爲？」「材多不可數」，亦多端之意。射覆亦絕倫。朔稍得親近，上嘗使諸數家射覆，不能中。朔得之連中，輒賜帛。揚雄傳：「惟桓譚以爲絕倫。」談辭最詼怪，朔雖詼笑，然觀察顏色，直言切諫。○莊子：「恢恑憰怪。」發口如有神。陳軫曰：「軫可發口言乎？」溫太真及卞壼同至庾公所，大相剖擊，發口鄙穢。○杜詩：「下筆如有神。」以此得親幸，賜予頗不貧。郭解傳：「此其家不貧。」金玉本光瑩，泥[一]沙豈能堙？時時一悟主，滑稽傳云：「建章宮後閣有物出焉，其狀如麋。朔曰：『所謂騶牙者也。遠方當來歸義。』後昆邪王來降漢，乃復賜東方生錢財甚多。」○舍人所問，朔應聲輒對，變詐鋒出，莫能窮者，左右大驚。上以朔爲常侍郎，遂得愛幸。朔斥董偃不得侍酒宣室，且言：「偃以人臣私侍公主，敗化亂禮，傷王制，乃國家之大賊，人主之大蜮，罪當斬。」又言：「淫亂之漸，其變爲簒。」上爲更置酒北宮。又諫廢苑囿，陳孝文時事以諷。「時時一悟主」，謂此也。驚動漢庭臣。張安道樂全嘗有朔詩云：「不獨巖扃與市塵，金門亦可晦吾真。孤風大誼人誰見？宣室聊曾抗倖臣。」不肯下兒童，本傳：「自公卿在位，朔皆敖弄，無所爲屈。」故言：「不肯下兒童。」敢言詆平津。上嘗問朔：「方今公孫丞相、兒大夫、董仲舒、夏侯始昌、司馬相如、汲黯、膠倉、終軍、司馬遷之倫，皆辯知閎達，溢於文辭。先生自視，何與比[二]？」朔對：「臣觀其插齒牙，樹頰頦，吐脣吻，擢項頤，結股腳，連脽尻，遝蛇其迹，行步偶[三]旅。臣朔雖不肖，尚兼此數子者。」「詆平津」，殆謂此。何知夷與惠，空復忤時人。揚子：「或問：『東方朔名過實者，何也？』」云云。『請問名？』曰：『詼達惡比。』[四]曰：『非夷、齊而是柳下惠，戒其子以尚容，首陽爲拙，柱下爲工，飽食安坐，以仕易農，依隱玩世，詭時不逢，其滑稽之雄乎？』」注云：「朔非夷、齊而尚取容，依約玩弄於世，何所比哉？」「何知夷與惠」，謂朔雖時直言有補，然其實不足以知夷、惠也。陳無己亦云：「東方生和而近污，然不同也，爲柳下氏而過之者乎？孔子謂：『學柳下惠，未有如魯之男子者也。』」○解誤，政謂不夷不惠耳。

【校記】

〔一〕「泥」，龍舒本、宋本作「浮」。

〔二〕「比」，原作「此」，據宮内廳本改。

〔三〕「偶」，原作「屬」，據漢書東方朔傳及宮内廳本改。

〔四〕「云云」至「詼達惡比」，宮内廳本作「曰：應諧不窮，正諫穢德」，同揚子法言淵騫。又，「詼」，原作「談」，據淵騫改。

楊劉

人各有是非，犯時爲患害。唯詩以譎諫，言者得無悔。關雎：「上以風化下，下以風刺上。主文而譎諫，言之者無罪，聞之者足以戒。」厲〔一〕一作「汾」。王昔監謗，變雅今尚載。監謗事，見國語。然召穆公、凡伯、衛武公、芮伯皆作詩刺之，今民勞、板蕩、抑、桑柔等篇尚載於大雅。末世忌諱繁，此理寧復在？南山詠種豆，議法過四罪。楊惲傳與孫會宗書：「其詩曰：『田彼南山，蕪穢不治。種一頃豆，落而爲萁。人生行樂耳，須富貴何時？』」注：「蕪穢，言漢庭之荒亂也。」帝見書，惡之，廷尉當惲大逆無道，腰斬。故云：「過四罪。」玄都戲桃花，母子受顛沛。劉禹錫召還，宰相欲任以兩省郎，而禹錫作玄都觀看花君子詩，語譏忿。當路者不喜。出爲播州刺史。中丞裴度爲言：「播極遠，猿狖所宅，禹錫母八十餘，不能往，當與其子死訣，恐傷陛下孝治。」乃易連州。詩言「顛沛」，指此也。後自和州入爲主客，復作玄都桃花詩。疑似已如此，况欲諄諄誨。抑誨爾諄諄，聽我藐藐。此似言前變雅事。事變故不同，楊劉可爲戒。

【校記】

〔一〕「厲」，宋本、叢刊本作「汾」。

臧倉

位在萬乘師，孟軻猶不遇。揚子雲解嘲：「孟軻雖連蹇，猶爲萬乘師。」豈云貧與賤，世道非吾趣？意行天下福，事忤油[一]然去。漢文帝紀：「是社稷之靈，天下之福也。」油然，亦知命無憂之意。言雖在高位，而道不行，猶不逢也。命也固有在，臧倉汝何與？梁惠王下：「樂正子見孟子，曰：『克告於君，君爲來見也。嬖人有臧倉者沮君，君是以不果來也。』曰：『行或使之，止或尼之。行止，非人所能也。吾之不遇魯侯，天也。臧氏之子，安能使余不遇哉？』」○伊川云：「雖公伯寮之愬行，亦命也，其實寮無如之何。」

【校記】

〔一〕「油」，宋本、叢刊本作「由」。

田單

湣王萬乘齊，走死區區燕。湣王走莒，淖齒殺之。言以大國而困於弱燕，自取之也。田單一即墨，掃敵如風旋。即墨大夫戰死，城中相與推田單拒燕。舞鳥怪不測，單令城中人，食必祭先祖於庭。飛鳥悉翔舞下食，燕人怪之。單因宣言曰：「神來下教我。」取一卒，東向坐，師事之。每出約束，必稱神師。騰牛怒無前。飄飄樂毅去，磊砢功名傳。燕軍益懈。單乃收城中，得千餘牛，爲絳繒衣，畫以五綵龍文，束兵刃於其角，而灌脂束葦於尾，燒其端。鑿城數十穴，夜縱牛，壯士五千人隨其後。牛尾熱，怒而奔燕軍。燕軍大駭，敗走。七十餘城皆復爲齊。掘葬與劓降，論乃愧儒先。單宣言曰：「吾懼燕軍劓所得齊卒，置之前行，與我戰，即墨敗矣。」燕人聞之，如其言。城中人見齊諸降者盡劓，皆怒，堅守，惟恐見得。單又縱反間曰：「吾懼燕人掘吾城中〔一〕塚墓，僇先人，可爲寒心。」燕軍果盡掘壠墓。齊人望見，皆涕泣，其〔二〕欲出戰，怒自十倍。此言「愧儒先」，以其用譎詐勝也。深誠可奮士，王蠋豈非賢？評曰：整整欲竭。○王蠋曰：「忠臣不事二君，貞女不更二夫。齊王不聽吾諫，故退而耕於野。國既破亡，吾不能存。今又刼之以兵，爲君將，是助桀爲虐也。」遂經其頸於樹枝，自奮絶脰而死。齊士大夫聞之，曰：「王蠋，布衣也，義不北面於燕，況在位食禄者乎？」乃相聚如莒，求諸子，立爲襄王。此謂單之功不及蠋也。

【校記】

〔一〕「城中」，史記田單列傳作「城外」。

〔二〕「其」，史記田單列傳作「俱」。

戴不勝

昔在宋王所，皆非薛居州。滕文公下：「孟子謂戴不勝曰：『子欲子之王之善歟？我明告子。有楚大夫於此。』」云云。「子謂薛居州善士也，使之居於王所。在於王所者，長幼卑尊皆非薛居州也，王誰與爲善？一薛居州，獨如宋王何？」區區一不勝，辛苦亦何求？懷祿詎有恥，言既懷祿，則爲竊位，廉隅毀矣。知命乃無憂。此〔一〕士自可憐，能復識此不？易上繫云：「樂天知命，故不憂。」孔子曰：「不知命，無以爲君子。」又曰：「道之將行也歟？命也。道之將廢也歟？命也。」世固有汲汲於救時，而進退之行不得於孔子者多矣。蓋在我，雖不忘天下，而命不可。必合憂之，其能合乎伊尹納溝之念，憂非不切，而囂囂然屢却湯聘，曰：「我處畎畝之間，以樂堯舜之道，豈嘗僕僕自枉，以售其道哉？」

【校記】

〔一〕「此」，宫内廳本作「比」。

陸忠州

虞人以士招，御者與射比。孟子萬章：「『敢問招虞人何以？』曰：『以皮冠。庶人以旃，士以旂，大夫以旌。以大夫之招招虞人，虞人死不敢往。以士之招招庶人，庶人豈敢往哉？』」○滕文公篇：「御者且羞與射者比，比而得禽獸，雖若丘陵，弗爲也。」當時尚羞爲，況乃天下士。王良不與嬖奚乘。詩曰：「不失其馳，捨矢如破。」我不慣與小人乘，請辭。○魏安釐王問天下之士於孔子六世孫子順。子順曰：「世無其人也。抑可以爲次，其魯仲連乎？」英英陸忠州，詩：「英英白雲。」學問輔明智。低回得坎坷，勳業終不遂。

嘗謂宣公雖以忠諫名，然使德宗呼之爲陸九，不敬孰甚焉？是必已有以致之。「低回」之語，殆指此類。續注在卷末。

開元行

君不聞開元盛天子，糾合儁傑披姦倡〔一〕。韋后弒中宗，矯詔稱制。玄宗以臨淄王，與劉幽求、鍾紹京等定策討亂。或請先啓相王，玄宗曰：「請而從，是王與危事；不從，則吾計失矣。」夜率萬騎入北軍，誅韋氏、安樂公主、韋巨源、武延秀等。相王即皇帝位，王爲皇太子，又三年，有天下。幾年辛苦補四海，始〔二〕得完好無疽瘡。玄宗覽鏡云：「吾雖瘠，天下肥矣。」此補完之意。一朝寄託誰家子，謂李林甫、楊國忠。論語：「可以託六尺之孤，可以寄百里之命。」壯氏子，見韓文。又曹子建白馬篇：「借問誰家子，幽并游從兒。」威福顛倒誰〔三〕復理？元稹連昌宮詩曰：「廟謨顛倒四海搖。」那知赤子偏〔四〕愁毒，愁毒，見上注。秖見狂胡倉卒起。茫茫孤行西萬里，傴仄歸來竟憂死。天寶十四載，禄山反。次年，幸蜀。上自蜀還，居於興慶宮。至元〔五〕元年，爲李輔國逼遷西内，悒悒以終。杜詩傴仄行。韓詩城南聯句：「馳門填傴仄。」子孫險不失故物，漢書東平王宇傳：「我危得之。」注：「危，殆也。」又漢成趙后傳云：「我危殺之。」注：「危，險也。」春秋傳：「祀夏配天，不失舊物。」社稷陵夷從此始。由來犬羊著冠坐廟堂，前漢五行志：「昌邑王賀爲王時，見大白狗冠方山冠而無尾。賀以問郎中令龔遂，遂曰：『此天戒，言在仄者盡冠狗也。』」師古曰：「言左右侍仄之人不識禮義，若狗而著冠者耳。」又，京房易傳曰：「君不正性，欲篡厥妖，狗冠出朝門。」高五王傳：「所謂虎而冠。」張晏曰：「如虎著冠。」又「沐猴而冠」，皆同此義。北史宋游道傳：「獼猴而衣帽者也。」○易：「其所由來者漸矣。」○胡氏蒙求：「冠佩暇豜，謂小人居位也。」安得四鄙無豺狼？張綱傳：「豺狼當道。」

【校記】

〔一〕「倡」，宋本、叢刊本作「猖」。

〔二〕「始」，龍舒本作「如」。

〔三〕「誰」，龍舒本、宋本、叢刊本作「那」。

〔四〕「徧」，叢刊本作「偏」。

〔五〕「至元」，宫内廳本作「上元」。據舊唐書玄宗本紀，玄宗乾元三年移幸西内之甘露殿。上元二年崩。

相送行效張籍〔一〕

一車南，一車北，身世怱怱俱有役。張籍詩：「游人別，一東復一西。出門相背兩不返，惟信車輪與馬蹄。」憶昔論心兩綢繆，李陵詩：「獨有盈觴酒，與子結綢繆。」那知相送不得留。但聞馬嘶覺已遠，欲望應須上前坂。司馬相如賦：「登陂陁之長坂。」秋風忽起吹沙〔二〕塵，晉王導傳：「西風塵起，舉扇自蔽，徐曰：『元規塵污人。』」雙目空回不見人。評曰：雖爲惜別，語近婦人，極難言之悲。○燕燕詩：「瞻望弗及，佇立以泣。」即此意。

【校記】

〔一〕龍舒本目録題作「相送行」，題下注：「效張籍。」

〔二〕「沙」，龍舒本、宋本、叢刊本作「泥」。

陰漫漫行

愁雲怒風相追逐，青山滅没滄江覆。列子説符：「天下之馬，若滅若没。」〇李白詩：「北風三日吹倒江。」〔一〕倒，即覆也。少留燈火就空床，更聽波濤圍野屋。評曰：情切語工。憶昨踏雪度長安，夜宿木瘤還苦寒。木瘤，地名，在舒州。魏武帝有苦寒行。誰云當春便姸暖？十日八九〔二〕陰漫漫。評曰：極是恨痛。今人以爲讖者，此世道之感也。〇杜詩：「元日到人日，未有不陰時。」甯戚飯牛歌：「長夜漫漫何時旦？」

【校記】

〔一〕宋蜀刻本李太白文集横江詞作「一風三日吹倒山」。

〔二〕「八九」，叢刊本作「九八」。

一日歸行

賤貧奔走食與衣，百日奔走一日歸。平生歡意苦不盡，正欲老大相因依。杜詩：「翠黛碧玉相因依。」王建詩：「遠將歸，勝未別離時。在家相見熟，新歸歡未足。但令在舍相對貧，不向天涯金遶身。」○阮籍詩：「回風吹四壁，寒鳥相因依。」○南史王僧達傳：「不能因依左右，傾意權貴。」空房蕭瑟施繐帷，魏武遺令曰：「於臺堂上施八尺牀，張繐帳。」青燈半夜哭聲稀。音容想象今何處？地下相逢果是非。評曰：此悼亡之作也，古無復悲於此者。○周勃傳：「君不欲反地上，即欲反地下耳。」○漢武爲李夫人作歌，曰：「是邪非邪，立而望之，偏何姍姍其來遲。」○樂天哭夢得：「夜臺暮齒期非遠，但問前頭得見無？」亦此意。上三詩，相送行，恐謂司馬公及韓持國、呂晦叔輩；陰漫漫，恐指呂惠卿輩也；一日歸行，恐是元豐末年時作。

汴流

汴水無情日夜流，謝玄暉詩：「大江流日夜。」不肯爲我少淹留。相逢故人昨夜去，不知今日到何州。言逝水無頃刻之駐，猶故人行不已也。○杜牧之詩：「當時樓下水，今日知何處？」州州人物不相似，處處蟬聲〔一〕令客愁。評曰：哀怨跌宕，俛焉欲俛。可憐南北志未〔二〕一作「意不」。就，二十起家今白頭。揚雄傳：「丁、董用事，諸附離者，或起家至二千石。」

【校記】

〔一〕「聲」，宋本、叢刊本作「鳴」。

〔二〕「志未」，宋本、叢刊本作「意不」。

陰山畫虎圖

陰山健兒鞭鞚〔一〕一作「控」。急，走勢能追北風及。逶迤一虎出馬前，白羽橫穿更人立。莊公八年傳：「豕人立而啼。」盧綸擒豹歌：「捨鞍解甲疾如風，人忽虎蹲獸人立。欻然扼顙批其頤，爪牙委地涎淋漓。」〇白羽，箭也。回旗倒戟四邊動，抽矢當前放蹄入。放蹄入，謂馬蹄。爪牙蹭蹬不得施，磧上流丹看來濕。李白胡馬歌：「白刃灑赤血，流沙爲之丹。」胡天朔漠殺氣高，煙雲萬里埋弓刀。唐人詩：「大雪滿弓刀。」穹廬無工可貌〔二〕此，漢使自解丹青包。言胡人不能畫，漢使自摹寫也。杜詩：「粉黛亦解包。」堂上絹素開欲裂，一見猶能動毛髮。杜甫曹將軍畫馬歌：「縞素漠漠開風沙。」又，丹青引：「詔謂將軍拂絹素。」低回使我思古人，此地摶兵走戎羯。田敬仲世家：

「馮因摶三國之兵。」○吳漢等贊：「戎羯喪其精膽。」注：「羯，本匈奴別種。」又史記：「其民羯羠不均。」皆健羊名，言性健悍而不均〔三〕。禽逃獸遁亦蕭然，李陵傳：「各鳥獸散。猶有得歸報天子者，言匈奴遠遁，漢南地空，而中國亦困矣。」豈若封疆今晏眠。契丹弋獵漢耕作，飛將自老南山邊，還能射虎隨少年。評曰：只如此，自有風刺，真得體。○李廣傳：「廣在郡，匈奴號曰『漢飛將軍』。」又廣傳：「吏當廣贖爲庶人。數歲，與故潁陰侯屏居藍田南山中射獵。」○少陵詩：「杜曲幸有桑麻田，欲將移住南山邊。短衣匹馬隨李廣，看射猛虎終殘年。」

【校記】

〔一〕「鞚」，龍舒本作「控」。

〔二〕「貌」，龍舒本作「藐」。

〔三〕「均」，原作「坎」，據宮内廳本改。

補注

漢文帝詩　露臺惜百金

楊龜山奏：「正某著爲邪說，以塗學者耳目，敗壞其心術者衆。如神宗稍美漢文罷露臺之費，某乃言：陛下若能以堯、舜之道治天下，雖竭天下以自奉，不爲過也。夫堯、舜茅茨土階，其咨禹曰：『克儉於家。』則竭天下者，必非堯、舜之道。後王皆以三公領應奉司，號爲享上，實自儉之說有以唱之也。」

楊劉詩　厲王昔監謗變雅今尚載又云楊劉可爲戒

抑之詩曰：「於乎小子，未知臧否。匪手攜之，言示之事。匪面命之，言提其耳。借曰未知，亦既抱子。」嘗疑君臣之分，不宜如此。況詩人多微言，武公何獨過於訐哉？蓋元老大臣與國同爲休戚，非羣臣比，其納誨不得不如是剴切爾。公引變雅，蓋言古人純直，無所忌諱如此，不同楊、劉止以疑似之言，猶得刑禍也。又爲人臣者，有諫而無訕。以禮而言，則楊、劉亦未爲得，與武公所刺異矣。公云「可戒」，意或在此。

秦始皇詩　勒石頌功德羣臣助驕矜　憲宗命李絳爲安國寺聖德碑，絳曰：「堯、舜、禹、湯，未嘗立碑，自言聖德。惟秦始皇於巡游所過刻石，高自稱述。不知陛下欲何所法？」上亟命曳倒碑樓。吐突承璀請徐毀之，上厲聲曰：「多用牛曳之！」凡用百牛，乃倒。

補注　陸忠州　按：廣記二百七十五卷：「德宗嘗恚贊曰：『老獠奴，我脱却伊緑衫，便與紫著。又嘗呼伊作陸九。我任使竇參，方稱意，須教我枉殺却他！及至權入伊手，其爲軟弱，甚於泥團。』」竊疑此誣忠賢已甚，必出怨家仇人之作，不足信。

楊劉　先儒又謂抑止是武公自警之詩，非戒厲王也。尋考武公時，厲王已死矣。如賓之初筵，亦稱刺詩。凡詩所以以致其規諷者，欲上之人知而改之，無追刺之理。觀此，則武公自警爲得。此兩存之。

庚寅增注第十二卷

揚雄三首

仰攀　柳子厚書：「其餘誰不欲争裂綺繡，仰攀日月？」

行藏　程氏論心迹有云：「譬如人足已行，而語人曰：『我心不欲行，足自行也。』得乎？」公意稍異此。

其三

賤今貴古　桓子新論曰：「世咸尊古非今，貴所聞，賤所見。」歐陽詹詩：「賤貴而貴賤，世人良共然。」

漢文帝

短喪　范唐鑑：「書曰：『三載，四海遏密八音。』君喪三年，自古以來，未之有改也。漢文率情變禮，薄於喪記，如令吏民三日、羣臣三十六日而釋服，雖欲自損以使人，而不知使人入於夷狄也。言是以後，民不知戴君之義，而嗣君之亦不爲三年之服。唐之人主，鮮能謹於禮者，故有公除而議昏、亮陰而舉樂，内無人子，外無君臣，而欲教化行、禮俗成，難矣。夫君者，父道也；臣者，子道也。無君，是無父也，况人君而可以無父乎？若君服於内，臣除於外，是有父子、無君臣也。爲國家者，必務革漢文之薄制，遵三代之隆禮，教天下以方喪三年，則衆著於君臣之義矣。」

秦始皇

不讀易　秦焚書，獨易以卜筮之書得存。既專事刑名，易僅免於焚而不一矣。

韓信

横分　「伏質横分，臣之願也。」

垓下　班孟堅載垓下事，略去史記一段。公詩直取而發明之，甚佳云。

東方朔

夷與惠　漢武帝見畫圖伯夷、叔齊形像，問東方朔爲何人。朔曰：「古之愚夫。」帝曰：「伯夷、叔齊，天下廉士，何謂愚耶？」朔對曰：「臣聞賢者居世，與之推移，不凝滯於物。彼何不升其室，飲其漿，泛泛如水中之鳧歟？彼但游天子轂下，可以隱居，何自苦於首陽乎？」

楊劉　是非　揚子：「人各有是其所是而非其所非，將誰正？」

開元行　盛天子　漢文云：「高宗，殷之盛天子也。」　倉卒起　史：「不見馬上郎，秖見黄塵起。」

相送行效張籍　馬嘶覺已遠　劉夢得詩：「憶昔與故人，湘江岸頭别。江馬向林嘶，君帆轉山滅。馬嘶尋故道，帆滅如流電。千里江籬青，故人今不見。」此詩與介甫詩，皆深得詩人之意。又歐陽詹詩：「驅馬漸覺遠，回頭長路塵。高城已不見，況復城中人。」

陰漫漫行　滄江覆　杜詩：「及觀泉源漲，反懼江海覆。」

王荆文公詩卷第十三

古詩

杜甫畫像

苕溪漁隱曰：「李、杜畫像，古今詩人題詠多矣。若杜子美，其詩高妙，固不待言，要當知其平生用心處，則半山老人之詩得之矣。」

吾觀少陵詩，謂〔一〕與元氣侔。米〔二〕芾讀杜工部集：「少陵平生飢，乃以醉飽死。惜哉斯人窮，四海無寄趾。後傳水仙召，牛渚宛相比。神怪反愛才，時人乃封豕。遺文何崛奇，岱輿退之南山詩：「力雖能排斡，雷電怯訶詬。」謂巨靈、夸娥。浩蕩

力能排天斡九地，壯顏毅色不可求。

載贔屭。貫穿破九流，突兀撑一氣。自嘆萬古名，寂寞身後事。」

八極中，生物豈不稠？醜妍巨細千萬殊，竟莫見以何雕鎪。評曰：語少意。○王逢原讀老杜詩集：「氣吞風雅妙無倫，碌碌當年不見珍。自是古情因發憤，非關詩道可窮人。鐫鑱物象三千首，照耀乾坤四百春。寂寞有名身後事，惟餘孤塚耒江濱。」

惜哉命之窮，顛倒不見收。甫上書，自稱：「自七歲屬辭，且四十年。然衣不蓋體，常寄食

於人。竊恐轉死溝壑，惟天子哀憐之。」觀此，其窮可知矣。○退之送窮文有「命窮」。青衫老更斥，甫至德二年自賊中亡走鳳翔謁帝，拜右拾遺，旋以房琯罷。甫疏言：「罪細不宜免大臣。」坐是斥。餓走半九州。傳稱，時所在寇奪，甫家寓鄜，彌年囏居闌〔三〕切。窶，孺弱至餓死，因許甫自往省睎，爲華州司功。關輔饑，輒棄官去，客秦州，負薪採橡自給。流落劒南，結〔四〕廬成都西郭，從嚴武，幾爲所殺。武卒，崔旰等亂，甫往來梓、夔間。大曆中，出瞿唐，下江陵，泝沅、湘，卒於耒陽。以上世所傳如此。然子美寔未嘗卒於耒陽也。寰宇記亦載子美墳在縣北二里，不知何緣有此。新唐書稱耒陽令遺白酒、黃牛，一夕而死。按，子美僑寄巴峽三歲，大曆三年二月，始下峽，寓荆南，徙公安，久之，方次岳陽，即四年冬末也。既過洞庭，入長沙，乃五年之春四月，遇臧玠之亂，倉皇往衡陽，至耒陽，舟中伏枕，又畏瘴，復沿湘而下，故有回櫂之作，末云：「舟師煩小送，朱夏及寒泉。」又登舟將適漢陽云：「春宅棄汝去，秋帆催客歸。」蓋回櫂在夏末，此篇已入秋矣。繼之以暮秋將歸秦留別湖南幕府親友云：「北歸衝雨雪，誰憫弊貂裘？」則子美北還之迹見此三篇，安得卒於耒陽邪？要其卒當在潭、岳之間，秋冬之際。按元微之作子美墓誌，稱子美孫嗣業啓子美柩襄祔於偃師，途次於荆，懇余爲誌，辭不能絕，其係略曰：「嚴武奏爲工部員外郎、參謀軍事。旋又棄去，扁舟下荆、楚，竟以寓卒，旅殯岳陽。」近時故丞相呂公爲杜詩年譜云：「大曆五年辛亥。是年夏，還襄、漢，卒於岳陽。」以前詩及微之之誌考之，爲不妄，但言「是年夏」，非也。瘦妻僵前子仆後，攘攘盜賊森戈矛。「瘦妻面復光，癡女頭自櫛。」又云：「入門聞號咷，幼子飢已卒。」吟哦當此時，不廢朝廷憂。常〔五〕願天子聖，大臣各伊周。如「窮年憂黎元，嘆息腸內熱」，又云「胡命其能久，皇綱〔六〕未宜絕」，「周漢獲再興，宣光果明哲」，又云「安危大臣在」，又云「致君堯舜付公等」，又云「思見農器陳，何當甲兵休」之語，皆憂朝廷也。傳稱：「公數嘗寇亂，挺節無所汙，爲歌詩，傷時撓弱，情不忘君，人憐其忠云。」寧令吾廬獨破受凍死，不忍四海赤子寒颼飀〔七〕。茅屋爲秋風所破歌：「吾廬獨破受凍死亦足。」傷屯悼屈止一身，嗟時之人我〔八〕一作「死」。所羞。李翺賦：「衆囂囂而雜處兮，咸歎老而嗟卑。視予心之不然兮，慮行道之猶非。」歐公云：「使當時君子皆易其歎老嗟卑之心，爲翺所憂之心，則唐之天下，豈有亂與亡哉？」公之稱甫與嗟時之人，亦猶歐意。所以見公像〔九〕，再拜涕泗流。推〔一〇〕公之心古亦少，願起公死從之游。公不喜李白詩，而推敬少陵如此，特以其一飯不忘君，而志常在民也。

【校記】

〔一〕「謂」，宋本、叢刊本作「爲」。
〔二〕「米」字原脱，據寶晉英光集補。
〔三〕「關」，宫内廳本作「閑」。
〔四〕「結」，原作「給」，據宫内廳本改。
〔五〕「常」，龍舒本作「嘗」。
〔六〕「綱」，原作「網」，據杜甫北征改。
〔七〕「赤子」，宋本、叢刊本無此二字。「颼飀」，宋本、叢刊本作「颼颼」。
〔八〕「我」，宋本、叢刊本作「死」。
〔九〕「像」，宋本、叢刊本作「畫」。
〔一〇〕「推」，宋本、叢刊本作「惟」。

吴長文新得顔公壞碑

魯公之書既絶倫，歲久更爲時所珍。荒壇壞塚朽崖屋，歐公集古録叙：「好之已篤，則力雖不足，猶能致之。故上自周宣，下更史漢隋唐五代，外至四海九州，窮崖絶谷，荒林破塚，神仙鬼物，詭怪所傳，莫不皆有。」剥落風雨埋煨〔一〕塵。斷碑數尺誰所得？點畫入紙完如新。延陵公子好事者，延陵，謂長文也。○退之桃源詩：「武陵太守好事者。」拓取持寄情相親。六書篆籀數變改，訓詁後世多失真。誰初妄鑿妍與醜，六書，即周官「保氏教國子以六書」，注：「象形、象事、象意、象聲、轉注、假借。」造字之本，所謂「字有六義」者是也。周宣王時，史籀始著大篆十五篇，或與古同，或與古異，世謂之籀書。至秦焚燒先典，古文遂絶，李斯、趙高皆取史籀大篆，或頗省改，所謂小篆者。或曰程邈造，又曰邈所定，乃隷字也。蓋秦厭篆字難成，即令隷人佐書，曰隷字。又，上谷王次仲始作楷法。所稱妄鑿者，後來蕭衍評書三十六種之類亦是也。大抵自秦改小篆作隷書，人益趨簡便。古法既變，字義浸譌，許叔重患其若此，集倉、雅之學，研六書之旨，作説文解字十五篇。篆、籀之體，由是粗可考，然得其真者寡矣。○杜詩：「棗木傳刻肥失真。」坐使學士勞骸筋。梁鵠相魏，以勤書自效；張伯英臨池學書，池水盡黑，皆勞骸筋者。○李端伯記二程語云：「子弟凡玩好，皆奪志。至於書札，於儒者事最近。然一向好著，亦自喪志。如王、虞、顔、柳輩，誠爲好人則有之，曾見有善書者知道否？平生精力，一用於此，非惟徒廢時日，於道便有妨處，足知喪志。」堂堂魯公勇且仁，出遇世難親經綸。揮毫卓犖又驚俗，豈亦以此誇常民？但疑技巧有天得，韓文：「於辭於聲，天得也。」不必強勉〔二〕方通神。杜詩：「書貴瘦硬方通神。」又懷素書詩云：「通神筆法妙玄門，親入長安謁至尊。」詩歌甘棠美召伯，愛惜蔽芾由思人。時危忠誼常恨少，寶此勿復令埋堙。鄭駟歂殺鄧析，君子謂子然不忠。詩曰：「蔽芾甘棠，勿剪勿伐，召伯所茇。」思其人，猶愛其樹，況用其道，不恤其人乎？歐公言：「使顔公書，雖不佳，後世見者，未必不寶也。」又云：「古人豈皆能書？獨其賢者傳遂遠。」

【校記】

〔一〕「煨」，龍舒本作「煙」。

〔二〕「強勉」，宫内廳本、叢刊本作「勉強」。

答揚州劉原甫〔一〕

原甫知揚州，在嘉祐元年、二年、三年。國史傳：「敞字仲原父，袁州臨江人。慶曆中，舉進士，廷試第一。編排官王堯臣以親嫌自列，乃以爲第二。召入朝，判考功，言夏竦謚文正不應法。張貴妃追號温成皇后，有請立忌者，敞言：『太祖以來，后廟四室，陛下之妣也，猶不立忌，豈可以私昵之愛而變古越禮乎？』嘉祐四年，祫饗，羣臣上尊號，敞言：『自寶元以來不受徽號，今二十年，奈何一旦增虚名而損實美？』仁宗從之。禮官建白，請以孝章皇后以下四主饗於别廟，不升合食。敞奏：『九經所載祫祭制度最明備者，莫如春秋公羊傳。自漢以下，皆引以爲證。所謂未毀廟者，豈有帝后之限哉？國朝循守，行之且百年。今羣臣不務推原春秋之義，而獨引後儒疑近之説；不務講求本朝之故，而專倡異代難通之制；不務將順主上廣孝之心，而輕議宗廟久行之儀，欲擯隔四后，不得合食於先帝，臣竊恨之。昔貢禹議罷原廟，丞相衡議遷郊兆，羣臣和之者非一，自以謂周公、孔子復生，不可得變，元帝信之，然而通人未以爲當，既而皆悔之，則無及矣。』敞爲人明白俊偉，善論説，當時學者未知崇尚經術，獨敞能傳經引義，自六經、諸子百氏至傳記小説，無不通貫，而文章尤敏贍。在西掖，一日追封皇子、公主九人，敞將下直，爲之，立馬却坐，食頃，九制數千言已就。遇事多所建明。以好譏議，爲執政所忌，故知制誥積七年不遷，卒年五十。」據此，則公詩所稱「高世才」，真不虚美矣。

少食苦不足，一官聊自謀。爲生晚更拙，懷禄尚遲留。謝玄暉詩：「既歡懷禄情，復叶滄洲趣。」黽勉詎有補？

強顔包衆羞。謂我古人風，知君以相優。（詩：「黽勉從事。」易否：「包羞，位不當也。」公自注云：「來詩有『因君古人風，更欲投吾簪』之句。」）君實高世才，主恩正綢繆。胥矣哀此民，華簪寧易投。（詩：「胥矣富人，哀此惸獨。」北山移文：「昔聞投簪逸海岸。」）

補注　高世（袁盎傳：「陛下有高世行三。」〔二〕）

【校記】

〔一〕宋本、叢刊本題下有注：「因君古人風，更欲投吾簪。」即本詩注中所引公自注。龍舒本題下注「因」上有「詩云」二字。

〔二〕本注原闌入詩注末，無「補注」二字。

寄鄂州張使君

昔人寧飲建業水，共道不食武昌魚。公來建業每自如，亦復不厭武昌居。（孫權黃武八年，童謡云：「寧飲建業水，不食武昌魚。寧就建業死，不就武昌居。」）武昌山川今可想，緑水逶迤煙莽蒼。（莽蒼，見過德逢莊注。）白鷗晴飛隨雨〔一〕槳，（杜詩：「巴童蕩槳欹側過，白鷗銜魚來去飛。」）岸薺茸茸映魚網。投老留連陌上塵，思公一語何由往。

【校記】

〔一〕「雨」，諸本作「兩」。

送元厚之待制知福州〔一〕 名絳。

海隅山谷間，生物〔二〕最多處。平旦息相吹，莊子逍遥游篇：「生物之以息相吹也。」連城點〔三〕如霧。戰國策：「臨淄之塗，車轂擊，人肩摩，連衽成圍，奉袂成幕，揮汗成雨。」詩：「稱息如霧。」亦言人物之衆多。閩王舊宮室，丹漆美無度。按五代史閩世家：王審知受梁太祖封國。王審知死，其子延翰始建國稱王，弟延鈞、延穀起自立，更名鏻，遂僭稱帝，改元能肇。鏻死，子昶立。都將至重遇〔四〕入迎審知少子延羲立之，而殺昶。延羲後更名曦，重遇復殺之，而立延政。後爲李景所滅。出郊特牲：「丹漆雕幾之美。」又詩：「彼其之子，美無度。」今爲大帥府，千里來赴愬。元侯文章翁，更以吏能著。絳工於文詞，爲流輩所推。神宗遇絳甚厚。其卒也，詔其家集平生之文章〔五〕上之。絳在中書，蕃夷〔六〕書詔，多出其手。景靈建諸殿，夜傳詔草上梁文，遲明而進。居外，所至有盛名〔七〕，然傷於急暴。峩峩中天閣，鳴玉改新步。絳〔八〕自鹽鐵副使出知福州，擢天章閣侍郎〔九〕，始班侍從，故云「改新步」。銜詔出梨嶺，方爲遠人慕。梨嶺，閩之最高山。九域志：「建州梨山，郡之勝槩。」旌旗滿流水，冠蓋東門駐。四坐共咨嗟，疑侯不當去。張仲稱孝友，樊侯正求助。大雅〔一〇〕六月詩：「侯誰在矣？張仲孝友。」樊侯，公自指也。本傳稱絳諂事〔一一〕公父子云。名城雖云樂，行矣未宜遽。韓文：「無疾其驅，天子有詔。」厚之到閩，有詩謝京師故人，曰：「丹荔黄甘北苑茶，勞君誘我向天涯。争如太液樓邊看，池北池南揔是花。」

【校記】

〔一〕「福州」，原作「贛州」，據目録、宋本、宫内廳本改。

〔二〕「生物」，宋本、宫内廳本、叢刊本作「人物」。

〔三〕「點」，宋本、宫内廳本、叢刊本作「默」。

〔四〕「至重遇」，新五代史作「連重遇」。

〔五〕「文章」，原作「文華」，據宫内廳本改。

〔六〕「蕃夷」，原作「審英」，據宫内廳本改。

〔七〕「盛名」，宫内廳本作「威名」。

〔八〕「絳」，原作「經」，據宫内廳本改。

〔九〕「侍郎」，宫内廳本作「待制」。

〔一〇〕「大雅」，當作「小雅」。

〔一一〕「絳諂事」，原作「孝諸事」，據宫内廳本改。

傷杜醇〔一〕

杜生四五十，孝友稱鄉里。語：「四十五十而無聞焉，斯亦不足畏也已。」又，子路篇：「宗族稱孝焉，鄉黨稱弟焉。」隱約不外求，言賦在隱約而平寬。

詩意謂有道者無所假於外而樂。又顏延年陶徵士詩云：「隱約而閑。」〔二〕耕桑有妻子。漢楊惲答孫會宗書：「身率妻子，戮力耕桑。」蓺杖牧雞豚，篘筒釣魴鯉。鮑明遠東武吟：「荷杖牧雞豘。」豚、豘同。○詩：「敝笱在梁，其魚魴鯉。」○郭景純江賦：「筒灑連鋒，罾罾比舡。」注：「筒灑、罾罾，取魚器物。」歲時酤酒歸，亦不乏甘旨。內則：「旨甘柔滑。」天涯一桮飯，夙昔相逢喜。談辭足詩書，篇詠又清泚。都城問越客，安否常在耳。日月未渠央，如何棄予死？謝玄暉詩：「寒流自清泚。」未渠央，見少狂喜文章注。古風久凋零，好學少爲己。語：「古之學者爲己。」悲哉四明山，此事〔三〕一作「士」。今已矣。公爲鄞縣，嘗有書〔四〕請醇入縣學；及在朝，又數從越人問其安否。公厚醇如此，其退之所稱董邵南之流乎？讀公詩，可想見其人。

【校記】

〔一〕宋本、叢刊本題作悼四明杜醇。

〔二〕「陶徵士詩」，當作「陶徵士誄」，見文選卷五十七。「隱約而閑」，一本作「隱約就閑」。

〔三〕「事」，龍舒本作「士」。

〔四〕「書」，原作「喜」，據宮內廳本改。

哭梅聖俞

歐公亦有哭聖俞詩，同此韻。

詩行於世先春秋，

離婁上：「王者之迹息而詩亡，詩亡然後春秋作。」

國風變衰始柏舟。

邶詩柏舟，爲十二國變風之首，故云「始」。

文辭感激多所憂，律吕尚可諧鳴球。

書：「戞擊鳴球。」

先王澤竭士已偷，紛紛作者始可羞，其聲與節急以浮。

桓公問：「何以共重吴聲？」羊孚曰：「當以其妖而浮。」○韓集：「就其善鳴者，其聲清以浮，其節數以急，其辭淫以哀。」

真人當天施再流，篤生梅公應時求。

詩：「篤生武王。」

頌歌文武功業優，經奇緯麗散九州。

王文康初見聖俞文，歎曰：「二百年無此作矣！」近臣薦公經明行脩，願得留與國子諸生講論道德，作爲雅、頌，以歌詠聖化。

衆皆少鋭老則不，公[一]獨辛苦不能休，惜無采者人名遒。

胤征：「遒人以木鐸循於路。」注：「遒人，宣令之官。」正義訓「遒」爲「聚」，聚人而令，故以爲名。

貴人憐公青[二]兩眸，

阮籍傳：「籍能爲青白眼，見禮俗之士，以白眼對之；嵇康來，乃見青眼。」

吹噓可使高岑樓，

漢書：「噓枯吹生。」孟子告子曰：「方寸之木，可使高於岑樓。」注：「岑樓，山之鋭嶺者。」貴人，謂歐公輩徒能資之，而不能薦也。歐公歸田録云：「梅聖俞以詩知名，三十年終不得一館職。晚年與修唐書，書成，未奏而卒。士大夫莫不歎惜。其初受勑修唐書，語其妻刁氏曰：『吾之修書，可謂猢猻入布袋矣！』刁氏對曰：『君於仕宦，亦何異鮎魚上竹竿耶？』聞者皆以爲善對。」

坐令隱約不見收。

司馬遷傳：「詩書隱約。」注：「隱，憂也；約，屈也。」

空能乞錢助饋餾，

爾雅：「饋餾，稔也。」釋曰：「稔，熟也。」孫炎曰：「蒸之曰饋，均之曰餾[三]。」説文云：「饋，一蒸米也。餾，飯氣流也。」大雅洞酌云：「可以餴饎。」其義同。韓集南山詩：「或如火熺煙，或若氣饋餾。」○宛陵集有謝歐公贈絹詩云：「昔公處貧我處困，我無金玉可助公。今公既貴我尚窘，公有縑帛周我窮。古來朋儕義亦少，子貢不顧顔淵空。復聞韓孟最相善，身仆道路哀妻僮。」疑此有物司諸幽。公所以得爲國子監直講者，以近臣趙槩等薦，然未足究其蘊，猶不薦也。檀弓「北面求諸幽」之義，此借用。棲棲孔孟葬魯鄒，後始卓犖稱軻丘。孔融薦禰衡「英才卓躒」。注：「躒，與犖同。」聖賢與命相楯矛，勢欲強達〔四〕誠無由。詩人況又多窮愁，李杜亦不爲公侯。樂天與元微之書：「既竊時名，又欲竊時之富貴，使己爲造物者，肯兼與之乎？況詩人多蹇，如陳子昂、杜甫，各授一拾遺，而屯剥至死；李白、孟浩然輩不及一命，窮悴終身。」公窺窮阸以身投，坎軻坐老當誰尤？「求仁得仁，又何怨？」退之文：「吾實爲之，其又何尤？」吁嗟豈即非善謀，虎豹雖死皮終留。「豹死留皮，人死留名。」梁王彦章語。飄然載喪下陰溝，公嘉祐五年死於京師，年五十九，其孤增載其柩歸宣州。粉書軸幅懸無旒。官小者，於制無旒。高堂萬里哀白頭，母仙游縣太君束氏、清河縣太君張氏。聖俞死時，張氏猶在。東望使我商聲謳。商聲屬秋而悲。寧戚扣牛角而商歌，謂作商聲也。○退之鴛驥詩：「寄詩同心子，爲我商聲謳。」

補注

温公朔記：「聖俞卒，其弟云有詩七千餘首。」〔五〕

【校記】

〔一〕「公」，龍舒本、宋本、叢刊本作「翁」。

〔二〕「青」，龍舒本作「清」。

〔三〕「餾」，原作「饋」，據宮内廳本改。

〔四〕「達」，龍舒本作「違」。

〔五〕本注原闌入詩注末，無「補注」二字。

游章義寺

章義寺，本齊集善寺。唐改今名，又改爲法雲院，在蔣山寺西。

九日章義寺，倦游因解鑣。拂榻寄午夢，起尋北山椒。漢武帝悼李夫人賦：「釋輿馬於山椒。」孟康曰：「山椒，山陵也。」岑蔚鳥絶迹，舒元輿詩：「黿魚既絶迹，鹿兔無遺毛。」廬山記：「窮嵓穹岫，鳥獸迹絶。」悲鳴惟一蜩。歡言與僧期，於此共簞瓢。斬松八九根，窗壁具一朝。退之詩：「顧視窗壁間，親戚競覘觀。」伏檻何所見？蒼蒼圍寂寥。張衡西京賦：「伏櫺檻而俯聽，聞雷霆之相激。」○李白詩：「攀崖上日觀，伏檻窺東冥。」巖谷寒更静，水泉清不摇。安得有車馬，尚無漁與樵。神茂真觀復，心明衆塵消。塵，謂根塵也。樂天偈云：「盤陁石上，蒼松影裏，六根之源，湛如止水。」言心垢浄則根塵不留矣。○道家云：「神住則氣住，氣住則形住。」世人多苦神氣散亂，真觀何從而復？公所謂真觀者，即元神，非識神也。○李真一注陰符云：「存元神於心，氣守其母。」曹道冲云：「閑閑只要□元神。」○謝靈運詩：「慮澹物自輕，意愜理無違。」韋應物詩：「情虚澹泊生，境寂塵想滅。」又：「眼暗文子廢，心閑道心精。」陰嶺有佳〔一〕客，儻來不須招。莊子繕性篇：「軒冕在身，非性命也，物之儻來寄耳。」

【校記】

〔一〕「佳」，宋本、叢刊本作「嘉」。

餠祈澤寺

按建康志：「祈澤寺在府城東驛路之北，去城二十五里。宋少帝建。」

駕言東南還〔一〕，午餠投僧館。山白梅蘂長，林黃柳芽短。樂天詩：「梅房小白裹，柳彩輕黃染。」笭箵沙際來，元結傳：「帶笭箵而盡舡，獨聱齖而揮車。」又云：「能帶笭箵，全獨而保生。」唐書音訓讀作郎桑，見結本集音訓。又音上力丁切，下息拯切，取魚籠也。蘇子美、黃魯直、秦少游皆於青字韻内押。按集韻庚、清、青三韻中不收此字，並於上聲「逈」字韻收。略彴桑間斷。武帝紀：「初榷酒酤。」注：「榷者，步渡橋。爾雅謂之石杠〔二〕，今之略彴是也。彴音酌。」春映一川明，雪消千壑漫。裴迪詩：「清波殊淼漫。」魚隨竹影浮，鳥誤人聲散。玩物豈能留？書：「玩物喪志。」干時吾自懶。孟子：「題辭干時，惑衆者非一。」

【校記】

〔一〕「還」，宋本、龍舒本、叢刊本作「游」。

〔二〕「杠」，宮内廳本作「矼」。

答瑞新十遠 瑞新，死心禪師。

遠水悠悠〔一〕碧，遠山天際蒼。中有山水人，寄我十遠章。我時在高樓，徙倚觀八荒。過秦論：「并吞八荒。」師古曰：「八荒，八方荒忽極遠之地也。」又揚雄傳：「上祭后土，行游介山，陟西嶽以望八荒。」亦復有遠意，千載不相忘。公集有書瑞新道人壁，必此人也。今附於此：「始，瑞新道人治其衆於天童之景德。予知鄞縣，愛其材能，數與之游。後新主此山之四年，予自淮南來視蘇州之積水，卒事，訪焉，則新既死於京師〔二〕。聞其死者，知與不知，莫不愴焉。而予與之又久以深，宜其悲也。夫新之材〔三〕信奇矣，然自放於世外，而人悼惜之如此。彼公卿大夫，操治民之勢而能以德澤加焉，則其生也榮，其死也哀，不亦宜乎？皇祐五年六月十五日，臨川王某介甫題。」

【校記】

〔一〕「悠悠」，龍舒本、宋本、叢刊本作「悠然」。

〔二〕「死於京師」，叢刊本卷七十一作「死於某月某日矣」。

〔三〕「材」，原作「心」，據宋本、叢刊本卷七十一改。

送文學士倅邛州

文同，與可也。上世自巴徙梓之永泰。登皇祐元年高第。嘉祐四年，任館職。以親老，請通判邛州。誌稱，與可資廉方。居家，不問資産。所至尤恤民事，民有不便，如己納之阱中，必爲出之而後已。退而齋居一室，書史圖畫，羅列左右，彈琴著文，寒暑不廢。事親孝，未嘗違去晨莫。恬於遠宦，以便旨甘者十有餘年。不趣時好，不避權仇。修其在己，而不求其在人者，安義與命。蓋超然自得，平居以言誨諸子而自踐之者。其大旨如此。故凡與之游，皆名節文行之士顯用於今者，而公獨不與焉。命也夫！司馬温公嘗遺書曰：「與可襟韻蕭灑，如晴雲秋月，塵埃不到。光心服者，非特辭翰而已。」

文翁出治蜀，蜀士始文章。司馬唱成都，嗣音得王楊。詩子衿：「子寧不嗣音？」此一詩雜用司馬、王、楊事。按：文翁，舒人，好學，通春秋，以郡縣吏察舉。景帝末，爲蜀郡守，仁愛好教化。見蜀地僻陋，有蠻夷風，文翁欲誘進，乃選郡縣小吏開敏有材〔一〕者張叔等十餘人，親自飭厲。遣詣京師，受業博士，或學律令。減省少府用度，買刀布蜀物，齎計吏以遺博士。數歲，蜀生皆成就還歸。文翁以爲右職，用次察舉，官有至郡守、刺史者。又修起學官於成都市中，招下縣子弟以爲學官弟子，爲除更徭，高者以補郡縣吏，次爲孝弟力田。常選學官僮子，使在便坐受事。每出行縣，益從學官諸生明經飭行者與俱。使傳教令，出入閨閤。縣邑吏民見而榮之。數年，爭欲爲學官弟子，富人至出錢以求之。繇是大化。蜀地學於京師者，比齊、魯焉。至武帝時，乃令天下郡國皆立學校官。自文翁爲之始云。文翁終於蜀，吏民爲立祠堂，歲時祭祀不絕。至今巴蜀好文雅，文翁之化也。犖犖漢守孫，據與可志銘，范子功作，云：「其先文翁，廬江人，爲蜀守，子孫因家焉。」千秋起相望。操筆賦上林，脱身〔二〕選爲郎。司馬相如上林賦奏，天子以爲郎。擁書天禄閣，奇字校偏旁〔三〕。劉棻嘗從雄學作奇字。忽乘駟馬車，牛酒過故鄉。相如既拜中郎將，建節，乘〔四〕傳，往賂西南夷。至蜀，太守以下郊迎。卓王孫、臨邛諸公皆因門下獻牛酒以交相如爲郎，會唐蒙發吏民千人，轉漕萬餘人，通夜郎、僰中，巴蜀大驚恐，於是遣相如責蒙，因以檄諭告蜀民以非上意。○水經：「越巂有同山，其山神有金馬、碧雞，驪。時平無諭檄，不訪碧雞祥。光景倏忽，民多見之。漢遣王褒往祭，欲致其雞馬，道病卒。」褒碧雞頌曰：「敬移金精神馬，縹碧之雞。」左太沖蜀都賦：「金馬騁光而絶影，碧雞倏忽而耀儀。」問君行何爲？關隴正繁霜。詩小雅：「正月繁霜。」中和助宣布，循吏綴前芳。豈特爲親榮？區區誇〔五〕一方。漢宣帝時，益州刺史王襄欲宣風化於衆庶，召王褒，使作中和樂職宣布詩。

【校記】

〔一〕「材」，原作「捄」；下文「買刀布」，「買」，原作「賀」；「修起」，原作「條起」；「爲除更徭」，原作「馬除更徑」；「益從」，原作「益役」；「與俱」，原作「與具」，均據宮内廳本及漢書循吏傳改。

〔二〕「身」，宋本、叢刊本作「巾」。

〔三〕「旁」，宋本、龍舒本、叢刊本作「傍」。

〔四〕「乘」，原作「垂」，據宮内廳本及漢書司馬相如傳改。

〔五〕「誇」，宋本、龍舒本、叢刊本作「夸」。

送宋中道通判〔一〕洛州　中道，參政綬之季子。

漳水不灌鄴，不知幾何時。後世有史起，乃能爲可〔二〕爲。魏史起引漳水溉鄴。漳，濁漳也。按水經：「出上黨長子縣西，歷壺關、屯留、潞、武安。又東出山，過鄴縣〔三〕西。」漢志曰：「魏文侯時，西門豹爲鄴令，有令名。至〔四〕文侯曾孫襄王時，與羣臣飲酒，王爲羣臣祝曰：『令吾臣皆如西門豹之爲人臣也。』史起進曰：『魏民之行田也以百畝，鄴獨二百畝，是田惡也。漳水在其傍，西門豹不知用。』於是以史起爲鄴令，遂引漳水溉鄴，以富魏之河内，民歌之。」余嘗憐洺民，舃鹵半不治。許氏說文：「鹵，鹽地也。東方謂之斥，西方謂之鹵。」呂氏春秋：「民歌史起〔五〕曰：『決漳水以灌鄴傍，終古斥鹵生稻粱。』」○貨殖傳：「太公封於營丘，地舃鹵。」注：「鹹地也。」宣帝紀：「帝嘗困於蓮勺鹵中。」注：「蓮勺有鹽池，縱橫十餘里，在櫟陽東。」據此，不獨海濱廣斥，所至皆有鹵也。○杜詩：「鹵中草木白，青者官鹽煙。」頗覺漳可引，但爲談者嗤。介甫既相，遣程昉治漳水，一方大騷，竟無成功。高議不同俗，功成人始思。評曰：東坡亦有孫莘老說湖州事，前輩用心略同。而可成與否，不能必也。○趙武靈王欲胡服，曰：「夫有高世之名，必有遺俗之累。」又曰：「先王不同俗，何古之法？」商君曰：「論至德者，不和於俗；成大功者，不謀於衆。」又云：「民不可與慮始，而可與樂成。」此一聯用商君語。○漢何武傳：「其所居無赫赫名，去後常見思。」夫子到官日，勿忘吾此詩。

【校記】

〔一〕「通判」，龍舒本目録、宋本、叢刊本作「倅」。

〔二〕「可」，宮内廳本作「我」。

〔三〕「鄮縣」，原作「迎縣」，據宮内廳本改。
〔四〕「至」，原作「王」，據宮内廳本改。
〔五〕「史起」，原作「吴起」，據上文改。

送張公儀宰安豐 縣屬壽州。

楚客來時鴈爲伴，歸期想是冰未泮〔一〕。邶風〔二〕匏有苦葉：「士如婦妻，迨冰未泮。」鴈飛南北三兩回，回首湖山空夢亂。退之鳴鴈詩：「嗷嗷鳴鴈鳴且飛，窮秋南去春北歸。」祕書一官聊自慰〔三〕，安豐百里誰復歎？揚鞭去去及芳時，壽酒千觴花爛漫〔四〕。韓詩：「去去朔寥廓。」

【校記】

〔一〕「歸期」句，諸本均作「歸期秖待春冰泮」。
〔二〕「邶風」，原作「小相」，據詩邶風改。
〔三〕「慰」，原作「尉」，據宋本、叢刊本改。
〔四〕「漫」，龍舒本、宋本、叢刊本作「熳」。

送陳諤

有司昔者患不公，翻名謄〔一〕書今故密。進學解：「無患有司之不公。」○淳化三年，試巵言日出賦。始命糊名考校，分爲五等。狀元孫何。論才相若子獨棄，外物有命真難必。鄉閭孝友莫如子，我願卜鄰非一日。朱明奕奕行多慚，歸矣無爲惡蓬蓽。此詩余在撫州見石本，嘉祐元年作。詩又有「兄名祁」，公亦嘗贈以詩。

【校記】

〔一〕「翻」，宮内廳本作「糊」。「謄」，宋本、叢刊本作「騰」。

孫長倩歸輝州〔一〕

地理無輝州，恐是耀州。

溪澗得雨潦，奔逸〔二〕不可航。評曰：來得怪。江海〔三〕收百川，浩浩誰能量？溪澗之日短，江海之日長。評曰：兩語奇。○韓詩：「潢潦無根源，朝滿夕已除。」願生畜道德，江海以自方。

【校記】

〔一〕龍舒本目録題作「送陸長倩歸輝州」，宋本、叢刊本題作「送孫長倩歸輝州」。

〔二〕「逸」，龍舒本、宋本、叢刊本作「溢」。

〔三〕「海」，宮内廳本作「湖」。

送喬秀才歸高郵縣〔一〕

薄飯午不羹，空爐夜無炭。寥寥日避席，烈烈風欺幔。謂予勿惡此，何爲向子歎？長年客塵沙，無婦助親爨。寒暄慰白首，我弟纔將冠。邅迴歲又晚，想見淮湖漫。杜詩：「江光日滋漫。」古人一日養，不以三公換。盡心上：「柳下惠不以三公易其介。」田園在戮力，且欲歸鋤灌。淵明歸去來辭：「田園將蕪胡不歸？」抱甕而出灌，見上注。行矣子誠然，光陰未宜翫。言養親當愛日。○昭公元年：「后子曰：『主民，玩歲而愒日。』」○韓詩：「百年詎幾時？君子不可閑。」負米力有餘，能無讀書伴？子路曰：「昔者由也事二親之時，常食藜藿之實，爲親負米百里之外。親没之後，南游於楚，從車百乘，列鼎而食。欲食藜藿，爲親負米，不可復得也。」

【校記】

〔一〕「喬秀才」，宋本、叢刊本作「喬執中秀才」。「縣」，諸本皆無此字。

雲山詩送正之

雲山參差碧相圍，溪水詰曲帶城隍。退之詩：「綿緜相糾結〔一〕，狀似環城隍。」又：「詰曲思曾繞。」溪窮壞斷至者誰？予獨與子相諧熙〔二〕。韓祭李氏文：「出從於人，既相諧嬉。」山城之西鼓吹悲，水風蕭蕭不滿旗。李義山聖女祠詩：「一春夢雨常飄瓦，盡日靈風不滿旗。」子今去此來何〔三〕時，予有不可誰予規？評曰：舊見本云「後有不可」，似順。○正之，謂孫侔，公之畏友。「誰予規」之語，足見公始未嘗不樂聞忠告也。

【校記】

〔一〕「糾結」至篇末，原缺，據宮内廳本補。

〔二〕「熙」，龍舒本作「嬉」。

〔三〕「何」，宋本、龍舒本、叢刊本作「無」。

庚寅增注第十三卷

送喬秀才歸高郵縣〔一〕

薄飯藜羹不糁止，猶有飯也。避席皆言寒也。曾子避席。此借用。風欺幔杜詩：「風幔不依棲。」我弟纔將冠山谷詩：「有弟有弟力持家，歸能養姑供㳽鮮。」

【校記】

〔一〕題原缺，據注文補。

王荆文公詩卷第十四

古詩

和甫如京師微之置酒 王哲，字微之，時知江寧。

季子將北征，貂裘解亭皋。蘇秦黑貂之裘弊。〇魏書：「鮮卑有貂鼠子，皮毛柔軟，故天下以爲裘。」〇杜詩云：「煖客貂鼠裘。」使君擁鳴騶，出餞載酒醪。北山移文：「鳴騶入谷。」〇詩邶風泉水：「出宿於泲，飲餞於禰。」作詩寵行色，坐客多賢豪。退之詩：「往來滿屋賢豪者。」信知大夫才，能賦在登高。漢藝文志：「詩曰：『不歌而頌謂之賦。登高能賦，可以爲大夫。』言感物造端，才智深美，可與圖事，故可以爲列大夫也。」陟屺憂未已，強歌反哀號。詩：「陟彼屺兮，瞻望母兮。」長歌之哀，過於慟哭。」時介父新免母喪，餘哀未忘。問言歸何時，逮此冬風饕。川塗良阻脩，箠轡慎所操。韓文：「雪虐風饕。」〇詩：

「道阻且脩。」黃屋初啓聖，萬靈歸一[一]陶。謂英廟即位初也。○前漢高帝紀：「黃屋左纛。」李斐注曰：「天子車以黃繒爲蓋裏。」又郊祀志：「黃帝接萬靈[二]於明廷。」後漢崔駰達旨「坏冶一陶」[三]。詢謀及踈賤，拔取皆時髦。往矣果有合，可辭州縣勞。書：「詢謀僉同。」○後漢梁竦「州縣之職，徒勞人耳」。○易序卦：「可觀而後有所合。」

【校記】

[一]「一」，龍舒本作「之」。

[二]「黃帝接萬靈」，原作「黃□簽萬靈」，據漢書郊祀志上改。

[三]「崔駰」，原作「以駰」；「達旨」，原作「逵旨」；「坏冶」，原作「鈈治」，均據後漢書崔駰列傳改。

別孫莘老

莘老，名覺，高郵人，胡安定之高弟，是王令一輩人，與公素厚。神宗欲革積弊，覺言：「弊不可不革。革而當，其悔乃亡。」上謂左右曰：「孫覺頗知理。」據此，詩之作，必在公未變法之前。

逢原未熟我，已與子相知。自吾得逢原，知子更不疑。夫子曰：「自吾得間，門人益風。」○退之贈元十八協律六首[一]詩：「吾友柳子厚，其人藝且賢。吾未識子時，已覽贈子篇。」把手湖上舟，望子欲歸時。茫然乃分散，獨背東南馳。寥寥西城居，邂逅與子期。雞鳴入省門，朱墨來紛披。含意不自得，強顏聊爾爲。會合常在夜，青燈照書詩。往往竝衾語，至明不言疲。忽忽捨我去，使我當從誰？莘老嘗爲宣州太平縣令。疑此是合肥簿滿秩，入都注令時。送子不出門，我身方羈縻。我心得自如，今與子相隨。隨子至湖上，逢原所嘗嬉。想見荷葉盡，北風卷寒漪。已懷今日愁，更念昔日悲。相逢亦何有？但有鏡中絲。介甫後自羣牧出憲江東，莘老時猶在太平。公集有與莘老一書，論朋友切磨及鹽秤子事，亦可見二公情分始未嘗不同，後卒以論新法故異耳。○相隨身留而形往也，故下又云「想見」。

【校記】

〔一〕「贈元十八協律六首」，原作「贈元人藝」，據五百家注昌黎文集改。

寄丁中允〔一〕

丁寶臣字元珍，晉陵人，嘗以太子中允知剡縣，今詩題故稱「中允」也。元珍以文行稱，東南多學者，而湖、杭尤盛，多元珍所成就云爾。

人生九州間，泛泛水中木。韓詩：「譬如浮江木，縱橫豈自知？」○陳蕃傳：「方今羣臣泛泛如河中木。」漂浮隨風波，邂逅得相觸。莊子曰：「方舟而濟於河，有虛舡來觸舟，雖有褊心之人，不怒。」○楊惲傳：「自與太僕相觸也。」始我與夫子，得官同一州。相逢皆偶然，情義迺綢繆。我於人事踈，而子久已〔二〕脩。磨礱以成我，德大不可疇。乖離今六年，念子未嘗休。豈不道相逢，但得頃刻留。歡喜不滿顏，長年抱離憂。退之詩：「歡華不滿眼。」古人有所思，千里駕車牛。嵇康傳：「東平呂安，服康高致，每一相思，輒千里命駕。」如何咫尺間，而不與子〔三〕游？介甫爲鄞縣，元珍在剡，故云「咫尺」。顧惜五斗米，無辜自拘囚。陶淵明傳：「我豈能爲五斗米折腰向鄉里小兒？」○尚書泰誓：「無辜籲天。」○賈誼鵩賦：「窘若囚拘。」念彼磊落者，心顏兩慚羞。傳奕送羊叔子出界，因以免官。○陳師道越境見東坡，亦遭臺劾，幾於磊落矣。剡山碧榛榛，剡水日夜流。山行苦無巘，水淺亦可舟。詩：「就其淺矣，方之舟之。」使君子所善，來檄自可求。何時有〔四〕來意？待子南山頭。歐公作元珍墓表，言：「君治州縣，聽決精明，賦役有法，民畏信而便安之。其始治剡也如此。後治諸暨，剡鄰邑也，其民聞其來，讙曰：『此剡人愛而思之，謂不可復得者也。今吾民幸而得之。』而君亦以治國者治之。由是所至有聲。及居閣下，淡然不以勢利動其心，未嘗走謁公卿〔五〕，與諸學士羣居恂恂，人皆愛親之。蓋其召自諸暨也，以材行選。及在館閣，久而朝廷益知其賢也。英宗每論人物，屢稱之。」

【校記】

〔一〕宋本、叢刊本題下有注：「寶臣。」

〔二〕「已」，叢刊本作「矣」。

〔三〕「子」，叢刊本作「予」。

〔四〕「有」，宋本、叢刊本作「子」。

〔五〕「公卿」，原作「上卿」；下文「蓋其召自」，原作「盡其召携」；「久而」，原作「久在」，均據歐陽修居士集集賢校理丁君墓表改。

示平甫弟

汴渠西受崐崙水，崐崙水，謂黄河也。國朝河渠志：「汴水首承大河，中注京師，而屬於淮。」五月奔湍射蒿〔一〕矢。蒿矢，詳見送董伯懿歸吉州注。○内則篇：「射人以桑弧蓬矢六射天地四方。」蓬，亦蒿也。○莊子在宥篇「蒿矢」注云：「矢之猛者。」高淮夜入忽倒流，碕岸相看欲生背。司馬相如：「宜春宫臨曲江之隑。」隑，即碕字。隑，鉅依反。文選：「碕岸爲之不枯。」萬檣如山矻〔二〕不動，嗟我仲子行亦止。自聞留連且一月，每得問訊猶千里。老工取河天上落，老工，謂水工也。漢志：「齊人水工徐伯穿漕渠。」○杜牧詩：「東垠黑風駕海水，海底卷上天中央。」○太白詩：「君不見黄河之水天上來。」○沈存中筆談：「自汴流堙澱京城東水門下，至雍丘、襄邑，河底皆高出堤外平地一丈二尺餘。自汴堤下瞰民居，如在深谷。」伏礫邅沙卷無底。土橋立馬望城東，數日知有相逢喜。牆隅返照媚槐榖，池面過雨蘇篁葦。榖，音工木反，楮也，即尚書「桑榖共生」之榖。退之秋雨詩：「伏潤肥荒艾。」欣然把酒〔三〕相與閑，所願此時無一詭。豈無他憂能老我？付與天地從今始。評曰：有林回棄璧之氣。○退之詩：「爲此徑須沽酒飲，自外天地棄不疑。」○張彪詩：「行行任天地，無爲强親踈。」○邵康節詩：「惟須以命聽於天，此外誰能閑計較？」皆公詩「付與天地」之意也。公所造至是益高，他人不足與及此，故獨以語平父。朱晦翁在史院，酒半，嘗爲子誦此二句，意氣甚偉云。○詩：「自今以始歲其有。」閉門爲謝載酒人，揚雄傳：「時有好事者，載酒肴從游學。」外慕紛紛吾已矣。史記禮書：「子夏，門人之高弟也，猶云出見紛華盛麗而説，入聞夫子之道而樂。」

【校記】

〔一〕「蒿」，龍舒本、宋本、叢刊本作「黄」。

〔二〕「矻」，龍舒本作「屹」。

〔三〕「酒」，龍舒本、宋本、叢刊本作「手」。

憶蔣山送勝上人〔一〕

蒼藤翠木江南山，激激流水兩山間。退之詩：「水聲激激風生衣。」山高水深魚鳥樂，車馬迹絶人長閑。雲埋樵聲隔葱蒨，月弄釣影臨潺湲。黄塵滿眼衣可濯，夢寐惆悵何時還？唐人詩：「但聞煙外鍾，不見煙中寺。」韋應物詩：「洗藥泉中月猶在。」意頗類此。

【校記】

〔一〕龍舒本題作「憶蔣山」。宋本、叢刊本「蔣山」作「北山」。

相國寺啓同天〔一〕道場行香院觀戲者 神宗四月十日誕聖，曰同天節。

侏優〔二〕戲場中，一貴復一賤。心知本自同，所以無忻〔三〕怨。范忠宣嘗言：「人將官職，只好作奉使借官看。人之處世，亦何異戲者哉？只作侏優看，又何忻怨之有？」

【校記】

〔一〕宋本、叢刊本「同天」下有「節」字。

〔二〕「優」，宫内廳本作「儒」。

〔三〕「忻」，龍舒本、宋本、叢刊本作「欣」。

馬上轉韻 此詩疑不類介甫作。

三月楊花迷眼白，四月柳條空老碧。年光如水儘東流，風物看看又到秋。杜子美詩：「年華冉冉催人老，風物蕭蕭又變秋。」人世百年能幾許？何須戚戚長辛苦。吕后强食張良，曰：「人生一世間，如白駒過隙，何自苦如此？」富貴功名自有時，簞瓢捽茹亦山雌。揚子脩身篇：「『山雌之肥，其意得乎？』『回之簞瓢，癯如之何？』曰：『明明在上，百官牛羊，亦山雌也。闇闇在上，簞瓢捽茹，亦山雌也。何其癯？』」詩意言雖處隱約貧困，而泰然自足。

補注 古詩□歌行：「憶昨去家此爲客，荷花初紅柳條碧。」〔一〕

【校記】

〔一〕本注原闌入題注下，無「補注」二字。

乙巳九月登冶城作

冶城，即謝安、王羲之嘗所登處，詳見上注。

欲望鍾山岑，因知〔一〕冶城路。躋攀隱木杪，稍記曾游處。紅沉渚上日，蒼起榛中霧。杜詩：「紅稠屋角花，碧委墻隅草。」即事有哀傷，山川自如故。丁令威：「城郭如舊人民非。」○杜牧詩：「不改中南色，其餘事事新。」

【校記】

〔一〕「知」，龍舒本作「得」。

過劉貢甫

貢父〔一〕，名攽，敞弟也，同中進士科。治平末，趙槩薦攽可備文館，中丞王陶、御史蘇寀共排之。既試，入優等，當除直館。時攽爲屯田員外郎，例不爲校勘，而執政止擬校勘，以人言故也。○神宗手詔，推求太祖諸孫屬近行高者爲王，以奉太祖後。攽時爲禮官，曰：「禮，諸侯不得祖天子。太祖傳天下於太宗，猶商及王，大統所在。繼體之君，皆太祖子孫，不當別更置後。謂宜德昭、德芳，世世勿降爵，從祀宗廟。」從之。講官建言：「願得坐講。」下或以爲可從，攽執常禮，謂不當坐，且云：「人主命之坐，與人主不命而請之，逆順分矣。」卒如攽言。熙寧十年，召爲國史編修官。御史言：「攽昔在館，擲帽爲戲，不可任史職。」宰相爲辨之，持其奏不下，攽亦辭，換開封府判官。元祐初，召爲中書舍人。卒，年六十七。初，司馬光奏攽與劉恕同修資治通鑑。至是書成，而恕已亡。攽請於朝，爲官其一子。歐陽公始在政府，首薦攽辭學優贍，履行清謹，記問該博，可以備朝廷詢訪。曾鞏掌外制，舉攽自代，云：「竊以謂引拔衆材，彌綸世務，至於博學之士，固宜用在朝廷。況今聖學高明，究極今古，凡在左右備顧問之臣，尤須多識前載，然後能稱其職。如攽所長，實允茲選。」蘇軾乞留攽，奏云：「按：攽名聞一時，身兼數器，文章爾雅，博學強記，政事之美，如古循吏。流離困躓，守道不回。此自朝廷之所知，不待臣區區誦說。但以人才之難，古今所病。舊臣日已衰老，新進長育未成。如攽成材，反在外服，此有志之士所宜爲朝廷惜也。」張耒祭公文，有云：「有問於子，歸如得師。直貫旁穿，水決矢飛。一時書林，衆俊並馳。滿堂賢豪，視子麈〔二〕揮，逸足奇毛，不受紲羈。擯守列郡，吏畏民思。」又云：「誰與子仇？敗子百方。雖然今日，竟何有亡？」

去年約子游山陂，公嘗和貢甫詩云：「何時扁舟却顧我？還欲與子游山陂。」今者仍爲大梁客。天旋日月不少留，白虎通：「日行遲，月行疾。日行一度，月行十三度十九分度之七。」春秋元命包：「陰精爲月，日行十三度。」范子計然：「月行疾，二十九日、三十日間，一與日合，取日之度，以爲月節。」稱意人間寧易得？晉羊祜歎曰：

「天下事不如人意，十常居七八。」天明徑欲相就語，霰雪〔三〕填城萬家白。冬風吹鬣馬更驕，一出何由問行迹？能言奇字世已少，終欲追攀豈辭劇？劇，言勞劇之劇。司馬相如賦：「徼谻受詘。」注：「倦極也。谻，音劇。」枕中鴻寶舊所傳，劉向傳：「上復興神仙方術之事，而淮南有枕中鴻寶苑祕書。更生父德，武帝時治淮南獄，得其書。更生幼而讀誦，以爲奇。」飲我寧辭酒或索。吾願與子同醉醒，索，盡也。〇屈原漁父章句：「衆人皆醉而我獨醒，是以見放。」〇杜牧郊居聯句：「不知閑醉與誰同？」顔狀雖殊心不隔。故知今有可憐人，左傳：「子産曰：『人心不同，如其面然。』」今反用，謂貌異心同也。「可憐人」，指貢甫。回首紛紛斗筲窄。子路篇：「子曰：『噫，斗筲之人，何足算也。』」注：「筲，竹器，容一斗二升。」

【校記】

〔一〕「貢父」，原作「贛父」，據宋史劉敞傳改。

〔二〕「塵」，原作「塵」，據宮内廳本及張耒柯山集改。

〔三〕「霰雪」，龍舒本、宋本、叢刊本作「雲雪」，宮内廳本作「雪霰」。

估玉

潼關西上〔一〕古藍田，有氣鬱鬱高拄天。太平寰宇志：「藍田縣，屬雍州，本秦舊縣。」〇漢地理志曰：「藍田，秦孝公置。山出美玉。」周禮職方氏曰：「玉之美者曰珠，其次曰藍。」蓋以縣出美玉，故名藍田。又有藍田山。古華胥氏陵在縣西三十里，一名玉山。○杜詩：「明月無瑕豈容易？紫氣鬱鬱猶衝斗。」○又唐人詩：「堆金柱北斗。」雄虹雌霓相結纏，晝夜不散非雲煙。漢書天文志：「若煙非煙，若雲非雲，是謂慶雲。」○春秋元命包：「雄曰虹，雌曰霓。」秦人挾斤上其顛，視氣所出深鑱鐫。得物盈尺方且堅，以斤試叩聲泠[二]然。至寶所在，其上必有光氣。新垣平言：「臣望東北汾陰有金寶氣，意周鼎其出乎？」○東坡作昌化峻靈王碑言：「五代之末，南夷知望氣者言，神所居山有寶氣，上達於天。艤舟山下，斲山發石以求之。」如此類非一。持歸市上求百錢，人皆疑嗟莫愛怜。大梁老估聞不眠，操金喜取走蹁躚。深藏牢包三十年，光怪隣里驚相傳，欲獻天子無由緣。朝廷昨日鍾鼓縣，呼工琢圭寘神筵，玉材細瑣不中權。按國史：「皇祐二年四月，禮院言：季秋饗昊天上帝及五方帝於明堂，當用四圭有邸、青圭、赤璋、白琥、黝璜、黃琮各一，並薦；饗景靈宮，用四圭有邸一，凡七玉。檢會慶曆七年郊制，昊天上帝，玉用蒼璧。及詳開寶通禮：『明堂祀昊天上帝，玉用四圭有邸。』今請如通禮，望下三司，令所屬會少府擇嘉玉預行脩製。詔禮官詳定禮神玉及燔玉制度以聞。禮院又言：『若用景表尺，即與黍尺差近，恐真玉難得大者，請以本院先定依聶崇義所説指尺爲度製造。』從之。」公此詩當是作於皇祐初，緣詩有「神筵」之語，爲明堂設也。賈孫抱物詔使前，紅羅複疊帕紫氈，發視紺碧光屬聯。退之詩：「簷楹氣明滅，五色光屬聯。」詔問與價當幾千，衆工讓口無敢先，嗟我豈識庬[三]與全？考工記：「玉人之事，天子用全，上公用龍。」鄭司農注云：「全，純色也。龍，當作庬。庬，雜色也。」

補注 愛怜 趙世家：「太后曰：『丈夫亦愛怜少子乎？』」[四]

【校記】

〔一〕「上」，龍舒本、宋本、叢刊本作「山」。

〔二〕「冷」，諸本作「泠」。

〔三〕「厖」，宋本、叢刊本作「真」，注云：「一作厖」。

〔四〕本注原闌入詩注末，無「補注」二字。

信都公家白兔

歐陽公也。公時已位侍從，爵信都縣開國男。

水晶〔一〕爲宮玉爲田，常娥〔二〕縞衣洗朱鉛。杜詩宿贊公房：「身在水晶域。」○白霓裳，月宮事。宮中老兔非日浴，典略：「白兔者，明月之精。」○莊子：「鵠不日浴而白。」天使潔白宜嬋娟。抱朴子曰：「兔壽千五百歲，其色白。」嬋娟，謂嫦娥也。揚鬚弭足桂樹間，桂花如霜亂後前。赤鴉相望窺不得，空疑兩瞳射日月〔三〕。古今注曰：「成帝時，山陽得兔，目赤如朱。」○韓詩：「金鴉一騰翥，六合俄清新。」東西跳梁自長久，莊子：「獨不見狸狌乎？東西跳梁，不避高下。」○古艷歌曰：「煢煢白兔，東走西顧。衣不如新，人不如故。」○退之詩：「譬如兔得蹄，安用東西跳？」天畢横施亦何有？詩大東：「有捄天畢，載施之行。」注：「畢，所以掩兔也，何嘗見其可用乎？」憑光下視罝罔繁，衣褐紛紛謾回首。毛穎傳：「衣褐之徒。」去年驚墮滁山雲，出入墟[四]莽猶無羣。奇毛難藏果亦得，千里今以窮歸君。項梁謂田榮曰：「田假與國之王，窮而歸我。」空衢險幽不可返，韓詩：「天路幽險難追攀。」公表有云：「想龍駕於空衢。」食君庭除嗟亦窘。令予得爲此兔謀，豐草長林且游衍。

評曰：備數可爾，無甚得意。○金樓子：「剥牛皮鞹以爲鼓，正三軍之衆。然爲牛計者，不若服軛也。」又：「狐白之裘，天子被之而坐廟堂。爲狐計者，不若走於平澤。」詩稱「得爲此兔謀」，必本諸此。○據歐公白兔後卒逸去，疑公不欲違物性而縱之，託言失之耳。公有思白兔雜言答梅公儀憶鶴之作，今附於此：「君家白鶴白雪毛，我家白兔白玉毫。誰將贈兩翁，謂此二物皎潔勝瓊瑶。已憐野性易馴擾，復愛仙格何孤高。玉兔四蹄不解舞，不如雙鶴能清嘷。低垂兩翅趂節拍，婆娑弄影誇嬌饒。兩翁念此二物者，久不見之心甚勞。京師少年殊好尚，意氣横出争雄豪。清罇美酒不輙飲，千金争買紅顔韶。莫令少年聞我語，笑我乖僻遭譏嘲。或被偷開兩家籠，縱此二物令逍遥。兔奔滄海，却入明月窟；鶴飛玉山，千仞直上青松巢。索然兩衰翁，何以慰無憀？纖腰緑鬢既非老者事，玉山滄海一去何由招[五]？」

【校記】

〔一〕「水晶」，叢刊本作「水精」。

〔二〕「常娥」，宋本、叢刊本作「姮娥」。

〔三〕「日月」，諸本均作「日丹」。

〔四〕「墟」，叢刊本作「虚」。

〔五〕「何由招」，原作「招何由」，據宫内廳本及歐陽修居士集改。

車螯二首〔一〕

沈存中云：「車螯，即魁蛤也。」

車螯肉甚美，由美得烹燔。以美得烹，故曰美好者，不祥之器也。○紹聖三年，始詔福唐與明州歲貢車螯肉柱五十斤，俗謂之紅蜜丁，東坡所稱「江瑶柱」是也。時曾子開感而賦詩，略云：「嚴嚴九門深，日舉費十萬。忽於泥滓中，得列方丈案。腥鹹置齒牙，光彩生顧盼。從此辱虛名，歲先包橘獻。微生知幾何？得喪孰真贋？玉食有云補，刳腸非所患。」瑶，當作「珧」。郭璞江賦：「玉珧海月，肉吐石華。」殼以無味棄，棄之能久存。予嘗怜其肉，柔弱甘咀吞。何胤侈於味，食必方丈。後稍欲去其甚者，猶食白魚、䱇腊、糖蟹。使門人議之，學士鍾岏議曰：「䱇之就腊，驟於屈申；蟹之將糖，躁擾彌甚。仁人用意，深懷如怛。至於車螯、蚶蠣，眉目内闕，慙混沌之奇；脣吻外緘，非金人之慎。不榮不悴，曾草木之不名；無馨無臭，與瓦礫而何筭？故宜長充庖厨，永爲口實。」酉陽雜俎。又嘗怪其殼，有功不見論。醉客快一噉，散投墻壁根。寧能爲收拾，持用訊〔二〕醫門。車螯是大蛤，一名蜃，能吐氣爲樓臺。海中春夏間，依約島溆，常有此氣。○本草云：「殼能治瘡癤腫毒。」

【校記】

〔一〕題原無「二首」二字，據目録補。

〔二〕「訊」，宮内廳本作「謁」。

其二

車螯肉之弱，韓文原道：「弱之肉，強之食。」恃殼保厥身。自非身有求，不取[一]微啓脣。似有所譏。尚恐擉者得，泥沙常埋堙。周禮：「鼈人以時簎魚鼈。」注：「勑角反，與擉同，謂以扠刺泥中搏取之。」〇莊子：「公閱休冬則擉鼈於江。」〇皮日休詩：「車螯近岸何妨取，舴艋隨風不費牽。」往往湯火間，身盡殼空存。維海錯萬物，禹貢：「青州厥貢鹽絺，海物惟錯。」注：「錯，雜，非一種。」口牙工[二]咀吞。爾無如彼何，可畏寧獨人。言海之百怪亦善吞噬，不獨人能捕爾也。〇孟子：「君如彼，何哉？」無爲久自苦，漢書：「何自苦如此？」舍匿不暴陳。豁然縱所如，游蕩四海漘。詩伐檀：「寘之河之漘兮。」注：「漘，涯也。漘，音順倫反。」清波濯其汙，白日曬其昏。孟子：「江漢以濯之，秋陽以曝之。」死生或有在，豈遽得烹燔？言畏禍太甚，徒自苦耳。不如蕩然肆志，未必逢患也。此言蓋有所託。

【校記】

〔一〕「取」，宋本、宮内廳本、叢刊本作「敢」。

〔二〕「工」，宋本、叢刊本作「且」。

與平甫同賦槐

此詩八句而該四時，全不促迫而優游有餘。其妙如此。〔一〕

冰雪泊楚岸，萬株同飄零。春風都城居，初見葉青青。歲行如車輪，蔭翳忽滿庭。秋子今在眼，何時動江舲？言槐已實而未能歸。

【校記】

〔一〕宮内廳本評曰：「强解語。」

甘棠梨

「蔽芾甘棠，勿翦勿伐。」注：「甘棠，杜也。」又小雅：「有杕之杜，有睆其實。」則實者，梨是也。○山海經：「崐崘有木焉，其狀如棠而黄葉赤〔一〕實，其味如李而無核，名曰沙棠梨。食之令人不溺。」亦甘棠梨之類。

甘棠詩所歌，自足誇衆果。愛其凌秋霜，萬玉懸磊砢。園夫盛採摘，市賈〔二〕争包裹。退之：「包裹稚乳。」車輪動盈箱，舟載輒連柁。朝分不知數，暮在知幾顆。但使甘有餘，何傷小而橢。圓而長曰橢。爾雅：「蟦，小而橢。」注：「謂狹而長也。」主人捐千金，飣餖留四坐。退之南山詩：「肴核分飣餖。」柑椑與橙栗，潘岳閑居賦：「梁侯烏椑之柿。」○金谷詩曰：「前庭樹沙甘，後園植烏椑。」在口亦云可。都城紛華地，內熱易生火。內熱，出莊子。問客當此時，蠲煩孰如我？杜詩：「洗滌煩熱，足以寧君軀。」

【校記】

〔一〕「赤」，原作「亦」，據宮內廳本、浙江書局本山海經改。「黃葉」，山海經作「華黃」。

〔二〕「賈」，龍舒本作「買」。

獨山梅花

獨山，在宣州溧水縣。距建康屬耳，又有獨水。

獨山梅花何所似？謝安雪下問諸子姪曰：「何所似？」○退之李花詩云：「君知此處花何似？」半開半謝荊棘中。美人零落依草木，杜詩：「絕代有佳人，幽居在空谷。自云良家子，零落依草木。」志士憔悴守蒿蓬。張仲蔚，平陵人，所居蓬蒿没人。淵明詩：「仲蔚愛窮居，遶宅生蒿蓬。」亭亭孤艷帶寒日，漠漠遠香隨野風。移栽不得根欲老，柳子厚早梅詩：「朔吹飄夜香，繁霜滋曉白。」回首上林顏色空。空者，如空羣之空，言上林花皆不足進。○樂天詩：「六宮粉黛無顏色。」又盧山桂詩：「無人爲移植，得入上林園。不及紅花樹，長栽温室前。」

同昌叔賦鴈奴

鴈宿於江湖之岸，沙渚之中，動計千百。大者居其中，令鴈奴圍而警察。南人有採捕者，俟其天色陰暗或無月時，於瓦罐中藏燭，持棒者數人，屏氣潛行。將欲及之，則略舉燭，便藏之。鴈奴驚叫，大者亦驚，頃之復定。又如前舉燭，鴈奴又驚。如是數四。大者怒，啄鴈奴。秉燭者徐徐逼之，更舉燭，則鴈奴懼啄，不復動矣。乃高舉其燭，持棒者齊入羣中亂擊之，所獲甚多。昔有淮南人張凝評事話之。此人親曾採捕。出玉堂閑話。○蔡寬夫詩話云：「鴈有小而善鳴者，謂之鴈奴。每羣宿，輒往來巡視不瞑，蓋亦物之能愛其類者。江湖間捕鴈，必先以計殺鴈奴，然後羣鴈可得。宋景文公嘗著其説云。」

鴻鴈〔一〕無定棲，隨陽以南北。書禹貢：「陽鳥攸居。」注：「隨陽鳥，鴻鴈之屬。冬月所居於此澤。」○杜詩：「君看隨陽鴈，各有稻粱謀。」嗟哉此爲奴，至性能懇惻。人將伺其殆，奴輒告之亟。舉羣寤而飛，機巧無所得。夜或以火取，奴鳴火因匿。頻驚莫我捕，顧謂奴不直。評曰：十字既盡曲折，下又言鴈奴意中語，所以沉著。○此猶忠臣爲國家計，繩昏警惰。衆既不喜，又共嫉之。嗷嗷身百憂，泯泯衆一息。詩鴻鴈：「鴻鴈於飛，哀鳴嗷嗷。」注云：「未得所安集，則嗷嗷然。」此言鴈奴身懷百憂，而衆鴈安眠也。詩：「無思百憂。」相隨入繒繳，豈不聽者惑？言既不用，事敗相隨俱死，如吴張悌、唐王彦章之類是也。偷安與受紿，自古有亡國。君看鴈奴篇，禍福甚明白。

【校記】

〔一〕「鴻鴈」，龍舒本、宋本、叢刊本作「鴈鴈」。

老　樹

此詩託意甚深，當是更張後作。〔一〕

去年北風吹瓦裂，退之詩：「漂舡擺石萬瓦裂。」墻頭老樹凍欲折。蒼葉蔽屋〔二〕一作「屈」。忽扶踈，野禽從此相與居。禽鳴無時不可數，雌雄各自應律呂。我床撥書當午眠，能驚我眠聒我語。古詩「鳥鳴山更幽」，梁王藉，僧祐之子也。常游若邪溪，賦詩，其略曰：「蟬噪林逾静，鳥鳴山更幽。」當時以爲文外獨絶。○公詩又有云：「茅簷相對坐終日，一鳥不鳴山更幽。」我念不若鳴聲收。但憂此物一朝去，石鼎聯句：「此物方施行。」○杜詩：「苦遭此物聒。」狂風還來欺老樹。評曰：三反四折，終是世故有情，非爲己之歎也。

【校記】

〔一〕宫内廳本評曰：「本無甚意，未必此時。」

〔二〕「屋」，宋本、叢刊本作「屈」。

賦棗 得「燭」字。〔一〕

種桃昔所傳，種棗予所欲。在實爲美果，周禮：「饋飡之籩，其實棗。」論材又良木。良木，見左太冲蜀都賦。○棗木以刻古帖，取其堅刃。○杜詩：「嶧山之碑野火焚，棗木傳刻肥失真。」餘甘入鄰家，尚得饞婦逐。王吉傳：「東家有大〔二〕棗樹，垂吉庭中，吉婦取棗以啖吉。吉後知之，乃去婦。」况余秋盤中，快噉取饜足。孟子：「此其爲饜足之道。」風包墮朱繒，日顆皺紅玉。城南聯句：「紅皺曬簷瓦。」贄享古已然，豳詩自宜録。左氏：「女贄不過榛栗棗脩，以告虔。」○詩豳風：「八月剥棗。」紆懷青齊間，萬樹蔭平陸。魏都賦：「信都之棗。」史記貨殖傳：「安邑千樹棗，其人與千户侯等。」誰云食之昏，范蔚宗香譜：「棗膏昏鈍。」老子：「道非明，民將以愚之。」匿知乃成俗。廣庭觴聖壽，以此參肴蔌。願此〔三〕赤心投，梁蕭琛嘗侍宴，醉伏，上以棗投琛，琛乃取栗擲上，中面。中丞在席，帝動色曰：「此中有人，不得如此，豈有説也？」琛曰：「陛下投臣以赤心，臣敢報之以戰栗。」○張祜古樂府云：「登山不愁峻，涉海不愁深。中擘庭前棗，教郎見赤心。」皇明儻子〔四〕燭。司馬彪詩：「奠願神龍來，揚光以見燭。」

【校記】

〔一〕龍舒本卷四十九題作「棗」，注云：「燭字。」

〔二〕「大」，原作「人」，據宮内廳本改。

〔三〕「此」，龍舒本、宋本、叢刊本作「比」。

〔四〕「子」，諸本均作「予」。

飛鴈 奉使時作。

飛鴈〔一〕冥冥時下泊，稻粱雖少江湖樂。李群玉詩：「稻粱多處即恩深。」比公詩意，李近鄙也。人生何必慕輕肥，語：「乘肥馬，衣輕裘。」辛苦將身到沙漠。漢時蘇武與張騫，萬里生還但〔二〕偶然。丈夫許國當如此，男子辭親亦可憐。評曰：藹然善怨，聞者猶不堪也。〔三〕

【校記】

〔一〕「飛鴈」，龍舒本、宋本、叢刊本作「鴈飛」。

〔二〕「但」，龍舒本、宋本、叢刊本作「值」。

〔三〕宮內廳本評曰：「沙漠中賦飛鴈，不怨自非，怨又難爲，語言至淺淺許，有反覆無窮之味。」

補注 信都公家白兔 抱朴子：「白兔，月之精，蓋仁獸也。」孫柔之瑞應圖曰：「王者應事，疾速則見。」王子年拾遺記：「月中削瑶爲兔。」

庚寅增注第十四卷

和甫如京師微之置酒

將北征　杜詩：「杜子將北征。」　詢謀及踈賤　陳延年傳：「博覽兼聽，謀及踈賤，令深者不隱，遠者不塞。」　拔取　韓文：「朝取一人，焉拔其尤。」　有合　韓文：「鬱鬱適兹土，吾知其必有合也。」

別孫莘老

獨背東南馳　韓退之：「天下之所背而馳者也。」　入省門　韓詩：「下馬入省門。」　捨我去　退之詩：「子又捨我去。」　當從誰　左傳：「吾誰適從？」　相隨　古詩：「以我徑寸心，從吾千里外。」又，唐長孫鑄詩：「我心如浮雲，千里相追隨。」　鏡中絲　王融詩：「欲知憂解老，爲視鏡中絲。」

寄丁中允

九州間　韓詩：「洞庭九州間。」

示平甫弟

高淮碕岸　汴河控引江淮以贍重兵，實立國之本。天聖以前，歲發民浚之，故河行地中。有張君平者，以疏導京東積水，始輟用汴夫。其後淺，妄者争以裁減費役爲功，河日以湮塞。今仰而望河，非祖宗之舊也，遂畫漕運十四策。　取河上天落　太白詩：「疑是銀河落九天。」又：「初驚河漢落。」尉遲匡詩：「明月飛出海，黄河流上天。」　無底　杜詩：「秋水清無底。」　付與天地　畢耀詩：「寓形薪火内，甘作天地客。與物無踈親，斗酒勝竹帛。」

憶蔣山送勝上人

兩山間　歐陽公：「漸聞水聲潺潺，瀉出於兩峯之間。」　山高水深魚鳥樂　庾桑子詩云：「魚樂深渺，鳥慕靚深。」杜詩：「水深魚極樂，林茂鳥知歸。」

車馬絶跡「結廬在人境，而無車馬喧。」雲埋賀知章詩：「始見沙上鳥，猶埋雲外峯。」月弄劉長卿詩：「不如波上棹，還弄山中月。」

信都公家白兔

憑光中秋無月，則兔不孕。世兔皆雌，惟月兔雄耳故。

車螯

一噉韓詩：「鯨鵬相摩窣〔一〕，兩舉快一噉。」

其二

曬其昏退之詩：「寒日萬里曬。」

獨山梅花

或云，屬懷寧縣，去縣四十五里，諸峯低，一峯卓然獨立。何所似杜詩：「嘉陵江山何所似？」移栽杜詩：「移我北辰不可得。」

同昌叔賦鴈奴

伺其殆韓詩：「側睨如何殆。」偷安受紿項羽傳：「田父紿曰：『左。』」注：「紿，欺也。」○偷安與受紿雖兩事，然必因偷一時之安而後不悟，已見之紿也。如晉之於虞、越之於吴、張儀之於懷王、石勒於王浚，皆紿取之也。□□□老翁飄零已是滄海客。

【校記】

〔一〕「窣」字原缺，據五百家注昌黎文集送無本師歸范陽補。

王荆文公詩卷第十五

古詩

寓言十五首〔一〕

不得君子居，而與小人游。襄公七年：「韓起與田蘇游，而曰『好仁』。」所謂君子之游矣。疵瑕不相摩，况乃禍〔二〕釁稠。高語不敢出，鄙辭强顔酬。退之祭張籍文：「出言無尤，有獲同喜與高語不敢出，異矣。」始云避世患，自覺日已偷。如傅〔三〕一齊人，以萬楚人咻。滕文公篇：「一齊人傅之，衆楚人咻之，雖日撻而求其齊也，不可得矣。」〇賈誼生長於齊，不能不齊言也。仁義多在野，漢藝文志：「仲尼有言：禮失而求諸野。」欲從苦淹留。不悲道難行，所悲累身脩。

【校記】

〔一〕宋本、叢刊本作「寓言九首」，一「誂誂」、二「不得」、三「周公」、四「婚喪」、五「正觀」、六「言失」、七「鐘鼓」、八「游鯨」、九「猛虎」，缺本卷其四、其六、其七、其八、其十、其十三六首。

〔二〕「祸」，叢刊本作「禍」。

〔三〕「傅」，龍舒本作「無」。

其　二

周公歌七月，耕稼乃王術。宣王追祖宗，考牧與宫室。小雅無羊：「宣王考牧也。」注：「厲王之時，牧人之職廢。宣王始興而復之，至此而成，謂復先王牛羊之數。」又，斯干：「宣王考室也。」注：「謂築宫廟羣寢，既成而釁之。」甘棠能聽訟，召伯聖人匹。見上注。後生論常高，於世復何實？詩言此三者，世以爲迂緩不切，而不知致治必出於此。且傷後生忽近務遠，好爲高論，而卒無其實，所以民被其害。

其　三

余嘗見楊龜山誌譚勱墓云：「公雅不喜王氏。或問其故，曰：『説多而屢變，無不易之論也。世之爲奸者，借其一説，可以自解。伏節死誼之士始鮮矣。』」始余以勱言爲過。今觀此詩，不能無疑。

婚喪孰不供？貸錢免爾縈〔一〕。周禮泉府：「凡賒者，祭祀無過旬日，喪紀無過三月。凡民之貸者，與其有司辨而授之。」荆公此言，乃後日青苗張本也。平昔所論如此，一旦得位，自宜舉而措之。當時獨公是先生劉貢父素與公善，一書争之，最爲切至。今附於此：「見所與曾公立書論青苗錢大意，不覺悵惋。仲尼云：『聽訟，吾猶人也，必也使無訟乎？聽訟而能判曲直，豈不爲美？』然而聖人之意以無訟爲先者，貴息争於未形也。今百姓所以取青苗錢於官者，豈其人富贍飽足，樂輸有餘於公，以爲名哉？公私債負逼迫，取於己無所有，故稱貸出息，以濟其急。介父爲政，不能使民家給人足，毋〔二〕稱貸之患，而特開設稱貸之法，以爲有益於民，不亦可羞哉？甚非聖人之意也。自三代以來，更歷秦、漢，治道駁雜，代益澆薄，其取於民者，百頭千緒。周公之書有之而今無者，非實無之也；推類言之，名號不同而已矣。若又取周公所言，以爲未行而行之，吾恐不但重複，將有四五倍蓰者矣。一部周禮，治財者過半，其非治財者，未聞建行一語。獨此一端，守之堅如金石，將非識其小者、近者歟？今郡縣之吏，方以青苗錢爲殿最，又青苗錢未足，未得催二税。郡縣吏懼其黜免，思自救解，其材者猶能小爲方略以強民，其下者直以威力刑罰督迫之。如此，民安得不請，安得不納？而謂其願而不可止者，吾誰欺？欺天乎！凡人臣之納説於時君，勸其恭儉小心，所謂道也，莫不逆耳難從。及至勸其爲利，取財於民，廣肆志意，不待辭之畢而喜矣。故姦臣争以言財利求用，不復取遠古事言之。在唐之時，皇甫鎛、裴延齡用此術致位公相。雖然，二人者猶不敢避其聚斂之名，不如介甫，直以周公聖人爲證，上則使人主無疑，下則使廷臣莫敢非。若是乎周公之爲，桀、跖嗃笑，桁楊接槢也。商鞅爲秦變法，其後夷滅；張湯爲漢變法，後亦自殺。爲法逆於人心，未有保終吉者也。且朝廷取青苗之息，專爲備百姓不足，至其盈溢，能以貸貧，不賦役乎？府庫既滿，我且見其不復爲民矣。外之則尚武功，開斥境土，內之則廣游觀，崇益宮室。鄙語曰：『富不學奢而奢自至。』自然之勢也。介甫一舉事，其敝至此，可無念哉？可無念哉？」

耕收孰不給？傾粟助之生。孟子：「春省耕而補不足，秋省斂而助不給。」周禮：「遺人掌鄉里之委積，以恤民之囏阨。」物贏我收之，物窘出使營。周禮司市：「以泉府同貨而斂賒。」注云：「同，共也，謂民貨不售，則爲斂而買之。民無貨，則賒貰而予之。孰有婚喪而不能贍者，官當貸之。孰有耕稼而不能贍者，官當助之。」此公所以爲新法。後世不務此，區區挫兼併。公詩嘗云：「俗儒不知變，兼併可無摧？」而此詩乃復以挫兼併爲非。

【校記】

〔一〕「貸錢」，原作「貸貸」，據諸本改。「免」，龍舒本作「勉」。「縈」，龍舒本作「營」。

〔二〕「毋」，原本字迹漫漶不清，據臺北本補。

其四

父母子所養，子肥父母充。欲富摧其子，惜哉術之窮。見酬王詹叔訪茶利害注。霸者擅一方，窘彼足自豐。霸者，謂各私其國，如齊用管仲之類。四海皆吾家，荀子儒效篇：「四海之內若一家，通達之屬莫不服從。」奈何不知農？管仲但設輕重魚鹽之利，苟一時爾。務農重穀，乃王政也。賈誼云：「方今之務，莫若使民務農而已矣。」

其五

詵詵古之士，出必見禮樂。詩螽斯：「羽詵詵兮。」注云：「衆多也。」○禮記：「古之君子，不必親相與言也，以禮樂相示而已。」羣游與衆飲，仁義得揚搉。管子牧民篇：「士相與言仁義於閒燕。」心疲歌舞荒，耳聒米鹽濁。漢黄霸傳：「米鹽靡密，初若煩碎，然霸精力能推行之。」師古注曰：「米鹽，言精而細。」所以後世賢，絶俗乃爲學。子由作東軒記：「及來筠州，勤勞米鹽之間，無一日之休。雖欲棄塵垢，解羈縶，自放於道德之場，而事每劫而留之，然後知顔子之所以甘心貧賤，不肯求斗升之禄以自給者，良以其害於學故也。」與詩意略同。或謂絶俗，指老、莊之流，恐公意不如此。古之所謂禮樂者，莫非形見於歌舞之際；所謂仁義，亦不出乎日用飲食之間。後世歧而爲二，荒於歌舞而不識禮樂，聒於米鹽而烏知仁義。其號爲賢者，必絶俗而後爲學，豈知道本無精粗之間哉？東軒之言，亦姑云耳。

其六

小夫謹利害，不講義與仁。揚子學行篇：「吾聞先生相與言，則以仁與義。」○世俗惟知有利害，不計理之是非。聖賢則不然，一於義而已，而利在其中。讀書疑夷、齊，古豈有此人？夷、齊不食周粟，謂其以臣而伐君，此所謂求仁也。俗薄乃妄意古無此事。其才一莛芒，所欲勢萬鈞。「莛芒」字，公一再用之。韓文圬者傳言：「非強心以智而不足，不擇其才之稱否而冒之者耶？」求多卒自困〔一〕，餘禍及生民。

補注 芒 韻書：「芒，草岸；鋩，刃耑，皆言其經也。」〔二〕

【校記】

〔一〕「困」，龍舒本作「用」。

〔二〕本注原闌入詩末，無「補注」二字。

其　七

瞢瞢俗所共，察察與世違。違世有百善，一疵惡皆歸。違世特立之士，爲俗所惡，苟有一惡，併百善而掩之矣。〇孟子：「天下之惡皆歸焉。」就求無所得，猶以好名譏。賢者無可指之過，小人多以好名疵之。彼哉負且乘，能使正日微。語：「或問子西曰：『彼哉。』」注：「言無用也。」易解曰：「負且乘，謂小人而居大位。一云惡賢而謂醜也。」

其八

始就詩賦科，雕鐫久才成。一朝復棄之，刀筆事刑名。史記：「申子之學，本於黄老，而主刑名。韓非者，喜刑名法術之學。」裴駰案：「新序曰：『申子之書，言人主當執術任刑，因循以督責臣下。其責深刻，故號曰術。商鞅所爲書號曰法，皆曰刑名，故號曰刑名法術之書。』」中材蔽末學，斯道苦難明。忽貴不自期，何施就升平？言士之學既陋，一日爲公卿，探其中無有也，何術而能致升平？誠以其本非在上之物故也。忽貴不自期，如唐鄭伍、朱朴之類。

其九

正觀業萬世，經營豈非艱？其子一摇之，宗廟靈〔一〕幾殫。高宗不君，武后專國，後改唐爲周，故言宗社之威靈幾盡。開元〔二〕始聰明，一旹奔岷山〔三〕。明皇始勵精致治，晚荒惑，播遷於蜀。功高〔四〕後毁易，德薄人存難。如周家八百，以德不以功，以功則易隳。王德薄，則不能庇民，易以致亂，故云「人存難」。

【校記】

〔一〕「靈」，宋本作「能」。
〔二〕「開元」，宋本作「開基」。
〔三〕「岷山」，宋本作「西山」。
〔四〕「功高」，龍舒本作「高功」。

其　十

明者好自蔽，况乃知我匹。謂不自知，而欲知它人。每行悔其然，所見定萬一。不求攻爾短，欲議世之失。語：「攻其惡，無攻人之惡。子貢好方人，孔子曰：『賜也賢乎哉？夫我則不暇責之深矣。』」耘而舍其田，辛苦亦同實。孟子盡心篇：「人病舍其田而芸人之田，所求於人者重，所以自任者輕。」

其十一

言失於須臾，百世不可除。行失几席間，惡名滿八區。百年養不足，一日毁有餘。諒彼恥不仁，戒哉惟厥初。劉璋傳：「桓公一矜其功，叛者九國。曹操暫自驕伐，天下三分。皆勤之於數十年之內，而棄之於俯仰之頃，豈不惜乎？」此即詩「百年一日」之意。應休璉〔一〕詩：「下流不可處，君子慎厥初。」召誥：「若生子，罔不在厥初生。」

【校記】

〔一〕「休璉」，原缺，據臺北本補；下「下」字，原作「不」，亦據臺北本改。

其十二

鍾鼓非樂本，本末猶相因。陽貨篇：「樂云樂云，鍾鼓云乎哉？」詩意言移風易俗之本，猶託器以傳。仁聲入人深，孟子言之醇。孟子盡心篇：「仁言不如仁聲之入人深也。」唐韓退之文：「孟軻醇乎醇。」如何正觀君，從古同隋陳。風俗不粹美，惜哉世無臣。事見禮樂志。既欲「從古」，又「同隋陳」，言房、魏之徒不足以興禮樂。

其十三

好樂世所共，欲禁安能捨。孰能開其淫？要在習以雅。歐人必如己，墨子見何寡？荀子樂論：「墨子曰：『樂者，聖人之所作也，而儒者爲之，過也。』君子以爲不然。樂者，聖人之所樂，而可以善民心，其感人深。」公意正如荀説。樂記：「凡姦聲感人而逆氣應之，正聲感人而順氣應之。」樂何可禁哉？要在雅正，而使淫聲不得而干耳。後世之音多淫，故惜哉後世音，至美不如野。孔子云：「先進於禮樂，野人也。」注云：「將移風易俗，歸之淳素。先進，猶近古風，故從之。」

其十四

游鯨厭海濁，出戲清〔一〕江湄。風濤助翻騰，網罟不敢窺。失身洲渚間，螻蟻乘其機。莊子：「吞舟之魚，碭而失水，則蟻能制之。」楚詞云：「神龍失水而陸居兮，爲螻蟻之所裁。」○郭崇韜鬱鬱不得志，與所親謀赴本鎮，以避權宦。或曰：「不可。蛟龍失水，螻蟻足以制之。」物大苦易窮，一窮無所歸。孟子萬章：「如窮人無所歸。」○李白枯魚過河泣詩：「作書報鯨鯢，勿恃風濤勢。濤落歸泥沙，翻遭螻蟻噬。」公詩意同，此斷章尤佳。

【校記】

〔一〕「清」，龍舒本作「青」。

其十五

猛虎卧草間，羣烏〔一〕從噪之。萬物忌強梁，寧獨以其私。物情共惡，不必緣私憾而始然也。虎終機械得，烏亦彈丸隨。山雞不忤物，嘿與鳳凰期。烏噪虎者，惡其強梁也。然烏猶有不平之心，若山雞之嘿，則超然與物無忤矣。

【校記】

〔一〕「烏」，宋本、叢刊本作「鳥」，下同。

舟中讀書

冉冉木葉下，蕭蕭山水秋。九歌：「洞庭波兮木葉下。」○「老冉冉兮將至。」王褒九懷：「秋風兮蕭蕭。」浮雲帶田野，落日抱汀洲。

唐詩：「汀洲采白蘋，日落江南春。」歸卧無與語，出門何所求？未能忘感槩，聊以古人謀。退之詩：「塵埃慵伺候，文字浪馳騁。」又：「低心逐時好，苦勉祗能暫。不如覷文字，丹鉛事點勘。」又：「其言有感觸，使我復悽酸。」

讀進士試卷〔一〕

文章始隋唐，進取歸一律。退之樊紹述誌銘云：「惟古於詞必已出，降而不能乃剽賊。後皆指前公相襲，從漢迄今用一律。」安知鴻都事，竟用程人物。漢靈帝光和元年，始置鴻都門學生。注：「鴻都，門名也。於内置學，其中諸生，皆勑州郡、三公舉召能爲尺牘、詞賦及工書鳥篆者相課試，至於千人焉。」言鴻都，漢末之亂制，始以詞賦等取人，而隋、唐因之不革，如進士、書判等科是也。變今嗟〔二〕未能，於己空自咄。晉殷浩終日書空，作「咄咄怪事」四字而已。張景陽詠史詩：「咄此蟬冕客。」注云：「咄，歎也。」詩意言既未能變俗，自亦不免由科舉而進。流波亦已漫，高論常〔三〕見屈。韓集：「其植根固，其流波漫。」○唐德宗恥見屈於正論。故令〔四〕俶儻士，往往棄堙〔五〕鬱。皋陶叙九德，固有知人術。皋陶曰：「都，亦行有九德。」亦言其人有德，乃言曰：「載采采。」禹曰：「何？」皋陶曰：「寬而栗，柔而立，願而恭，亂而敬，擾而毅，直而温，簡而廉，剛而塞，強而義。」聖世欲爾爲，徐觀異人出。公孫弘贊：「羣士慕嚮，異人並出。」○梁書蕭子顯傳：「簡文在東宮時，每引與宴。子顯嘗起更衣，簡文謂坐客曰：『嘗聞異人間出，今日始知是蕭尚書。』」其見重如此。

【校記】

〔一〕宋本、叢刊本題作「和王樂道讀進士試卷」。

〔二〕「嗟」，龍舒本作「差」。

〔三〕「常」，龍舒本作「嘗」。

〔四〕「令」，宮内廳本作「今」。

〔五〕「堙」，龍舒本作「江」。

自訟

孔子見南子，子路爲不怡。雍也篇：「子見南子，子路不悦。」欲從公山氏，勃鬱見色辭。陽貨篇：「公山弗擾以費畔，召，子欲往。子路不説。」○程明道云：「公山弗擾以費叛，不以召畔人逆黨而召孔子，則其志欲遷善悔過，而未知其術耳。使孔子而不欲往，是沮人爲善也，何足以爲孔子？」道如天之蒼，萬物不能緇。以孔子比天。○莊子逍遥游篇：「天之蒼蒼，其正色耶？」○陽貨篇：「不曰白乎？涅而不緇。」弟子尚不信，况余乏才資。明知古人仁，語默各有時。君子之道，或默或語，惟其時也。苟出不自慎，果爲聽者疑。白圭尚可〔一〕磨，駟馬猶能追。大雅抑篇：「白圭之玷，尚可磨也。斯言之玷，不可爲也。」○顔淵篇：「子貢曰：『駟不及舌。』」注云：「過言一出，駟馬追之不及。」一言成不知〔二〕，雖悔欲何爲？子張篇：「陳子禽謂子貢曰：『子爲恭也，仲尼豈賢於子乎？』子貢曰：

『君子一言以爲知，一言以爲不知，言不可不慎也。』」借此以明子路之不知聖人。

【校記】

〔一〕「可」，宋本、叢刊本作「有」。

〔二〕「知」，宋本、叢刊本作「智」。

彼狂

上古杳默無人聲，日月不忒山川平。夫子謂：「天何言哉？四時行焉，百物生焉。」○易：「天地以順動，故日月不過而四時不忒。」○莊子內篇：「維斗得之，終古不忒。」此邵康節「須信畫前元有易」之意。人與鳥獸相隨行，祖孫一死十百生。柳子厚封建論云：「彼其初與萬物俱生，草木榛榛，鹿豕狉狉。」「祖孫一死十百生」，如盤瓠之類。萬物不給乃相兵，言争起於生育漸衆而不給。○柳子貞符：「孰稱古初朴蒙倥侗而無争？厥流以訛，越乃奮敓鬬怒」云云；「力大者搏，齒利者齧，爪剛者決，羣衆者軋，於是有聖人焉」云云。伏犧畫法作後程。漁蟲獵獸寬羣争，勢不得已當經營，非以示世爲聰明。易繫辭：「包犧氏仰觀象於天，俯觀法於地，觀鳥獸之文與地之宜，近取諸身，遠取諸物，始作八卦，以通神明之德，以類萬物之情。作結繩而爲罔罟，以佃以漁，蓋取諸離。」此亦聖人因理之自然而非自用己之聰明所爲。方分類别物有名，書舜典：「帝釐下土，方設居方，别生分類。」夸賢尚功列恥榮。恥榮，猶榮辱也。列，謂分別之。蠹僞日巧雕元精，至言一出衆輒驚。上三句近似莊、老。然詩末又罪諸子之著書者，所稱「至言」，何所指乎？上智閉匿不敢成，評曰：本說以文鳴之弊，却推論至此，甚賤能言。○易：「文言含之，以從王事，弗敢成也。」因時就俗救刖黥。詩意言不能反刓以朴，刻僞以真，惟隨時救之而已。刖黥，屢見別注。惜哉彼狂以文鳴，子在陳，曰：「歸歟歸歟，吾黨之小子狂簡，斐然成章。」○退之集：「人聲之精者，爲言；文辭之於言，又其精也，尤擇其善鳴者而假之鳴。」強取色樂要聾盲，老子：「五色令人目盲，五音令人耳聾。」震蕩沈濁終無清。恢詭徒亂聖人氓，豈若泯默死蠶耕。恢詭，謂異端皆有絕人之才，能持其說以惑人心，曾不若泯然與衆出作入息而死於蠶耕之爲愈也。○莊子：「恢恑憰怪。」○孟子：「願爲聖人氓。」

補注 山谷亦云：「空文誤來世，聖哲欲無言。」〔一〕

【校記】

〔一〕本注原闌入詩注末，無「補注」二字。

寄題郢州白雪樓

折楊黃華笑者多，樂府解題有折楊柳、黃華子。○莊子：「聞折楊、黃華，則嗑然而咲之。」楚詞「黃」作「皇」。陽春白雪和者少。太白詩：「折楊黃華合流俗，晉君聽琴枉清角。巴人誰肯和陽春？楚地由來賤奇璞。」知音四海無幾人，況乃區區郢中小。宋玉對問曰：「客有歌於郢中者，其始曰下里巴人，國中屬而和者數千人；其爲陽春白雪，國中屬而和者不過數十。是其曲彌高，而和彌寡也。」○張景陽詩：「不見郢中曲，能不居然别。陽春無和者，巴人皆下節。流俗多昏迷，此理誰能察？」千載相傳始欲慕，一時獨唱誰能曉？古心以此分冥冥，退之詩：「孟生江海士，古貌又古心。」俚耳至今徒擾擾。莊子天地篇：「大聲不入於俚耳。」朱樓碧瓦何年有？榱桷連空欲鶩矯。千丈樓觀飛鶩。郢人爛熳醉浮雲，郢女參差躡飛鳥。丘墟餘響難再得，欄檻茲名復誰表？謂古音不可復聞，徒有樓名存耳。我來欲歌聲更吞，李白詩：「郢客吟白雪，遺響飛青天。徒勞歌此曲，舉世誰爲傳？試爲巴人唱，和者乃數千。吞聲何足道？歎息空悽然。」公云「聲更吞」，或用此。石城寒江暮空〔一〕繞。評曰：謂每降愈下也。○郢邊漢江上，即石城也，莫愁所生處。

補注　冥冥　廣成子至道之精，杳杳冥冥。〔二〕

【校記】

〔一〕「空」，宋本、叢刊本作「雲」。

〔二〕本注原闌入詩注末，無「補注」二字。

聖俞爲狄梁公孫作詩要予同作 宛陵集有贈梁公十二代孫國賓詩。按：慶曆三年，録國賓爲華州助教。熙寧元年，再命隴州推官。

虎豹不食子，鴟梟不乘雄。人惡甚鳥獸，吾能與成功。莊子天運篇：「虎狼，仁也。」曰：「何謂也？」曰：「父子相親，何爲不仁？」上句指中宗，下句指高宗，兩句皆指武后，言其殺子乘夫也。○傳燈録：「真覺大師靈照答僧話云：『惡虎不食子。』」愛有以計留，去有勢不容。計留，恐指相王。去，謂廬陵王。吾謀適合意，幾亦齒姦鋒〔一〕。梁公曾被來俊臣羅織下獄，幾死。後置帛書於褚衣中，傳至其家。其子光遠上變，則天召見，得免死。武承嗣、霍獻可皆請誅之，后不從，貶彭澤令。又，后嘗欲以武三思爲太子，仁傑曰：「姑姪與母子孰親？陛下立廬陵王，則常饗宗廟；三思立，廟不祔姑。」后感悟，即日迎中宗於房州。○漢鄒陽傳：「猶腐肉之齒利劍。」○陸機傳：「伊生抱明允以嬰戮，文子〔二〕懷忠義而齒劍。」時恩〔三〕淪九泉，褒取異代忠。堂堂社稷臣，近世孰如公？空使苗裔孫〔四〕，稱揚得詩翁。一讀亦使我，慨然想餘風。詩翁，謂聖俞。□□□□十字通義，公屢有此格。

【校記】

〔一〕「鋒」，叢刊本作「銘」。

〔二〕「文子」，原作「丈子」，據晉書陸機傳改。

〔三〕「恩」，龍舒本作「思」。

〔四〕「空」，龍舒本作「當」；「孫」，龍舒本、宋本、叢刊本作「稱」。

蒙　亭

易有蒙卦，亭義取此。

隱者安〔一〕一作「委」。所逢，在物無不足。山林與城市，語道歸一轂。老子：「三十輻，共一轂。」詩人論巨細，此指尚局束。王康琚反招隱詩：「小隱隱陵藪，大隱隱朝市。」〇謝尚論「處者爲優，出者爲劣」之類。頗知區區者，自屏忍所欲。孰〔二〕識古之人，超然遺耳目。豈於喧與静，趣舍有偏獨。體道者喧静兩遺，何必偏於隱哉？蓋遠迹林藪者，恐見紛華而動耳。孰知至人遺物，耳目不能爲之累！命亭今何爲，似乃畏驚俗。至意不標揭，閣〔三〕名聊自屬。夏風簷楹寒，冬雪窻户燠。言屋好則冬夏皆宜。春樊亂梅柳，秋徑深松菊。樊，藩也，見上注。壺觴日笑傲，裙屐相追逐。陶潛：「引壺觴以自酌。」〇後魏邢巒爲梁、秦二州刺史，奏欲圖蜀，曰：「蕭深藻是帬屐少年，不洽治務。」按梁史，武帝長兄懿之子藻，字靖藝，天監初封西昌縣侯，出爲持節都督益寧二州諸軍事、冠軍將軍、益州刺史，止單名，非復名也。此樂已難言，持琴作新曲。

【校記】

〔一〕「安」，宋本、叢刊本作「委」。
〔二〕「孰」，宋本作「熟」。
〔三〕「閣」，宋本、叢刊本作「小」。

和王樂道烘蝨

秋暑汗流如炙輠，史記荀卿傳：「炙轂過髡。」劉向别録云：「過字作輠。輠者，車之盛膏器也。」炙之雖盡，猶有餘流，言淳于髡智不盡如炙輠也。敝衣濕蒸塵垢涴。施施衆蝨當此時，離婁下：「施施從外來。」○齊書：「江泌性行仁義，衣敝蝨多。」擇肉甘於虎狼餓。退之猛虎行：「擇肉於熊羆，肯視兔與貍。」咀嚙侵膚未云已，爬搔次骨終無那。杜周傳：「内深次骨。」李奇注曰：「其用法深刻至骨也。」○柳文：「每一爬搔，塵垢滿爪。」嵇叔夜與山巨源書：「性復多蝨，把搔無已。」時時對客輒自捫，王猛捫蝨而談世事。十〔一〕百所除纔幾箇。皮毛得氣強復活，爪甲流丹真暫破。未能湯沐取一空，淮南子云：「湯沐具而蟣蝨相弔，大厦成而燕雀相賀。」且以火攻令少挫。虞翻爲蚤蝨所咋，悉以赴火。○周顗傳曰：「阿奴火攻，固出下策。」踞爐熾炭已不暇，晉宣帝紀：「魏武帝曰：『此兒欲踞吾著爐炭上。』」對竈張衣誠未過。漢馮異傳：「光武自薊晨夜馳至無蔞亭〔二〕，時天氣烈，異上豆粥。及至南宫，遇大風雨。光武車入道傍空舍。異抱薪，鄧禹爇火，光武對竈燎衣。」飄零乍若蛾赴燈，南史：「傅亮直宿禁中，睹夜蛾赴燭，作感物賦以寄意。」驚擾端如蟻旋磨。蟻行磨，見即事第六首注。欲毆百惡死焦灼，肯貸一凶生棄播？書泰誓中：「播棄犂老。」已觀細黠〔三〕無所容，未放老姦終不墮。退之詩：「魯連細兒黠。」送窮文：「驅我令齒，小點大癡。」○李陵傳：「久之，上悔陵無救，曰：『陵當發出塞，迺詔強弩都尉令迎軍。坐預詔之，得令老將生姦詐。』」然臍郿塢患溢世，董卓築塢於郿，號曰「萬歲塢」。卓既誅，乃屍卓於市。

天時始熱，卓素充肥，脂流於地。守屍吏然火置卓臍中，光明達曙，如是積日。焚寶鹿臺身易貨。史記殷紀：「紂兵敗，紂走入鹿臺，衣其寶玉衣，赴火而死。」冢中燎入化秦屍，劉向封事：「秦始皇葬於驪山之阿，下錮三泉，上崇山墳。其後牧兒亡羊，羊入其鑿，牧者照火求羊，遺火焚其藏槨。」池上焮隨遷莽坐。昭公十八年：「子産使司馬、司寇行火所焮。」注：「焮，炙也。」漢兵攻莽，火及掖廷承明，莽避火宣室前殿，火輒隨之。天文郎按栻〔四〕於前，莽旋席隨斗柄而坐。又就車，之漸臺，欲阻池水，猶抱持符命、威斗。」栻，占時日之書。彼皆勢極就煙埃，況汝命輕侔涕唾。逃藏壞絮尚欲索，晉阮籍傳：「獨不見羣蝨之處褌中乎？逃乎深縫，匿乎壞絮，自以爲吉宅也。」埋没死灰誰復課〔五〕？死灰，屢見上。熏心得禍爾莫悔，艮卦九三象曰：「艮其限，危熏心也。」○漢路温舒傳：「虚美熏心，實禍蔽塞。」師古曰：「熏，氣蒸也。」爛額收功吾可賀。爛額，見澶州注。猶殘衆蟣恨未除，自計寧能久安卧。評曰：事猥陋，語精密。○抱朴子曰：「蚤蝨羣攻，卧不獲安。」

【校記】

〔一〕「十」，叢刊本作「千」。

〔二〕「無蔞亭」，原作「蕪蔞亭」，據後漢書馮岑賈列傳及臺北本改。

〔三〕「黠」，龍舒本作「點」。

〔四〕「栻」，原作「拭」，據漢書王莽傳下改。下同。

〔五〕宋本、叢刊本「課」下注云：「一本無此八句。」

和農具詩十五首〔一〕

田　廬

小雅信南山：「中田有廬。」箋云：「中田，田中也。」梅宛陵集亦有農具詩十五首、蠶具詩十五首，題與公所賦正同，但韻不同耳。梅云和孫端叟，意公必同時作。

田父結田廬，陶詩：「結廬在人境。」聊容一身息。呼兒取茅竹，不借鄉人力。起行廬旁朝，歸卧廬下夕。悠悠各有願，勿笑田廬窄。即今覗穀寮也。僅可容身而宿，轉移無常所。

補注　南史：「劉凝之立屋野外，非其力不食。」〔二〕

【校記】

〔一〕宋本目録、叢刊本題作「和聖俞農具詩十五首」，且十五首次序與本書不同。

〔二〕本注原闌入詩注末，無「補注」二字。

颺扇

精良止如留，疏惡去如擯。如擯非爾憎，如留豈吾吝？無心以擇物，誰喜亦誰慍？此如朝廷之賞罰黜陟，因其功罪賢否而施之，初非出於好惡喜慍之私耳。翁乎勤簸颺，可使糠粃盡。孫綽嘗與習鑿齒同行，綽在前，鑿齒曰：「簸之颺之，糠粃在前。」〔一〕

【校記】

〔一〕臺北本注曰：「綽曰：『澄之汰之，瓦石在後。』」

耬種

富家種論石，貧家種論斗。富貧同一時，傾瀉應心手。應心手，見耬鋤注。行看萬壟空，坐使千箱有。小雅甫田詩：「乃求千斯倉，乃求萬斯箱。」箱，謂車載也。利物博如此，昭公三年：「君子曰：『仁人之言，其利博哉？』」何慚在牛後。蘇秦傳：「寧爲雞口，無爲牛後。」注：「雞口雖小猶能食，牛後雖大乃出糞。」

樵斧

百金聚一冶，所賦以所遭。董仲舒傳：「猶金之在鎔，唯冶者之所鑄。」此豈異鏌鋣〔一〕，奈何獨當樵？莊子大宗師篇：「今大冶鑄金，金踊躍曰：『我且必爲鏌鋣！』大冶必以爲不祥之金。」朝出在人手，暮歸在人腰。用捨各有時，此心〔二〕兩無邀。語：「用之則行，捨之則藏。」

【校記】

〔一〕「鏌鋣」，叢刊本作「莫耶」。

〔二〕「心」，叢刊本作「日」。

耒耜

詩意言農、稷致天下之大利，若般、爾，則異此矣，幾於導淫侈之原也。柳子厚詩：「羣材未成質已夭，突兀崪嵂空嵒巒。」

耒耜見於易，聖人取風雷。易繫辭：「神農氏作，斲木爲耜，揉木爲耒。耒耜之利，以教天下。蓋取諸益。」「象曰：風雷，益。」不有仁智兼，利端誰與開？周禮考工記：「智者創物，巧者述之。」神農后稷死，神農爲耒耜之利，后稷播時百穀。般爾相尋來。甘泉賦：「般垂棄其剞劂兮，玉爾投其鉤繩。」注：「淮南子：玉爾，巧人也。」山林盡百巧，揉斲無良材。

錢鎛

於易見耒耜，於詩聞錢鎛。臣工詩：「命我衆人，庤乃錢鎛，奄觀銍艾。」錢，子踐切。毛氏曰：「庤，具。錢，銚，鎛，鎒。銍，獲也。」説文曰：「錢銚，古田器。」孔氏曰：「鎒，耨也。」吕氏春秋：「耨，柄尺，此其度也，其耨六寸，以間稼也。」高誘注云：「耨，耘田也。六寸，所以入苗間。」又説文云：「銍，穫禾鎌也。」管子曰：「一農之事，必有一銍、一耨、一銚，然後成農。是三者皆農器。」○又良耜詩：「其鎛斯趙。」退之詩：「桃塞興錢鎛。」百工聖人爲，考工記：「百工之事，皆聖人之作也。」此最功不薄。欲收禾黍善，先去蒿萊惡。言芟除蘊崇，有去惡之功。願因觀〔一〕器悟，更使臣工作。作者，取作興之義。○孔子曰：「觀其器而知工之巧也。」

【校記】

〔一〕「因觀」，宋本、叢刊本作「同歆」。

耰耡

漢吾丘壽王傳：「民以耰耡箠梃相撻擊，犯法滋衆。」

鍛金以爲曲，揉木以爲直。漢公孫弘傳：「揉曲木者不累日。」注：「謂矯而正之。」直曲相後先，心手始兩得。莊子天運篇：「輪扁曰：『不徐不疾，得之於手而應之於心，口不能言，有數存焉。』」秦人望屋食，過秦論曰：「陳涉以戍卒，不用弓戟之兵，鉏耰白挺，望屋而食，横行天下。」以此當金革。鉏耰棘矜，不敵於鉤戟長鎩。言陳勝起時，但持此攻戰。君勿易耰鉏，耰鉏勝鋒鏑。「收天下之兵，聚之咸陽，銷鋒鍉。」注：「鍉，與鏑同，即箭鏃。」二注皆過秦論。

襏襫 蓑薜也。

采采霜露下，披披煙雨中。茅蒲〔一〕以爲友，短〔二〕褐相與同。茅蒲，簦笠也。○國語齊語：「時雨既至，挾其槍、刈〔三〕、耨、鎛，以旦暮從事於田野。脱衣就功，首戴茅蒲，身衣襏襫，霑體塗足，暴其髮膚，盡其四支之敏，以從事於田野。」勿姤市門人，史記貨殖傳：「用貧求富，農不如工，工不如商，刺綉紋不如倚市門。」綺紈被奴僮。當慙邊城戍，擐甲徂春冬。左氏成十三：「文公躬擐甲冑。」○賈誼曰：「今民賣僮者，爲之綉衣絲履，備諸緣内之閑中，是古天子后服，庶人得以衣婢妾。」

【校記】

〔一〕「茅蒲」，龍舒本、宋本、叢刊本作「蒲茅」。

〔二〕「短」，宋本作「裋」。

〔三〕「刈」，原作「劉」，據宫内廳本及清士禮居本國語改。

臺笠〔一〕

詩：「彼都人士，臺笠緇撮。」鄭氏曰：「臺，夫須也，以臺皮爲笠。」陸璣草木疏云：「舊説，夫須，莎草也，可以爲蓑〔二〕笠。」孔氏曰：「笠可禦暑，因可以禦雨。」王氏曰：「臺笠緇撮，在野與衆。皆作之服。」○史記索隱謂：「蓬累，笠也。」

耕有春雨濡，禮記：「春，雨露既濡。」耘有秋陽暴。孟子：「秋陽以暴之。」二物應時須，九州同我服〔三〕。詩：「既成我服。」孰〔四〕一作「欲」。爲生少慕？得此自云足。君思周伯陽，所願豈華轂〔五〕？謝玄暉詩：「連陰盛農節，臺笠聚東菑。」注：「臺以禦暑，笠以禦雨。」○史記：「老子字伯陽。」本傳云：「君子得其時則駕，不得其時則蓬累而行。」

【校記】

〔一〕「臺笠」，龍舒本作「薹苙」。

〔二〕「蘘」，宮内廳本、臺北本作「蓑」。

〔三〕「服」，龍舒本作「欲」。

〔四〕「孰」，宋本、叢刊本作「欲」。

〔五〕「轂」，龍舒本作「穀」。

耕　牛

朝耕草茫茫，暮耕水潏潏。敕勒川歌：「煙蒼蒼，野茫茫。」○楚詞九章悲回風：「氾潏潏其前後兮。」○司馬相如上林賦：「潏潏淈淈。」潏，音決。朝耕及露下，暮耕連月〔一〕出。身〔二〕無一毛利，孟子告子篇：「揚子取爲我，拔一毛而利天下，不爲也。」主有千箱實。注見上。皖彼天上星，空名豈余匹？詩小雅大東：「皖彼牽牛，不以服箱。」〇選詩：「七襄不成文。」〇陸士衡詩：「織女無機杼，大梁不架楹。」大梁，昴星。

【校記】

〔一〕「月」，龍舒本作「野」。

〔二〕「身」，叢刊本作「自」。

水車　范公希文亦有水車賦。

取車當要津，膏潤及遠野。與天常斡旋，天文志：「天體左旋。」如雨自潨瀉。置心亦何有，在物偶相假。此理乃可言，安得圓機者？謂車形圓也。〇文中子曰：「安得圓機之士與之共論九流哉？」〇漢陰老人抱甕而灌。子貢曰：「鑿木爲機，後重前輕，挈水若流，其名桔槔。」老人曰：「聞有機事，必有機心。吾非不知，羞不爲也。」公詩意取子貢，而與老人異。

田　漏

東坡遠景樓記：「四月初吉，穀稚而草壯。耘者畢出，立表下漏，鳴鼓以致衆。擇其徒爲衆所畏信者二人，一人掌鼓，一人掌漏，進退作止，惟二人之聽。七月既望，穀艾而草衰，則仆鼓決漏，買羊豕、酒醴，以祀田祖。」觀此詩，則田之有漏，江西、蜀中皆然。

占星昏曉〔一〕中，事見月令。寒暑已不疑。田家更置漏，寸晷亦欲知。汗與水俱滴，唐李紳詩：「鋤禾日當午，汗滴禾下土。誰知盤中飧，粒粒皆辛苦。」身隨陰屢移。誰當哀此勞？往往奪其時。孟子：「百畝之田，勿奪其時。」

【校記】

〔一〕「曉」，宋本、叢刊本作「晚」。

耘　鼓

逢逢〔一〕戲場聲，詩：「鼉鼓逢逢。」壞壞戰時伍。日落未云休，田家亦良苦。李白詩：「田家秋作苦，隣女夜舂寒。」〇壞壞，見前揚雄詩注。問兒今隴〔二〕上，聽此何莽鹵。言游蕩不事本業。〇莊子曰：「予昔爲禾耕而鹵莽之，則其實亦鹵莽而報予。」昨日應官繇，州前看歌舞。退之詩：「昨日州前捶大鼓，嗣皇繼聖登夔皋。」〇東坡詩：「贏得兒童語音好，一年強半在城中。」蓋病新法之擾也。今觀公「應官繇」之語，豈知後人乃亦以此譏公乎？

【校記】

〔一〕「逢逢」，龍舒本作「蓬蓬」。

〔二〕「隴」，龍舒本、宋本、叢刊本作「壟」。

牧笛

綠草無端倪，莊子大宗師篇：「反覆始終，不知端倪。」○韓文：「乾端坤倪。」牛羊在平地。芊綿杳靄間，落日一橫吹。敕勒川歌：「風吹草低見牛羊。」○橫吹者，軍中之樂，於馬上奏之。漢時有橫吹曲二十八解，李延年所造。唐有大、小橫吹二部。然詩意特指笛耳。超遥送逸響，文選：「綴平臺之逸響，采南陂之高詠。」誕〔一〕漫寫真意。豈比賣餳人，吹簫販童穉。有瞽詩：「簫管備舉。」注：「簫編小竹管，如今賣餳者所吹。」

補注 橫吹 韋應物詩：「聊將橫吹曲，一寫山水音。」〔二〕

【校記】

〔一〕「誕」，宋本、叢刊本作「澶」。

〔二〕本注原闌入詩注末，無「補注」二字。

牛　衣

詳見律詩王章注。

百獸冬自煖，獨牛非氄毛。堯典：「日短星昴，以正仲冬。厥民隩，鳥獸氄毛。」注：「謂皆生耎毛細毛以自温焉。」無衣與卒歲，詩豳七月：「無衣無褐，何以卒歲？」坐恐得空牢。慮牛寒而仆也。〇莊子達生篇：「祝宗人玄端以臨牢筴。」主人覆護恩，豈啻一綈袍？范睢傳：「睢微行，敝衣以見須賈。賈意哀之，曰：『范叔一寒如此哉？』因取一綈袍以賜之。」問爾何以報，離離滿東皋。僖二十三年：「何以報不穀？」〇詩：「彼黍離離。」〇選詩：「離離山上苗。」〇淵明歸去來詞：「登東皋以舒嘯。」又：「種苗在東皋。」〔一〕

【校記】

〔一〕此詩出自江淹雜體詩三十首之陶徵君田居，見文選卷三十一。

補注

耒耜　般爾　隋李德林傳：「班爾之巧，曲木變容。」〔一〕

【校記】

〔一〕原無「補注」二字。

庚寅增注第十五卷

寓言十五首　小人游　管子於羣盜中拔二人用之，曰：「可人也。」其所與游者，僻也。○又禮記：「子辱與彌牟之弟游。」　不相摩　禮：「相觀而善之謂摩。與小人居，宜無是也。」

其四　榷其子　揚子：「爲人父而榷其子縱利，如子何？」

其五　詵詵　杜詩：「詵詵胄子行。」

其六　莛芒　韻書：「芒，草耑；鋩，刃耑，皆言其細故也。」　求多　左氏：「後之人將求多於汝。」

其十三　見何寡　揚子有寡見篇。

自訟　一言成不知　沈晦曾問尹和靜：「子見南子，子路何故不悅？」和靜曰：「聖人所爲，賢人自不能測。子路當時已疑。公生千載後，自是疑也。」又曰：「不知先生見南子否？」曰：「不敢見。待某磨不磷、涅不緇，雖佛肸召亦往，何況南子？」沈曰：「平生所疑，今日盡解。」和靜曰：「未也，恐離此須疑。」

彼狂　無人聲　韓履霜操：「四無人聲。」　恥榮　新序：「聖王先德教而後刑罰，立恥榮而明防禁。」　色樂　色樂但可惑中下之人，猶浮靡之詞不能奪明智也。　泯默

死蠶耕 自「方分類別」以下，言昔人著書，正名百物，推賢尚功，智巧日新，抉造化不言之秘，故言出而衆驚。然古人豈樂於自表襮者？特因時救俗，不得不然耳。至後世，往以文鳴者矜詩眩惑，徒以亂人，無益世教，不如泯默之爲愈也。

寄題郢州白雪樓

世稱善歌者皆曰郢州，今有白雪樓。此乃因宋玉對楚王問曰：「客有歌於郢中者，其始曰下里巴人，次爲陽阿薤露，又爲陽春白雪，引商刻羽，雜以流徵。」遂謂之郢人善歌，殊不考其義，其曰「客有歌於郢中者」，則歌者非郢人也。其曰：「下里巴人，國中屬而和者數千人；陽阿薤露，和者數百人；陽春白雪，和者不過數十人；引商刻羽，雜以流徵，則和者不過數人而已。」以楚人之故都，人物猥盛，而和者止於數人，則其爲不知歌甚矣。故玉以此自況。陽春、白雪，皆郢人所不能也。以其所不能者名其俗，豈非大誤也？襄陽耆舊傳雖云「楚有善歌者，歌陽凌、白露、朝日、魚麗，和之者不過數人」，復無陽春白雪之名。又今郢州本謂之北郢，亦非古之楚都。或曰：楚都在今宜城界中，有故墟尚在，亦不然也。此鄢也，非郢也。據左傳，楚成王使鬭宜申爲商公，沿漢泝江將入郢，王在渚宫下見之。沿漢至於夏口，然後泝江。則郢當在江上，不在漢上也。又「王在渚宫下見之」，則渚宫蓋在郢也。楚始都丹陽，在今枝江。文王遷郢，昭王遷都，皆在今江陵境上。杜預注：「左傳云：『楚國，今南郡江陵縣北紀南城也。』」謝靈運鄴中集詩云：「南登紀郢城。」今江陵北十二里有紀南城，即古之郢都也，又謂之南郢。

聖俞爲狄梁公〔一〕

乘雄 杜欽賢良策：「或婦乘夫，或臣子背君父。」師古注：「乘，陵也。」

社稷臣 狄梁公之爲人，疑無可議者，然蘇穎濱猶有「負婁公」之句，要不害爲社稷之宗臣也。

蒙亭

喧静 白樂天詩：「心静無妨喧處寂，機忘兼覺夢中閑。」亦此意也。

和王樂道烘蝨

貸一凶 左氏：「今行父雖未獲一吉人，去一凶矣。」

細黠老姦 蝨入豕栅，議所食曰：「肥豕不度臘。」相與食其瘠者。觀此，豈非黠與姦耶？

田廬　借人力　孟子注：「藉者，借人相借力，助之也。」

錢鎛　李惟簡墓誌銘：「益市耕牛，鑄鎛釤、耡斸以給農之不能具者。」

牧笛　平地　杜詩：「日落在平地。」

牛衣　左氏定公八年：「主人焚衝，或濡馬褐以救之。」注：「馬褐，馬衣也。」觀此，則牛亦有衣。

【校記】

〔一〕題全爲「聖俞爲狄梁公孫作詩要予同作」。

王荊文公詩卷第十六

古詩

次韻酬微之贈池紙並詩

微之出守秋浦時，椎冰看擣萬穀皮。晉書贊謂蕭子雲「書窮萬穀之皮，斂無一分之骨」。波工龜手咤今樣，莊子：「不龜手之藥。」魚網肯數荊州池。盛弘之荊州記曰：「棗陽縣蔡倫宅，其中具存。傍有池，名蔡子池。倫，漢順帝時人，始以魚網造紙。縣人今猶多能作紙，蓋倫之遺業。」霜紈奪色價〔一〕不售，虹玉喪氣山無輝〔二〕。禮記聘義：「氣如白虹，天也。」言玉之德。○荀子：「玉在山而木潤。」○陸機文賦：「石韞玉而山暉，水懷珠而川媚。」方船穩載獻天子，酈食其傳：「方舡而下。」師古曰：「方，併也。」善價徐取供吾私。語：「求善價而沽諸？」詩大田：「遂及我私。」十〔三〕年零落尚百一，持以贈我隨清詩。

君寧久寄金穀地，方執賜筆磨坳螭。唐志：「天子御正殿，二史分左右立，有命則俯陛以聽，退而書之。若仗在内閣，則分立第二螭首，和墨濡筆，皆即坳處。」當留此物朝上國，日侍帝側書新儀。不然名山副史本，褒拔元凱誅窮奇。司馬遷傳：「藏之名山，副在京師。」○左氏：「八元、八凱，窮奇、檮杌。」咨〔四〕予文章非世用，畫鏤空爾糜〔五〕冰脂。楊〔六〕次公鹽鐵論：「内無其質而外學其文，若鏤冰畫脂，費日損功。」揮毫才足記姓字，項羽傳：「籍少時，學書不成，去。梁怒之。籍曰：『書足記姓名而已，不足學。』」竊學又恥從師宜。衛恒傳：「上谷王次仲始作楷法。至靈帝好書，時多能者，而師宜官爲最。每書，輒削而焚其柎。梁鵠乃益爲版，飲之酒，候真醉而竊其柎，遂以書名。」此言竊學，謂鵠也。又晉書右軍贊：「師宜懸帳之奇，罕有遺跡。」又按，師宜官，南陽人。時天下工書者皆聚於鴻都門，至數百人，稱宜官爲首。大則一字徑丈，小則方寸千言。今詩止稱「師宜」，去「官」字，蓋祖晉贊也。忽忽點汙亦何忍？嘉貺但覺難爲辭。篇終有意責趙璧，窮國恐誤連城歸。秦以虛詞，欲取趙璧，實無予城意，故云「恐誤」。○史記：「趙惠王得和氏璧。秦昭王聞之，使人遺趙王書，願以十五城易璧。藺相如奉璧奏秦，秦王無意償城，相如乃使其從者衣褐懷璧，從間道亡，歸璧於趙。」傾囊倒篋聊一報，安敢坐以秦爲雌？過秦論曰：「秦地被山帶河。自繆公以來，至秦王二十餘君，常爲諸侯雄，豈世世賢哉？其勢居然也。」○孟嘗君傳：「馮驩謂秦王曰：『天下之士入秦者，莫不欲強秦而弱齊；入齊者，莫不欲強齊而弱秦，此雄雌之國也，勢不兩立。』秦王曰：『何以使秦無爲雌而可？』」

【校記】

〔一〕「價」，龍舒本、宋本、叢刊本作「賈」。

〔二〕「輝」，龍舒本作「暉」。

〔三〕「十」，龍舒本作「千」。

〔四〕「咨」，龍舒本作「嗟」。

〔五〕「畫」，龍舒本作「盡」。「糜」，宮内廳本作「靡」。

〔六〕「楊」，當作「桓」。桓寬字次公，撰有鹽鐵論。

酬冲卿月晦夜有感

夜雲不見天，楚詞山鬼篇：「余處幽篁兮，終不見天。」况乃星與月。蕭蕭暗塵定〔一〕，張昌齡詩：「暗塵隨馬去。」坎坎寒更發。伐木詩：「坎坎鼓我。」樓歌客尚飲，酩酊不畏雪。巷哭復有人，鄰風送幽咽。羊祜卒，南州人聞祜喪，罷市巷哭者聲相接。○杜詩：「萬古一骸骨，鄰家遞歌哭。」紛然各所遇，悲喜孰優劣？君方感莊周，浩蕩擺羈紲。歸來亦置酒，玉指調絃撥。絃、撥，二物也。鵾絃、鐵撥，開元中，賀懷智善琵琶，以鵾雞筋爲絃，鐵爲撥。獨我坐無爲，青燈對明滅。樂天送兄弟回雪夜詩：「對雪畫寒灰，殘燈明復滅。」

【校記】

〔一〕「定」，宋本、叢刊本作「走」。

送子思兄參惠州軍事〔一〕

沄沄曲江水，天借九秋色。梁元纂要：「秋收成亦曰白藏，亦曰三秋、九秋。」樓臺飛半空，秀色盤〔二〕韶石。韶石，見別注。載酒塡里閭，吹花換朝夕。後漢耿恭傳：「恭亦終塡牢户。」笙簫震河漢，錦綉爛冠幘。地靈瘴癘絶，人物傾南極。廣州記：「馬援到交趾，立銅柱，爲漢南極界。」隋大業叢記：「大業五年，置比景等三郡。比景在林邑南。或云馬援鑄銅柱以標南極之處，其柱尚在。」○杜甫送張司馬南海勒碑詩：「冠冕通南極。」先朝有名臣，卧理訟隨息。介父父楚公嘗爲韶州。此言「名臣」，謂楚公。○汲黯傳：「吾徒得君重，卧而治之。」稍稍延諸生，談笑顧〔三〕賓客。前漢禮樂志：「稍稍制作。」退之詩：「近亦能稍稍。」子來適妙年，曹子建求自試表：「終軍以妙年使越。」謁入交履舄。高紀：「謁入，呂公大驚。」○前漢翟義傳：「納謁徑入。」師古曰：「猶今通名也。」○退之别竇司直詩：「開筵交履舄。」寂寥九齡後，此獨望一國。曲江公，韶州人，言子思可繼之。○左氏：「吾子，楚國之望也。」虞翻禮丁覽，虞翻傳：「初，山陰丁覽、太末徐陵，或在縣吏之中，或衆所未識。翻一見之，便與友善，終成顯名。」韓愈俟趙德。已見前注。孤岸鎮頽波，俗流未易識。我方文葆中，旋逐旃旗蹟。趙世家：「小兒被曰文葆。」去思今豈忘？何武去後常見思。耳目熟遺跡。吏含殷勤言，俛仰問乖隔。當時府中兒，侵尋鬢邊白。下帷〔四〕雖著書，不救寒餓〔五〕迫。董仲舒下帷講道，弟子傳以久次相授業。謂宜門闌士，宦路久烜赫。退之送陸暢詩：「我實門下士，力薄蚋與蚊。」奈何猶〔六〕差池，襄公二十二年：「譬諸草木，吾臭味也，而何敢差池？」○衛風：「燕燕於飛，差池其羽。」更捧丞椽檄。捧檄，見涓涓乳下子注。驥摧千里蹄，魏武傳：「老驥伏櫪，志在千里。」○漢貨殖傳：「陸地牧馬二百蹄。」鵬墮九霄翮。杜詩：「風翮九霄鵬。」退之詩：「鵬騫墮長翮。」人生無巧愚，天運有通塞。韓銘：「秖繫其逢，不繫巧愚。」試觀馳騁人，意氣宇宙窄。榮華去路塵，謗辱與山積。晏嬰傳：「意氣揚揚，甚自得也。」○韓詩：「君看一時人，幾輩先騰馳？」又：「歡華不滿眼，咎責塞兩儀。觀名計之利，詎足相陪裨。」公詩近類此。優游祿仕間，較計誰得失〔七〕？柳子厚墓志銘：「以此較彼，孰爲得失？」送君強成歌，陟岵翻感激。「陟彼岵兮，瞻望父兮。」言楚公也。

補注 不救寒餓迫 東坡詩：「飢來嗅空案，空案一字不堪煑。」〔八〕

【校記】

〔一〕目錄及諸本均無「事」字。

〔二〕「色」，龍舒本、宋本、叢刊本作「氣」。「盤」，龍舒本作「槃」。

〔三〕「顧」，龍舒本作「預」，宋本、叢刊本作「與」。

〔四〕「下帷」，龍舒本作「王推」。

〔五〕「餓」，龍舒本、宋本、叢刊本作「饑」。

〔六〕「猶」，龍舒本作「由」。

〔七〕「得失」，龍舒本、宋本、叢刊本作「失得」。

〔八〕本注原闌入詩注末，無「補注」二字。原衍「空案」二字，據蘇軾虔州呂倚承事年八十三讀書作詩已收古今帖貧甚至食不足、臺北本删。

送董伯懿歸吉州

我來以喪歸，君至以[一]一作「因」。謫徙。公嘉祐八年八月丁母憂，時爲知制誥。○觀詩意，董由遷謫來金陵，嘗從公游。此詩送其歸鄉，蓋赦後一年乃得歸。蒼黄憂患中，邂逅遇於此。去年服初除，聽赦相助喜。看君數歸月，但屈兩三指。茫然冬更秋，一笑非願始。退之詩：「乖隔非願始。」又和：「憶昨行屈指，數日憐嬰孩。」籃輿楊柳下，明月芙蕖水。唐人詩多以楊柳對芙蕖、芙蓉。如杜牧：「芙蓉露下落，楊柳月中疎。」劉威詩：「遥知楊柳是門處，似隔芙蕖無路通。」○太白詩：「清水出芙蕖。」僮飢屢窺門，客罷方隱几。莊子齊物論：「南郭子綦隱几而坐，仰天而嘘。」是非評衆詩，成敗斷前史。時時對弈石，石，言棋子。○子厚柳州山水記：「始登者，得石枰於上，黑肌而赤脈，十有八道，可弈。」漫浪争生[二]死。送迎皆幅巾，設食但陳米。後漢何進傳：「鄭康成以幅巾而見漢輔。」亦曾戲篇章，論衡曰：「興論立説，結連篇章者，文人鴻儒也。」王仲宣贈文叔良詩曰：「賦詩連篇章。」[三]揮翰疾蒿矢。莊子在宥篇：「焉知桀跖之不爲嚆矢也。」[四]注：「嚆，矢之猛者。崔本作『蒿』。」○魏文帝紀：「孟達自蜀降帝，以爲新城太守，衆以爲不宜，帝曰：『朕保其無他。譬以蒿箭射蒿中爾。』」○韓非子第十：「智伯將伐趙，趙襄子懼，召張孟談問之，曰：『吾奈無箭何？』孟談曰：『臣聞董子之治晉陽也，公宫之垣皆以荻蒿楛楚牆之，有苦蒿[五]，至於丈。君發而用之。』於是發而試之，其堅雖菌幹之勁弗能過也。」隋書：「或勸唐高祖：『李密輕狡，好爲反叛，願勿遣東征。』帝曰：

「蒿箭射蒿蘺耳。吾豈不知耶？」」○唐李元諒傳：「德宗幸奉天，朱泚遣將襲華州，以絕東道。元諒自潼關引兵救之。時兵興倉卒，裹罽爲鎧，削蒿爲矢。」君豪才有餘，我老憊先止。東城景陽陌，景陽宮在臺城內。南望長干紫。長干，是秣陵縣東里巷名。江東謂山隴之間曰干。金陵五里有山岡，其間平地，民庶雜居，有大長干、小長干、東長干，並是地名。○王勃滕王閣記：「煙光凝而暮山紫。」○李白詩：「同居長干里。」欲斸三畝蔬，於焉寄殘齒。經過許後日，唱和猶〔六〕在耳。左氏：「先君雖終，言猶在耳。」新恩忽捨我，退之寄崔立之詩：「新恩釋御羈。」欣悵生彼已。韓集岳陽樓詩：「主人孩童舊，握手乍欣悵。」江湖北風帆，捩柂即千里。退之送鄭尚書序：「飄風一日，踔數千里。」相逢知何時，莫惜縑與紙。韓集遺侯參謀詩：「寄書惟在頻，無慳簡與繒。」

【校記】

〔一〕「以」，龍舒本、宋本、叢刊本作「因」。

〔二〕「生」，龍舒本作「先」。

〔三〕此詩，文選卷二十三作劉楨贈五官中郎將四首之四。

〔四〕「焉知」句，浙江書局本莊子在宥作「焉知曾史之不爲桀跖嚆矢也」。

〔五〕「苦蒿」，浙江書局本韓非子十過第十作「楛高」。

〔六〕「猶」，龍舒本作「由」。

八月十九日試院夢冲卿

空庭得秋長漫漫，楚詞：「路漫漫其脩遠兮，吾將上下而求索。」又寧戚：「夜漫漫。」寒〔一〕露入幕愁衣單。喧喧人語已成市，白日未到扶桑間。十洲記云：「扶桑地方萬里，多生林木，其葉如桑，長者數千丈。兩兩同根偶生，故名扶桑。」〇又，古書云：「東方有扶桑之木，其高萬仞。日下浴於暘谷，上拂於扶桑。」永懷所好却成夢，玉色髣髴開心顔。玉色，見鮑公水注。逆〔二〕知後應不復隔，談笑明月相與閑。古詩：「明月入綺窻，彷彿想蕙質。」

【校記】

〔一〕「寒」，龍舒本作「塞」。

〔二〕「逆」，龍舒本作「迎」。

平甫歸飲　在館中時作。

無田士相弔，亦以廢燕樂。孟子：「惟士無田，則亦不祭，牲殺、器皿、衣服不備。不敢以祭，則不敢以宴，亦不足弔乎？」注：「不祭則不宴，猶喪人。」我官雖在朝，得飲乃不數。退之詩：「我雖官在朝，氣勢已局縮。」詩書向墻户，賓至無杯杓。沛公不勝杯杓。空取上古言，醻之等糟粕。有如揚子雲，歲晚天禄閣。但無載酒人，識字真未博。公自言識字不多，載醪而問者少。此近於戲也。然識字亦豈易哉？漢之諸儒比肩立，而揚子雲獨以識字稱。韓公以道德文學伏一世，而猶自謂：「凡爲文辭，宜略識字。」推此，可知其非易也。叔兮歸自東，一笑堂上酌。緒餘不及客，莊子：「道之真以治身，其緒餘土苴以治天下。」○姤卦：「包有魚。」義不及賓也。兒女聊相酢。高談非世歡，自慰亦不惡。寄言繁華子，阮嗣宗詩：「昔日繁華子，安陵與龍陽。」○沈休文詩：「洛陽繁華子，長安輕薄兒。」此趣由來各。鄭谷詩：「一年流淚同，萬里相思各。」

答陳正叔

天馬志萬里，駕鹽不如閑。前漢禮樂志渥洼馬歌：「太一況，天馬下。志俶儻，精權奇。體容與，迣萬里。」○戰國策：「夫驥服鹽車，上太山，中坂遷延，負轅不能上。伯樂下車哭之者也。」○賈誼賦：「驥垂兩耳，服鹽車兮。」壯士困局束，不如棄之完。退之讀皇甫湜公安園池詩：「觀之亂我意，不如不觀完。」用之不盡，不如不用。利行有阨轍，勢涉無恬瀾。謝靈運詩：「河流有急瀾，浮驂無緩轍。」古詩：「規行無曠跡，短步豈逮人。」公詩倣此。明明千年羞，促促一日歡。陸士衡豫章行：「促促薄暮景。」注：「促促，短貌。」○退之進學解：「踵常徒之促促。」孰肯避此世，引身取平寬。語：「賢者避世。」劉屈氂傳：「屈氂挺身逃。」師古注曰：「引身而逃難。」○韓賦：「在隱約而平寬。」超然子有意，爲我歌考槃。考槃，刺莊公使賢者退而窮處。予方慕孔氏，委吏久盤桓。「孔子嘗爲委吏矣，曰：『會計當而已矣。』」〔一〕○易：「盤桓利居，貞。」得失未云殊，聊各趨所安。謝惠連詩：「未知古人心，且從性所翫。」

【校記】

〔一〕「曰」字原脱，據孟子萬章下補。

過食新城藕

他年過食新城藕，枕藉船中載親友。劉伶酒德頌：「枕麴藉糟。」○李白詩：「醉客滿船歌白紵。」今年却到經行處，獨坐昏煙對舞柳。劉長卿詩：「客路向楚雲，河橋對衰柳。」舞，恐是「衰」字。甘酸向口無所適，少陵病橘詩：「紛紛不適口，豈止存其皮。」牢落盤飧與樽酒。左氏：「乃饋盤飧置璧焉。」○杜詩：「自足媚盤飧。」冰房玉節謾〔二〕自好，穆天子傳：「西王母獻素蓮一房。」○韓詩：「池蓮拆秋房。」○本草：「荷爲芙蕖，其實蓮，其根藕。蓮，謂房也。藕節冷，解熱毒。」欲御還休涕垂手。曾參宦學居常近，家語：「曾參，齊嘗聘欲與爲卿，而不就，曰：『吾父母在。食人之禄，則憂人之事，故吾不忍遠親而爲人役也。』」陽城離别初不久。陽城爲國子祭酒，引諸生，告之曰：「凡學者，所以學爲忠與孝也。諸生有久不省親者乎？」明日，謁城歸養者二十輩，不歸者斥之。公蓋以此教人，詩所引恐此事。人間此願兩未能，西風落日空回首。

【校記】

〔一〕「謾」，宋本、叢刊本作「漫」。

明州錢君倚衆樂亭

君倚，名公輔。仁宗時，自三司户部判官出知明州，有善政。自明召入爲脩注。公嘗舉以自代。

使君幕府開東部，名高海曲人知慕。艤船談笑政即成，艤舡，屢見上。洗滌山川作佳〔一〕趣。平泉浩蕩銀河注，想見明星弄機杼。選古詩：「迢迢牽牛星，皎皎河漢女。纖纖擢素手，札札弄機杼。」載沙築成天上路，唐世拜相禮，絶班行，府縣載沙填路，自禁城至其第，名曰沙堤。投虹爲橋取孤嶼。李白詩：「安得五采虹，架天作長橋。」○明皇雜録：「羅公遠引明皇游月宫，擲一竹枝於空中，爲大橋，色如白金。行十數里，至一大城闕，曰：『此月宫也。』」「投虹爲橋」，即此意。又，蘇聃一事，亦類此。掃除荆棘水中央，詩秦風：「宛在水中央。」碧瓦朱甍隨指顧。春風滿城金版舫，周禮秋官職金：「旅於上帝，則共其金版。」〔二〕注云：「鉼金謂之版。」此以言舫，未詳。○江表傳：「吴少帝於宫内作小舡三百餘艘，飾以金銀。」金版之類也。○唐韓滉遣使獻羅，每檐夫與白金一版。來看置酒新亭上。百女吹笙綵鳳悲，列仙傳：「王子晉好吹笙，作鳳凰之鳴。」○李德裕詩：「仙女是董雙成，桂殿夜凉吹玉笙。」一夫伐鼓靈鼉壯。評曰：百女自多，一夫恨少。

○李斯傳：「建翠鳳之旗，樹靈鼉之鼓。」○唐劉言史觀繩伎歌：「廣場寒食風日好，百夫伐鼓錦臂新。」○唐王轂詩：「靈鼉震疊神仙去。」安期羡門相與游，方丈蓬萊不更求。列仙傳：「安期生，琅邪人，賣藥東海邊。時人皆言千歲。」漢郊祀志：「李少君言：『臣嘗游海上，見安期生食巨棗，大如瓜。安期仙者，通蓬萊中。合則見人，不合則隱。』後欒大亦言：『臣常往來海中，見安期、羡門之屬，顧以臣爲賤，不信臣。』羡門，碣石山上仙人，名子高也。」○前漢志：「燕昭王使方士入海求三神山。」柳文訾家洲記云：「若與安期、羡門接於物外。」酒酣忽跨鯨魚去，揚雄羽獵賦：「乘巨鱗，騎鯨魚。」○杜詩：「若逢李白騎鯨魚。」○李白詩：「暮跨紫鱗去，海氣侵肌涼。」陳跡空令此地留。

【校記】

〔一〕「佳」，宋本、叢刊本作「嘉」。

〔二〕「旅於」句，原作「旅干上帝見供其金版」，據周禮改。

愛日　使虜時作。

鴈生陰沙春，冬息陽海澨。山海經：「鴈門山，鴈出其間，在高柳北。」冥冥取南北，豈以食爲累。洛予愁病軀，鄙朴〔二〕人所戲。杜恕家戒曰：「張子臺，視之似鄙朴人，然其心中不知天地間何者爲美，何者爲好，似與陰陽合德者。患禍當何從來？」子臺名閣，見邴原傳。無才治時難，量力當自棄。豈知塞上霜，飄然亦何事。高堂已白髮，愛日負明義。揚子篇：「孝子愛日。」怨〔二〕風吹平原，怨字，當作「悲」。秣馬聊一愒。含懷孰與語，仰屋思歎喟〔三〕。孟母知身從，萊妻恥人制〔四〕。孟母事，見列女傳。萊妻事，詳見別注。一肉儻易謀，萬鍾非得計。顏、曾之養至矣，何必萬鍾。

【校記】

〔一〕「鄙朴」，龍舒本、宋本、叢刊本作「朴鄙」。

〔二〕「怨」，宋本、叢刊本作「悲」。

〔三〕「歎喟」，龍舒本作「漢噲」。

〔四〕「萊妻」句，龍舒本作「來人恥妻制」。

答裴煜道中見寄

君游苦數歸苦晚，一驛險有千里遠。知君陟降旦暮間，言路雖一驛，其險如千里之遠。馬力不勁厭長坂。雨脚墜地花枝低，風頭入溪蒲葉偃。樂天早秋晚望詩：「穿霞日脚直，馳鴈風頭利。」○選詩：「雨足灑四溟。」○小杜詩：「林黑山高雨脚長。」○語：「草上之風必偃。」此處登臨不奈愁，瓊樹森森遮疊巘。煜，慶曆六年省元，賈黯榜第二甲第六名。

餘寒

餘寒駕春風，入我征衣裳。捫鬢〔一〕秖得凍，蔽面尚疑創。士耳恐猶墮〔二〕，漢書：「上聞韓王信降匈奴，上將擊之。連戰，乘勝逐北，至樓煩，會大寒，士卒墮指者十二三。」傅玄詩：「嚴風截人耳，素雪隨地凝。」馬毛欲吹僵。杜詩：「牛馬毛寒縮如蝟。」○張祜詩：「馬毛帶雪汗氣蒸，五花連錢旋作冰。」僵者，毛勁欲折也。○西京雜記：「漢元封二年，大雪深一丈，野中鳥獸皆死，牛馬踡縮如蝟。」牢持有失箸，疾飲無留湯。先主〔三〕方食，不覺失匕箸。言方寒手凍，至不能執捉。曈曈扶桑日，出有萬里光。可憐當此時，不濕地上霜。言日光薄，不能使霜消。詩：「雨雪瀌瀌，見晛曰消。」冥冥鴻鴈飛，北〔四〕望去成行。唐本草：「鴈爲陽鳥，冬則南翔，夏則北徂。時當春夏，則孳育於北，故禮云：『秋，鴻鴈來此。』」言鴻鴈知幾先識，不以餘寒尚勁而忘北去也。○杜詩：「君看雲中鴈，禽鳥亦有行。」誰言有百鳥？此鳥知陰陽。豈時有必至，前識聖所臧。前識，謂先見。把酒謝高翰，我知思故鄉。李白詩：「舉頭望山月，低頭思故鄉。」

【校記】

〔一〕「鬢」，龍舒本作「鬚」。

〔二〕「墮」，龍舒本、宋本、叢刊本作「墜」。

〔三〕「先主」，原作「先生」，據三國志蜀書先主傳、臺北本改。

〔四〕「北」，宮内廳本作「前」。

憶鄞縣東吴太白山水〔一〕 亦名孤城。

孤城回首一作「望」。詎〔二〕幾何，憶得〔三〕好處長經過。最思東山春〔四〕樹靄，更憶南湖〔五〕秋水波。王尊傳：「惟一主簿泣，在尊之傍立不動，而水波稍却回。」○江文通恨賦：「春水緑波。」九歌：「飆風起兮水揚波。」三年飄忽一作「百年顛倒」。如夢寐，杜詩：「相對如夢寐。」萬事感激一作「乖隔」。〔六〕徒悲歌。應須飲酒不復道，今夜江頭明月多。韓詩：「一年月明今宵多。」又：「有酒不飲〔七〕柰明何。」

【校記】

〔一〕宋本、叢刊本題作「孤城」。

〔二〕「詎」，龍舒本、宋本、叢刊本作「距」。

〔三〕「憶得」，宋本、叢刊本作「記得」。

〔四〕「春」，龍舒本作「湖」，宋本、叢刊本作「煙」。

〔五〕「南湖」，龍舒本作「山春」。

〔六〕以上三處注「一作」云云，與相关正文，宋本、叢刊本均互易。

〔七〕「飲」下原本、臺北本衍「爭」字，據韓愈八月十五夜贈張功曹詩删。

和微之藥名勸酒

此湊藥名爲詩。陳亞嘗詠藥名詩云：「風月前湖近，軒牕半夏凉。」「棊爲臘寒呵子下，衣嫌春瘦縮紗裁。」世傳以爲起於亞，非也。自梁以來，如簡文帝、元帝皆有藥名詩。庾肩吾、沈約亦各有一〔一〕首。至唐張籍爲離合詩，有云：「江皋歲暮相逢地，黄葉生前半下枝。子夜吟詩問松桂，心中萬事喜君知。」以此觀之，則藥名詩初不始於亞矣。

赤車使者錦帳郎，從容珂馬留閑坊。赤車使者、從容，見既别羊王二君注。○珂，大如鰒，皮黄黑而骨白，以爲馬飾，生南海。紫芝眉宇傾一坐，笑語但聞雞舌香。紫芝生高夏山谷，六芝皆無毒。論衡云：「芝生於土，土氣和，故芝草爲瑞。」○雞舌香，按三省故事：「尚書郎口含雞舌香，以其奏事荅對，使氣芬芳。」母丁香，亦名雞舌香。藥名勸酒詩實好，陟釐爲我書數行。陟釐，乃水中苔，今取以爲紙名。苔紙，見本草草部。真珠的皪鳴槽牀，金罍琥珀正可嘗。真珠，出廉州。邊海中有洲島，島上有大池，謂之珠池。每歲，刺史親往，監珠户入池採老蚌，割取珠以充貢。○李賀詩：「有酒且滴真珠紅。」○金櫻子，今之刺榆子，形似榅桲而小，色黄有刺，花紅，在處有之。松柏千年爲茯苓，又千年爲琥珀。史君子細看流光，莫惜覓醉衣淋浪，獨醒至死誠可傷。評曰：至此不類藥名，但覺痛快。○史君子，形如梔子，稜瓣深而兩頭尖，亦似訶梨。初〔二〕始因潘州郭使君療小兒，多是獨用此物，因號爲史君子。○獨醒，草名。歡華易盡悲酸早，人間没藥能醫老。酸棗，生河東川澤，樹大如大棗，實無常形，味酸者是。○没藥，生波斯國，似安息香，黑色。寄言歌管衆少年，趂取烏頭未白前。評曰：妙。○貫衆，生玄山山谷，苗似狗脊，狀如雉尾。烏頭，葉厚，莖方，中空。葉四四相當，與蒿相似。白前，苗似細辛而大，色白，易折，生洲渚沙磧之上。

補注 詩實 詩實，借著貫音。 惜覓 惜覓，借折蓂音。〔三〕

【校記】

〔一〕「二」，宫内廳本下有作「百」字。

〔二〕「初」，原本、臺北本作「勤」，據宫内廳本改。

〔三〕上二注原闌入詩末，無「補注」二字。

客至當飲酒二首

結屋在墻陰，閉門讀詩書。韓詩：「閉門讀書史，清風牕户凉。」懷我平生友，山水異秦吴。退之詩：「譬官居京邑，何由知東吴？」又：「踐此秦關雪，家彼吴洲雲。」杖藜出柴荆，豈無馬與車。窮通適異趣，談笑不相愉。謂語不相投也。愉，悦也。寧〔二〕復求古人，浩蕩與之俱。淵明詩：「好風與之俱。」客至當飲酒，日月無根株。張籍：「青天蕩蕩高且虚，上有白日無根株。流光暫出還入地，使我少年不須臾。」

【校記】

〔一〕「寧」，龍舒本、宋本、叢刊本作「豈」。

其二

天提兩輪光，環我屋角走。列子：「一兒曰：『日初出，大如車輪。及中，纔如盤蓋。此不爲日初出去人近，日中時去人遠乎？』」○杜詩：「日月雙車轂。」自從紅顏時，照我至白首。纍纍地上土，往往平生友。纍纍，謂冢。歎逝賦：「友靡靡而日索。」杜詩：「念舊半爲鬼。」○諸葛孔明梁甫吟：「里中有三墳，纍纍正相似。」少年所種樹，韓文：「樹，吾先人之所種也。」○唐人胡僧歌：「手種青松今十圍。」磥砢行復朽。古人有真意，獨在無好醜。楊王孫傳：「歸者得至，化者得變，是物各反其真也。反真冥冥，亡形亡聲。」詩意言人任運而生，乘化而盡，無獨存之理。杜詩：「時來展才力，先後無好醜。」冥冥誰與論，客至當飲酒。評曰：豪落感激，參差跌絕。

乙未冬婦子病至春不已

乙未爲至和二年，公時爲羣牧判官，被使畿内。後二年，卒求常州以出。

天旋無窮走日月，爾雅：「二十八宿及諸星皆循天左行，一日一夜一周天。日月五星則右行，日行一日一周天，月行一月一周天。」○杜牧詩：「月於何處去？日於何處來？跳丸相趂走。」青髮能禁幾回首？兒呻婦歎冬復春，強欲笑歌難發口。莊子盜跖篇：「除病疾憂患，其中開口而笑者，一月之中，不過四五日而已。」黃卷幽尋非貴嗜，藜牀穩臥雖貧有。二物長乖亦可憐，一生所得猶多苟。黃卷、藜牀，非謂無此二物也，不能盡其樂耳。○南史江斅讓婚表：「至於夜步月而弄琴，晝拱袂而披卷。一生之內，與此長乖。」

強起

寒堂耿不寐，顏延年詩：「幽人不能寐，耿耿夜何長？」轆轆聞車聲。不知誰家兒，先我霜上行。杜牧阿房賦：「轆轆遠聽，杳不知其所之也。」言車聲。歎息夜未央，呼燈[一]置前楹。推枕欲強起，問知星正明。昧旦聖所勉，齊詩有雞鳴。書：「先王昧爽丕顯，坐以待旦。」○馬周疏：「昧旦丕顯，後世猶怠。」○詩：「女曰雞鳴，士曰昧旦。子興視夜，明星有爛。」嗟予以竊食，更覺負平生。杜詩：「白頭趨幕府，深覺負平生。」

【校記】

[一]「呼燈」，宋本、叢刊本作「遽呼」。

飲裴侯家

此必是裴煜作郡江淮時，語意可知也。

裴侯飲我日向中，四坐賓客顔皆紅。掃除高館邀我入，自出糴麥憐民窮。天邊眼力破萬里，桑麻冥冥山四起。韓詩：「失路麻冥冥。」○文選：「歌吟四起。」野心探尋殊未已，更欲湔衣北城水。忽見碧樹櫻桃懸，下馬恣食不論錢。杜詩：「白魚如切玉，朱橘不論錢。」赤星磊落入我眼，恐是半醉游青天。蕭穎士伐櫻桃賦〔一〕：「騈朱實以星繁。」柳子厚謝賜櫻桃表：「使發九霄，集繁星而有耀。」又：「盈背而外被恩光。」裴侯方坐塵沙裏，役身救物當如此。我曹偶脱〔二〕簿領間，杜詩：「脱身簿領間，始與箠楚辭。」蔡州詩末聯：「策勳禮畢天下泰，猛士按劍看常山。」何忍愛惜一日閒。且歸拂席飽眠睡，明日更看滁南山。評曰：自譏自誚，殊有襟度。○劉夢得平

【校記】

〔一〕「伐」字原脱，據全唐文卷三百二十二補。

〔二〕「脱」，宋本作「挽」。

送謝師宰赴任楚州二首〔一〕

師宰，陽夏公絳之子。陽夏四子：景初、景温、景平、景回。此景平也。范忠宣堯夫集有祭師宰文，稱祕丞謝君，曰：「嗚呼師宰，自天生德。仁孝愷悌，温恭正直。言參典章，動惟法則。清浄寡欲，心如止水。謙虚無我，賢不自恃。年方及壯，道已充己。曾未設施，疾以不起。時無聖師，獨喪顔子。嗚呼哀哉！識君之初，君方妙齡。龍駒鳳雛，神骨天成。騰騫萬里，誰測其程。我之慕君，聞道爲先。君之厚我，世舊以憐。交深義合，恩契綿聯。情均手足，幾二十年。君罷山陽，我官東畿。維舟相從，浹日燕嬉。君病東還，我憂惙惙。執手相視，忍涕而别。孰謂伊人，於焉永訣。」此稱山陽，即楚州也。忠宣作此，時治平二年四月。

珠玉不自貴，故爲人所憐。言珠玉不自知其美好，而人自貴之耳，故曰「無脛而走」。賢愚亦如此，好惡有自然。褚䂮云：「冰炭不言而冷熱之質自明者，以其有實也。」聞子欲東南，使我抱憂悁。一作「幽」。退之詩：「如何又須别，使我抱悁悁。」炎風沙土中，甘與子留連。詩：「甘與子同夢。」大梁非無客，跪起廢食眠。言應俗徒煩耳。退之詩：「兼旬同食眠。」相看獨不厭，以此知子賢。李白詩：「相看兩不厭，惟有敬亭山。」衰氣已難強，壯心方少年。才高豈易得？勗子在雕鐫。勉之學也。

【校記】

〔一〕題原無「二首」，據目録補。

其　二　杜詩：「四月五月偏號呼。」

崐崙一支流向東，七月八月舡如風。謂汴水也。流入淮，故言東。愛君少壯此行樂，恨我留連成老翁。魏文帝與吴質書曰：「志意何時復類昔日？已成老翁，但未白頭耳。」神頭兩岸水無窮，伏檻荷花滿眼〔一〕紅。神頭，屬楚州，地名。當時不得君携手，今日山川在眼中。

【校記】

〔一〕「眼」，宋本、叢刊本作「地」。

次韻游山門寺望文脊山　文脊山，一名曷山，在寧國縣西三十里。

宣城百山間，文脊尤奇峯。拔出飛鳥上，圖畫難爲容。聞昔有幽人，捫蘿追赤松。赤松，古仙人也，神農時爲雨師，服冰玉，教神農能入火不燒。遺形此古室，孤坐鹿裘重。人去邈不反，洞壑空藏龍。側行蒼崖煙，俯仰求靈蹤。游者如〔一〕可得，甘棄萬户封。安能久塵土，傾倒相迎逢。按，晉書隱逸傳，瞿硎先生者，不得姓名，亦不知何許人也。太和末，嘗居宣城郡界文脊山中。山有瞿硎，因以名焉。大司馬桓温嘗造之。既至，見先生被鹿裘，坐於石室，神無忤色。温及僚佐數十人，皆莫測之，乃命伏滔爲之贊。竟卒於山中。

【校記】

〔一〕「如」，宋本作「追」。

疥

昭公二十年：「齊侯疥，遂痁。」梁元云：「疥音痎，兩日一發之瘧。」杜預注云：「案傳例，因事曰遂。若痎已是瘧，何爲復言『遂痁』乎？」○説文曰：「疥，搔也。」周禮天官疾醫曰：「夏時有癢疥病。」禮記月令：「民多疥癘。」

浮陽燥欲出，陰濕與之戰。燥濕相留連，虫生乃投間。搔膚血至股，解衣燎爐炭。方其愜心時，更自無可患。呼醫急治之，莫惜千金散。有樂即有苦，愜心非所願。莊子：「樂未畢也，哀又繼之。」

補注

平甫歸飲詩　識字真未博　介甫登科，爲淮陽簽判。時韓魏公作鎮，喜介甫文學，不以吏事許之。介甫每引古義争事，公一裁以法律，往往不從。介甫官滿，既去，有人獻公書。書中多用古字，公不能識，持示羣寮，亦不識。公曰：「王廷評在，必能識。此人多識難字。」介甫聞之，怒，以爲輕己。疑此句有激而云也。晁景迂晚年嘗語人云：「日課識十五字。」景迂博學多識，未見其比。晚年衰病，尚勤如此，可以爲法也。

送董伯懿　蒿矢　通鑑載高祖語乃云：「借使叛去，如以蒿箭射蒿中耳。今使二賊交鬬，吾可坐收其弊。」

庚寅增注第十六卷

送董伯懿歸吉州　北風帆　王琚詩：「疾風吹飛帆，倏忽南與北。目盡不復見，懷哉無終極。」

平甫歸飲　向墻户　揚子：「向牆之户，不可勝入矣。」　糟粕　君之所讀者，古人之糟粕耳。　自東　詩：「我來自東。」

答陳正叔　阸轍恬瀾　朱敬則諫武后尚威刑疏云：「急促無善跡，促任少和聲。」亦此意也。　考槃　詩注：「考成槃，樂也。」謂樂於山澗之濱。

過食新城藕（一）　欲御還休涕垂手　此言見甘脆而念親之不嘗，不忍自食也。

明州錢君倚衆樂亭　投虹　春秋讖曰：「天投蜺，民怨。」　水中央　杜詩：去茨草，「轉置水中央。」

愛日　陰沙陽海　水經注：「陰溝始亂蒗蕩，終別於沙而過水出焉。」穀梁曰：「水北爲陰，水南爲陽。」　食爲累　東漢閔仲叔：「豈以口體累人哉？」　人所戲　漢書司馬遷傳：「文史卜祝，固上所戲。」

答裴煜道中見寄　裴煜字如晦，開封人，慶曆六年省元，廷試第二甲第六名，賈黯榜。公前有送煜宰吴江詩。　君游苦數　韓詩：「茲游苦不數。」

餘寒　吹僵　李愬夜入蔡，風偃旗裂膚，馬皆縮慄。

憶鄞縣東吴太白山水　詎幾何　韓詩：「别詎幾何？」

和微之藥名勸酒　陟釐　晉武賜張華側理紙萬番，南越所獻也。漢人言陟狸，狸與側理相亂。南人以海苔爲紙，其理縱横邪側，因以爲名焉。

客至當飲酒其二　行復朽　庾信云：「樹猶如此，人其可知。」　真意　陶詩：「此還有真意。」

乙未冬婦子病　發口　書：「其發有逸口。」　一生多苟　韓退之有「兩事皆害性，一生長苦心」之句，意不同而語近之。

強起　不寐　毛詩：「耿耿不寐。」　霜上行　韓退之履操：「兒行於野，履霜以足。」

飲裴侯家〔二〕　飲我日向中　杜詩「姜侯設鱠當嚴冬」句法也。　破萬里　孟子：「既竭目力。」晉書：「破萬里浪。」　一日閒　退之詩：「誰能一日閑？」

疥　千金散　孫思邈千金方。前漢：「灌夫中瘡十餘，適有萬金良藥，故得不死。」注：「萬金者，言其價貴也。」詩稱「千金散」，恐同此意。散，作散財之散。

【校記】

〔一〕題原缺，據詩注補。

〔二〕題原缺，據詩注補。

王荆文公詩卷第十七

古詩

和平甫舟中望九華山四十韻〔一〕

楚越千萬山，雄奇此山兼。劉禹錫云：「余嘗愛終南、太華，以爲此外無奇；愛荆門，以爲此外無秀。及見九華，始悼前言之容易也。」盤根雖巨壯，其末乃脩纖。杜詩：「掛李盤根大」又鐵堂峽詩：「脩纖無限竹，嵌空太始雪。」〔二〕去縣尚百里，側身勇前瞻。蕭條煙嵐上，縹緲浮青尖。杜詩「萬點蜀山尖峯」也。五代石敬瑭曰：「爲浮圖者，必合其尖。」徐行稍復逼，所矚亦已添。精神去亹亹，詩：「亹亹文王。」氣象來漸漸。詩：「漸漸之石。」注：「山石高峻。士銜反。」公必別有所據。又楚詞：「涕漸漸其若屑。」卸席取近岸，移船傍蒼蒹。卸席，謂落帆也。謝靈運詩：「掛席拾海月。」詩：

「蒹葭蒼蒼。」箋云：「蒹葭，蘆也；蒼蒼，盛也。」窺觀坐窮晡，易：「闚觀，利女貞。」注：「不能廣大觀鑒。闚，亦作窺。」淮南子：「日出暘谷，是謂晨明。至於悲谷，是謂晡時。」未覺晷刻淹。萬章下：「是以未嘗有所終三年淹也。」江空萬物息，四面波瀾恬。峩然九女鬟，争出一鏡奩。禮：「諸侯一娶九女，天子九嬪。」後漢光烈陰后紀：「明帝上陵，伏御牀，視太后鏡奩中物。」卧送秋月没，起看朝陽暹。集韻云：「暹，日光升進也。」游氛蕩無餘，瑣細得盡覘。退之南山詩：「巨細難悉究。」陵空翠矗直〔三〕，照影寒銛銛。言山影在水中，如劒芒之寒，且銛利也。楚詞弔屈原：「鏌耶爲鈍兮，鉛刀爲銛。」冢木立紺髮，崖林張紫髯。山，釋名：「山頂爲冢，非墳冢之冢。」詩：「山冢崒崩。」李羣玉詩：「紺髮初簪玉葉冠。」韓詩：「緑髮抽珉甃。」孫權有「紫髯將軍」之號。杜詩：「參軍舊紫髯。」變態生倏忽，雖神詎能占？相如傳：「珎怪鳥獸充仞其中者，不可勝記。」「禹不能名，卨不能計」，亦此意。當留老吾身，少駐誰云饜？唐人匡白東林寺詩：「堪歎世人來不得，便隨雲樹老何妨。」惜哉秦漢君，黄屋上衡灊〔四〕。始皇三十七年，行至雲夢，望祀舜於九疑山。紀不明言嘗登衡山也。○「漢武元封五年冬，行南巡狩，至於盛唐，望祀虞舜於九疑。登灊天柱山。」應劭曰：「灊音潛同。南嶽霍山在灊。灊，縣名，屬廬州〔五〕。」徐靈期南嶽記曰：「衡山，五嶽之南岳也。至於軒轅，乃以灊霍之山爲副焉。故爾雅云：『霍山爲南岳。』蓋因其副也。至漢武南巡，又以衡山遼遠，道隔漢江，乃徙南岳之祭於廬江。」今詩云「衡灊」，必本此，不必專指南嶽。等之事嬉游，「等」字，與陳勝傳「今亡亦死，舉大計亦死，等死」之「等」義同。捨此何其廉。東方朔傳：「割之不多，又何廉也？」我疑二后荒，神物久已厭。荒，謂神志荒亂，不明道理。埋藏在雲霧，不欲登昏憸。秦之君臣，上昏而下憸。羣臣相與議刻石，頌秦德，明得意，皆憸佞之爲。又疑避褒封，蔽匿以爲謙。或是古史書，脱落簡與籤。古事，史所不載者多矣，何獨疑於脱簡哉！當時備巡游，今不存緗縑。終南秦之望，關中記曰：「終南山，一名中南，言在天中，居都之南也。關中，秦地，故云。」江漢睢漳，楚之望也。太山魯所詹。詩：「太山巖巖，魯邦所詹。」天王與秩祭，書舜典：「望秩於山川。」注：「諸侯境内名山大川，如其秩次望祭之。謂五岳牲禮眂三公，四瀆眂諸侯，其餘眂伯、子、男。祭法曰：『山林川谷丘陵，能出雲爲風雨，見怪物，皆曰神。有天下者祭百神，諸侯在其地則祭之，亡其地則不祭。』」俎豆羅醯鹽。周禮天官：「醯人掌共五齊七菹，凡醯物以供祭禮之物。鹽人掌共百事之鹽，祭祀共其苦鹽、散鹽。」苟能澤下民，維此遠亦害。方今東南旱，土脉燥不黏。退之苦寒詩：「雪霜頓消釋，土脉膏且黏。」周語：「古者太史順時覛土，陽癉憤盈，土氣震發，農祥晨正，日月底於天廟，土乃脉發。先時九日，太史告稷曰：『自今至於初吉，陽氣俱蒸，土膏其動。弗震弗俞，脉其滿眚〔六〕，穀乃不殖。』」尚無膚寸功。公羊僖公三十一年：「觸石而出，膚寸而合，不崇朝而徧雨天下者，惟太山耳。」豈免竊食嫌？言山不能出雲雨救旱，徒忝秩祭。神莽吾難知，土病吾能砭。文章巧傅會，漢袁盎贊：「盎雖不好學，亦善傅會。」智術工飛箝。鬼谷子有飛箝一篇。飛箝，謂縱横之學也。薦寶互珪璧，論材自楩枏。司馬相如傳：「楩枏。」音南，此於「兼」字韻内押。類篇云：「楩似豫章。毗連切。」枏，木名，即含、如占二切。説文：「梅也。」爾雅云：「似杏而實酢。」苟以飾婦妾，滕文公下：「妾婦之道也。」書：「作奇技淫巧，以悦婦人。」謬〔七〕云活蒼黔。蒼生黔首，合而言之。秦皇紀：「更名民曰黔首。」豈如幽人樂，茲山謝閭閻。穴石作户牖，垂泉當門簾。尋奇出後徑，覽勝倚前簷。超然往不返，舉世徒呫呫。竇嬰呫呫〔八〕自喜耳。匈奴傳：「顧無喋喋呫呫，冠固何當。」高興寄日月，千秋伴烏蟾。退之詩：「日月雖云尊，不能活烏蟾。」遐追商洛翁，皇甫謐高士傳：「四皓共入商洛，隱地肺〔九〕山，以待天下定。」秦火不能炎。近慕楚穆生，竟脱楚人鉗。楚王戊不設醴。穆生云：「王之意怠，不去，楚人將鉗我於市。」吾意竊所尚，人謀諒難僉。書：「詢謀僉同。」

【校記】

〔一〕宋本、叢刊本與下首合題爲和平甫舟中望九華山二首，下首爲「二」。龍舒本目録有「二首」二字，題無。

〔二〕「根大」之「大」與下「又」字原缺，據臺北本補。「鐵堂峽」，原作「纖堂峽」，「雪」，原作「雲」，據九家集注杜詩卷六改。

〔三〕「直」，宫内廳本作「舞」。

〔四〕「灊」，龍舒本作「潛」。

〔五〕「廬州」，原作「盧川」，據清綺齋本改。

〔六〕本注引文中「覛土」，原作「視土」；「憤盈」，原作「墳盈」；「天廟」，「廟」字原脱；「九日」，原作「九月」；「滿眚」，「眚」字原脱：均據國語周語上訂補。

〔七〕「謬」，龍舒本作「繆」。

〔八〕「呫呫」，史記魏其武安侯列傳、漢書竇灌韓傳均作「沾沾」。

〔九〕「肺」字原脱，據高士傳補。

重和

誰謂九華遠？吾身未嘗詹。九華山録云：「此山奇秀，高出雲表，峯巒異狀。厥數有九，故號九子山。李白因游江漢，睹其山秀異，遂更號九華山。」又云：「山之上有池，池魚長者半尋。」

唱篇每起予，語：「起予者，商也。」予口安能箝？退之苦寒詩：「口角如銜箝。」○袁絲謂申屠嘉曰：「君自閉箝天下之口，日益愚。」晁錯傳：「臣恐天下之士拑口不敢復言矣。」此拑字無竹頭。憶在秋浦北，空江上新蟾。光潔寫一鏡，迴環兩堤奩。「一鏡奩曲堤，萬丸跳猛雨。」杜牧秋浦詩。即池州也。露坐引衣襋，退之感春詩：「辛夷花高最先開，青天露坐始此迴。」○詩葛屨：「要之襋之。」注：「襋，領也。」衣襋，衣領也。風行欹帽簷。李義山詩：「公子江邊側帽簷。」維舟當此時，巨細得盡瞻。試嘗論大略，次乃述微纖。退之南山詩：「團辭試提挈，掛一念萬漏。」此山廣以深，包蓄萬物兼。噓雲吐霧雨，生育靡不漸。書：「東漸於海。」巍然如九皇，德澤四海沾。前漢郊祀志：「武帝欲放黃帝以接神人蓬萊，高世比德於九皇。」注：「張晏云：『三皇之前有人皇九首。』」韋昭曰：「上古有人皇者九人。」師古曰：「韋説是也。」本朝楊文公表：「亦使德邁九皇。」此山相後先，各出羣峯尖。先，去聲。詩：「予曰有先後。」柳詩：「海上尖山似劍芒，秋來處處割愁腸。」毅然如九官，羅立在堂廉。舜典：「止言所命之官。」劉向傳：「始云『舜命九官，濟濟相遜。』」○賈誼：「上廉遠地則堂高。」挺身百辟上，附麗無姦憸。前漢五行志：「挺身獨與小人晨夜相隨。」劉屈氂傳：「屈氂挺身逃。」○揚雄傳：「諸附離之者，或起家至二千石。」師古曰：「離，著也。音麗。」此山高且寒，五月不覺炎。杜詩：「五月江聲草閣寒。」又：「六月風日冷。」草樹凄[一]已緑，張景陽詩：「庭草萋已緑。」冰霜尚涵淹。頹然如九老，白髮連蒼髯。白樂天嘗與胡杲、狄兼謨等燕集，皆高年不仕者。人慕之，繪爲九老圖。又道書：「九老清都君。」此山當無雲，秀色鬱以添。姹然如九女，靚飾出重簾。靚飾及九女，並見上注。○道書：「求[二]爲姹女。」韓詩：「閑愛老農愚，歸弄小女姹。」珮環與巾裾[三]，紺玉青紈縑。後漢：「楚王英贖罪，送白紈黃縑。」遠之妍西施，案：句踐所獻吳之美女爲西施。司馬彪乃云夏姬，見莊子注。近或醜無鹽。庾元規語周伯仁云：「諸人以君方樂令。」周云：「刻畫無鹽，唐突西施。」○按：無鹽女，齊之醜婦人也，宣王召見，拜爲王后。齊國大安。○俚語：「遠觀山有色。」變態不可窮，詩者徒呫呫。退之詩：「明昏無停態，頃刻異狀候。」我初勇一往，役世難安恬。浪荒不走職，民瘼當誰砭？乖離今數句，夢想欲窺覘。自期得所如，何啻釋囚鉗。念昔太白巔，下視海日暹。[四]朅來天柱游，屐齒尚苔黏。太白，鄠縣名山。公嘗宰鄞縣，有太白嶺。後通判舒州，探灊皖之勝。○晉阮孚嘗自蠟屐。謝安過户限，不覺屐齒之折。謝靈運嘗著木屐，上山則去其前齒，下山則去其後齒。猶之健飲食，屢饗亦云饜。語：「猶之與人也。」昭公二十八年：魏獻子將受梗陽人賂，二大夫辭而對曰：「願以小人之腹爲君子之心，屬厭而已。」注：「厭，於鹽反。」胡爲慕攀踐，已憊且[五]不嫌。豈其仁智心，山水固所潛。雍也篇：「智者樂水，仁者樂山。」揚子問神篇：「或問神，曰：『心。』『請聞之。』曰：『潛天而天，潛地而地。』」男兒有所學，進退不在占。功名苟不諧，廊廟等閭閻。況乃掄椽杙，其誰辨梗柟？言所取皆樸樕小才，又何梗柟之辨。歸歟巖崖居，料理帶與籤。籤帶，謂書之飾也。○韓詩：「一一懸牙籤。」鄭康成居南山中教授，所居山下草如薤，長而細，謂之書帶草。得石坐兀兀，逢泉飲厭厭。退之詩：「觥[六]弘醉兀兀。」又詩：「厭厭夜飲。」取舍斷在獨，豈必詢謀僉。謀之雖多，决之欲獨。子語實慰我，寧殊邑中黔。襄公十七年：「宋國人爲平公築臺，子罕請俟農功之畢，公弗許。築者謳曰：『澤門之皙，實興我役。邑中之黔，實慰我心。』」玉枝將在山，當倚以葭蒹。世説：「魏明帝使后弟毛曾與夏侯玄共坐語，人謂『蒹葭倚玉樹』。」詩力我已屈，鋒鋩子猶銛。扶傷[七]更一戰，語汝其無謙。

【校記】

〔一〕「凄」，龍舒本、宋本、叢刊本作「萋」。
〔二〕「求」，宮内廳本作「汞」。
〔三〕「裾」，龍舒本、宋本、叢刊本作「裙」。
〔四〕龍舒本此句下注：「太白，鄞之名山。」
〔五〕「且」，龍舒本、宋本作「具」。
〔六〕「觥」字原缺，據臺北本補。
〔七〕「傷」，叢刊本作「復」。

次韻和中甫兄春日有感〔一〕

雪釋沙輕馬蹄疾，北城可游今暇日。管子第五篇：「正月令農始服，作於公田農耕。及雪釋。」李郢詩：「村橋西路雪初晴，雲暖沙乾馬足輕。」○王維詩：「草枯鷹眼疾，雪盡馬蹄輕。」○白詩：「翩翩〔二〕馬蹄疾，春日歸鄉情。」濺濺溪谷水亂流，子虛賦：「振溪通谷。」張揖曰：「水注川曰溪，水注溪曰谷。」李義山詩：「伊水濺濺相背流。」漠漠郊〔三〕原草争出。嬌梅過雨吹爛熳，幽鳥迎陽語啾唧。分香欲滿錦樹園，杜詩錦樹行：「霜彫碧樹作錦樹。」魏武遺令云：「餘香可分與諸夫人。」剪綵休開寶刀室。隋煬帝大業元年，築西苑，宮樹秋冬彫落，則剪綵爲葉，綴於枝條，色渝，則易以新者，常如陽春。沼内亦剪綵爲荷芰芡菱，乘輿游幸，則去水而布之。刀室，謂鞘〔四〕也。胡爲我輩坐自苦，不念兹時去如失。飽聞高逕動車輪，甘卧空堂守經帙。淮蝗蔽天農久餓，越卒圍城盜少逸。至尊深拱罷簫韶，蒯通傳：「深拱揖讓，則天下相率而朝齊矣。」元老相看進刀筆。詩采芑：「方叔元老，克壯其猶。」○賈生傳：「俗吏所務，在於刀筆箱篋。」注：「刀所以削書札。」公譏柄國者甚矣。○東方朔傳注：「古者用簡牒，故吏皆以刀筆自隨。」○汲黯傳：「刀筆吏不可爲公卿。果然，必湯也。」盲〔五〕風生物尚有意，禮記月令：「仲秋之月，盲風至。」注：「盲風，疾風也。」○韓文：「盲風怪雨，發作無節。」壯士憂民豈無術？不成歡醉但悲歌，回首功名古難必。盲風而言生物，未詳。

【校記】

〔一〕宋本、叢刊本題無「次韻」二字。

〔二〕「翩翩」，原本、字迹不清，據白居易及第後歸覲留别諸同年、臺北本補。

〔三〕「郊」，宮内廳本作「高」。

〔四〕「鞘」，原作「筲」，據宮内廳本改。

〔五〕「盲」，宋本、叢刊本作「春」。

收鹽

州家飛符來比櫛，詩頌：「其崇如墉，其比如櫛。」注：「如櫛之相比迫也。」海中收鹽今復密。窮囚破屋正嗟欷，吏兵操舟去復出莊子達生篇：「津人操舟若神。」海中諸島古不毛，島夷爲生今獨勞。書禹貢：「島夷皮服。」不煎海水餓死耳，誰肯坐守無亡逃？爾來盗賊〔一〕往往有，刼殺賈客沉其艘。言島中不毛之地，民不煎海，何從得食？而官又禁之，去而爲盗，固其所也。一民之生重天下，君子忍與争秋毫〔二〕？君子不以天下易一夫之命，况與競錐刀之末而陷之死哉？公嘗語東坡：「人須是知行一不義、殺一不辜而得天下弗爲，乃可。」

【校記】

〔一〕「盗賊」，龍舒本、宋本、叢刊本作「賊盗」。

〔二〕「毫」，宫内廳本、臺北本作「豪」。

省兵

有客語省兵，兵省非所先。方今將不擇，獨以兵乘邊。前攻已破散，後距方完堅。以衆亢彼寡，雖危猶幸全。將既非其才，議又不得專。兵少敗孰繼，胡來飲秦川。萬一雖不爾，省兵當何緣？言將不足賴，猶恃多兵可以禦敵，併兵省之，兩者皆無矣。蓋公意非謂兵多爲足恃，苟能擇將，則兵雖少，亦何至遂敗乎？驕惰習已久，去歸豈能田？不田亦不桑，衣食猶兵然。省兵豈無時，施置有後前。王功所由起，古有七月篇。百官勤儉慈，勞者已息肩。游民慕草野，歲熟不在天。言民力於農，天不能使之飢。擇將付以職，省兵果有年。先儒嘗言：「徐禧，奴才也。善兵者，有二萬人未必死；彼雖十萬人，亦未必能勝二萬人。古者以少擊衆而取勝者多，蓋兵多亦不足恃。昔者袁紹以十萬阻官渡，而曹操只以萬卒取之；王莽百萬之衆，而光武昆陽之衆有八萬，仍有在城者，然則只是數千人取之；苻堅下淮百萬，而謝玄才二萬人，一麾而亂。以此觀之，兵衆則易老，適足以資敵人，一敗不支，則自相蹂踐。至如聞風聲鶴唳，皆以爲晉軍之至，則是自相殘也。譬之一人軀幹極大，一人輕捷，兩人相當，則擁腫者遲鈍，爲輕捷者出入左右之，則必困矣。自古師旅勝敗，不能無之。然今日邊事至號踈曠，前古未之聞也。其源在不任將帥。將帥不謹任人，闔外之事，將軍處之，一一中覆，皆受廟筭。上下相徇，安得不敗？」據此，雖言兵以少勝，而擇將之説，略與公同。

發廩

先王有經制，頒賚上所行。周禮：「廩人掌九穀之數，以待國之匪頒、賙賜、稍食。以歲之上下數邦用。」「凡萬民之食食者，人四鬴，上也；人三鬴，中也；人二鬴，下也。若食不能人二鬴，則令邦移民就穀。」[一] 後世不復古，貧窮主兼併。昭公三年：「齊其爲陳氏乎？」「以家量貸，而以公量收之。」 非民獨如此，爲國賴以成。築臺尊寡婦，巴寡婦清，見兼併注。入粟至公卿。入粟至公卿，如卜式、黄霸之徒。我嘗不忍此，願見井地平。滕文公：「井地不均，穀禄不平。」大意苦未就，小官苟營營。公意欲復井田，使貧富均，而無位以行也。按：井田之制，張子厚、程氏兄弟皆有意復古。公後得志，乃都不及此。今載程、張之説於後。二程言：「地形不必謂寬平，可以畫方，只可用筭法折計地畝以授民。」子厚謂：「必先正經界，經界不正，則法終不定。地有坳垤處不管，只觀四標竿。中間地雖不平饒，與民無害。就一夫之間所爭亦不多。又側峻處田亦不甚美，又經界必須正南北。假使地形有寬狹尖斜，經界則不避山河之曲，其田則就得井處爲井，不能就成處，或五七，或三四，或一夫，其實四數則在。又或就不成一夫處，亦可計百畝之數而授之，無不可行者。如此，則經界隨山隨河，皆不害於畫之也。苟如此畫定，雖便使暴君汙吏，亦數百年壞不得。經界之壞，亦非專在秦時，其來亦遠矣。」正叔云：「至如魯二，吾猶不足，如何得至十一也。」子厚言：「百畝而徹，言徹取之徹則無義，是透徹之徹。透徹而耕，則功力均，且相驅率，無一家得惰者。及已收穫，則計畝數衮分之，不取十一之數亦可。」或謂井議不可輕示人，恐致笑，及有議論。子厚謂：「有笑有議論，則方有益也。」「若有人聞其説，取之以爲己功？」先生云：「如有能者，己願受一廛而爲氓，亦幸也。」伯淳言：「井田今取民田，使貧富均，則願者衆，不願者寡。」正叔言：「亦未可言。民情怨怒，止論可不可爾。須使上下都無怨怒，方可行。」正叔言：「議法既大備，却在所以行之之道。」子厚言：「豈敢？某止欲成書，庶有取之者。」正叔言：「不行於當時，行於後世，一也。」子厚曰：「徒善不足以爲政，徒法不能以自行。須是行之之道。又，雖有仁心仁聞而政不行者，不由先王之道也。須是法先王。」正叔言：「孟子於此善爲言，只極目力焉。能盡方員平直，須是要規矩。」二程問：「官户占田過制者如何？如文曾有田極多，只消與五十里采地儘多。」又問：「其佗如何？今之公卿非如古之公卿，舊有田多者，與之采地，多槩與之，則無以別有田者、無田者。」

三年佐荒州，市有棄餓嬰。公以皇祐三年倅舒州，至和元年除館閣。駕言發富藏，云以救鰥惸。崎嶇山谷間，百室無一盈。詩周頌良耜：「百室盈止。」鄉豪已云然，罷弱安可生？茲地昔豐實，土沃人良耕。言州昔富而今貧，由不務農也。他州或呰窳，漢書地理志：「呰窳偷生，而亡積聚。」如淳曰：「呰，音紫；窳，音庾。」師古曰：「呰，短也；窳，弱也。」貧富不難評。豳詩出周公，根本詎宜輕？願書七月篇，一寤上聰明。詩七月，明王業也。譏時不知務農重本。

【校記】

〔一〕「若食不能人二鬴，則令邦移民就穀」句，「二」，原作「三」；「令」，原作「大」，據周禮地官司徒第二改。

感事

賤子昔在野，心哀此黔首。豐年不飽食，水旱尚何有？雖無剽盜起，萬一且不久。特愁吏之爲，十室災八九。原田敗粟麥，欲訴嗟無賕。民訴旱必以錢，言吏之無狀也。賕，一作「⿰言求」。閶闔幸見省，笞扑〔一〕隨其後。況是交冬春，老弱就僵仆。州家閉倉庾，縣吏鞭租負。鄉鄰銖兩徵，坐逮空南畝。取貲官一毫，姦桀已云富。言官所得至微，而姦猾並緣自豐。李泰伯哀老婦行：「而況賦役間，羣小所同趨。姦欺至骨髓，公利未錙銖。」彼昏方怡然，詩小宛篇：「彼昏不知，一醉日富。」自謂民父母。揭來佐荒郡〔二〕，懍懍常慚疚。昔之心所哀，今也執其咎。詩小旻：「發言盈庭，誰敢執其咎？」乘田聖所勉，萬章篇：「孔子嘗爲乘田矣。」況乃余之陋。内訟敢不勤？語：「已矣乎，吾未見能見其過而内自訟者也。」同憂在僚友。

【校記】

〔一〕「笞扑」，宫内廳本作「鞭笞」。

〔二〕「郡」，宋本作「邦」。

美玉

美玉小瑕疵，國工猶珍之。大賢小玷缺，良交豈其絶。東坡作趙閲道銘：「爲國愛人，掩其疵疾。」韋賢傳：「復玷缺之難。」小缺可以補，小瑕可以磨〔一〕。不補亦不磨，人爲奈尔〔二〕何。

【校記】

〔一〕「小缺」二句，宋本作「小瑕可磨琢，小缺可補磨」。

〔二〕「奈尔」，宋本作「交工」。

寄曾子固

吾少莫與合，愛我君爲最。公集有同學一首別子固，子固作懷友一篇遺公，可見其相愛也。至晚年，乃方相違爾。君名高山嶽，嵑嶪嵩與太[一]。低心收惷友，似不讓塵壒。又如滄江水，不逆溝畎澮。李斯傳：「太山不讓土壤，故能成其大；河海不擇細流，故能就其深；王者不却衆庶，故能明其德。」君身揭日月，莊子達生篇：「昭昭乎若揭日月而行也。」遇輒破氛靄。我材特窮空，無用補倉廥。謂宜從君久，垢污得洮汰。人生不可必，所願每[二]顛沛。洮，徒刀切，洗頪也。○論語：「造次必於是，顛沛必於是。」乖離五年餘，牢落千里外。投身落俗穽，薄宦自鉗鈦。杜牧詩：「熱去解鉗鈦，飄蕭秋半時。」平居每自守，高論從誰丐？搖搖西南心，史記：「蘇秦說楚王合從，楚王曰：『自料以楚當秦，不見勝也，卧不安席，食不重味，搖搖如懸旌。』」夢想與君會。思君挾奇璞，願售無良儈。儈，古外切，合市也。前漢景十三王傳：「趙王彭祖使使即縣爲賈人搉會。」師古注：「搉，音角。會，工外反。即，就也。就諸縣而專搉賈人之會，若今和市矣。」窮閻抱幽憂，凶禍費禳禬。州窮吉士少，詩卷阿：「藹藹王多吉士。」注：「吉士，善士也。」誰可壻諸妹？爾雅釋親：「女子之夫爲婿。」說文云：「婿，女之夫也，從士、從胥。問一知十爲士。胥者，有才知之稱，故謂女之夫爲婿。」又：「男子謂女子先生爲姊，後生爲妹。」說文云：「妹，女弟也。」詩碩人云：「東宮之妹。」○子固擇諸妹所歸，皆得良士。仍聞病連月，醫藥誰可賴？家貧奉養狹，誰與通貨貝？前漢食貨志：「王莽罷錯刀、契刀及五銖錢，而更作金錢、龜貝、錢布之品，名曰寶貨。錢貨六品，銀貨二品，龜寶四品，貝貨五品，布貨十品。大貝四寸八分以上二枚爲一朋，壯貝三寸六分以上二枚爲一朋，玄貝二寸四分以上二枚爲一朋，小貝寸二分以上二枚爲一朋。」詩人刺曹公，賢者荷戈祋。詩曹風候人：「彼候人兮，荷戈與祋。」奈何遭平時，德澤盛汪濊。相如封禪文：「湛恩汪濊。」鸞鳳鳴上下〔三〕，萬羽來翽翽。詩卷阿：「鳳凰於飛，翽翽其羽。」喻吉士之多。呦呦林間鹿，争出噬苹藾。鹿鳴詩：「呦呦鹿鳴，食野之苹。」注：「苹，藾蕭。」乃令〔四〕高世士，動輒遭狼狽。狽前足絶短，每行，常駕兩狼，失狼則不能動。人事既難了，天理尤茫昧。聖賢多如此，自古云無奈。周人貴婦女，扁鵲名醫癖〔五〕。嗟今〔六〕無常勢，趨舍唯利害。癖，字書：「下病也。」扁鵲傳：「鵲名滿天下，旁游六國。至邯鄲，聞趙貴女病，即爲帶下醫。過洛陽，聞周人愛老人，即爲耳目痹〔七〕醫。入咸陽，秦人愛小兒，即爲小兒醫。隨俗改變，無所滯礙。」貴婦女，乃趙人，非周人。今稱周，或别有出處。而君信斯道，不問〔八〕身窮泰。棄捐人間樂，張良傳：「願棄人間事。」濯耳受天籟。天籟，見上注。諒知安肥甘，孟子謂：「肥甘不足於口歟？」未肯顧糠稭。龍螭雖蟠屈，不慕蛇蟬蜕。世説：「寧爲蘭摧玉折，不作蕭敷艾榮。」令人重感奮，意勇忘身蕞。嵇康養生論云：「夫以蕞爾之體攻之者，非一途。」昭公七年：「抑諺曰：『蕞爾國而三世執其柄。』」何由日親炙，病體同砭艾。功名未云合，歲月尤須愒。昭公元年：「主民，玩歲而愒日，其與幾何？」懷思切劘効，中夜涙霶霈。君嘗許過我，揚子問明篇：「孟子疾過我門，而不入我室。」温公注：「音古禾反。」早晚治車軑。説文：「軑，車轄也。從車，大聲，徒蓋反。」退之秋雨聯句：「弱塗擁行軑。」山蹊〔九〕雖峻惡，孟子：「山徑之蹊間，介然用之而成路。」高眺發蒙昧。昧，目不明也。漢淮南王傳：「說丞相下之，如發蒙耳。」峯巒碧參差，木樹青晻藹。桐江路尤駛，飛槳下鳴瀨。桐江在舒，作此詩必倅舒時。魚村指暮火，酒舍瞻晨旆。清醪足消憂，玉鯽行可〔一〇〕膾。杜詩：「鮮鯽銀絲膾。」行行願無留，古詩：「行行重行行。」日夕佇傾蓋。漢鄒陽上書曰：「諺曰：『白頭如新，傾蓋如故。』」會將見顔色，語：「未見顔色而言謂之瞽。」不復謀蓍蔡。蔡，大龜也。延陵古君子，議樂恥言鄶。襄公二十九年：「季子觀周樂，自鄶以下無譏焉。」細事豈足論？故欲論其大。披披發韃橐，懍懍見戈鋭。書顧命：「一人冕執鋭。」注：「鋭，矛屬也，音以税反。」探深犯嚴壁，破惑飜強膾。左氏桓公四年：「膾動而鼓。」杜注曰：「膾，旃也，通帛爲之，蓋今大將之麾，執以爲號令。」離行步荃蘭，偶坐陰松檜。宵床連衾幬，晝食共麄糲。兹歡何時合，清瘦見衣帶。梁沈約傳：「約與徐勉書曰：『百日數旬，革帶當應移孔，以手握臂，率計月減半分。』」古詩：「衣帶日已緩。」陸士衡擬詩：「攬衣有餘帶，循形不盈衿。」作詩寄微誠，誠語無綵繪。

補注　糠檜　麄糠曰檜。〔一一〕

【校記】

〔一〕「太」，宫内廳本作「泰」。

〔二〕「每」，宋本作「在」。

〔三〕「上」，宋本、叢刊本作「且」。

〔四〕「乃令」，宮内廳本作「方今」。

〔五〕「瘵」，宋本、叢刊本作「滯」。

〔六〕「嗟今」，宋本、叢刊本作「今世」。

〔七〕「痹」，原作「瘴」，據史記扁鵲倉公列傳改。

〔八〕「問」，宋本、叢刊本作「閔」。

〔九〕「蹊」，宋本、叢刊本作「溪」。

〔一〇〕「可」，宮内廳本作「即」。

〔一一〕本注原闌入詩末，無「補注」二字。

同杜史君飲城南

山公游何處，白馬鳴翩翩。山簡傳：「山公往何許，往至高陽池。」○晉五行志：「武昌歌曰：『庾公初上時，翩翩如飛鳥。庾公還揚州，白馬牽流蘇。』」檀欒十畝碧，五月浮寒煙。杜詩：「我有陰江竹，能令朱夏寒。」又柟樹歌：「五月彷彿聞寒蟬。」留客醉〔一〕其間，風吹江海縣。杜子美賦：「四海之水，皆立風吹。」言竹聲也。出罇不見日，竹外空青天。焚蠟助月出，韓持國詩：「月出高樹枝，影動酒罇處。樹深月色薄，稍以燈火助。」○杜詩：「銅盤燒蠟光吐日。」酒光發金船。酒器之大者曰船，觥船，藥玉船、玉東西是也。晉畢卓云：「得酒數百觥舡。」狂客惜不去，杜詩：「四明有狂客，號爾謫仙人。」醉翁舞回旋。長沙定王發傳：「有詔更前稱壽歌舞。臣國小地狹，不足回旋。」何必吹簫人，玉枝自嬋娟。選詩：「何必絲與竹，山水有清暉。」吹簫人，弄玉，秦王之女，簫史教之吹簫，作鳳鳴。有鳳來止其坐，乃作鳳臺居之。一夕吹簫，鳳集，乘之仙去。事見劉向列仙傳。歸路借紅燭，雨星低馬前。莊公七年：「夜中星隕如雨。」此詩以燭喻星也。

【校記】

〔一〕「醉」，宋本、叢刊本作「聽」。

有感

憶昨〔一〕與胡子，戲語〔二〕西城幽。放斥僕與馬，獨身步田疇。牛豎歌我旁，聽之爲久留。一接田父語，歎之勝王侯。淵明詩：「時從墟里人，披草共來往。相見無雜言，但道桑麻長。」少陵有遭田父泥飲詩。又詩云：「相携行豆田，秋花晚菲菲。」追逐恨不淼，暮歸輒懷愁。退之詩：「猜嫌動置毒，對之輒懷愁。」顧常輕千乘，孟子萬章下：「千乘之君，求與之友而不可得也，而況可召歟？」秖願足一丘。前漢叙傳班嗣報桓譚書曰：「漁釣於一壑，則萬物不奸其志；栖遲於一丘，則天下不能易其樂。」子時怪我少，好此寂寞游。退之序：「釣於寂寞之濱。」笙簧不入耳，又不甘醪羞。那知抱孤傷，罷頓不能遒。世味已鮮久〔三〕，但餘野心稠。語：「民鮮久矣。」左氏：「狼子野心。」然公所謂野心，乃山野清曠之心。山谷詩：「滄江鷗鷺野心性。」乖離今十年，斑〔四〕髮滿我頭。昔興亦〔五〕略盡，食眠常百憂。言既衰，野興亦盡，況於世味？每逢佳山水，欲往輒復休。方壯遂如此，況乃高春秋。漢書：「上春秋高，閱天下之義理多。」

【校記】

〔一〕「昨」，叢刊本作「昔」。
〔二〕「語」，宋本、叢刊本作「娛」。
〔三〕「久」，宋本、叢刊本作「少」。
〔四〕「斑」，宋本、叢刊本作「班」。
〔五〕「亦」，宋本作「不」。

送孫康叔〔一〕赴御史府

梅宛陵有送孫屯田召爲御史詩：「薦牘交車府，恩書下建章。」又云：「祖酌方滋桂，行威欲犯霜。鳳毛仍襲慶，雞舌更含香。」即康叔也。

古人喜經綸，萬事惡強聒。時來上青冥，俛仰但一節。古人雖志經綸，是亦有義命，如劉向輩上變論事，乃幾強聒，知道者不然也。故君子雖得時，小不合，輒去，故云「俛仰一節」，而下又云「聲利盡毫末」也。○退之詩：「乍似上青冥，初疑躡菡萏。」危言回丘山，聲利盡毫末。語：「危言危行。」後漢黨錮傳：「危言深論，不隱豪強。」老子：「合抱之木，生於毫末。」由來治亂體，宿昔心已達。莊子天運篇：「通昔不寐。」注：「昔，夜也。」古樂府飲馬長城窟行：「宿昔夢見之。」李善本：「宿，一作『夙』。」肯隨俗好惡，議論輕自決。遺風何寥寥，夢寐待豪傑。天書下東南，王莽傳：「獨無天帝除書乎！」趣召赴嚴闕。「嚴闕」字，未詳。○後漢寇榮傳有「嚴朝」字。長材晦朝倫，高行隱家闈。源乾曜詩：「鼓鍾崇享禮，鴛鷺集朝倫。」新除疇聞[二]望，宿蘊行施設。念非吾[三]忘形，莊子德充符篇：「故德有所長而形有所忘。」此理未易説。

【校記】

[一]「康叔」，諸本及宮内廳本注作「叔康」。

[二]「聞」，龍舒本、宋本、叢刊本作「問」。

[三]「非吾」，宋本、叢刊本作「吾非」。

別馬祕丞

伯夷惡一世，季也皆鄉人。伯夷目不視惡色。又，横政之所出，横民之所止，不忍居也，故云「惡一世」。○展季不羞污君，不卑小官。與鄉人處，由由然不忍去也，故曰「皆鄉人」。吾嘗論夫子，有似季之倫。人情路萬殊，近世頗荆榛。唯君游其間，馬援傳：「卿遨游二帝間。」坦坦得所循。易履：「九二，履道坦坦。」意君誠愷悌，慕向從宿昔。退之詩：「嗚呼余心誠愷悌。」奈何初相歡[一]，鵲首已云北。淮南子曰：「龍舟鷁首。」西京賦曰：「浮文鷁。」莓莓郊原青〔二〕，漠漠風雨黑。僖公二十八年：「原田每每。」亡回切。杜詩：「漠漠世界黑。」又：「秋天漠漠向昏黑。」冠蓋滿津亭，君今去何適？班固西都賦云：「冠蓋如雲。」選詩：「冠蓋溢川坻。」

【校記】

〔一〕「歡」，龍舒本作「勸」。

〔二〕「青」，龍舒本作「清」。

補注〔一〕 收鹽 公爲鄞縣，嘗上運使孫司諫書，云：「伏見閣下令吏民出錢購人捕鹽，切以爲過矣。海旁之鹽，雖日殺人而禁之，勢不止也。今重誘之，使相捕告，則縣之獄必蕃，而民之陷刑者將衆。無賴姦人，將乘此勢，於海旁漁業之地搔動艚户，使不得成其業。艚户失業，則必有合而爲盜，賊殺以相仇者。此不可不以爲慮也。鄞於州爲大邑，某爲縣於此兩年，見所謂大户者，其田多不過百畝，少者至不滿百畝」云云。公詩當作於此時也。〔二〕

【校記】

〔一〕原脱「補注」二字，據宫内廳本補。

〔二〕宫内廳本評曰：「其詩猶有唐人餘意者，以其淺淺即止。讀之如晉人語，不在多而深情自見也。」

庚寅增注第十七卷

和平甫舟中　楚越千萬山　柳詩：「越絶孤城千萬峯。」　張紫髯　退之文：「巡怒，鬚髯即張。」

重和　風行　易：「風行水上渙。」列子：「御風而行。」　仁智山水　韓退之宴喜亭記：「宜其於山水，厭聞而飫見也。今其意乃若不足。傳曰：『知者樂水，仁者樂山。』弘中之德，與其所好，可謂全矣。」　廊廟等閭閻　言功業無聞，而以庸才取充位，雖在廊廟，猶閭閻也。賢者居大官而不得志，亦猶是也。

次韻和中甫兄　草争出　杜詩：「草芽既青出。」

省兵　將不擇　晁錯云：「君不擇將，以其國與敵也。」　以衆亢彼寡　若將不才兵，多祇自累，未必全也。高齊時，柔然兵猶盛，阿那肱以兵少，請益。顯祖減其半，卒破之。豈在兵多始勝之？　不得專　言將禀命於上，進止不得自顓云。　兵少敗孰繼　如唐監軍之類，兵不拘多少，皆敗。

寄曾子固　低心　韓詩：「低心逐時趨。」　倉廥　漢天文志：「胄爲天蒼，其南衆星之廥積。」　天籟　莊子注：「風吹萬物，有聲爲籟。」　蛇蟬蜕　葛洪仙傳：「麻姑過蔡經家，教其屍解，如蛇蟬蜕也。」

同杜史君飲城南　江海縣　縣，如河縣之縣。　金船　杜牧詩：「觥船一棹百分空。」又：「上客如先起，應須贈一船。」

送孫康叔赴御史府

強聒　莊子：「雖天下不取，強聒而不舍者也。」

嚴籞　漢初元二年，嚴籞池田假與貧民。

家闥　詩東方之日：「在我闥。」門内也。上章：「在室兮。」疏云：「謂來入其家耳。闥字從門，故知門内。」

王荆文公詩卷第十八

古　詩

到郡與同官飲〔一〕

瀉碧沄沄橫帶郭，浮蒼靄靄遥連閣。唐僧詩：「江聲五千里，瀉碧急於弦。」張衡渾天儀曰：「赤道橫帶天之腹。」浮蒼，謂山色也。草木猶疑夏鬱葱，風雲已見秋蕭索。荒歌野舞同醉醒，水果山肴互〔二〕酬酢。自嫌多病少歡顔，獨負佳〔三〕賓此時樂。少陵詩：「大庇寒士俱歡顔。」

【校記】

〔一〕宋本、叢刊本題下注云：「時倅舒州。」

〔二〕「互」，宮内廳本作「自」。

〔三〕「佳」，龍舒本、宋本、叢刊本作「嘉」。

自州追送朱氏女弟宿木瘤僧舍明日度長安嶺至皖口〔一〕

晨霜踐河梁，蘇子卿詩：「寒衣十二月，晨起踐凝霜。」柳詩：「微霜衆所踐，誰念歲寒心？」落日憩亭皋。念彼千里行，惻惻我心勞。易：「使我心惻。」詩白華：「實勞我心。」攬轡上層岡，下臨百仞濠。范滂登車攬轡，慨然有澄清天下之志。寒流咽欲絕，魚鼈久已逃。韓集聯句：「冰溪時咽絕。」又貞女峽詩：「雷風戰鬭魚龍逃。」暮行苦邅迴，細路隱蓬蒿。杜詩：「山園細路高。」驚麏出馬前，鳥〔二〕駭亡其曹。杜詩：「哀鳴獨叫求其曹。」淮南王招隱詞：「禽獸駭兮亡其曹。」投僧避夜雨，古檠昏無膏。山木鳴四壁，疑身在波濤。韓詩：「夜風一何喧，杉檜屢磨颭。猶疑在波濤，怵惕夢成魘。」平明長安嶺，飛雪忽滿袍。天低浮雲深，更覺所向高。評曰：如此十字亦難得。

【校記】

〔一〕宋本、叢刊本題「州」上有「舒」字，「女弟」下有「憩獨山館」四字。

〔二〕「鳥」，宮内廳本作「獸」。

招同官游東園

青青石上柏〔一〕，霜至亦已彫。「柏」字誤，一作「蘗」。冉冉水中蒲，爾生信無聊。吳王濞傳：「計乃無聊。」感此歲云晚，欲歡念誰邀？嘉我二三子，古詩：「凜凜歲云暮。」陸士衡詩：「共與二三子。」又陳思王贈友詩：「眷我二三子。」〔二〕爲回東城鑣。幽菊尚可泛，取魚繫榆條。石鼓文：「其魚維何？維鱮與鯉。何以貫之？維楊與柳。」公詩妙處，在使事而不覺使事也。毋爲百年憂，一日以〔三〕逍遥。古詩：「生年不滿百，常懷千歲憂。晝短苦夜長，何不秉燭游？」

【校記】

〔一〕「柏」，宋本、叢刊本作「蘗」。

〔二〕此詩出江淹雜體詩三十首之陳思王贈友，見文選卷三十一。

〔三〕「以」，龍舒本作「已」。

九日隨家人游東山〔一〕

暑往詎幾時？易：「暑往則寒來，寒往則暑來。」涼歸亦云暫。言不久復去也。相隨東山樂，及此身無憾。聊回清池柂，更伏荒城檻。采采黄金花，少陵寄岑參詩：「采采黄金花，何由滿衣袖。」持杯爲君泛。

【校記】

〔一〕宋本、叢刊本題「東山」下有「遂游東園」四字。

秋懷

城南平野寒多露，窗壁含風秋氣度。鄰桑摵摵已〔二〕欲空，氓詩：「桑之落矣，其黄而隕。」注：「謂其時季秋也。」退之荷池詩：「未諳鳴摵摵。」歐公詩：「霜葉飛空摵摵鳴。」悲蟲啾啾促機杼。悲蟲，絡緯也。絡緯鳴，懶婦驚。古詩：「札札弄機杼。」柴門〔三〕半掩掃鳥迹，獨抱殘編與神遇。漢紀：「夢與神遇。」此借用。韓公既去豈能追？韓公言：「籍、湜雖屢指教，烏保其不叛去？」然二子初未嘗叛公。又東都遇春詩：「既去焉能追，有來猶莫聘。」孟子有來還不拒。盡心下：「夫子之設科也，往者不追，來者不拒。苟以是心至，斯受之而已矣。」

【校記】

〔一〕「搣搣」，宋本、叢刊本作「槭槭」。「已」，龍舒本作「漸」。

〔二〕「門」，宮内廳本作「関」。

既別羊王二君與同官會飲於城南因成一篇追〔一〕寄 用藥名。

赤車使者白頭翁，赤車使者，唐本草注：「苗似蘭，莖葉赤，根紫赤色。」圖經云：「根紫，如蒨根。生荆州、襄州山谷。」白頭翁，葉似芍藥而大，每莖一花，紫色，似木堇。圖經：「有細毛，不滑澤，花蘂黄，今所在有之。」當歸入見天門東〔二〕。當歸，本草注：「苗有二種，一種似大葉芎藭，一種似細葉芎藭，惟莖葉卑下於芎藭。」爾雅「薜山蘄」注：「廣雅曰：『山蘄，當歸，今似蘄而麤大。』」天門冬，有二種，苗有刺而澀者，無刺面滑者，俱是門冬。按：爾雅云：「蘠蘼虋冬。」注云：「一名滿虋冬，或云地門冬。」與山久別悲忩忩，本草：「葱有數種，冬葱、漢葱、茖葱、胡葱。」澤瀉半天河漢空。澤瀉，亦藥名。半天河，按藥性論：「此竹籬頭水，及高樹穴中盛天雨，能殺鬼精。恍惚妄語，勿令知之，與飲，差。」羊王不留行薄晚，王不留行，生泰山山谷。圖經云：「葉似菘、藍等，花紅白色，子如黍粟。」酒肉從容追路遠。肉蓯蓉，圖經云：「出肅州禄福縣沙中，三四月掘根，切取中央好者陰乾。或言野馬精所生，生時似肉。」臨流黄昏席未卷，硫黄，出扶南林邑，色如鵝子。初出殼，名崐崙黃。後山詩用「黃昏湯」。任子淵引本草夜合花注：「又王孫草，一名黃昏草。」**玉壺倒盡黃金盞。**忍冬草花。**羅列當辭更繾綣，**列當，按圖經：「生山南巖石上，如藕根。」列當，亦名草蓯蓉。**預知子不空青眼。**預知子，圖經舊不載所出州土，今蜀、漢、黔諸州有之，作蔓生，依天木上。葉緑有三角，面深背淺。空青，圖經：「生益州山谷及越巂山有銅處，銅精熏則生空青。」**嚴徐長卿誤推挽，**徐長卿，圖經：「生泰山山谷及隴西。三月生苗，葉似小桑。」**老年揮翰〔三〕天子苑。**紫苑，圖經：「生房陵山谷，布地生苗葉。」**送車陸續隨子返，**續隨子，圖經：「生蜀郡，今南中多有，北土差少。如大戟。初生一莖，莖端出葉，葉中復出數莖相續。花亦類大戟。」**坐聽城鷄腸宛轉。**鷄腸草，圖經：「葉似荇菜而小，夏、秋間生小白黃花。今南中多有之。」蘩蔞，亦名鷄腸草。

補注　與山久別　蜀西山多山韭，性緩，入藥。疑指此也。〔四〕

【校記】

〔一〕宋本、叢刊本題無「一篇追」三字。龍舒本、宮内廳本無題注「用藥名」三字。

〔二〕「東」，宋本、叢刊本作「冬」。

〔三〕「翰」，龍舒本作「汗」。

〔四〕本注原闌入題注下，無「補注」二字。

試茗泉

得「月」字。〔一〕○此泉在撫州之金谿翠雲院。石本尚存。詩序云：「治平丁未，臨川王公自江寧召還翰林，金谿吴顯道追送至撫州，因語及金谿令君政事餘暇，多得山水之樂，近以五題求詩於人，乃定韻，各賦一詩，獨王公爲二，仍使其子同賦。此泉詩與躍馬泉詩是也。雱所賦乃翠雲院詩，亦佳。」

此泉地何偏，陸羽曾未閲。陸羽本傳但言羽嗜茶，著茶經三篇而已。然茶經所論水甚詳，以山水爲上，江次之，井爲下。山水乳泉石池漫流者爲上，浮槎之水猶不録，况此泉乎？ 坻沙光散射，竇乳甘潛洩。杜詩：「遠洲通曲流，嵌竇洩潛瀨。」 靈山不可見，嘉草何由啜？公未嘗至泉傍，故云爾。 但有夢中人，相隨掬明月。古詩：「掬水月在手。」

【校記】

〔一〕「得月字」，宋本、叢刊本題下無。

躍馬泉

古水縮蛟螭，憎山欲隳突。山祇來伐之，半嶺跳齧膝。言蛟螭欲隳山廣其穴，山神禁之。○齧膝、飛黄，並馬名。王褒傳：「及至駕嚙膝，驂乘旦。」注：「良馬低頭，口至膝，故曰嚙膝。」玉珂鳴寒〔一〕空，組練光照日。崩騰赴不測，一陷常萬匹。退之詩：「因風想玉珂。」襄公三年：「使鄧廖帥組甲三百，被練三千，以侵吴。」注：「組甲，漆甲成組文。被練，練袍。」○岑參詩：「奔走朝萬國，崩騰集百靈。」玉珂、萬匹，皆指馬也。○東坡白水巖詩：「雙溪匯九折，萬馬騰一鼓。」與公「萬匹」之語皆奇作。神戰異人間，千秋爲倏忽。泉旁往來客，夜寄幽人室。但聽鳴蕭蕭，何由見神物。詩：「蕭蕭馬鳴。」左氏：「有斑馬之聲，齊師其遁。」

【校記】

〔一〕「寒」，宋本、叢刊本作「塞」。

白紵山

寰宇志：「白紵山在當塗縣東五里，本名楚山。桓温領妓游山，奏樂好爲白紵歌，因改爲白紵山。」故公用「歌舞」字。

白紵衆山頂，江湖所縈帶。王勃文：「襟三江而帶五湖。」李華弔古戰場文云：「河水縈帶。」浮雲卷晴明，可見九州外。肩輿上寒空，置酒故人會。峯巒張〔二〕錦綉，草木吹竽籟。莊子齊物論：「汝聞人籟而未聞地籟，汝聞地籟而未聞天籟夫！」注：「籟，簫也。」登臨信地險，俯仰知天大。杜詩：「不復知天大。」留歡薄日晚，起視飛鳥背。柳子厚山水記：「穴臨大野，飛鳥皆視其背。」殘年苦局束，往事嗟摧壞。歌舞不可求，桓公井空在。宋武亦嘗會羣臣此山，歌白紵。司馬井，在南城九井北，晉司馬桓公所鑿。

補注

易：「地險山川丘陵也。」〔二〕

【校記】

〔一〕「張」，龍舒本、宋本、叢刊本作「帳」。

〔二〕本注原闌入詩注末，無「補注」二字。

七星硯

余聞星墮地，往往化爲石。左傳：「隕石於宋五。」隕星也。石上有七星，此理予〔一〕莫測。持來當白日，光彩不爲匿。恍如超〔二〕鴻蒙，俛仰帝垣側。北斗七星，在紫微垣内。○莊子在宥篇：「雲將東游，過扶搖之枝，而適遭鴻濛。」注：「鴻濛，自然元氣也。」斗居帝垣之側，故云「超鴻濛」。當由偶然似，見取參筆墨。毛穎傳：「穎與絳人陳玄、弘農陶泓相友善，其出處必偕。」陶泓，謂硯也。豪心蕩珍異，樂以萬金得。南工始爲僞，傳〔三〕合巧無隙。硯工有僞爲眼者，人不能辨。今世所售，多此物也。亦時疑世人，故自有能識。評曰：從虛入實，矯矯亦不著相，故是此老高處。○杜集海椶詩：「時有西域胡僧識。」

【校記】

〔一〕「予」，諸本作「余」。

〔二〕「超」，宋本、叢刊本作「起」。

〔三〕「傅」，龍舒本作「附」。

九鼎

本朝先儒嘗言，左傳載鑄鼎事，後之人得以藉口者，此爾。然使如丘明之説不誣，亦不過象物之形，百物而爲之備，使民知神姦而已。後之人至用方士厭勝祈禳之法，此何所據？丘明云：「成王定鼎于郟鄏，卜世卜年〔一〕，天所命也。」然而洛誥，周公所作，當時所爲，無不載者。若鼎之爲物，乃社稷重器，而莫之載者，何也？鼎鑄于夏時。夏之法制，莫詳於禹貢之書。豈有九牧貢金，成此重器，欲以協上下、承天休，而禹貢曾無一語及之乎？易六十四卦，其在鼎也，取象爲備。如丘明之説，略無毫髮相類，而況於後之紛紛者乎？故凡事無徵者，皆不可爲也。

禹行掘山走百谷，蛟龍竄藏魑魅伏。心誌幽妖尚覬隙，以金鑄鼎空九牧。宣四年〔二〕：「昔夏之方有德也，貢金九牧，鑄鼎象物，百物而爲之備，使民知神姦。故民入川澤山林，不逢不若。魑魅罔兩，莫能逢之。」此言「覬隙」者，恐其窺伺間隙，復出爲惡也。冶雲赤天漲爲黑，鞴風餘吹山拔木。漢書：「朱旗絳天。」言冶所蒸氣，天盡赤，又漲起而黑也。鞴所鼓爲風，餘力可以拔木。二句奇甚。鼎成聚觀變怪索，前漢孝成許后傳：「俟自見，索言之。」馬援謂杜愔曰：「吾受厚恩，年迫餘日索。」注：「索，盡也。」夜人行歌鬼晝哭。功施元元後無極，三姓衛守相傳屬。自禹鑄鼎，傳至商、周，爲三姓也。弱周無人有宜〔三〕出，沉之九幽折〔四〕地軸。始皇區區求不得，坐令神奸窺邑屋。評曰：語不少多，復不深辨，皆是。○周末，太丘社亡，鼎没於泗水彭城下。始皇二十八年過彭城，齋戒禱祠，欲出周鼎，使千人没水求之，不得。○張華博物志載河圖括地象云：「地下有四柱，廣十萬里，地有三千六百軸，犬牙相牽，名山大川，孔穴相通。」

【校記】

〔一〕「卜世卜年」，左傳宣公三年作「卜世三十，卜年七百」。

〔二〕「宣四年」，應作「宣三年」，以下注文出左傳宣公三年。

〔三〕「周」，龍舒本作「固」。「宜」，龍舒本作「功」。

〔四〕「折」，宋本、叢刊本作「拆」。

九井

得「盈」字〔一〕。○九井，在當塗。殷仲文詩有桓公南州九井。

沿崖涉澗三十里，高下犖确無人耕。韓詩：「山石犖确行徑微。」捫蘿挽蔦到巖〔二〕趾，仰見吹瀉何峥嶸。吹瀉，諸本皆作「征鴈」，絶無義理。餘聲投林欲風雨，末勢捲土猶溪阬。晉書：「窮猿投林。」〔三〕杜牧之曾詩：「捲土重來未可知。」二句皆狀山泉淙激奔怒之勢。**飛蟲淩兢走獸駭，**言瀑流蕩潏，其傍虫獸怖恐。司馬相如賦：「榜人歌，聲流喝。水〔四〕虫駭，波鴻沸。」**霜雪夏落雷冬鳴。野人往往見神物，鱗甲漠漠雲隨行。**崔煒游番禺。墮枯井，跨蛇而出。去不由穴口，但如於洞中行，幽暗若漆。蛇之鱗甲，光燭兩壁，時見繪畫。**我來立久無所得，空數石上菖蒲生。**張籍詩：「石上生菖蒲，一寸十二節。仙人勸我食，令我頭青面〔五〕如雪。」東坡詩：「裴〔六〕回朱明洞，沙水自清駛。滿把菖蒲根，歎息復棄置。」**中官繫龍投〔七〕玉册，小吏磔狗澆銀觥。地形偶尒藏險〔八〕怪，天意未必司陰晴。山川在理有崩竭，丘壑自古相虛盈。**左氏〔九〕：「山崩川竭。」莊子胠篋篇云：「川竭而谷虛，丘夷而〔一〇〕淵實。」**誰能保此千秋〔一一〕後，天柱不折泉常傾？**言陵谷變遷，不可知也。○列子湯問篇：「共工氏與顓頊〔一二〕争爲帝，怒而觸不周之山，折天柱，絶地維，故天傾西北，日月星辰就焉。地不滿東南，故百川水潦歸焉。」○杜詩：「疑自崆峒來，恐觸天柱折。」章子厚嘗謂客曰：「延安帥章質夫因版築發地，得大竹根，半已變石。西邊自昔無竹，亦一異也。」客皆無語。邵伯温云：「天地回南作北久矣。公以今日之延安爲自天地以來西邊乎？」〔一三〕子厚太息曰：「公，觀物之學也。」蓋子厚亦嘗學於康節云。

【校記】

〔一〕「得盈字」，龍舒本無。

〔二〕「挽蔦」，宋本作「俛首」。「巖」，宋本、叢刊本作「山」。

〔三〕「晉書窮猿投林」，原作「習書窮猿」，據臺北本改。下「杜牧之曾」，臺北本作「吴曾」。

〔四〕「水」，原作「在」，據文選司馬相如子虚賦、臺北本改。

〔五〕「頭青面」，原作「秋切雨」，據全唐詩張籍寄菖蒲、臺北本改。

〔六〕「裴」，原作「装」；下「清駛」，原作「清香」；「滿把」，原作「誰把」，均據蘇軾和陶雜詩其六、七和臺北本改。

〔七〕「投」，原作「披」，據庚寅增注及龍舒本、宮内廳本、臺北本改；宋本、叢刊本作「沉」。
〔八〕「險」，原作「除」，據諸本改。
〔九〕「左氏」，原作「二伐」據宮内廳本、臺北本改。
〔一〇〕「而」，原作「山」，據浙江書局本莊子及宮内廳本、臺北本改。
〔一一〕「秋」，龍舒本作「歲」，宋本、叢刊本作「世」。
〔一二〕「顓頊」，原作「顓顓」，據列子湯問、臺北本改。
〔一三〕宮内廳本評曰：「此論甚高，方見天地不是死物事。」

寄題衆樂亭

陵陽游觀吾所好，書：「于游，于逸，于觀。」恨不即過衆樂亭。嘗聞髣髴入夢寐，吟筆自欲圖丹青。千峯秀出百里外，忽於其上峥簷楹。朝雲噓巖日暖暖，暖暖姝姝，見莊子。夜水落澗風泠泠。招隱詩：「山溜何泠泠。」春花窈窕鳥争舞，夏木蔭鬱猿哀鳴。王維詩：「夏木轉黃鸝。」潦收葉落天地爽〔一〕，海月影到山川明。唐詩：「海月明孤斟。」籃〔二〕輿晨出誰與適？坐與萬物觀虚盈。令思民事不忍後，田問笑語催蠶耕。吏休歸舍獄訟少，墟落飲酒歡〔三〕秋成。惟愁一日奪令去，出郭老稚交〔四〕逢迎。彼安知此〔五〕

方禄仕，徒喜使我寬逋〔六〕征。今〔七〕知道義士林服，遺愛豈用吾詩評？

【校記】

〔一〕「爽」，龍舒本作「美」。
〔二〕「籃」，原作「藍」，據諸本改。
〔三〕「歡」，宋本、叢刊本作「欲」。
〔四〕「郭」，龍舒本作「郊」，宋本、叢刊本作「來」。「交」，龍舒本作「來」。
〔五〕「彼安知此」，宋本、叢刊本作「彼民安知」。
〔六〕「逋」，龍舒本作「途」。
〔七〕「令」，龍舒本作「今」。

書會别亭

西城路，居人送客西歸處。年年借問去何時，今日扁舟從此去。春風吹花落高枝，杜詩：「花落辭故枝，風回反無處。」飛來飛去不自知。劉希夷詩：「洛陽城東花，飛來飛去落誰家？」○王建詩：「春亦去，花亦不知春去處。」路上行人亦如此，應有重來此處時。〔一〕李白詩：「故人昔新今尚故，還見新人有故時。」○劉長卿詩：「新安路，人來去。早潮復晚潮，明日知何處？潮水無情亦解歸，自怜長在新安住。」介甫此詩頗類之。

【校記】

〔一〕宮內廳本評曰：「不特高古，纏綿之音，闊達之度，皆有可誦。」

題舒州山谷寺石牛洞泉穴〔一〕

一作留題三祖山谷寺石壁。公自注云：「皇祐三年九月十六日，自州之太湖，過懷〔二〕寧縣山谷乾元寺宿。與道人文銳、弟安國，擁火游石牛洞，見李翺習之書，聽泉久之。明日復游，乃刻習之後。」

水泠泠而北出，山靡靡而〔三〕旁圍。襄陽〔四〕有長山。會稽土地志曰：「山靡靡，迤而長。」欲窮源〔五〕而不得，太白詩：「但愛清見底，欲尋不知源。」竟悵望以空歸。〔六〕據晁無咎以此篇入續楚詞，晁云：「蓋公在江南時〔七〕所書野壁辭，凡二十四言。世所謂真〔八〕六藝羣書之遺味，故與其經學典策之文俱傳焉。」○高齋詩話云：「舒州三祖山金牛洞，山水聞于天下。荊公嘗題詩云云〔九〕。後人鑿山刊木，浸失山水之勝，非公題詩時比也。魯直效公題六言云：『司命無心播物，祖師有記傳衣。白雲橫而不度，高鳥倦而猶飛。』識者云：『語雖奇，不及荊公之自然。』」

【校記】

〔一〕龍舒本卷六十四題作「留題三祖山谷寺石壁」。

〔二〕「懷」，原作「儇」，據宋本、宮內廳本、叢刊本、臺北本改。

〔三〕「而」，龍舒本、宮內廳本作「以」。

〔四〕「襄陽」，臺北本作「東陽」。

〔五〕「源」，龍舒本作「原」。

〔六〕宫内廳本評曰：「甚似晉語，晉人乃不能及。」

〔七〕「時」，原作「持」，據宫内廳本改。

〔八〕「真」，宫内廳本、臺北本作「具」。

〔九〕「云云」，原作「備六」，據宫内廳本、臺北本改。

補注　試茗泉　但有夢中人相隨掬明月　夢中人，疑云自謂，或是山中事，如蘇氏老翁井之類。老蘇井銘曰：「往數十年，山空月明，天地開霽，則常有老人蒼顔白髮，偃息於泉上。就之則隱而入於泉，莫可見。」

九鼎　**補注**　建康南門有旱水大王廟，乃禹廟也。公作此詩，借〔一〕鼎爲言，以譏切時人。吕惠卿表語亦有云：「九金聚粹，盡圖魑魅之形；孤劒埋光，亦動斗牛之氣。」皆此意也。南史梁何徹傳嘗云：「吾在齊朝，欲陳三事：一者欲正郊丘，二者欲更鑄九鼎，三者欲樹雙闕。」竊疑九鼎必舊有之，故徹稱「更鑄」。公詩雖專指禹所鑄，亦必有爲而作也。

【校記】

〔一〕「借」原作「鍾」，據臺北本庚寅增注第十八卷改。

庚寅增注第十八卷

自州追送朱氏　祈向高　杜詩：「歇鞍在地底，始覺所歷高。」

九日隨家人游東山　持杯爲君泛　李白詩：「時過菊潭上，縱酒無休歇。泛此黃金花，頹然清歌發。」

躍馬泉　何由見神物　李長吉詩：「茂陵劉郎秋風客，夜聞馬嘶曉無跡。」

七星硯　星墮地化爲石　歐陽公雜説云：「星殞于地，腥礦頑醜，化爲惡石。其昭然在上而萬物仰之者，精氣之聚爾。及其斃也，瓦礫之不〔二〕若也。」　光彩不爲匿　日月出矣而爝火息。此言七星見而光彩不滅矣。

九鼎〔三〕　以金鑄鼎　墨子曰：「昔夏后啓使飛廉折金以鑄鼎於昆吾，鼎成，四足而方，不灼自烹，不舉自藏，不遷自行。」　無人有宜出　「有」字當作「不」字，或「豈」字。　况之九幽折地軸　拾遺録云：「周末大亂，九鼎飛入天駟。末世書謂入泗水，聲轉訛焉。」　求不得　吾丘壽王傳：「昔秦皇親出鼎於彭城而不能得。天祚有德，而珤鼎自出。」

九井　九井在舒州懷寧縣西北二十里，有山三峯，一天柱山。天柱即司玄洞府九天司命真君所主山，高三千七百丈，周回二百五十里。東有激水，冬夏懸流如瀑布，下有九井。餘見下注。　投玉册　東齋記事：「道家有金龍玉簡。學士院撰文，具一歲中齋數，投於名山洞府。天聖中，仁宗皇帝以其險遠窮僻，難賫送醮祭之具，頗爲州縣之擾，乃下道籙院裁損，才留二十處，餘悉罷之。河南府平陽洞、台州赤城山玉京洞、江寧府華陽洞、舒州灊山司真洞、杭州大滌洞、鼎州桃源洞、常州張公洞、南康軍廬山詠真洞、建州武夷山昇真洞、潭州南嶽朱陵洞、江州馬當山上水府、太平州中水府、潤州金山下水府、杭州錢塘江水府、河陽濟瀆北海水府、鳳翔府聖湫仙游潭、河中府百丈泓龍潭、杭州天目山龍潭、華州車湘潭，所罷不可悉紀。予嘗於學士院取金龍玉簡視之，金龍以銅製，玉簡以階石製。熙寧七年冬，無雨雪，遣中使於曲陽大茂山真人洞投龍以禱。見會要。」

礫狗

同安志：「九井下有龍，旱而禱雨，必礫狗投之，輒有應。」又方輿地云：「皖山東有激水，冬夏懸流，狀如瀑布。下有九井，井有一石牀，可容百人。其井莫知深淺，若逢亢旱，殺犬投其中，潔誠祈禱，即降雷雨，犬亦流出。」

題舒州石牛洞

洞在三祖山谷寺之西北，其石狀若伏牛，因以爲洞。有流水，源甚長，傍皆石壁，多唐人以來題字刻其上。

【校記】

〔一〕「不」，原作「下」；下注「矣」，原作「夭」，均據臺北本改。

〔二〕題原缺，據詩注補。臺北本有「九鼎」條，注同本卷九鼎補注，字詞略異。

王荆文公詩卷第十九

古　詩

泊舟姑蘇

朝游盤門東，暮出閶門西。姑蘇城門有五，曰盤門、閶門、葑門、婁門、齊門。四顧茫無人，但見白日低。荒林帶昏煙，上有歸鳥啼。物皆得所託，而我無安棲。陶詩：「萬族各有託，孤雲獨無依。」

崐山慧聚寺次孟郊韻〔一〕 寺在蘇州。

僧蹊蟠青蒼，莓苔上秋床。露翰飢更清，露翰，指鶴也。風蒿遠亦香。掃石出古色，洗松納空光。久游不忍還，迫迮冠蓋場。

【校記】

〔一〕此詩，龍舒本卷四十八、卷五十三兩出，卷五十三題爲「崑山慧聚寺二首次孟郊韻」。

如歸亭順風

春江窈窈來無地，飛帆浩浩窮天際。文選：「飛閣流丹，下臨無地。」然此語意，乃謂江所從來遠也。○謝玄暉詩：「天際識歸舟。」朝出吴川夕霅溪，回首喬林吹岸薺。顔之推家訓云：「羅浮山記云：『望平地，樹如薺。』故戴嵩詩云：『長安樹如薺。』」篙〔二〕師晝卧自嘯歌，戲彼挽舟行復止。言順流適意，笑泝者之勞也。人生萬事反衍多，道路後先能幾何？莊子秋水篇：「北海若曰：『以道觀之，何貴何賤？是謂反衍。』」注：「貴賤之道，反復相尋。」

【校記】

〔一〕「篙」，宋本、叢刊本作「柁」。

垂虹亭

三江五湖口，地與天不隔。書疏：「三江，謂震澤之三江。」周禮職方：「揚州藪曰巨區，浸曰五湖。五湖即震澤也。」按：三江者，在蘇州東南三十里，名三江口。一江西南上七十里，至太湖，名曰松江，古笠澤江。一江東南上七十里，自蜆湖，名曰上江，亦曰東江。一江東北下三百餘里入海，名曰下江，亦曰婁江。於其分處，號曰三江口。日月所蔽虧，東西渺然白。日月蔽虧，見登景德塔注。漫漫浸北斗，浩浩浮南極。誰投此虹蜺，欲濟兩間阨。演孔圖曰：「天子外苦兵，内奪威，臣無忠，則天投蜺。」後漢五行志：「靈帝光和元年，有黑氣墮溫明殿庭中，身五色，有頭，長十餘丈，似龍。上問蔡邕，對曰：『所謂天投蜺者也。』」中流雜蜃氣，欄楯相承翼。昭元年：「魚鹽蜃蛤，弗加於海。」漢天文志：「海旁蜃氣象樓臺。」初疑神所爲，滅没在頃刻。漢天馬歌：「走滅没。」晨興坐其上，傲兀至中昃。猶憐變化功，不謂因人力〔一〕。今〔二〕君持酒漿，談笑顧賓客。頗誇九州物，壯麗此無敵。熒煌丹砂〔三〕柱，璀璨黃金壁。退之詩：「洞庭九州間，厥大誰與讓？」○柱以丹砂塗之，如赤石脂泥壁之類。壁，謂璧當。相如賦：「華榱璧當。」注：「以玉爲椽頭。當，即所謂璇題、玉題者也。」中家不慮始，評曰：五字有味。助我皆豪殖。喟予獨感此，剥爛有終極。改作不可無，還當釆民力。評曰：亦自三折，浩有情事。○商君傳：「民不可與慮始，而可與樂成。」言中人之家力薄，不遑慮始；助我者，皆貲殖之徒也。賈生傳：「豪殖而大彊。」注：「殖，立也。」

【校記】

〔一〕「力」，龍舒本、宋本、叢刊本作「役」。

〔二〕「令」，龍舒本作「令」。

〔三〕「砂」，龍舒本、宋本、叢刊本作「沙」。

張氏静居院

動者利進爲，静者樂止居。物性有偏得，惟賢時卷舒。張侯始出仕，所至多名譽。老矣歸偃休，買地斸荒蕪。屋成爲令名，名實與時俱。南堂棲幽真，晨起瞻像圖。北堂畫五禽，游戲養形軀。華佗傳：「古之仙者爲導引之事，名五禽之戲。一曰虎，二曰鹿，三曰熊，四曰猨，五曰鳥。引挽要體，動諸關節，以求難老。」燕有諸賓庭，學有諸子廬。問侯年幾何？矯矯八十餘。問侯何能爾？心不藏憂愉。唐柳公度善攝生，年八十餘，尚強力。常云：「吾初無術，但未嘗以氣海暖冷物、熟生物，不以元氣佐喜怒耳。」問侯客何爲？弦歌飲投壺。問侯兒何讀？夏商及唐虞。嵩山填門户，洛水遶階除。侯於山水間，結駟有通衢。我念老退者，古多賢大夫。留侯亦養生，乃欲凌空虚。閉門不飲酒，豈異山中臞〔一〕？疏傅〔二〕稍喜客，揮金能自娱。不聞喜教子，滿屋青紫朱。漢書：「疏廣父子俱移病，乞骸骨。上以其老，皆許之，加賜黄金二十斤，皇太子贈以五十斤。廣歸，日令家設酒食，請族人故舊賓客。廣所愛信老人説廣買田宅，廣曰：『此金者，聖主所以惠養老臣也，故樂與鄉黨宗族共饗其賜，以盡吾餘日，不亦可乎？』於是族人悦服。」○廣傳曰：「吾既無以教化子孫，不欲益其過而生怨。」不得云不教子。○疏廣之後無聞，故公云尒。張侯能兼取，勝事古所無。褒稱有樂石，丞相爲之書。秦嶧山碑云：「刻此樂石。」顔師古注：「以泗濱浮磬作碑也。」而我不自量，聞風亦歌呼。

【校記】

〔一〕「臞」，龍舒本作「居」。

〔二〕「傅」，原作「傳」，據漢書及宋本、宫内廳本、叢刊本改；又，龍舒本作「父」。

丙戌五月[一]京師作二首

北風閣雨[二]去不下，驚沙蒼茫亂昏曉。傳聞城外八九里，雹大如拳死飛鳥。慶曆六年五月甲申，雨雹，地震。即此年也。○漢五行志：「雹者，陰脅陽也。地節四年五月，山陽濟[三]陰雨雹如雞子，深二尺五寸，殺二十人，飛鳥皆死。」

【校記】

〔一〕「月」，龍舒本、宋本、叢刊本作「日」。

〔二〕「北風閣雨」，龍舒本作「北閣風雨」。

〔三〕「濟」，原作「傷」；下「二尺」，原作「山尺」，均據漢書五行志改正。

其二

浮雲離披久不合，太陽獨行乾萬物。誰令昨夜雨滂沱[一]，北風蕭蕭寒到骨。

【校記】

〔一〕「滂沱」，龍舒本、宋本、叢刊本作「霶霈」。

答客

士常疑西伯，何至羑里辱？文王囚於羑里。瞽鯀親父子，尚脱井廩酷。舜之父曰瞽瞍。書堯典：「有鰥在下，曰虞舜。」○史記游俠傳：「虞舜窘於井廩。」○後漢周榮嘗勑妻子：「若卒遇飛禍，無得殯殮，冀以區區腐身，覺悟朝廷。」○困卦：「君子以致命遂志。」言身雖窮困，而不干刑戮。昏主雖聖臣，飛禍安可卜？致命遂其志，雖窮不爲戮。

次韻唐彦猷華亭十詠 彦猷，名詢。

顧林亭 一〔一〕

寥寥湖上亭，不見野王居。野王所居也。顧野王，梁大同中爲黄門侍郎，又仕陳爲左將軍，嘗撰玉篇者。梅聖俞集及劉貢父集皆有華亭十韻，題云「和楊令」。此稱唐彦猷，當是林亭主人也。○寰宇志：「野王，建州人，仕陳爲光禄卿，有宅在建安縣。今此亦有之，疑既顯，遂不復歸鄉耳。」平林豈舊物，歲晚空扶疎。自古賢聖人，邑國皆丘墟。易謙卦：「可用行師，征邑國也。」不朽在名德，千秋想其餘。野王無足稱，公羞言事理如此。

【校記】

〔一〕宋本、臺北本目録、叢刊本十題下無「一」至「十」字，又，宋本、叢刊本此題下有注：「野王所居也。」本書則移入詩注内。

寒穴二

神泉〔一〕洌冰霜，高穴與雲平。易言「山下出泉」，而此穴與雲平，所以爲神。空山渟千秋，不出嗚咽聲。山風吹更寒，山月相與清。北客不到此，如何洗煩酲？

【校記】

〔一〕「泉」，宋本、叢刊本作「農」。

吴王獵場三

吴王好射虎，但射不操戈。吴志：「孫權好射虎，所乘馬爲虎所傷，投以雙戟，虎却廢，常從張武擊以戈，獲之。」據貢父詠獵場云：「水犀十萬士，白羽横彫戈。」○若用水犀事，則吴王爲夫差，非孫權也。匹馬掠廣場，萬兵助遮羅。沈存中觀畫馬詩：「四蹄雙翻掠草頭，飛入平原不霑土。」時平事非昔，此地桑麻多。高適宋中詩：「時清更何有？禾黍遍空山。」猛獸亦已盡，牛羊在田坡。

始皇馳道四

穆王得八駿，萬事得期修〔一〕。昭公十二年：「昔穆王欲肆其心，周行天下，將皆必有車轍馬迹焉。」周穆王即位三十二年，巡行天下，馭八龍之駿：一名絶地，足不踐土；二名翻羽，行越飛禽；三名奔霄，夜行萬里；四名越影，逐日而行；五名踰輝，毛色炳燿；六名超光，一形十影；七名騰霧，乘雲而趨；八名挾翼，身有肉翅。遍而駕焉，案轡徐行，以巡天下。」○穆王神智遠謀，使轍迹遍於四海，故絶異之物，不期自服。茫茫千〔二〕載間，復此好遠游。遠游謂始皇也。車輪與馬跡，此地亦嘗留。漢書賈山傳：「秦爲馳道於天下，東窮燕、齊，南極吴、楚，江湖之上，濵海之觀畢至。」華亭，吴境，宜轍跡之所歷也。想當治道時，勞者屍如丘。言治道以備巡行，死於征役者屍積如丘山。甚言秦之無道也。

【校記】

〔一〕「得期修」，原缺，據宋本、叢刊本補。

〔二〕「千」，宋本、叢刊本作「萬」。

柘湖五　湖中有山，生柘，故名柘湖。記云：「女子爲湖神〔一〕，今有廟。」

柘林著湖山，菱葉蔓湖濱。秦氏〔二〕亦何事，能爲此湖神？年年賽雞豚，漁子自知津。幽妖窟險阻，禍福易欺人。詩意言未必秦女能神，乃幽妖假託耳。

【校記】

〔一〕「女子爲湖神」，宋本、叢刊本作「秦有女入湖爲神」。

〔二〕「氏」，宋本、叢刊本作「女」。

陸瑁養魚池六　陸瑁，仕吳爲吏部尚書，喜之父。吳平，喜仕晉爲散騎常侍。〔一〕

野人非昔人，亦復水上居。紛紛水中游，豈是昔時魚？魚，謂陽橋之魚。吹波浮還没，競食糟糠餘。吞舟不可見，守此歲月除。莊子：「吞舟之魚，碭而失水。」○詩：「今我不樂，日月其除。」注：「除，去也。」箋云：「今不自樂，日月且過去，不復暇爲之。」

【校記】

〔一〕宋本、叢刊本無此注。

華亭谷七　水行三百里入松江。

巨川非一源，源亦在衆流。此谷乃清淺，松江能覆舟。荀子云：「水則載舟，水則覆舟。」言水發源處尚淺，至其末派渺瀰，乃能覆舟。猶岷江〔一〕濫觴，東合百川，爲稽天之浸。蟲魚何所知，上下相沉浮。徒嗟大盈北，浩浩無〔二〕春愁。華亭水自大盈入松江，而北入海。

【校記】

〔一〕「岷江」，原作「泯江」，據宫内廳本改。

〔二〕「無」字原脱，據宋本、叢刊本補。

陸機宅八

故物一已盡，嗟此歲年深。野桃自着花，荒棘自生鍼。芊芊谷水陽，鬱鬱崐山陰。俛仰但如昨，游者不可尋。機思鄉詩云：「彷彿谷水陽，婉孌崐山陰。」〔一〕

【校記】

〔一〕「思鄉」，文選卷二十四作「贈從兄車騎」。「婉孌」，原作「婉人」，據文選改。

崐山九

世傳陸氏家生機、雲，故名崐山，主〔一〕生玉也。○按吴地志云：「華亭水東有崐山。」

玉人生此山，山亦傳此名。崖風與穴水，清越有餘聲。禮記聘義：「扣之，其聲清越以長。」悲哉世所珍，一出受欹傾。不如猿與鶴，棲息尚全生。潘尼傳：「不能猗靡容悦，出入崎傾。」○機以河橋之敗，爲成都王穎所殺。孫惠與朱誕書曰：「不意二陸，相携暗朝。一旦湮滅，道業淪喪。痛酷之深，荼毒難言。國喪儁望，悲豈一人？」

【校記】

〔一〕「主」，宋本、叢刊本作「言」。

三女崗十

吴王葬三女於此。

自古世上雄，慷慨擅功名。當時豈有力，能使死者生？言英雄雖有蓋世之力，不能使死者復活也。三女死〔一〕一丘，此恨亦難平。評曰：不問三女何説，直彷佛自足己意，最是。○按寰宇志：「吴縣有女墳湖，吴王葬女，取土成湖。」又郡國志：「三女墳在郭西。闔閭食鱻魚，美，留半賜小女。女怨自殺，王痛之，葬於郭西。文石爲槨，金印、銀尊悉以送。」又：「吴王女墳在閶門外。」山川記云：「夫差女，年十八，童子韓重私悦之。王怒，女結恨而死。葬後，重往弔之，以徑寸珠匣贈重。」據郡國志、山川記，皆有吴王女墳，一以爲闔閭，一以爲夫差，未知孰是。或二王各有女冢也。

音容若有作，無力傾人城。評曰：有，當作「可」。

【校記】

〔一〕「死」，宋本、叢刊本作「共」。

太白巖〔一〕 鄞縣時作。

太白巃嵸東南馳，衆嶺還〔二〕合青分披。煙雲厚薄皆可愛，樹石疎密自相宜。陽春已歸鳥語樂，溪水不動魚行遲。生民何由得處所？與兹魚鳥相諧熙。日觀魚鳥之樂，而感民生之艱。○退之祭姪孫文：「出從予人，既相諧熙。」

【校記】

〔一〕「巖」，宋本、叢刊本作「嶺」。

〔二〕「還」，龍舒本、宋本、叢刊本作「環」。

禿山

吏役滄海上，瞻山一亭[一]舟。怪此禿誰使？鄉人語其由。一狙山上鳴，一狙從之游。相匹乃生子，子衆孫還稠。山中草木盛，根實始易求。攀挽上極高，屈曲[二]亦窮幽。衆狙各豐肥，山乃盡侵牟。莊子：「吳[三]王浮江，登于狙之山。衆狙見，恂然棄而走。」柳子厚憎王孫文：「山之小草木，必凌挫折挽，使之瘁然後已。故王孫之居，山常蒿然。」漢景帝紀：「侵牟萬民。」攘爭取一飽，豈暇議藏收。大狙尚自苦，小狙亦已愁。稍稍受咋嚙，一毛不得留。狙雖巧過人，不善操鋤耰。所嗜在果穀，得之常以[四]偷。嗟此海中山[五]，四顧無所投。生生未云已，歲晚將安謀？似言天下生齒日衆，吏爲貪牟，公家無儲積，而上未盡教養之方也。

【校記】

〔一〕「亭」，諸本作「停」。

〔二〕「曲」，龍舒本、宋本、叢刊本作「指」。

〔三〕「吳」，原作「吾」，據莊子徐无鬼及宮内廳本改。

〔四〕「以」，宋本、叢刊本作「似」。

〔五〕「海中山」，龍舒本、宋本、叢刊本作「海山中」。

贈曾子固

曾子文章衆無有，水之江漢星之斗。挾才乘氣不媚柔，羣兒謗傷均一口。韓詩：「不知羣兒愚，那用故謗傷。」子固晚稍用，神宗嘗語之曰：「以卿才學，宜爲人所忌也。」吾語羣兒勿謗傷，豈有曾子終皇皇？借令不幸賤且死，後日猶爲班與揚。評曰：頓挫竭盡。○陳勝傳：「籍弟令無斬。」服虔云：「籍，猶借也。」師古曰：「弟，但也。言但令無斬也。」班固與揚雄也。王震作子固集叙亦云：「先生自負，要似劉向，不知韓愈爲何如也。」○公平生最多謗，余嘗辨之，見於所爲公集後序及建昌寧君書院記，當摘取附此。如荆公與段縫書云「足下姑自重，無輕議鞏」之類。

鮑公水

水在臨川，未詳鮑公何人。

村南鮑公山，山北鮑公水。高穴逗遠源，泠泠落山觜。玉色與飴味，不可他味比。竹樹四蒙密，翠藤相披靡。漫郎昔少年，幽居得之此。漫郎，元次山自號也。事見別注。漫郎，公自謂也。臨窺若有遇，愛歎無時已。浮名未染汙〔一〕，永矢終焉爾。柰何中棄入長安，十〔二〕載風塵化舊顏。讙囂滿耳不可洗，此水泠泠空在山。晉孫楚：「所以枕流，欲洗其耳。」

【校記】

〔一〕「染汙」，龍舒本、宋本、叢刊本作「汙染」。

〔二〕「十」，龍舒本作「千」。

寄李士寧先生

士寧本末，見七言八句律詩詳注。

樓臺高聳間晴霞，松檜陰森夾柳斜。渴愁如箭去年華，陶情滿滿傾榴花。王右軍曰：「年在桑榆，自然至此，正賴絲竹陶寫。」○樂天詠家醖詩：「常嫌竹葉猶凡濁，始覺榴花不正真。」○通典扶南傳：「頓遜國有安石榴，取汁停盆中，數日成美酒。」又李義山詩：「我爲傷春心自醉，不勞君勸石榴花。」○劉原甫詞：「桃葉新聲，榴花美味。」自嗟不及門前水，流到先生雲外家。

僧德殊家水簾求予詠

淙淙萬音落石顛，高適還山吟：「石泉淙淙若風雨，桂花松子常滿地。」皎皎一派當簷前。清風高吹鸞鶴唳，白日下照蛟龍涎。浮雲裝額自能卷，缺月琢鉤相與懸。朱門試問幽人價，翡翠鮫綃不直錢。東方朔大衣詩：「裝以浮雲，緣以四海。」○包何秤詩：「鉤懸新月吐，衡舉衆星隨。」○翡翠，寶玉之類，非謂翠羽也。歐公歸田録云：「余家有一玉罌，形製甚古而精巧。始得之梅聖俞，以爲碧玉。在潁州時，嘗以示僚屬，坐有兵馬鈐轄鄧保吉者，真宗朝老内臣也，識之，曰：『此寶器也，謂之翡翠云。禁中寶物皆藏宜聖庫，庫中有翡翠盞一隻，所以識也。』」○北夢瑣言：「張建章於渤海遇水仙，遺之絞綃。以進明皇，以爲珪。」○又，絞綃，即龍紗也，其價百金。以爲服，入水不濡。

王荊文公詩卷第二十

古詩

杭州修廣師法喜堂〔一〕

浮屠之法與世殊，洗滌萬事求空虛。師心以此不掛物，龐蘊語于頔：「但可空諸所有，不可實諸所無。」即洗滌之意也。○魯直嘗言：「荊公學佛，所謂『吾以爲龍又無角，吾以爲蛇又無足』者也。余嘗熟觀其風度，其視富貴如浮雲，不溺於財利酒色，一世之偉人也。」○永安和尚云：「一絲不掛。」一堂收身自有餘。堂陰置石雙嵽嵲，杜詩：「御榻在嵽嵲。」石脚立竹青扶疎。白詩：「樓臺紅照曜，松竹青扶疎。」一來已覺心〔二〕膽豁，況乃宴坐窮朝晡。憶初救時勇自許，壯大看俗尤崎嶇。豐車肥馬載豪傑，少得志願多憂虞。始知進退各一〔三〕一作「有」。理，造次未可分賢愚。韓詩：「人心未嘗同，不可一理驅。宜各從所好，未用相賢愚。」會將築室反〔四〕耕釣，相與此處吟山湖。

【校記】

〔一〕龍舒本題無「杭州」二字。

〔二〕「心」，宋本、叢刊本作「肝」。

〔三〕「一」，龍舒本、宋本、叢刊本作「有」。

〔四〕「反」，龍舒本、宋本、叢刊本作「返」。

復至曹娥堰寄剡縣丁元珍

曹娥堰在會稽縣東南七十二里。曹娥鄉在東北四十五里。曹娥江路南來自上虞縣界，經會稽界四十里北入海，可容五百石舟。今詩云「來自北」，又云「無艇子」，與圖經異。

溪水渾渾來自北，千山抱水清相射。山深水急無艇子，欲從故人安可得？故人昔日此水上，罇酒扁舟慰行役。津亭把手坐一笑，我喜滿懷君動色。論新講舊惜未足，論新講舊，皆指學問事。落日低回〔一〕已催客。離心自醉不復飲，秋果寒花空滿席。今年却坐相逢處，怊悵難求別時迹。可憐溪水自南流，安得溪船問消息？

【校記】

〔一〕「回」，宋本、叢刊本作「徊」。

答曾〔一〕子固南豐道中所寄

吾子命世豪，術學窮無間。直意慕聖人，不問閔與顏。彼昏何爲者？誣構來嚬嚬。柳子厚詩：「秉心方的的，騰口任嚬嚬。」○韓子：「其鬭嚬嚬。」○曾子固集有之南豐道上寄介甫詩：「應逮冒煩暑，驅馳山水間。」不知何所坐也。又云：「跋履雖云倦，桑梓得暫還。林僧授館舍，田客扳鞍環〔二〕。吾心本皎皎，彼詬徒嚬嚬。方投定鑑照，即使征馬還。」應逮犯秋陽，動爲人所歎。不䘏我躬瘁，乃嗟天澤慳。令人念公卿，煒煒趨王〔三〕班。泊〔四〕無憫世意，狙猿而珮環。莊子天運：「今取猨狙而衣以周公之服。」愛子所守卓，憂予不能攀。永矢從子游，合如扉上鐶。願言借餘力，迎浦踈潺潺。晉語：「夫教者，因體能質而利之者也。若川然，有原以卬浦而後大。」注：「卬，迎也。若川有原，因開利迎之以浦，然後大也。」亦有衣上塵，可攀禪太山。謝承後漢書：「楊喬曰：『猶塵附太山，露集滄海，雖無補益，款誠至情，猶不敢嘿嘿也。』」大江秋正清，島溆相縈彎。四眄浩無主，日暮煙霞斑。水竹密以勁，霜楓衰更殷。謝靈運詩：「曉霜楓葉丹。」〇左傳：「左輪朱殷。」注：「朱，血色。血色久則殷。」於閒〔五〕反。賞託亦云健，行矣非間關。相期東北游，致館淮之灣。無爲襲甯嬴，悠矣〔六〕及温還。文公五年：「晉陽處父聘于衛，反過甯。舍于逆旅甯嬴氏。嬴謂其妻：『吾求君子久矣，乃今得之。』舉而從之。陽子遂與之語，及山而還。」注：「山，河内温山。」

【校記】

〔一〕龍舒本無「曾」字。

〔二〕元豐類稿「扳鞍環」作「攀鞍鐶」；下文「征馬還」，作「征馬班」。「吾心」，原作「言心」，據元豐類稿改。「彼詬」，原衍一「詬」字，删。

〔三〕「王」，龍舒本、宋本作「玉」。

〔四〕「泊」，龍舒本、宋本作「伯」。

〔五〕「閒」，原作「聞」，據宫内廳本改。

〔六〕「矣」，龍舒本、宋本、叢刊本作「然」。

寄贈胡先生

公自序云〔一〕：「孔、孟去世遠矣，信其聖且賢者，質諸詩〔二〕、書焉爾〔三〕。翼之先生與予並時〔四〕，非若孔、孟之遠也，聞薦紳先生所稱述，又詳於書，不待見而後知其人也。歎慕之不足，故作是詩。」〇胡瑗，字翼之，泰州海陵人。

先生天下豪傑魁，余嘗見公題王昭素易論要纂後云：「予嘗苦王先生易論晦而難讀，徐徽生刪取其略，以示予，又取其義可傳及雖不足傳而猶可論者存之。」按：公初於前輩宿儒，猶有尊事之意，故如昭素與安定，皆以先生呼之。其後詆排諸老，略不少假，此意無復存矣。胷臆廣博天所開。文章事業望孔孟，不復睥睨蔡與崔。評曰：它人用不到此。○劉夢得柳文序云：「雄深雅健似司馬子長，崔、蔡不足多也。」十年留滯東南州，飽足藜藿安蒿萊。飽足者，非求飽也，以藜藿爲足，而無慕乎其外也。獨鳴道德驚此民，韓集：「孟軻、荀卿，以道鳴者。」民之聞者源源來。高冠大帶滿門下，奮如百蟄乘春〔五〕雷。惡人沮伏〔六〕善者起，昔時盜蹻〔七〕今騫回。神宗嘗問劉彝從學何人，對曰：「臣少從學於安定先生胡瑗。」上曰：「其人文章與王安石孰優？」彝曰：「瑗以道德仁義教東南諸生，時王安石方在場屋修進士業。」又云：「國朝取士尚聲律文詞，臣師當寶元、康定之間，首明體用之學以授學者，出其門者，無慮二千餘人。」歐公墓表：「師道廢久矣，自明道、景祐以來，學者有師，唯先生與太山孫明復、徂徠石守道三人，而先生之徒最盛。其在湖州之學，弟子去來常數百人，各以其經學轉相傳授。其教學之法最備，行之數年，東南之士，莫不以仁義禮樂爲學。」歐公詩亦云：「吴興先生富道德，詵詵弟子皆賢才。」○墓表云：「先生爲人師，言行而身化之，使誠明者達，昏愚者勵，而頑傲者革。」先生不試乃能爾，誠令得志如何哉？吾願聖帝營太平，補葺廊廟支〔八〕傾頹。披旒發纊廣耳目，照徹山谷多遺材。先收先生作梁柱，以次構架桷與榱。羣臣面向帝深拱，仰戴堂陛方崔嵬。公詩期先生以廊廟，而官止中允、侍講而已。

【校記】

〔一〕龍舒本、宋本、叢刊本題下無「公自序云」四字。宋本、叢刊本題下有小注「并序」二字，序作大字，另起。
〔二〕龍舒本、宋本、叢刊本無「詩」字。
〔三〕「爾」，龍舒本、宋本、叢刊本作「耳」。
〔四〕「時」，龍舒本、宋本、叢刊本作「世」。
〔五〕「春」，龍舒本、宋本作「雲」。
〔六〕「伏」，龍舒本、宋本、叢刊本作「服」。
〔七〕「盜蹻」，龍舒本、宋本、叢刊本作「蹻跖」。
〔八〕「支」，諸本均作「枝」。

得子固〔一〕書因寄

始吾居揚日，居揚，公作僉判時。時子固未仕，在臨川。重問每見及。云將自親側，萬里同講習。子行何舒舒，吾望已汲汲。窮年夢東南，顔色不可挹。仁賢豈欺我？正恐事維縶。詩：「縶之維之。」嚴親抱憂衰，生理賴以給。不然航江外，天寒北風急。無迺山路惡，僕弱馬行澀。孤懷未肯開，歲物忽如蟄。揭來高郵住，巷屋頗卑濕。蓬蒿稍芟除，茅竹隨補葺。苟云禦風氣，尚恐憂雨汁。賈誼傳：「長沙卑濕。」○月令：「仲〔二〕冬之月，行秋令，則天時雨汁。」注：「雨汁者，冰雪雜下。」故人莫在眼，屢獨開巾笈。忠信蓋未見，吾敢誣兹邑？語：「十室之邑，必有忠信。」出門〔三〕誰與語？念子百憂集。眺聽聊自放，日暮城頭立。徐歸坐當户，使者操書入。檀弓：「孔子當户而坐。」○曲禮：「獻田宅者操書致。」注：「操，持也。」時開識子意，如渴得美湆。曲禮：「殽之序，徧祭之。」注云：「公食大夫禮：『魚、腊、湆、醬不祭。』」湆，音泣。驪駒日就道，玉手行可執。舊學待鑴磨，新文得删拾。重登城頭望，喜氣滿原隰。驪駒，逸詩。大戴禮：「客欲去，歌之，其辭云：『驪駒在門，僕夫具存。驪駒在路，僕夫整駕。』」詩：「執子之手兮。」

【校記】

〔一〕宋本、叢刊本「子固」上有「曾」字。

〔二〕「仲」，原作「孟」，據禮記月令改。

〔三〕「門」，龍舒本、宋本、叢刊本作「關」。

寄虔州江陰二妹

贛水日夜下，下與章水期。我行二水間，無日不爾思。地理志：「章水出贛縣西南，而北入江，蓋控引衆流，揔成一川，雖稱謂有殊，言歸一水也，故字從章、從貢。」飄若越鳥北，心常在南枝。選詩：「胡馬依北風，越鳥巢南枝。」注云：「皆思舊。」又如岐首蛇，南北兩欲馳。退之赴江陵途中詩：「有蛇類兩首。」又嶺表録異記：「兩頭蛇，嶺外多有此，有如小指，大者長尺餘，腹下鱗紅，背錦文。一頭有口眼，一頭似頭而無口眼。」爾雅：「北方有比肩民焉，迭食而迭望，中有枳首蛇焉。此四方中國之異氣也。」注：「枳，歧也。」逝者日已遠，百憂詎能追？生存苦乖隔，邂逅亦何時？女子歸有道，善懷見於詩。庶云留汝車，慰我堂上慈。古詩：「我行日已遠。」謂二妹之所從也。○韓詩：「死者已渺茫，生者困乖隔。」○載馳：「女子善懷，亦各有行。」○潘安仁賦：「太夫人在堂。」讀此詩，知公於友愛最隆也。

登越州城樓

越山長青水長白，越人長家山水國。可憐客子無定宅，一夢三年今復北。林和靖詩：「吳山青，越山青。」浮雲縹緲抱城流，東望不見空回頭。人間未有歸耕處，早晚重來此地游。作鄞邑滿秩而歸。○公眷眷於鄞，猶愛桐鄉之意。

憶昨詩示諸外弟

憶昨此地相逢時，春入窮谷多芳菲。短垣囷囷冠翠嶺，襄二十七年：「盧蒲嫳攻崔氏，崔氏堞其宮而守之。」注：「堞，短垣也。」躑躅萬樹紅相圍。幽花媚草錯雜出，黃蜂白蝶參差飛。此時少壯自負恃，意氣與日爭光輝。退之送李愿序：「妬寵而負恃。」○退之：「少年意真狂，有意與春競。」乘閑弄筆戲春色，脱落〔一〕不省旁人譏。坐欲持此博軒冕，肯言孔孟猶寒飢。丙子從親走京國，浮塵坌並緇人衣。公生天禧五年辛酉，至景祐三年丙子，年十六。○左太冲吴都賦：「儇佻坌並。」注：「坌，步寸切，疾走貌。」相如弔二世曰：「坌入曾宮之嵯峩。」坌，即並也。明年親作建昌吏，四月挽船江上磯。說文：「石激水曰磯。」端居感慨忽自悟〔二〕，青天閃爍無停暉。男兒少壯不樹立，挾此窮老將安歸？吟哦圖書謝慶弔〔三〕，坐室寂寞相〔四〕伊威。材疏命賤不自揣，欲與稷契遐相希。史記：「蘇秦見齊王，仰而慶，俯而弔。齊王曰：『是何慶弔相隨之速也？』」○東山詩：「伊威在室。」○揚雄傳：「惟寂寞，自投閣。」後漢孔融傳：「融材疏意廣，迄無成功。」○杜詩：「許身一何悲〔五〕，竊比稷與禼。」希，如希顏之希。昊〔六〕天一朝畀以禍，先子泯没予誰依？精神流離肝肺絶，眥血被面無時晞。母兄呱呱泣相守，三載厭食鍾山薇。屬聞降詔起羣彦，遂自下國趨王畿。刻章琢句獻天子，釣取薄祿歡庭闈。楚公寶元二年薨。○唐張巡傳：「尹子奇曰：『聞公督戰，輒眥裂血面，嚼齒皆碎。』」○晞，乾也。○書益稷：「啓呱呱而泣。」○杜詩：「不厭北山薇。」○楚公通判江寧，卒官，諸子遂家焉。○晉束晳補亡詩：「眷戀庭闈，心不遑安。」李善注云：「庭闈，親之所居也。」身著青衫手持版，奔走卒歲官淮沂。晉王坦之見桓温，倒持手版。○公慶曆二年楊寘榜進士甲科，授揚州僉判。淮沂無山四封庳，獨有廟塔尤嵬巍。時時憑高一悵望，想見江南多翠微。爾雅：「山中絶，曰陘。未及上，曰翠微。」又一說，山葉〔七〕青縹色曰翠微。○白詩：「自言拜別主人後，離心蕩颺風前旆。」

歸心動蕩不可抑，霍若猛吹翻旌旆。騰書漕府私自列，仁者惻隱從其祈。暮春三月亂江水，梁丘遲與陳伯之書：「暮春三月，江南草長。」○詩公劉：「涉渭爲亂。」注：「絶流曰亂。」勁櫓健帆如轉機。還家上堂拜祖母，奉手出涕縱橫揮。退之董生行：「上堂問起居。」○曲禮：「長者與之提携，則兩手奉長者之手。」○公登第入官後，始以漕檄自維揚泝江至撫州，時公祖母燕國夫人謝氏尚無恙，楚公名用之妻也。出門信馬向何許？城郭宛然相識稀。退之詩：「只知閑信馬。」○丁令威：「城郭雖是人民非。」

永懷前事不自適，却指舅館排〔八〕山扉。當時髫兒戲我側，于今冠佩何頎頎。楚公先娶徐，再娶吴氏。所指舅館，吴氏也。介甫，吴出。○離騷云：「高余冠之岌岌兮，長余佩之陸離。」○詩：「碩人頎頎。」况復丘樊滿〔九〕秋色，蜂蝶摧藏花草腓。繳前句也。○詩：「秋日淒淒，百卉具腓。」○高適詩：「大漠窮秋草木腓。」令人感嗟千萬緒，不忍蒼卒回驂騑。留當開樽強自慰，邀子劇飲毋予違。禮：「天子六馬，左右驂；三公、九卿駟馬，右騑。」漢制，九卿則中二千石，亦右騑。○曹子建責躬詩：「騑驂倦路，載寢載興。」○採訪使韓宗約孟浩然偕至京師，欲薦諸朝，會故人至，劇飲，歡甚。或曰：「君與韓公有期。」

浩然曰：「業已飲，遑恤他？」卒不赴。

【校記】

〔一〕「落」，龍舒本、宋本、叢刊本作「略」。

〔二〕「悟」，諸本作「寤」。

〔三〕「弔」，原作「兆」，據諸本改。

〔四〕「寂」，龍舒本作「寥」。「相」，龍舒本、宋本、叢刊本作「生」。

〔五〕「悲」，杜甫自京赴奉先縣詠懷五百字作「愚」，下「卨」作「契」。

〔六〕「昊」，龍舒本、宋本、叢刊本作「旻」。

〔七〕「山葉」，據邢昺爾雅疏卷七，當作「山氣」。

〔八〕「排」，叢刊本作「接」。

〔九〕「滿」，原作「蒲」，據龍舒本、宋本、叢刊本改。

澶州

澶淵之役，曹利用自天雄赴虜寨，共議和事，虜乃遣左飛龍使韓杞持書與利用俱還。其書以關南故地爲請。杞入對行宮之前殿，上謂輔臣曰：「所言歸地事極無名，必若邀求，朕當決戰。儻歲以金帛濟其不足，朝廷之體，固亦無傷。」杞即日入辭，與利用同往。既至虜寨，復以關南地爲言。利用固爭之，謂曰：「若北朝恣其邀求，地固不可得，兵亦未易息也。」其國主意稍怠，但欲歲取金帛。利用許遺絹二十萬匹、銀一十萬兩，議始定。初，利用再使虜也，面請歲賂金帛之數，上曰：「必不得已，雖百萬亦可。」利用辭去，寇準召至幄次，語曰：「雖有勑旨，汝往，所許不得過三十萬。過三十萬，將斬汝！」利用果以三十萬成約而還。公有澶州兩詩，此詩似少貶和議。雖託野老之言，其實公意也。

津津河北〔一〕流，嶭嶭兩城峙。澶州，黄河在其南，王莽河在其北；樊城在其南，戚城在其北。故公前詩云：「河流中間兩城峙。」又云：「南城草草不受兵，北流樓櫓如邊城。」今云「北河流」、「兩城峙」，亦謂此。春秋諸侯會，澶淵乃其地。襄公三十年：「晉人、齊人、宋人云云，會于澶淵，宋災故。」注：「未有言其事。此言宋災故，以惡宋人不克己自責而出會求財。」書留後世法，豈獨譏當世？評曰：無謂。野老豈知此，爲予談近事。邊關一失守，北望皆胡騎。黄屋親乘城，穹廬矢如蝟。景德元年閏九月，契丹與其母舉國入寇，自定州，駐陽城淀，遂緣葫蘆河踰關，南攻瀛州。又乘虚抵貝、冀、天雄軍。攻天雄不下，進陷清德軍。益南侵，直犯澶州大陣。○黄屋，見上注。漢高祖紀：「堅守乘城。」乘，登也。○匈奴傳：「匈奴父子同穹廬而卧。」師古曰：「穹廬，旃帳也，其形穹隆，故曰穹廬。」○車駕駐蹕澶州南城，寇準固請幸北城，曰：「陛下不過河，則人心危懼，虜氣未懾，非所以取威決勝也。」既至，登北城門樓，張黄龍旗，諸軍皆呼萬歲，聲聞數十里，氣勢百倍。虜自是震駭請和，不復交鋒矣。詩云「穹廬矢如蝟」，蓋指射殺撻覽時事，然撻覽死實在前，非乘城以後事也。紛紜擅將相，誰爲開長利？開長利，言將相雖多，無能爲中國建長利者。此意似不以和爲然。**焦頭收末功，尚足誇一是。**霍光傳：「初，霍氏奢侈，茂陵徐生上書，三上，輒報聞。後霍氏誅，人爲徐生上書，有曰：『曲突徙薪無恩澤，燋頭爛額爲上客。』上迺以福爲郎。」○尚足誇一是，此言萊公之功，亦救之末流。然此意蓋甚正，非如譖[二]者孤注之比。蓋公前詩已有不足於萊公之意，謂人主越都邑而謀遠，以萬乘之尊，當不測之虜，先所稱功第一者，與此語雖異而意實同。○莊子齊物論：「此亦一是非，彼亦一是非。」**歡盟自此數，日月行人至。**行人，使者也。周官有大行人，掌大賓之禮及大客之儀。**馳迎傳馬單，走送牛車弊。征求事供給，廝養猶珍[三]罷。**漢昭帝紀：「補邊郡三輔傳馬。」張晏曰：「驛馬也。」○「廝養」字[四]，見史記蘇秦傳。又前漢張耳傳有「廝養卒」。蘇林曰：「廝，取薪者也；養，養人者也。」師古曰：「廝，音斯。」**戈甲久已銷，澶人益憔悴。**澶人益憔悴，此言虜雖已和，而中國益困弊。**能將大事小，自合文王意。語翁無歎嗟，小雅今不廢。**孟子：「惟仁者惟能以大事小，是故湯事葛，文王事昆夷。」○詩[五]：「小雅盡廢，則四夷交侵，中國危矣。」萊公之功，管仲之功也，以後世論之，不可謂不大，故詩有「一是」之語。然揆以聖人規模，則不然。必也以天保以上治內，采薇以下治外，雖有夷狄，安得遽至中原乎？如小雅盡廢，則政事所以自治者俱亡，四夷安得而不交侵，中國安得而不微弱。縱能救之於已亂，雖使中國之人不至被髮左衽，特賢乎列國之諸侯耳！格以聖人之法，何足道哉？詩有「焦頭」及「小雅」之說，大抵意出於是。

【校記】

〔一〕「河北」，龍舒本作「北河」。

〔二〕「譖」，原作「讃」，據宮内廳本改。

〔三〕「珍」，龍舒本作「琛」。

〔四〕「字」，原作「子」，據宮内廳本改。

〔五〕「詩」下引文，出自毛詩小雅六月序；「危」，毛詩作「微」。

寄平甫弟衢州道中

淺一作「洩」，非。溪受日光炯碎，野林參天陰翳長。幽鳥不見但聞語，小梅欲空猶有香。長年無可自娛戲，遠游雖好更悲傷。安得冬風一吹汝，手把詩書來我傍〔一〕。杜集百丈潭詩：「清見光炯碎。」○唐韓偓詩：「每日在南亭，南亭似僧院。人語静先聞，鳥啼深不見。」

【校記】

〔一〕「傍」，龍舒本作「旁」。

王荆文公詩卷第二十一

古詩

寄慎伯筠 或云王逢原作。○評曰：是。

世網掛士如蛛絲，吕氏春秋：「湯祝網曰：『蛛蝥作網，今人効之。』」大不及取小綴之。李白詩：「獵家張兔罝，不能掛龍虎。所以青雲人，高歌在巖户。」即公此意。宜乎倜儻不低歛，醉脚踏倒青天[一]低。杜子美苦熱詩：「安得赤脚踏層冰。」○吕居仁教後生詩：「未須極軒昂，且須就低歛。」前日才能始誰播？一口驚張萬誇和。韓文淮西碑：「大官臆决唱聲，萬口和附，并爲一談，牢不可破。」○又三星行云：「箕張其口。」雷公訴帝喘似[二]吹，退之陸渾山火詩：「夢通上帝血面論。」又云：「雷公擘山海水翻。」又寄崔立之詩：「喘如竹筒吹。」咸恐聲名塞天破。孟子：「塞乎天地之間。」○退之寄崔立之詩：「咎責塞兩儀。」○太祖語：「與十萬錢，塞破屋子。」文章喜以怪自娛，不肯裁縮要有餘。多爲峭句不姿媚，石鼓歌云：「羲之俗書趁姿媚。」天骨老硬無皮膚。魏志方技管輅傳：「去〔三〕良、樂百八十里，不得騁天骨，起風塵。」○袁宏三國名臣贊：「天骨秀朗。」人傳書染莫對當，破卵驚出鸞鳳翔。人間下筆不肯屈，鐵索急纏蛟龍僵。退之石鼓歌：「金繩鐵索鎖紐壯。」○杜詩：「鬱鬱三千字，岌嶪蛟龍纏。」少年意氣強不羈，虎脇插翼白日飛。韓詩外傳曰：「周書云：『爲虎傳翼，將飛入邑，擇人肉而食。』」欲將獨立誇萬世，笑誚李白爲癡兒。「大兒孔文舉，小兒楊德祖。」禰衡語。四天無壁才可家，司馬相如傳：「家徒四壁立。」退之文：「洞庭汗漫，粘天無壁。」醉膽憤痒遺酒斝。欲偷北斗酌竭酒，力拔太華鑱鯨牙。項羽歌：「力拔山兮氣蓋世。」○退之調張籍詩：「刺手拔鯨牙，舉瓢酌天漿。」又：「瞻相北斗柄，兩手自相挼。」世儒口軟聲似蠅，石鼎聯句：「時於蚯蚓竅，微作蒼蠅聲。」○退之詩：「嘿坐念語笑，癡如遇寒蠅。」好於壯士爲忌憎。韓文：「彼婉孌者，寔憚吾曹。」我獨久仰願一見，浩歌不敢兒女聲。

【校記】

〔一〕「天」，龍舒本作「雲」。

〔二〕「似」，宮内廳本作「欲」。

〔三〕「去」，原作「云」，據三國志魏書方技傳裴松之注、宮内廳本改。

望晚〔一〕山馬上作 此詩疑非公作。

亘天青鬱鬱，千峯互嶒崒。放〔二〕馬倚長崖，煙雲争吐没。退之南山詩：「雲氣争結構。」遠疑嵩華低，近豈潛衡匹。奚爲鮮眺覽，過者輒倉卒。吾將凌其巔，震蕩睨溟渤。旁行告予言，世孰於此〔三〕忽。邃深不可俯，儲〔四〕藏盡妖物。踴躍狼虎羣，蜿蜒蛇虺窟。惜哉危絶山，歲久沉汩没。誰將除茀塗，萬里游人出。

【校記】

〔一〕「晩」，龍舒本作「皖」。

〔二〕「放」，龍舒本作「收」。

〔三〕「此」，龍舒本作「兹」。

〔四〕「儲」，龍舒本作「諸」。

汝癭和王仲儀〔一〕

梅宛陵集亦載此詩，未知誰作。按水經：「汝水出河南梁縣勉鄉西天息山。」酈道元注：「今汝水西出魯陽縣之大猛山黄柏谷，巖嶂深高，山岫邃密，石徑崎嶇，人跡裁交。西即盧氏界也。」

汝水出山險，汝民多病癭。嵇叔夜養生論：「頸處險而癭，齒居晉而黄。」或如烏粻滿，或若猿嗛並。大宛傳：「烏嗛。」音銜。爾雅：「亢，烏嚨。其粻，嗉。」釋曰：「亢者，烏喉嚨也，其受粻處名嗉。」「寓鼠曰嗛。」釋曰：「寓木之獸，謂獮猴之類。及鼠，皆曰嗛。」郭云：「頰裏貯食處也。」○王延壽王孫賦：「口嗛呐以齡猛。」女慙高掩襟，男大闊裁領。東坡詩：「闊領先裁蓋癭衣。」飲水擬〔二〕注壺，吐詞侔有梗。樗里既已聞，杜預亦不幸。秦人號智囊，樗里疾滑稽多智，秦人號曰「智囊」。疾所居里有樗樹，又滑稽之形如大瓠，宜亦取癭也。吴瓠掛狗頸。晉杜預傳：「初攻江陵，吴人知預病癭，憚其智計，以瓠繫狗頸示之。每大樹似癭，輒斫使白，題曰『杜預』。及城平，盡捕殺之。」臑胣常柱〔三〕頤，說苑：「田單攻翟，三月不克。謠曰：『大冠如箕，長劍柱頤。』」伶仃安及脛。秪欲仰問天，無由俯窺井。魏略曰：「賈逵因與校尉爭，不得理，乃發憤，生癭，欲割之。魏太祖教曰：『十人割癭九人死。』」○南史朱齡石傳：「舅蔣氏，頭有大瘤。齡石伺眠，密割之，即死。」挾帶歲月深，冒犯風霜冷。厭惡雖自知，割剖〔四〕且誰肯。不惟羞把鏡，仍亦愁吊影。內療煩羊靨，本草：「療氣癭方：羊靨一具，去脂含，汁盡去之，便差。」外砭廢針穎。在木曰楠榴，吴張紘傳：「見楠榴枕，愛其文，爲作賦。」公有宿木瘤僧舍詩，疑「榴」字或是「瘤」。○左太冲吴都賦：「楠榴之木，相思之樹。」注云：「楠榴，木之盤結者，其盤節文尤可以作器。建安所出，最長大也。」○榴，音留。陸龜蒙夜坐問答詩：「癭木杯〔五〕杉贅，楠瘤刳得來。」刳之可曰皿。說文：「皿，飲食之用器也。」金樓子曰：「西域有癭藤，可以酌酒，自有文章，映徹可愛，其大如杯。」楠瘤之皿，亦此類也。此誠無所用，既有何能屏？膨脝厠元首，「家腹脹膨脝」，石鼎句。臃腫異巔頂。莊子庚桑楚：「擁腫之與居。」難將面目施，可與胞胎逞。賢者臨汝守，世德調金鼎。仲儀之父文正公旦，相仁宗。氓〔六〕俗雖醜乖，教令日脩整。退之滕王閣記：「令修於户庭之間。」風土恐隨改，楊惲答孫會宗書：「西河魏土，文侯所興，有段干木、田子方之遺風。頃者足下離舊土，臨安定。安定山谷之間，昆戎舊壤，子弟貪鄙，豈習俗之移人哉？」晨昏憂屢省。儻欲覲慈顏，名城不難請。

【校記】

〔一〕龍舒本題下注云：「或云梅聖俞詩。」

〔二〕「擬」，宫内廳本作「疑」。

〔三〕「柱」，龍舒本作「拄」。

〔四〕「割剖」，宫内廳本作「剖割」。

〔五〕「杯」，原作「柸」，據宫内廳本改。

〔六〕「氓」，龍舒本作「垊」，宫内廳本作「珉」。

三月十日韓子華招飲歸城

清明曉赴韓侯家，自買白杏丁香花。雀眼塗金銀箆籠，唐人詩：「枝頭白杏花。」○杜詩：「赤墀櫻桃枝，隱映銀絲籠。」貯在當庭呼舞娃。舞娃聊捧笑向客，不顧插壞新烏紗。朝來我舍報生子，賀勸大白浮紅霞。班固叙傳：「引滿舉白。」左思吳都賦：「飛觴舉白。」注：「太白，盃名。」酒狂有持梧桐板，暴謔一似漁陽撾〔一〕。評曰：不似不似，知何人詩？袒裼擊鼓禰處士，當時偶脱猛虎牙。後漢：「曹操欲見禰衡，衡稱病，不往。操懷忿，而以其才名，不欲殺之。乃召爲鼓史。」文士傳載：「魏武帝八月朝會，大閱試鼓節。鼓吏度者皆當脱故衣，著岑牟、單絞及小幝。衡既度，不肯易，吏呵之，衡便止當武帝前，先脱幝，次脱餘衣，裸立，徐徐著岑牟，次著單絞，後著幝，顏色無作。乃擊鼓作漁陽摻撾，聲甚悲壯。操笑曰：『本欲辱衡，衡反辱孤。』」衡本傳云：「孔融愛衡才，數稱述於曹操，令衡求自謝。衡許往，乃手持三尺梲杖，坐大營門，以杖篳地大罵。操怒，曰：『此人素有虚名，遠近將謂孤不能容之。』於是遣人送之劉表。」左思吳都賦：「暴謔中酒而作。」注：「鄱陽郡人性多躁急，酒半酣之時，好爲暴惡之戲。」○詩：「袒裼暴虎。」○莊子：「幾不免虎口。」褊衷不容又何益？鸚鵡洲上空蒹葭。「衡復侮慢劉表，表恥不能容，以江夏太守黄祖性急，故送衡與之，祖善待之。嘗持其手曰：『處士。』祖長子射爲章陵太守。時大會賓客，有獻鸚鵡者，射舉酒於衡，請衡賦之。衡覽筆而作，文無加點，辭采甚麗。後祖大會賓客，衡言不遜。祖恚，遂殺之。」鄂州志：「鸚鵡洲在江夏縣，黄祖殺衡，埋於沙洲之上。後人以衡嘗賦鸚鵡，因爲洲名。」○余嘗謂：衡豈狂病者哉？見操勢日張，宗國將覆，恨力劣不能爲漢誅賊耳。漁陽摻撾，聲節悲壯，蓋陰寓其意，有諸中，必形諸外者也。操多所通解，宜必識之。史又稱「聽者莫不慷慨」，此尤操所深惡。笑言「衡反辱孤」，姑託之裸身等耳。又懼衆覺，必笑而言。奸雄情狀，千載可見。所謂「嘻笑之怒，甚於裂眦」。衡欲免，得乎？正平身劘虎牙，豈不知操終必殺己？惟其忠於王室而力不逮，寧嬰凶怒以洩其憤。誼之所激，雖死不顧，風烈嶢然，實黨錮人物之餘也。第以文人目之，豈知衡者哉？

補注 褊衷〔二〕

【校記】

〔一〕「漁陽摻」，龍舒本作「鄱陽槎」。

〔二〕「褊衷」二字原闌入詩注末，無注文，亦無「補注」二字。

勿去草

或云是楊次公詩。評曰：是。

勿去草，草無惡，若比〔二〕世俗俗浮薄。君不見長安公卿家，公卿盛時客如麻。公卿去後門無車，惟有芳草年年佳。文選：「死人如亂麻。」鄭當時與汲黯列爲九卿，兩人中廢，賓客益落。又下邳翟公爲廷尉，賓客亦填門。及廢，門外可設爵羅。後復爲廷尉，賓欲往，翟公大署其門曰：「一死一生，迺知交情；一貧一富，迺知交態；一貴一賤，交情迺見。」又不見千里萬里江湖濱，觸目悽悽無故人，「西出陽關無故人。」惟有芳草隨車輪。一日還舊居，門前草先耡。蜀志：「先主殺張裕，曰：『芳蘭當門，不得不耡。』」齊江斅聞江夏王鋒死，亦曰：「芳蘭當門，不得不耡。」草於主人實無負，主人於草宜何如？勿去草，草無惡，若比世俗俗浮薄。此詩言客負主人，主人亦時負客，皆以譏道喪俗薄，上下胥失也。蓋自公罷相，凡昔之門生故吏，舍之而去者多矣。又從而下石焉，如呂惠卿者，蓋其尤也。公之卒也，張芸叟爲詩以弔之，曰：「今日江南從學者，人人諱道是門生。」及紹聖後崇尚新學，以公配享先聖，前日舍之而去者至是復還。故無名子嘲之曰：「今日江南從學者，人人争道是門生。」觀公此詩，蓋有所激而云也。士固可罪，然知人亦難矣。

【校記】

〔一〕「比」，宫内廳本作「此」。

東　城

昔予出東城，初見壟上耕。言春作也。陳勝傳：「輟耕之壟上。」注：「謂田中之高處。」忽忽日北至，歲月良可驚。雖云一草死，月令：「孟夏之月，靡草死。」注：「薺，葶藶之屬。」四月，純陽之月。」此言「北至」，則指仲夏，連言之也。萬物尚華榮。誰能當此時，歎息微陰生〔一〕。五月一陰生。言見微知著，睹盛知衰者，難得也。此詩當作於仁、英之時。

【校記】

〔一〕「生」，龍舒本作「行」。

哀賢亭

黃鳥哀子車，強埋非天爲。詩黃鳥，秦穆公以三良從死。子車，三良之一也。殉葬，故云「強埋」。詩：「天實爲之。」天奪不待老，宣公十五年：「劉康公曰：『不及十年，原叔必有大咎，天奪之魄矣。』」晉書載記王猛傳：「猛死，苻堅哭之曰：『天不欲吾平一六合耶？何奪吾景略之速也！』」還能使人悲。馬侯東南秀，馬遵也，死時四十八。遵，饒州樂平人，景祐元年及第。嘗漕福建，知開封，以御史爲江淮六路發運判官。後還臺，彈奏宰相梁適，出知宣州。復召爲司諫，旋卒。鞭策要路馳。歸骨萬里州，乃當強壯時。墓門閉空原，成公三年：「知罃〔一〕謂楚王曰：『纍臣得歸骨于晉。』」陳風有墓門之詩。白日無履綦。張景陽詩：「庭無貢公〔二〕綦。」〇漢滕公石槨銘曰：「佳城鬱鬱，三千年見白日。」蒼蒼柏與松，浩浩山風吹。我初羞夷吾，我初羞夷吾，如羞道桓文〔三〕之羞也。〇揚雄解嘲：「五尺童子，羞比晏嬰與夷吾。」鮑叔亦我知。史記：「管仲少與鮑叔牙游，鮑叔知其賢。管仲貧困，常欺鮑叔，叔終善遇之。仲曰：『生我者父母，知我者鮑子也。』」終欲往一慟，詠言慰孤嫠〔四〕。

【校記】

〔一〕「知罃」，原作「知瑩」，據左傳成公三年及宮内廳本改。
〔二〕「貢公」，原作「貝公」，據文選張景陽雜詩、宮内廳本改。
〔三〕「桓文」，原作「柏文」，據宮内廳本改。
〔四〕「嫠」，原作「婺」，據龍舒本、宮内廳本改。

梁王吹臺

「梁孝王廣睢陽城七十里，大治宮室，爲複道，自宮連屬于平臺三十餘里。」注：「平臺在大梁東北，離宮所在也。」師古曰：「今城東北角有鼓臺基，其處寬博，故俗云平臺。大抵吹臺、平臺、繁臺，名雖異而其實一也。」

繁臺繁姓人，埋滅爲蒿蓬。况乃漢驕子，魂游誰肯逢？緬思當盛時，警蹕在虚空。輿地記：「繁臺，本漢梁王鼓吹臺。梁太祖嘗閲武於此，因改爲講武臺。其後有繁氏居其側，又號繁臺。」○寰宇記云：「吹臺在縣南五里。」陳留風俗傳：「縣有蒼頡、師曠城，其城上有列仙吹臺，梁孝王亦增築焉。梁開平元年，改繁臺爲講武臺，此即吹臺也。其後有繁氏居其側，里人乃以呼之。」○梁王傳：「得賜天子旌旗，從千乘萬騎，出稱警，入言蹕。」漢儀注：「皇帝輦動，左右侍帷幄者稱警，出殿則傳蹕，止人清道也。」娥〔一〕眉倚高寒，環珮吹玲瓏。杜詩：「不知二聖處，私泣百歲翁。」○韋應物金谷園歌：「春風吹花雪滿川，紫氣凝閣朝景妍。洛

大梁千萬家，回首雲濛濛。仰不見王處，雲間指青紅。

陽陌上人回首，絲竹飄飄入青天。」

賓客有司馬，鄒枚避其鋒〔二〕。相如爲郎，會景帝不好詞賦。孝王來朝，從齊人鄒陽、淮陰枚乘之徒。相如見而悦之，因病免，客游梁。居數歲，乃著子虛之賦。洒筆飛鳥上，爲王賦雌雄。宋玉風賦：「此大王之雄風。」惜今此不傳，楚辭擅無窮。楚詞有淮南王安招隱等篇。孝王好文，與一時賓客詞人之盛，皆不滅〔三〕安，而獨無傳焉，故公云爾。空餘一丘土，千載播悲風。高適詩：「梁王昔全盛，賓客復多才。悠悠一千年，陳迹惟高臺。寂寞向秋草，悲風千里來。」

【校記】

〔一〕「娥」，宮内廳本作「蛾」。

〔二〕「鋒」，龍舒本作「風」。

〔三〕「滅」字原脱，據宮内廳本補。

靈山寺

張芸叟南征録：「靈山在太平州繁昌縣東二十里。寺踞山頂，殿閣重複，土俗云靈山寺。」又杜牧之有題靈山寺行堅師院詩。

靈山名誰自？波濤截孤峯。何年佛子住，四面憑危空。折椽與裂瓦，委棄填西東。庫廊行抑首，叔孫通傳：「皆伏抑首。」居者莽誰容？吾舟維其側，落日生秋風。瞰崖聊寄目，萬物極纖穠。震蕩江海思，洗滌堙鬱中。中，即衷也。胡爲嬉〔一〕游人？過此無留蹤。景豈龍游殊〔二〕，龍游，即金山寺名。

盛衰浩無窮。吾聞世所好，樓殿浮青紅。杜詩：「紅遠結飛樓。」○退之題衡嶽門樓詩：「粉墻丹柱動光彩，鬼物圖畫填青紅。」那知山水樂，豈在豪華宫。世好萬變〔三〕爾，感激難爲工。公詩意謂靈山之景不讓金山，而彼特盛如此，且言世人但知樓觀之勝，而不知山水之趣。

【校記】

〔一〕「嬉」，龍舒本作「喜」。

〔二〕龍舒本注云：「金山之寺名。」

〔三〕「萬」字原脱，據龍舒本補。「變」，龍舒本作「事」。

白鷗

江鷗好羽毛，玉雪無塵垢。滅没波浪間，杜詩：「白鷗没浩蕩。」生涯亦何有。雄雌屢驚矯，機弋常紛糾。吕獻可首彈公，後來劉莘老諸人力排變法，最後唐埛廷斥公尤切。恐詩意指此。○宋莒公詩：「蝸頭狼藉争鋒地，鴻影徘徊避弋天。」顧我獨無心，相隨如得友。詩言君子之度未嘗不澹然，而小人之欲致害者常多，故必得其類而後可安。飄然紛華地，此物乖隔久。魯直詩：「九陌黄塵烏帽底，五湖春水白鷗前。」又：「江南春水碧於天，中有白鷗閑似我。」白髮望東南，春江緑如酒。韓詩：「採蘭起幽念，眇然望東南。」○歐詩：「南浦波紋如酒緑。」○坡詩：「春江緑漲蒲萄醅。」

詠風

風從北海起，至此南海上。莊子秋水篇：「蛇謂風：『予動吾脊脅而行，則有似也。今子蓬蓬然起於北海，蓬蓬然入於南海，而似無有，何也？』」問風來何事，去復欲何向？誰遣汝而號，誰應汝而唱？莊子：「大塊噫氣，其名爲風，是唯無作，作則萬竅怒號。」又：「前者唱于，而隨者唱喁。」汝於何時息？汝作無乃妄。此詩亦似指當時争論者。風初無一言，試以問雲將。莊子外篇在宥：「雲將東游，過扶搖之枝，而適遭鴻蒙，曰：『朕欲有問也。』」又曰：「天氣不和，地氣鬱結，六氣不調，四時不節。今我願合六氣之精以育之，爲之奈何？」注：「扶搖之枝，風也。」

白雲

英英白雲浮在天，詩白華：「英英白雲，露彼菅[一]茅。」下無根蔕旁無連。退之聽琴：「浮雲柳絮無根蔕。」列子：「五山之根，無所連者。」公自况拔起於江南，自爲天子所知也。西風來吹欲消散，落日起望心悠然。願回羲和借光景，常使秀色當[二]簷邊。左思賦：「魯陽操戈而高麾，回曜靈於太清。」李白詩：「願借羲和景，爲人照覆盆。」西風來吹，亦似謂羣言交攻。羲和，言日，借以喻神考。時來不道能爲雨，直以無心最可憐。

補注　根蔕，一作「根著」。晁錯傳：「根著之徒，無不載也。」[三]

【校記】

［一］「菅」，原作「管」，據詩小雅白華、宫内廳本改。

［二］「當」，龍舒本作「留」。

［三］本注原闌入詩題下，無「補注」二字。

江鄰幾邀觀三館書畫[一]

按：鄰幾名休復，開封陳留人。歐公銘其墓。嘗獻其所著書，召試，充集賢校理，判尚書刑部。當慶曆時，小人不便大臣執政者，欲累以事去之。君友蘇子美，杜丞相壻也，以祠神會飲得罪，一時知名士皆被逐。君坐落職，監蔡州税。後得通判廬州，復校理集賢、判吏部南曹，爲羣牧判官。介甫時同在館中，蓋鄰幾再召時也。

五月祕府始曝書，曝書會，至今不發。一日江君來約予。世間雖有古書筆，可往共觀臨石渠。我時冒熱跨馬去，開厨發匣鳴鑠魚。芝田録：「門鑰必以魚者，取其不瞑目，守夜之義。」羲獻墨跡十一卷，水玉作軸排疏疏。山海經：「堂庭山有水玉。」注：「水玉，今水晶也。」司馬相如子虚賦：「水玉磊砢。」最奇小楷樂毅論，永和題尾付官奴。林子中記樂毅論後：「有異僧權二人名。」

題云：『永和四年十二月二十四日書，賜官奴。』官奴，王子敬小字。前輩稱字莫難於小，雖王氏，亦止有樂毅論一篇。」又有四山絶品畫，戴嵩吴牛望青蕪。唐畫録：「戴嵩嘗畫山澤水牛之狀，窮其野性、筋骨之妙。在妙品下。」滿奮謂晉武帝曰：「臣猶吴牛，見月而喘。」注云：「今之水牛多生江淮間，故謂之吴牛也。」李成寒林樹半枯，按：李成字咸熙，本唐宗室。開寶間，貴人馳書延請，成多不答，自娱而已。○唐畫録：「畫山水，唯營丘李成、長安關同、華原范寬智妙入神，才高出類。三家鼎峙，百代標程。」又云：「氣象蕭疎，煙林清曠，毫鋒穎脱，墨法精微者，營丘之製也。」黄筌工妙白兔圖。林子中言：「館中黄筌白兔圖一軸，最妙。李旻[二]贊，筌畫，獻蜀主孟昶生日。昶，卯生也。」不知名姓皃人物，退之：「不得畫師來皃取。」二公對弈旁觀俱。黄金錯鏤爲投壺，通俗文曰：「金銀鏤飾器，謂之錯鏤。竹器，謂之笭箵。」粉幛復畫一病夫。後有女子執巾裾，床前紅毯平火爐。床上二姝展氍毹，岑參蓋將軍歌：「軍中無事但歡娱，暖屋綉簾紅地爐。織成壁衣花氍毹，燈前侍婢瀉玉壺。」○三輔黄圖：「武帝建温室，規地罽賓氍毹。」風俗通：「氍毹，毛褥也。」遶床屏風山有無。王維詩：「山色有無中。」堂上列畫三重鋪，此幅巧甚意思殊。孰真孰假丹青模，退之桃源圖詩：「世俗寧知僞與真。」世事若此還可吁。最後所稱，乃白公所賦重屏圖也。按：此詩梅宛陵集亦有，未知果誰作。竊疑詞氣近類聖俞也。

【校記】

〔一〕龍舒本題下注云：「一云梅聖俞作。」

〔二〕「李旻」，宮内廳本作「李昊」。

衆人

反復此詩意，必是舉朝爭新法時所作。

衆人紛紛何足競？是非吾喜非吾病。曾子固南軒記云：「吾之不足於義，或愛而譽之者過也；吾之足於義，或惡而毀之者亦過也。彼何與於我哉？」蓋公與子固所論，大抵皆爾。頌聲交作莽豈賢？漢平帝贊：「政自莽出。休證嘉應，頌聲並作。至乎變見，民怨，莽亦不能文也。」四國流言旦猶聖。小雅狼跋：「周公攝政，遠則四國流言，近則王不知。周大夫美其不失其聖也。」唯聖人能輕重人，不能銖兩爲千鈞。不逃一實。乃知輕重不在彼，聖賢不恤毀譽，惟自脩而已。曾子固云云。要知一作「之」。美惡由〔一〕吾身。後漢書：「仁義豈有常？蹈之則爲君子，背之則爲小人。」

【校記】

〔一〕「知」，宋本、叢刊本作「之」。「由」，龍舒本作「猶」。

河北民

河北民，生近二邊長苦辛。選詩：「坎坷長苦辛。」二邊，謂遼人、西夏。家家養子學耕織，輸與官家事夷狄。杜詩：「甘林子實不得喫，貨市送王畿。」今年大旱千里赤，州縣仍催給河役。言官役不以旱而弛也。老小相携來就南，南人豐年自無食。河北人過河南逐熟[一]。疑富公在青州時。○東坡表云：「積欠十年，豐凶皆病。」農民固有以豐年爲苦者，爲誅取匄乞之多，何但無食也。悲愁白日天地昏，路旁過者無顏色。杜詩：「慟哭蒼山盛。」又：「道旁過者問行人。」汝生不及貞觀中，斗粟數錢無兵戎。唐太宗貞觀四年，天下大治，蠻夷君長帶刀宿衛。天下大稔，米斗三四錢，行旅不齎糧。少陵夏日歎：「眇然貞觀初，難與數子偕。」

【校記】

〔一〕「熟」，原作「熱」，據宫内廳本改。

君難託

槿花朝開暮還墜，莊子逍遥游：「朝菌不知晦朔。」注：「菌，一名舜英，朝生暮落。一云木槿也。」○皇甫曾詩：「愁心自惜江籬短，世事方看木槿榮。」妾身與花寧獨異。憶昔相逢俱少年，兩情未許誰最先。感君綢繆逐君去，成君家計良辛苦。人事反復那能知？讒言入耳須臾離。嫁時羅衣羞更着，如今始悟[一]君難託。君難託，妾亦不忘舊時約。古詩：「君心雖澹薄，妾意正相託。」或言，此詩恐作於神考眷遇稍衰時。然詞氣殆不類平日所爲，兼神考遇公終始不替，况大臣宜知事君之義，必不爲此怨尤也。

【校記】

〔一〕「悟」，龍舒本作「寤」。

補注　梁王吹臺　吴處厚青箱雜記：「天清寺繁臺，本梁王鼓吹臺。梁高祖嘗閲武於此，改爲講臺。其後繁氏居其側，里人乃呼爲繁臺。則繁臺之名始於此也。」據吴所託繁氏亦不詳，臺既以繁名，意必有顯者，而地理書皆不載也。　仰不見王處　王孫賈母謂賈曰：「汝今事王，不知王處，汝尚何歸？」漢紀：「及高祖貴，遂不知老父處。」

庚寅增注第二十一卷

和王仲儀　嗛並 莊子曰：「嗛於芻豢醪醴之味。」

哀賢亭　強埋 翟義傳：「埋根行首。」　天奪 唐楊綰死，穆宗曰：「天不欲使朕致太平，何奪吾綰之速也！」　使人悲 晉羊叔子云：「皆隱没無聞，使人傷悲。」

梁王吹臺　飛鳥 柳文：「飛鳥皆視其背。」

白雲　下無根蔕旁無連 白樂天詩：「海漫漫〔一〕，直下無底旁無邊。」退之詩：「下種七澤根株連。」

君難託　兩情 張籍樂府：「憶昔君前嬌笑語，兩情琬轉如榮華。」　逐君去 白樂天詩：「感君松柏化爲心，暗合雙鬟逐君去。」　人事反復 杜詩：「萬事反復何所益。」

【校記】

〔一〕「海漫漫」，原脱一「漫」字，據白氏文集卷三海漫漫補。

王荆文公詩卷第二十二

律詩[一]

欣會亭[二]

數家鄰水竹，一塢[三]共雲林。晚食靜適己，評曰：鄭重自陳。○韓詩：「觀雪乘清旦，無人坐晚食。」見寄吴氏女注。獨謡欣會心。獨謡。」劉長卿詩：「獨謡聞麗曲，緩步接清言。」移牀隨漫興[四]，杜詩：「老去詩篇渾漫興，春來花鳥莫深愁。」又絶句漫興九首。幽尋，見上注。操筴取幽尋。未愛神錐汝，猶憐妙斲琴[五]。琴，一作「今」。評曰：汝今自奇。○晉祖納謂梅陶、鍾雅：「君汝潁之士，利如錐；我幽冀之士，鈍如椎。持我鈍椎，捶君利錐，皆當摧矣。」陶、雅並稱：「有神錐不可槌。」納曰：「假有神錐，必有神槌。」

【校記】

〔一〕臺北本目録「律詩」下有「五言四十字」五字。

〔二〕龍舒本卷六十四題作「過景德僧院」。

〔三〕「塢」，龍舒本作「鳥」。

〔四〕「興」，龍舒本、宋本作「與」。

〔五〕「琴」，宫内廳本作「今」，注云：「今，一作『琴』。」

東臯

起伏晴雲徑，縱横暖水陂。草長流翠碧，花遠没黄鸝。草長，謂草色彌望而長。惟用「長」字，故覺「流」字工；亦猶用「遠」字，方見「没」字妙。翠碧、黄鸝，借言顔色也，少游亦嘗用。楚製從人笑，叔孫通傳：「短衣楚製。」吴吟得自怡。吴吟，如吴趨行之類。陸機吴趨行曰：「四坐並清聽，聽我歌吴趨。」崔豹古今注曰：「吴趨曲，吴人以歌其地。或云：以歌其風土也。」左思吴都賦云：「吴愉越吟。」注：「愉，吴歌也。」宋玉招魂云：「吴歈蔡謳。」注云：「吴、蔡，國名，歈、謳，皆歌也。」東臯興不淺，游走及芳時。王無功自誌云：「常耕東臯，號東臯子。」又阮籍陳情云：「方將耕于東臯之陽，庚亮興復不淺。」

歲　晚

漫叟詩話云：「荆公定林後詩精深華妙，非少作之比。嘗作歲晚詩，自以比謝靈運，議者以爲然。」

月映林塘澹，天涵〔一〕當作「風含」。笑語涼。俯窺憐綠浄，小立佇幽香。王立之詩話云：「山谷『小立佇幽香』，與荆公『小立佇幽香』韻聯頗相同，當是暗合耳。」○杜詩：「稀疏小紅翠，駐屐近微香。」攜幼尋新菂〔二〕，爾雅：「荷，芙蕖，其莖茄，其葉蕸，其本蔤，其華菡萏，其實蓮，其根藕，其中菂，菂中薏。」注：「菂，蓮實也。薏，中心也。」菂，一作「酎」。扶衰坐野航。延緣久未已，歲晚惜流光。莊子：「延緣葦間。」

【校記】

〔一〕「天涵」，宋本、叢刊本作「風含」。

〔二〕「菂」，龍舒本、宋本、叢刊本作「的」。

半山春晚即事

春風〔一〕取花去，遺〔二〕一作「酬」。我以清陰。翳翳陂路静，交交園屋深。翳翳、交交，皆言清陰也。床敷每小息，寶積經：「亦不爲求天玉女及諸衣食、牀敷事。」杖屨亦〔三〕一作「或」。幽尋。惟有北山鳥，經過遺好音。

【校記】

〔一〕「風」，宫内廳本作「晚」。

〔二〕「遺」，宫内廳本、宋本、叢刊本作「酬」，宫内廳本注云：「一作『遺』。」

〔三〕「亦」，龍舒本作「或」。

欹眠

翠幙卷東岡，欹眠月半牀。松聲悲永夜，荷氣馥初涼。賈島詩：「竹陰移冷月，荷氣帶禪關。」清話非無寄，幽期故不忘。扁舟亦在眼，終自懶衣裳。杜詩：「地僻懶衣裳。」言雖有江湖之興，而深居不出，尤高也。

露坐

露坐看溝月，飄然風度荷。珠跳散作點，金湧合成波。李白詩：「攀荷弄其珠，蕩漾不成圓。」○孟浩然詩：「欲知臨泛久，荷露漸成珠。」

○來鵬〔一〕詩：「一夜緑荷風翦破，賺他秋雨不成珠。」○漢獲宛馬歌：「月穆穆以金波。」○杜詩：「江間波浪兼天湧。」芳歲老易晚，良宵閑獨多。秋風不成寐〔二〕，一作「老失芳歲易，靜知良夜多。陵秋久不寐」。吾樂豈絃歌。包融詩：「坐悲芳歲晚，花落清軒樹。」

【校記】

〔一〕「來鵬」，全唐詩作「來鵠」。

〔二〕「芳歲」三句，宋本、叢刊本作「老失芳歲易，靜知良夜多。陵秋不成寐」。

山行

出寫潺湲〔一〕一作「清淺」。景，歸穿蒼翠陰。平頭均楚製，古樂府：「平頭奴子提筐箱。」○李白詩：「平頭奴子搖大羽，五月不熱如清秋。」言皆楚製，主僕無辨。長耳嗣吳吟。「平頭」既斥奴，「長耳」則驢也。「長耳」字，見宋袁淑驢山公九錫文。○王濟好作驢鳴，恐取此意。○趙逢詩：「長耳任從冰上過，生薑須向樹頭生。」暮嶺已佳色，寒泉仍好音。誰同此真意？倦鳥亦幽尋。陶淵明詩：「黃菊有佳色。」又：「山氣日夕佳，飛鳥相與還。此中有真意，欲辯已忘言。」○王維詩：「河岳共幽尋。」

補注 吳吟 戰國策：「陳軫謂楚王曰：『王獨不聞吳人之游楚者乎』云云。誠思則將吳吟。今軫將爲吳王吟。」〔二〕

【校記】

〔一〕「潺湲」，龍舒本、宋本、叢刊本作「清淺」。

〔二〕本注原闌入詩題下，無「補注」二字。

題雱祠堂〔一〕

在寶公塔院。

斯文實有寄，天豈偶生才？一日鳳鳥去，千秋梁木摧。

臨川李子經謂此詩屬王逢原，恐非。按：公父子皆以經術進，當時頌美者多以爲周、孔，或曰孔、孟。范鏜爲太學正，獻詩云：「文章雙孔子，術業兩周公。」公大喜，曰：「此人知我父子。」元澤卒，公辭相位，歸金陵。楊元素爲翰苑，當制，亦云：「俄屬伯魚之逝，遽興王導之悲。」觀此所述，公既處之不疑，以鳳鳥、梁木擬元澤，無怪也。又，雱嘗作公真贊云：「列聖垂教，參差不齊。集厥大成，光于仲尼。」

煙留衰草恨，風造暮林哀。豈謂登臨處，飄然獨往來。

退之詩：「雲隨仙馭遠，風助聖情哀。」○莊子山木篇：「仲尼恐其廣己而造大也，愛己而造哀也。」○李郢詩：「方池含水思，芳樹結風哀。」

【校記】

〔一〕龍舒本卷六十五題作「寶公塔院祠堂」，無題注。

定林院〔一〕

漱甘涼病齒，坐曠息煩襟。因脱水邊屨，就敷巖〔二〕上衾。評曰：有輞川幽澹之趣。○書顧命：「敷重篾席，敷重底席。」但留雲對宿，仍值月相尋。李白詩：「白雲南山來，就我簷下宿。」又：「客從碧山下，山月隨人歸。」真樂非無寄，悲蟲亦好音。陸士衡詩：「至樂非有假，何事澆淳朴。」退之謂「隱居者有託而逃焉」，即「寄」之謂。

【校記】

〔一〕宋本、叢刊本題無「院」字。龍舒本卷六十三定林院三首，此詩爲第三首。

〔二〕「巖」，宮內廳本作「牀」。

送張甥赴青州幕〔一〕

人情每期費，評曰：它用期費，別似謂屢約不來者。○期費，出莊子，已見別注。之子適予心。老餞城東陌，悲分歲暮襟。分襟，見送吴龍圖知江寧注。少留班露草，評曰：下五字又悲。遂往隔雲林。未覺青丘遠，因風嗣好音。後漢隱逸傳：「張升棄外黃令，歸鄉里。道逢友人，班草而言。」○李陵答蘇武書：「時因北風，復惠德音。」

【校記】

〔一〕「甥」，龍舒本作「生」。宮内廳本題下注云：「益公長女適工部侍郎張奎，此即奎子。」

送張宣義之官越幕二首〔一〕

會稽游宦鄉，顔師古注漢書云〔二〕：「會稽山，名本茅山，禹於此會諸侯之計，因名會稽。」○韓詩：「東吴〔三〕游宦鄉，官知自有由。」海物錯句章。書禹貢：「青州厥貢，海物惟錯。」○前漢地理志：「會稽郡有句章縣。」山海經曰：「餘句之山，無草木，多金玉。」郭璞曰：「山在餘姚南，句章北，故二縣因以爲名。」二縣，句章、餘姚也。○陸機詩：「海物錯萬類，陸産尚千名。」土潤箭萌美，爾雅曰：「東南之美，有會稽之竹箭焉〔四〕。」箭萌者，箭竹之笋也。○沈存中云：「東南之美，有會稽之竹箭。竹爲竹，箭爲箭，蓋二物也。今採箭以爲矢，而通謂矢爲箭者，因其笴名之也。至於用木爲笴，而亦謂之箭，則謬矣。」水甘茶串香。陸贄傳：「張鎰餉錢百萬，止受茶一串。」○沈括雜誌：「唐人重串茶，粘黑者已近乎建餅矣。」君今肯〔五〕一作「今君誠」。暫屈，他日恐〔六〕難忘。樂天和人詠江南名郡詩云：「君是旅人猶苦憶，我爲刺史更難爲。」唯有西興渡，靈胥或怒張。評曰：著意似唐，稍涉變體。○西興在越州。○退之詩：「胥怒浪崔嵬。」○吴越春秋曰：「吴賜子胥劒而死，乃投江中。子胥因揚波〔七〕成濤，隨潮往來。」

【校記】

〔一〕龍舒本卷五十六題無「幕二首」三字，僅此一首。
〔二〕「云」，原作「二」，據宮内廳本改。
〔三〕「吴」字原缺，據韓愈瀧吏補。
〔四〕「焉」，原作「爲」，據宮内廳本改。
〔五〕「君今肯」，宋本、叢刊本作「今君誠」。「肯」，龍舒本作「試」。
〔六〕「恐」，龍舒本作「豈」。
〔七〕「揚波」，原作「楊妓」，據宮内廳本改。

其二

誰謂貴公子，乃如寒士家。真宜舉敦樸，已自勝浮華。洲荻藏迷子，溪篁擁若耶。相望只在眼，音問莫言賒。迷子州屬昇州，見七言律詩注。此公自言。若耶溪屬越州，見絶句注。此以言張，故末句云「相望只在眼」。「耶」以對「子」，又見公詩律之精也。

送贊善張君〔一〕西歸 名軒民。

紫荆雀有羅，公子數經過。邂逅相逢〔二〕一作「知」。晚，從容所得多。此必公罷相家居時也，故言柴荆。雀羅，見上注。百憂生暮齒，庾信竹杖賦：「別有九棘厖眉，三槐暮齒。」○退之詩：「暮齒良多感，無事涕垂頤。」一笑隔滄波。早晚西州路，遥聽下坂坷。評曰：從上至此，語意甚悲，謂不再見也。○白詩：「走若下坂輪。」望其再至也。西州路，在建康。

【校記】

〔一〕「張君」，宋本、叢刊本作「張軒民」，無題下注。

〔二〕「逢」，宋本、叢刊本作「知」。

送鄧監簿南歸 鄧名鑄，公之故人，自臨川至金陵省公，留踰月。公作此詩送之。又録雜詩一卷與鄧，時元豐六年秋也。

不見驪塘路，茫然四十春。鄧，臨川人。驪塘在撫州，鄧家有刻石，「茫」作「芒」字。觀「四十春」之語，則公去其鄉甚早。長爲異鄉客，杜詩：「長爲萬里客。」每憶故時人。水閱公三世，評曰：亦自苦語，第平易，不甚覺。○世尊問波斯匿王云：「汝今年幾？」答云：「八十。」世尊云：「此恒河水，汝是幾年見？」答云：「三十。」佛又云：「汝今八十，與二十歲所見是同是異？」答云：「一同。」佛云：「汝之見性，亦復如是。」雲浮我一身。維摩經：「是身如浮雲，須臾變滅。」濠梁送歸處，握手但悲辛。

秋夜二首

客卧書顛倒，蟲鳴坐寂寥。賈島詩：「鳥絶吏歸後，蛩鳴客卧時。」殘燈生暗暈，重露集寒條。杜詩：「初筵裛重露。」○謝惠連詩：「斐斐氣幕岫，泫泫露盈條。」真樂閑尤見，深禪静更超。杜牧之詩：「景物登臨閑始見，願爲閑客此閑行。」○邵堯夫詩：「仙家氣象閑中見，真宰工夫静處知。」此懷無與晤，擁被〔一〕一作「鼻」。一長謡。

【校記】

〔一〕「被」，宋本、叢刊本作「鼻」。

其　二

幔逗長風細，獨孤鉉南至詩云：「可愛逗林光。」窗留半月斜。浮煙暝緑草，泫露冷黄花。選詩：「花上露猶泫。」獨曳緣雲策，重光殿賦：「緣雲上征。」七啓：「華閣緣雲。」仍尋度水槎。歸時夜參〔一〕半，鄰犬静中譁。評曰：竟無一字放過。○仲宣登樓賦：「夜參半而不寐兮，悵盤桓而反側。」

【校記】

〔一〕「夜參」，龍舒本、宋本、叢刊本作「參夜」。

徑　暖〔一〕

徑暖草如積，山晴花更繁。唐韋述詩：「兩徑草如積。」○北史魏高陽王雍傳：「竹林魚池，侔於禁苑，芳草如積，珍木連陰。」縱横一川水，高下數家村。静憇雞一作「鳩」。鳴午，荒尋犬吠昏。復齋漫録云：「荆公詩『静憇鳩鳴午』，學者謂公取唐詩『一鳩鳴午寂，雙燕話春愁』之句。余嘗見東坡手寫此詩，乃是『静憇鷄鳴午』，讀者疑之，蓋不知取唐人詩『楓林社日鼓，茅屋午時雞。』」歸來向人説，疑是武陵源。詩話云：「公自言『武陵源』不甚好，韻中別無韻也。」

【校記】

〔一〕此詩爲龍舒本卷七十五即事十五首之七。宋本、叢刊本題作「即事」。

晝寢

公自注云〔一〕：「甲子四月十七日午時作。」據甲子爲元豐七年，公是年屬疾，奏乞以宅爲寺。疾愈，僦〔二〕居城中。

井逕從蕪漫，青藜亦倦扶。百年惟有且，萬事揔無如。評曰：造奇。○詩載芟：「匪且有且。」注：「且，此也。」梵志出家，白首而歸，隣人見之，曰：「昔人尚存乎？」梵志曰：「吾猶如也，昔人非昔人也。」棄置蕉中鹿，列子穆王篇：「鄭人有薪於野者，遇駭鹿，擊而斃之。恐人見之也，遽而藏諸隍中，覆之以蕉，不勝其喜。俄而遺其所藏之處，遂以爲夢焉，順塗而詠其事。傍人有聞者，用其言而取之。既歸，告其室人曰：『向薪者夢得鹿而不知其處，吾今得之。彼直真夢者矣。』室人曰：『若將是夢見薪者之得鹿耶？詎有薪者耶？今真得鹿，是若之夢真耶？』夫曰：『吾據得鹿，何用知彼夢我夢耶？』」驅除屋上烏。此掃除外累也。○劉向説苑：「愛其人者，兼屋上之烏。」○杜詩：「主人屋上烏，人好烏亦好。」獨眠窗日午，往往夢華胥。列子〔三〕黃帝篇：「帝退而閒居大庭之館，齋心服形，三月不親政事，晝寢而夢，游於華胥氏之國。」

【校記】

〔一〕宋本、叢刊本無「公自注云」四字。

〔二〕「僦」，原作「就」，據宮内廳本改。

〔三〕「列子」，原作「莊子」，據浙江書局本列子改。

泝　栰〔一〕

一作「過故居」。

泝栰開新屋，扶輿遶故園。事遺心獨寄，路翳目空存。獨寄，謂此心如寄，雖應物而未嘗留也。野果寒林寂，蠻花午簟温。「蠻藤五花簟」，見秋早注。難忘舊時處，欲宿愧桑門。言不能無累於物。浮屠不三宿桑下。又後漢書楚王英傳：「以助伊蒲塞桑門之饌。」注：「桑門，沙門也。」袁宏漢紀：「西域天竺國有佛道焉，其精者爲沙門，漢言息也。」蓋言息意去欲，而歸於無爲也。

【校記】

〔一〕宋本、叢刊本題作「過故居」。

鴈

北去還爲客，南來豈是歸？倦投空渚泊，飢帖〔一〕冷雲飛。蜀都賦：「木落南翔，冰泮北徂。」言此鳥以春秋來往。○唐崔塗鴈詩：「渚雲低暗度，關月冷相隨。」又：「寒塘欲下遲。」垣栅雞長暖，王風君子于役：「雞棲于塒……雞棲于桀。」注：「鑿墻而棲曰塒。」又曰：「棲于杙爲桀。」溝池鶩自肥。憐渠不知此，更墮野人〔二〕機。評曰：句意藹然。○此喻世僥倖之徒，平居坐饗安富之樂，賢者則常履艱厄，又不幸往往困於機穽也。○王逢原集有同介父賦鴈一首：「萬里長爲客，飛飛豈自由？情知稻粱急，莫近網羅求。關塞風高夜，江湖木落秋。哀鳴徒自切，誰爲尔悲愁？」

【校記】

〔一〕「帖」，龍舒本作「貼」。

〔二〕「人」，宮内廳本作「雲」。

與道原游西庵遂至草堂寶乘寺二首〔一〕

公自注云〔二〕：「元豐四年十月二十四日。」按建康志云：「寶乘院，本齊草堂寺，周顒隱居之所。在城北十一里。」西庵，疑即白雲庵。

桑楊一作「麻」。已零落，藻荇亦一作「復」。銷沉。七月詩：「蠶月條桑，取彼斧斨，以伐遠楊。」「桑楊」字當取諸此。詩注：「楊，條也。遠楊，遠條也。」此對「藻荇」，疑是一物。園宅在人境，歲時傷我心。強穿西一作「南」。埭路，共望北山岑。欲與〔三〕道人語，跨鞍聊一尋。

【校記】

〔一〕宋本、叢刊本題作「與道原過西莊遂游寶乘」，龍舒本無題注。

〔二〕宋本、叢刊本無「公自注云」四字。

〔三〕「與」，龍舒本、宋本、叢刊本作「覓」，宋本、叢刊本注云：「一作『與』。」

其二

親朋會合少，時序感傷多。勝踐聊爲樂，清談可當歌。韓詩：「清談可以飽。」微風澹水竹，靜日暖煙蘿。興極猶難盡，當如薄暮何？孟子離婁言：「人之不善，當如後患何？」

送陶氏婦兼寄純甫

純甫長女適宣德郎陶寔。此言陶氏婦，公之姪女也。

雲結川原暗，風連草木萎。遥瞻季行役，正對女傷悲。〔一〕陟岵詩：「母曰：嗟予季行役。」七月詩：「女心傷悲，殆及公子同歸。」夢事終〔二〕一作「中」。千變，生涯老百罹。夢事，見別注。賈誼傳：「千變萬化，未始有極。」○詩：「我生之後，逢此百罹。」更慚無道力，臨路涕交頤。小杜詩：「每嫌兒女淚，今日自沾裳。」

【校記】

〔一〕宫内廳本評曰：「皆鍾情語。」

〔二〕「終」，宋本、宫内廳本、叢刊本均作「中」，宫内廳本注云：「一作『終』。」

寄西庵禪師行詳〔一〕

意衰難自力，扶路便思還。公後惡行詳，逐之。見古詩注。強逐蕭騷水，遥看慘淡山。白傳詩：「池殘寥落水，牕下悠颺風。」唐人多有此句法。行尋香草遍，歸漾晚雲間〔二〕。評曰：別做就一種五字。西崦分明見，幽人不可攀。杜詩：「殘陽西入崦，茅屋訪孤僧。」○曹爽傳：「因欲自力，設薄主人。」

【校記】

〔一〕龍舒本題作「寄西庵祥師」。宋本、叢刊本題作「自府中歸寄西庵行詳」。

〔二〕「間」，宮内廳本作「閒」。

贈上元宰梁之儀承議〔一〕

公自注云：「梁多留詩在江寧僧舍。」

白下有賢宰，能詩〔二〕如紫芝。民欺自不忍，縣治本無爲。元紫芝也。風月誰同賞？江山我亦思。粉墻侵醉墨，怊悵緑苔滋。上言「侵醉墨」，下言「緑苔滋」，蓋以苔滋而侵墨。上句起意而下句乃成其誼，此文章之妙。○崔峒詩：「蒼苔漏巷滋。」○常建詩：「茅亭宿花鳥，藥院滋苔紋。」○晏公題守書壁懷李公迪云：「粉墻多記墨，聊爲拂塵看。」

【校記】

〔一〕龍舒本題「贈上元宰」，無題注。宋本、叢刊本題下無「公自注云」四字。

〔二〕「詩」，宋本、叢刊本作「歌」。

贈殊勝院簡師〔一〕

早悟耆山善，今爲洛社豪。佛住耆闍崛山。有生常寂寞，所得是風騷。露夕吟逾苦，雲秋〔二〕思共高。柳子厚送文郁師序：「登高遠望，悽慘超忽，游其心以求勝語，若有程督之者，已則被緇艾，茹蒿芹，志終其軀。」觀簡師苦吟自適，殆文郁之流乎？此懷差自適，千社一牛毛。漢書司馬遷傳：「若九牛亡一毛。」昭公釋魯而以千社爲臣。周禮：「二十五家爲里，里立一社，二〔三〕萬五千家。」○「洛社豪」者，豈如歐公所指祕演、惟儼輩乎？

【校記】

〔一〕「簡師」，宋本、叢刊本作「簡道人」。

〔二〕「秋」，宋本、叢刊本作「收」。

〔三〕「二」，宮内廳本作「一」。

懷吴顯道 公之妻兄。

南郭紅亭冷，西山白道曛。韓詩：「紅亭枕湘江。」○漢書：「月，立秋、秋分行西方白道，曰西陸。」鄭谷詩：「白道曉霜迷，離燈照馬嘶。」江光凌翠氣，洲色亂黄雲。評曰：時雜選語，故好。歲暮誰〔一〕邀客？情親故憶君。天涯獨惆悵，歸鳥黑紛〔二〕紛。言見歸翼而重爲客之感。

【校記】

〔一〕「誰」，龍舒本作「惟」。

〔二〕「紛」，原作「粉」，據諸本改。

静照堂

任公蹲會稽，評曰：任公語本不相涉，用得奇崛，使人想見其處。海上得招提。任公釣，見雜詠注。謝靈運山居賦：「建招提於幽峯，冀振錫之息肩。」又，魏立精藍爲招提之號。

净觀堂新搆，幽尋客屢攜。觀音普門品：「廣大清静觀。」飛簷出風雨，灑翰落虹蜺。柳子厚游朝陽嵒詩：「背瞻星辰興，下見雲雨交。」杜詩：「揮毫落紙如雲煙。」投老黄塵陌，東看路恐迷。會稽在東方。

重游草堂寺〔一〕次韻三首

垣屋〔二〕荒葛藟，垣屋，疑是「屋垣」。野殿冷檀沉。鶴有思顒意，鷹無變〔三〕遁心。評曰：變化本事。○周顒鶴事，見別注。支遁好養鷹馬而不乘放，人或譏之，遁曰：「貧道愛其神駿耳。」禪房閉深竹，常建詩：「一徑通幽處，禪房花竹深。」○張籍詩：「聞師行講青龍疏，古寺往來多少年。静掃空房惟獨坐，千莖脩竹在簷前。」齋鉢度遥岑。寂寞黄塵裏，金身倚一尋。八尺爲一尋。以金身言之，才丈六之半。柳子厚尊勝幢贊：「礱石六觚，其長半尋。」

【校記】

〔一〕宋本、叢刊本無「寺」字。

〔二〕「垣屋」，宫内廳本作「屋垣」。

〔三〕「變」，龍舒本、宋本、叢刊本作「戀」。

其二

僧殘尚食少，杜詩：「野寺殘僧少。」高適詩：「僧飯屢過門。」佛古但泥多。「泥多佛大」，俚語。寒守三衣法，飢傳一鉢歌。四分律中有三衣，謂九條衣、七條衣、五條衣。一鉢歌，杯渡作，見傳燈録三十卷。寬閑每迸竹，韓文：「猶將耕於寬閑之野。」又，詩：「緑楊匝岸蒲生迸。」危朽漫牽蘿。退之聯句：「嘉植鮮危朽。」怊悵庭前樹〔一〕，西來意若何？僧問趙州祖師西來意，州云：「庭前柏樹子。」

【校記】

〔一〕「樹」，龍舒本作「柏」。

其三

野寺真蘭若，緗素雜記嘗論招提，以謂「官賜額者爲寺，私造者爲招提、蘭若」。引「唐會昌五年七月，上都、東都兩街各留二寺，節度等州各一寺。八月，毁招提、蘭若四萬餘區」，及引「元和二年，薛平奏請賜中條山蘭若額爲太和寺」爲證。或謂此論未然，蓋招提、蘭若之號，自漢明帝以來，天下之寺皆曰招提、蘭若，無別名也，故至唐始復爲寺，而因自立名以賜之，未及賜者，尚仍舊名，故曰毁招提、蘭若四萬餘區，皆未嘗有公、私之異。〇岑參太白胡僧歌：「蘭若去天三百尺。」

山僧老病多。踈鍾挾谷響，悲梵入樵歌。水暎〔一〕茅篁竹，雲埋蔦女蘿。韓文送區册序：「夾江荒茅篁竹之間，小吏十餘家。」○詩：「蔦與女蘿。」拂塵書所見，因得擬陰何。陰鏗、何遜。李羣玉詩：「知君氣力波瀾地，留取陰何沈范名。」

【校記】

〔一〕「暎」，諸本作「映」。

題齊安寺山亭〔一〕

北山〔二〕無躑躅，本草：「躑躅樹生，高三四尺，花似桃花，葉似山石榴。圖經云：『今嶺南、蜀道山谷徧生，皆深紅色如錦繡。』此種不入藥。」○退之詩：「山榴躑躅少意思，照燿黃紫徒爲叢。」故國有楊梅。故國，謂撫州。本草云：「楊梅，形似水楊子，生青熟紅，肉在核上，無殼。生江南、嶺南山谷，四、五月採。南人淹以爲果，寄北方。」臨汝志云：「舊經載果實四，楊梅其一也。楊梅，紅如楮實之可染褐，即古賦『愽棗楊梅』是也。」悵望心常折，殷勤手自栽。暮年逢火改，晴日對花開。萬里烏塘路，春風自往來。此詩建康作，懷舊鄉之意深矣。公故國爲臨川，皆有躑躅、楊梅，而此地無之，故「手自栽」，則以寄土思耳。「有」、「無」二字，互相備之詞。烏塘，在撫州，與公先墓相近。

【校記】

〔一〕龍舒本卷六十三題無「山亭」二字；卷七十六重出，題爲山亭楊梅，三句「常」作「長」。

〔二〕「北山」，宋本、叢刊本作「此山」。

自白門歸望定林有寄

建康志云：「即臺城宣陽門也。宋明帝時，或謂宣陽門爲白門爲不祥，甚諱之。右丞江謐誤犯，帝變色曰：『白汝家門。』」通典：「孝武時，侍中何偃南郊陪乘。鸞輅過白門闈，偃將匐，帝反手接之，曰：『朕反陪卿也。』」今宣城門疑是其處。定林，見上注。

蹇驢愁石路，唐人詩：「石路浄無泥。」○傳燈録：「馬祖問僧云：『石頭路滑，還踏倒汝麽？』僧云：『若踏倒，則不來此。』」公在閑，只騎驢往來北山。余亦倦躋攀。不見道人久，忽然芳歲殘。評曰：漸近自然。朝隨雲暫出，暮與鳥争還。香山詩：「朝隨浮雲出，夕與飛鳥還。」「雲無心而出岫，鳥倦飛而知還。」「出」、「還」字，皆用淵明詩。杳杳青松壑〔一〕，知公在兩間。劉長卿詠僧詩：「世人知在中峯裏，遥禮青山恨不歸。」

【校記】

〔一〕「壑」，宫内廳本作「壁」。

宿定林示寶覺〔一〕

寶覺即無外，名務周。

天女穿林至，評曰：謂霜。○維摩經有天女散花事。又京房易占：「山見白燕，其君宜得貴女。」注云：「今俗名燕爲天女。」未知孰是。常娥〔二〕度隴來。欲歸今晚晚，相值〔三〕且徘徊。誰謂我忘老，如聞蟲造哀。造哀，見上注。鄰衾亦不寐，共盡白雲杯。李義山詩：「陛下好生千萬壽，玉樓長御白雲杯。」然此詩「白雲」，謂茶也。

補注

劉禹錫試茶歌曰：「雲滿椀，花徘徊。」〔四〕

【校記】

〔一〕「寶覺」，宋本、叢刊本作「無外」，注云：「名務周。」

〔二〕「常娥」，龍舒本、宋本、叢刊本作「姮娥」，宫内廳本作「嫦娥」。

〔三〕「值」，龍舒本作「阻」。

〔四〕本注原闌入題注下，無「補注」二字。

宿北山示行詳上人

都城羈旅日，獨許上人賢。誰爲孤峯下，還來宴坐邊。是身猶夢幻，何物可攀緣？維摩經：「是身如幻，從顛倒起[一]；是身如夢，爲虛妄見。」楞嚴經：「塵既不緣，根無所偶。」又華嚴經：「了知諸法無依止，本生[二]寂滅同虛空。」即詩意也。坐對青燈落，松風咽夜泉。

【校記】

[一]「是身」二句，宮内廳本作「是身如夢，爲虛妄起」。

[二]「生」，宮内廳本作「性」。

獨飯

窗明兩不借，爾雅[一]釋名：「草履曰扉。」不借，言賤易有，宜各自畜，不假借也。○崔豹古今注云：「漢文履不借以眎朝。」齊民要術：冬月，令民作不借。不借，艸履也。揚雄方言亦曰：「麻履謂之不借。」史游急就章曰：「裳韋不借爲牧人。」顔師古注云：「不借，小履也，以麻爲之，甚賤易得，人人各自有，不須假借，因而爲言。」榻凈一籧篨。籧篨，竹席。史游急就章云：「竹器，簦笠簟籧篨。」注云：「織葦而麄文者，曰籧篨。」栩栩幽人夢，栩栩，見別注。夭夭老者居。語：「子之燕居，夭夭如也。」安能問香積，維摩經：「上方界分，過四十二恒河沙。佛土有國名衆香，佛號香積。

於是香積如來以衆香鉢盛滿香飯，與化菩薩。」誰可告華胥？列子：「華胥氏之國在弇州之西，台州之北，不知斯齊國幾千萬里，蓋非舟車足力之所及，神游而已。」張湛注：「斯，涯也；齊，中也。」獨飯墻陰轉，看雲坐久如。維摩經：「文殊師利言：『居士，是疾何所因起？其生久如，當云何滅？』」後秦釋肇注云：「是病何因而起？起來久近，云何而得滅乎？」又：「舍利佛言：『來止此室，其已久如？』」

【校記】

〔一〕「爾雅」，當作「劉熙」，蓋釋名爲劉熙所撰。

草堂

草堂乃齊周顒隱居之所。後顒出仕，孔稚圭作北山移文，假草堂之靈以譏之。

草堂今寂寞，往事翳山椒。蕙帳今〔一〕一作「空」。留鶴，「蕙帳空兮夜鶴怨。」蘿衣空掛〔二〕一作「終換」。貂。生皆墮天袠，莊子知北游篇：「已化而生，又化而死。生物哀之，人類悲之。解其天弢，墮其天袠，紛乎宛乎。」隱或寄公朝。評曰：解嘲語。王康琚詩：「大隱隱朝市。」疊〔三〕潁何勞怒，東風汝自摇。北山移文：「叢條嗔膽〔四〕，疊潁怒魄。」

補注 掛貂 貂，謂貂冠。掛，當作「换」，言顒隱許不終，猶慕世榮也。○文選古詩：「四顧何茫茫，東風摇百草〔五〕。」王右軍帖：「獨活有風不動，無風自摇。」〔六〕

【校記】

〔一〕「今」，宋本、叢刊本作「空」。
〔二〕「空掛」，宋本、叢刊本作「終換」。
〔三〕「疊」，龍舒本作「巢」。
〔四〕「瞻」，原作「瞻」，據文選北山移文、宫内廳本改。
〔五〕「茫茫」，原作「茫」；「東」，原作「車」；「草」，原作「華」，均據文選改。
〔六〕上二注原闌入詩注末，無「補注」二字。

示耿天騭〔一〕

挾策能傷性，莊子：「挾策讀書，殘生傷性，均也。」捐書可盡年。可以養生，可以盡年。弦歌無舊習，香火有新緣。公晚師瞿曇，故云「有新緣」。白土長岡路，白土崗在建康城東，高十丈。南至秦淮，北連鍾山。其土白色。○隋書：「賀若弼屯兵蔣山之白土崗，擒陳將蕭摩訶。」輿地志云：「縣有白土墩。」即此崗也。朱湖小洞天。金陵有赤山湖，又名絳巖湖，又名朱湖，在上元、句容兩縣之間。茅山記太元真人内傳曰「江水之東，金陵之北，有小澤，澤東有勾曲之山」，是也。陶隱居云：「小澤，即謂今赤山湖也。」勾曲既名洞天，詩所謂朱湖當指此。望公時顧我，於此暢幽悁。韓詩：「傾壺暢幽悁。」

【校記】

〔一〕龍舒本卷六十九題作「示耿天騭二首」，其一同此，其二即本書卷四十三游城東示深之德逢二首之二。

光宅寺〔一〕

今知光宅寺，牛首正當門。牛首山在建康城南三十里，一名天闕，又名仙窟山。王茂洪所指以爲天闕，即此山也。自朱雀門沿御道至山下。宋大明中，嘗立郊壇於此。臺殿金碧毀，丘墟桑竹繁。蕭蕭新犢卧，冉冉暮鴉翻。回首千歲夢，雨花何足言。

【校記】

〔一〕宋本、叢刊本題作「光宅」。龍舒本卷四十八題作「光宅寺二首」，此爲第二首。

示無外〔一〕

支頤横口語，椎髻曲肱眠。列子黄帝篇：「九年之後，横心之所念，横口之所言，亦不知我之是非利害歟？亦不知彼之是非利害歟？」〇莊子：「横口而語。」〇前漢：「南越王魋髻箕踞。」

服虔曰：「魋音椎。」師古曰：「椎髻者，一撮之髻也，其形如椎。」莫問誰賓主，僧問長慶：「和尚有問有答，賓主歷然。無問無答時如何？」長慶云：「相逢盡道休官去，林下何曾見一人？」安知汝輩年？晉書：「年輩在臣先。」鄰雞生午寂，幽草弄秋妍。韋應物詩：「緑陰生晝寂，孤花表春餘。」午雞，見徑暖注。却憶東窗簞，蠻藤故宛然。蠻藤，兩見上注。

【校記】

〔一〕龍舒本卷六十九示寶覺三首，此爲第二首。

北山暮歸示道人〔一〕

千山復萬山，行路有無間。花發蜂遞繞，果垂猿對攀。李義山詩：「背塢猿收果，投巖麝退香。」獨尋寒水度，欲趁夕陽還。天黑月未上，兒童初掩關。評曰：結語雖氣格未離，而翛然遠勝。

【校記】

〔一〕龍舒本題末有「二首」二字，其一同此，其二即本書卷二十四還家。

懷古二首〔一〕

日密畏前境，日密，古尊宿也。龐縕：「極目觀前境，寂寥無一人。」仙者嘗語歐陽公云：「公屋宅已壞，但明了前境，猶庶幾耳。」淵明欣故園。那知飯不傷〔二〕，所喜菊猶存。維摩經：「化菩薩往衆香國，得滿鉢香飯，回至維摩詰舍。時維摩詰語舍利佛等：『可食如來甘露味飯，大悲所熏，無以限意食之，使不消也。』有異聲聞，念是飯少，而此大衆人人當食。化菩薩曰：『四海有竭，此飯無盡。所以者何？功德具足者所食之餘，終不可盡。』於是鉢飯悉飽衆會，猶故不傷。」音賜。亦有牀坐〔三〕好，但無車馬喧。維摩經：「舍利佛見此室中無有牀坐，作念：『諸菩薩大弟子衆當於何坐？』居士謂舍利佛言：『仁者爲法來耶？求牀坐耶？』舍利曰：『我爲法來，非爲牀坐。』」誰爲吾侍者？稚子候柴門。評曰：此欲以淵明同社見己意，善哉！善哉！〇文殊師利言：「居士，此室何以空無侍者？」維摩詰言：「一切衆魔及諸外道，皆吾侍者。」

【校記】

〔一〕龍舒本卷七十五題作「半山歲晚即事二首」。

〔二〕「傷」，龍舒本、宋本、叢刊本作「賜」。

〔三〕「坐」，宋本、叢刊本作「座」。

其二

長者一牀室，文殊師利承佛聖旨，詣維摩問疾。是時，長者維摩詰心念今文殊師利與大衆俱來，即以神力空其室内，除去所有及諸侍者，唯置一牀，以疾而卧。先生三徑園。此詩逐句對用維摩、淵明事。上篇亦同。非無飯滿鉢，亦有酒盈樽。維摩經香積品云：「香積如來以衆香鉢盛滿香飯與菩薩。時化菩薩既受鉢飯，須臾之間，至維摩詰舍，以滿鉢香飯與維摩詰。」又弟子品云：「須菩提言：『念我昔入其舍，從乞食，時維摩取我鉢，盛滿飯，謂我言：須菩提，若能於食等者，諸法亦等。』」不起華邊坐，常開柳際門。維摩經見阿閦佛品云：「佛告維摩詰言：『善男子，爲此衆會，現妙喜國無動如來。』衆皆欲見，於是維摩詰心念：『吾當不起于座，接妙喜國。』」又梵網經云：「我今盧舍，即方生蓮華坐。」謾〔一〕知談實相，欲辯已忘言。維摩詰謂摩訶迦旃延云：「無以生滅心行説實相法。」又佛告文殊師利：「汝行詣維摩詰問疾。」文殊師利白佛言：「彼上人者，深達實相，善説法要。」楞嚴經：「佛與文殊諸法王子談實相時，世尊亦言：『心不在内，亦不在外。』」文潞公詩：「禪心究實際，慧眼絶空花。」蘇子由詩：「空中有實何人見？實際心知與佛同。」

【校記】

〔一〕「謾」，宋本、叢刊本作「漫」。

補注　題雱祠堂　鳳鳥梁木　温公雜録云：「前宣州旌德尉、□□□□□、太子中允、崇政殿説書雱，介父之子也。進士及第。好高論，父常與之議大政，時人謂之『小聖人』。」温公猶記「小聖人」之語，則鏜等所云必有也。然荆公辭雱除授表乃云：「至如賤息，厥有童心。尚迷鑽仰之方，豈稱招延之禮。」於人主之前，其言當少遜耶？亦疑時人佞諛公父子太過，故公亦遂引以自與也。

送張宣義其二

後漢書左雄等贊：「漢初詔舉賢良、方正，州郡察孝、秀〔一〕，斯亦貢士之方也。中興以後，復增敦樸、有道、獨行、高節、質直、清白、敦厚之屬。榮路既廣，觖〔二〕望難裁。」

晝寢　惟有且

按：韻書「且」字注：「略詞也，亦聊爾耳之意。」公詩旨必在是。

宿定林　白雲杯

陸羽茶經云：「㳅餑者，湯之華，如晴天爽朗，有浮雲鱗鱗然。」

宿北山

詳住京師，公爲朝士，與之熟。晚居北山，詳亦在焉，故云「還來晏坐邊」也。〔三〕藥山詩：「有時歸上孤峯頂，月下披雲嘯一聲。」

懷古　實相

富公彥國嘗有頌云：「執相誠非，破相亦妄〔四〕。不執不破，是名實相。」與公此聯意同。

【校記】

〔一〕「孝秀」，後漢書左周黄列傳作「孝廉、秀才」。

〔二〕「觖」字原缺，據後漢書左周黄列傳補。

〔三〕上注，宫内廳本在卷中「宴坐邊」下，「晏」作「宴」。

〔四〕「妄」，原作「妾」，據吴處厚青箱雜記卷十改。

庚寅增注第二十二卷

欣會亭　獨謡欣會心　世説：「會心處不必在遠。」古樂府沈炯獨酌謡。　妙斲琴　莊子：「郢人斲鼻。」注：「非夫不動之質，忘言之對，則雖至言妙斲，亦無所用之。」

東皋　游走及芳時　樂天詩：「偷出游山走看花。」

歲晚　緑浄　韓詩：「水容與天色，此處皆緑浄。」　小立　古樂府：「不知理何事？淺立經營中。」　野航　杜詩：「野航恰受兩三人。」

半山春晚即事　小息　毛詩民勞：「民亦勞止，迄可小息。」　經過遺好音　易小過：「飛鳥遺之音，不宜上，宜下。」程氏注：「鳥飛迅疾，聲出而身已過。」又：「去聲。逆而上則難，順而下則易，故云遺也。」○詩：「懷我好音。」

露坐　絃歌　柳詩：「適道有高言，取樂非絃匏。」

定林院　煩襟　白樂天詩：「已豁煩襟悶，仍開病眼昏。」

送張宣義其二　浮華　曹操與孔文舉書：「撫養戰士，殺身爲國。破浮華交會之徒，計有餘矣。」○晉王戎傳：「驅蕩浮華，污敗風俗。」○諸葛恢傳：「宜進忠實，退浮華。」○唐穆宗策賢良云：「春卿取士，未抑浮華。」劉蕡傳。

送張君西歸　相逢晚　前漢主父偃傳：「公等安在？何相見之晚也？」

送鄧監簿　故時人　唐人詩：「醉輕浮世事，老重故鄉人。」　水閲公三世　歎逝賦：「川閲水而成川，水滔滔而日度，世閲人而成世，人冉冉而行暮。」○又，一佛書所載與此小異：「昔波斯匿王問釋迦文佛曰：『我今迫於頹齡，終當變滅。』佛言：『曾見恒河水否？』王曰：『某三歲時，蓋嘗見之。』佛曰：『汝今六十，復曾見否？』王曰：『昨又見之。』佛曰：『與汝三歲時所見，其水云何？』王曰：『宛然無異。』佛曰：『汝面雖皺，而汝見精實未曾皺。皺者爲變，不皺者非變。變者受滅，彼不變者，元無生滅。』王即當下有悟，始知身後捨生趍生，初無斷滅。」公詩亦用三世，疑指前一説，蓋三十年爲一世，八十年始近三世。鄧公老矣，何爲遠訪公耶？

秋夜　長謡　謝靈運詩：「覽物奏長謡。」

與道原游　聊一尋　馬載[一]詩：「未能先隱迹，聊此一相尋。」載，唐人。

其二　勝踐　選殷仲文詩：「廣筵散泛愛，逸爵行勝引。」「勝踐」，即「勝引」之類。　當如薄暮何　見公愛嗜山水之樂。此與子厚「蒼然暝色，自遠而至，至無所見，猶不欲歸」之意略同。

贈梁之儀　能詩如紫芝　元紫芝名德秀，河南人。玄宗在東都，酺五鳳樓，德秀爲玉山令，惟樂工數十人聯袂歌于蔿羽委切于。于蔿于者，德秀所爲歌也。帝聞，異之，歎曰：「賢人之言」　民欺自不忍　德秀在魯山，有盜繫獄。會虎爲暴，盜請格虎自贖，許之。吏白：「彼詭計，且亡去，無乃爲累乎？」德秀曰：「許之矣，不可負約。即有累，吾當坐，不及餘人。」明日，盜屍虎還，舉縣嗟歎。○史記滑稽傳：「子産治鄭，民不能欺；子賤治單父，民不忍欺；西門豹爲鄴令，民不敢欺。」　苔滋　白樂天詩：「烏汗苔侵文字殘。」

靜照堂　東看路恐迷　詩意言墮塵中恐無勝事隔之。李宣遠詩：「一月無消息，西看日又流。」楞嚴經曰：「如人以表爲中，東看則西，南觀成北。表體既混，心應雜亂。」

重游草堂寺其三　悲梵入樵歌　杜詩：「梵放時出寺，鍾殘仍殷牀。」〔二〕

獨飯　籧篨　揚雄方言：「簟，宋魏之間謂之笙，今江東通言笙，其粗者謂之籧篨。」

懷古其二　實相　易云：「精氣爲物。」○老子：「窈兮冥兮，其中有精。」此妙用之本體也。而釋氏但謂之實相，復教人不取於相，故人倫莫窮其理，鬼神不見其迹。

【校記】

〔一〕「馬載」，當作「馬戴」，引詩出全唐詩馬戴宿賈島原居。

〔二〕此出自杜甫大雲寺贊公房四首其一，原注「殷牀」誤置「杜詩」前。

王荆文公詩卷第二十三

律詩

與寶覺宿僧〔一〕舍

擾擾復翩翩，評曰：翩，豈音翻耶？秋床燭屢昏。杜牧鴉詩：「擾擾復翩翩，黄昏颺冷煙。」今借以言燭。真爲説萬物，「惠施偏爲萬物説，説而不休。」莊子天下篇。豈止挾三言。莊子庚桑楚：「南榮趎蹵然正坐，曰：『若趎之年已長矣，將惡乎託業以及此言耶？』庚桑子曰：『全汝形，抱汝生，無使汝思慮營營。』南榮趎贏粮，七日七夜，南見老子。老子曰：『子自楚之所來乎？』趎曰：『唯。』老子曰：『子何與人偕來之衆也？』」注云：「挾三言而來。」故云。問義曹谿室，捐書闕里門。曹谿乃六祖慧能大師所居山，其門人因以爲號。此言「問義曹谿室」，亦泛言之耳，不專指一人。蓋公與寶覺同宿僧舍，上句言寶覺，下句以自况。魯縣孔子廟南十里有二石闕，曰闕里，蓋里門也。若知同二妄，目擊道逾存。楞嚴經云：「妄顯諸真，妄真同二妄。」莊子：「目擊而道存。」

【校記】

〔一〕「僧」，宋本、叢刊本作「精」。

中書偶成

忽忽余年往，茫茫不自知。言歲月之去，不覺也。殷勤照清淺，邂逅見衰遲。鑑水而知衰白。輔世無賢業，客〔一〕身有聖時。歸歟今可矣，何以長人爲？易：「君子體仁，足以長人。」大臣師表百辟，鎮撫夷夏，言長人始宜也。

補注　可矣　馬援傳：「士至一世云云，鄉里稱善人，斯可矣。」〔二〕

【校記】

〔一〕「客」，諸本均作「容」。

〔二〕本注原闌入題下，無「補注」二字。

華藏寺會故人得泉字〔一〕

按建康志：「寺，僞吴武義二年建，在斗門西街北，初爲報先寺，國朝改今額。」

百憂成阻闊，一笑得留連。城郭西風裏，園林落照前。共知官似夢，夢棺得官。又言作官如夢，邯鄲之類是也。莫負酒如泉。左傳：「有酒如澠如淮。」○漢有酒泉郡。杜詩：「東宫賜酒如流泉。」興罷重携手，江湖即渺然。携手，意謂惜别。

【校記】

〔一〕「得泉字」三字，龍舒本、宋本、叢刊本均在題下作小注。

求　全

求全傷德義，才有求全之意，即不能捨利而取義。孟子有求全之毁。欲速累功名。語：「欲速則不達。功業見乎變，豈可速爲耶？」玉要藏而待，語子罕篇：「有美玉於斯，韞匵而藏諸。」又云：「我，待價者也。」苗非揠故生。孟子：「助之長者，揠苗者也。」未妨徐出晝，孟子：「三宿而後出晝。」何苦急墮成。左氏定公十二年：「仲由爲季氏宰，墮三都。公斂處父謂孟孫曰：『墮成，齊人必至北門。且成，孟氏之保障也。無成，是無孟氏也。子僞不知，我將不墮。』公圍成，不克。」此道今亡矣，嗟誰可與明？

秋風

揫斂一何饕，天機亦自勞。秋之氣揫斂，故字從秋。注：「揫，聚也，納也。」言饕者，謂納之多也。天機，言風也。牆隈小翻動，屋角盛呼號。隈、角，猶隧之類〔一〕，得風最多。漠漠驚沙密，漢紀：「風從西北起，折木發屋，揚沙石。」紛紛斷柳高。柳之條葉爲風所斷，覺樹愈高。江湖豈在眼，昨夜夢波濤。

補注　斷柳　杜詩：「大風吹斷柳。」〔二〕

【校記】

〔一〕「類」，原作「頪」，據宫内廳本、臺北本改。

〔二〕本注原闌入題下，無「補注」二字。

次韻朱〔一〕昌叔歲莫

城雲漏日晚，韓文南海廟碑：「雲陰解駁，日光穿漏。」樹凍裹春深。「深」字，在「裹」上起義。槮密魚雖暖，巢危鶴更陰。慘，所感反。類篇云：「積柴水中以取魚曰槮。」陸龜蒙漁具詩序：「錯薪於水中曰槮。」詩云：「斬木置水中，枝條互相蔽。寒魚遂家此，自以爲生計。」皮日休魚槮詩：「伐彼槎蘗枝，放於冰雪浦。游魚趂煖處，忽忽來相聚。」

橫風高彍弩，東坡佛迹嵓詩：「回風卷飛雹，掠面過強弩。」殘溜細鳴琴。唐人鬼詩：「紅樹醉秋色，碧溪彈夜絃。」歲換兒童喜，還傷老大心。

補注 樹凍 晁錯傳：「木皮三寸，冰厚六尺。」〔二〕

【校記】

〔一〕宋本、叢刊本無「朱」字。

〔二〕本注原闌入詩末，無「補注」二字。

次韻酬昌叔羈旅之作

君方困旅食〔一〕，予亦誤朝簪。自索東方米，誰多季子金？東方朔傳：「無令但索長安米。」蘇秦傳：「見季子位高金多。」高門萬馬散，窮巷一燈深。客主竟何事？蕭條梁父吟。按郭茂倩樂府詩集云：「蔡邕琴頌曰：『梁甫悲吟，周公越裳。』梁甫，山名，在太山下。梁甫吟，蓋言人死葬此山下，亦葬歌也。蜀志曰：『諸葛亮好爲梁甫吟』，是也。」

【校記】

〔一〕「旅食」，宮内廳本作「逆旅」。

次韻唐公三首

其一　東陽道中〔一〕　婺州也。

山蔽吴天密，江蟠楚地深。浮雲堆白玉，落日瀉〔二〕黄金。渺渺隨行旅，紛紛換歲陰。杜詩風疾舟中書懷：「故國悲立望，羣雲慘歲陰。」○爾雅：「太歲有在日、在辰之别。甲至癸，爲十日，日爲陽；寅至丑，爲十二辰，辰爲陰。」強將詩詠物，收拾濟時心。「卷却波瀾入小詩。」

【校記】

〔一〕龍舒本卷七十題作「東陽道中」，無總題「次韻唐公三首」。宋本、叢刊本題與本書原目録均作「東陽道中」。又本書目録原無「其一」、「其二」、「其三」，均據正文補。

〔二〕「瀉」，宋本、叢刊本作「寫」。

其二　江行〔一〕

材非當世用，轂有故人推。史記鄭當時傳：「其推轂士。」又荆王世家：「今吕氏雅故推轂高帝就天下。」使節春冬换，征帆日夜開。南游取干越，漢書貨殖傳：「譬猶戎狄之與干越，不相入矣。」韋昭注：「今餘干縣，越之别名也。古謂越餘地曰餘干。縣有干越亭。」史記澹臺滅明傳：「南游至江。」東望得州來。成公七年：「吴入州來。」注：「淮南下蔡縣也。」至昭公十三年，吴始滅州來。而襄公三十一年，趙文子已稱：「延州來季子其果立乎？」竊疑有兩州來也。又季子始封延，又增州來，若指下蔡言之，二邑相去亦不應許遠。更攷。試盡風波惡，生涯亦可哀。

【校記】

〔一〕龍舒本卷五十三目録題作「次韻張唐公江行」，正文題中無「張」字。宋本、叢刊本與本書原目録均題作「江行」。

其三　旅思〔一〕

此身南北老，愁見問征途。白詩：「山頭看候館，水面問征途。」地大蟠三楚，史記貨殖傳：「自淮北沛、陳、汝南、南郡，此西楚也。彭城以東，東海、吴、廣陵，此東楚也。衡山、九江、江南、豫章、長沙，是南楚也。」又孟康注漢書曰：「舊名江陵爲南楚，吴爲東楚，彭城爲西楚。」阮嗣宗詩曰：「三楚多秀士。」李昭翰注曰：「三楚，謂楚文王都郢、昭王都鄂、考烈王都壽春。」天低入五湖。盧綸詩：「青草湖將天暗合，白頭浪與雪相和。」河渠書：「於吴則通三江五湖。」貨殖傳云：「吴有三江五湖之利。」太史公叙傳：「登姑蘇，望五湖。」蓋五湖皆在姑蘇也。又五湖者，菱湖、游湖、莫湖、貢湖、胥湖，皆太湖東岸。五灣爲五湖，而非太湖也。古時應别，今並相連。菱湖在莫里山東，周迴三十餘里，西口闊二里，其口南則莫里山，北則徐侯山，西與莫湖連。莫湖在莫里山西及北，北與胥湖連。胥湖在胥山西南，與莫湖連，各周迴五六十里，西連太湖。游湖在北三十里長山東，湖西口闊二里，其口東南岸樹里山，西北岸長山，湖周迴五六十里。貢湖在長山西，其口闊西五里，口東南即長山，山南即山陽村，西北連常州無錫縣老岸，湖周迴一百九十里已上，湖身向東北，長七十餘里。兩湖西亦連太湖。○唐子西語録云：「荆公『地蟠三楚失，天入五湖低』，詩得子美句法。」看雲心共遠，步月影同孤。杜詩：「片雲天共遠，永夜月同孤。」慷慨秋風起，悲歌不爲鱸。言自有所感，非爲鱸魚。然張季鷹見機而逝，豈真爲鱸耶？亦寓言耳。

【校記】

〔一〕龍舒本卷六十九、宋本、叢刊本與本書原目録均題作「旅思」。

烏塘〔一〕

臨川志載公此詩。

地僻居人少，山稠伏獸多。怒貍朝搏鴈，饞虎夜窺騾。公羊仇牧注：「乳犬攫虎，伏雞搏貍。精神之至也。」退之文：「僕來告言，虎入厩處，無敢驚逐，以我[illegible]去。」籬落生孫竹，孫竹，見招約之職方注。門庭上女蘿。詩小雅頍弁：「蔦與女蘿，施於松柏。」注：「女蘿，兔絲、松蘿也。」未應悲寂寞，六載一經過。

【校記】

〔一〕龍舒本卷七十一題下收詩二首，其一同此，其二即本書卷四十四烏塘。

欲歸

水漾青天暖，沙吹白日陰。塞垣春錯莫，行路老侵尋。綠稍還幽草，紅應動故林。留連一盃酒，滿眼欲歸心。柳詩：「滿眼故園春意生。」○近世陳去非參政詩：「紅綠扶春上遠林。」亦佳句也。

發館陶

館陶，屬北京大名府。

促轡數殘更，似聞雞一鳴。春風馬上夢，東坡詩：「馬上兀殘夢。」○山谷詩：「春風馬上夢，罇酒故人持。」暗與公合。沙路月中行。

度淮

過河南〔一〕，皆沙行。笳鼓遠多思，劉禹錫詩：「寒山暮多思。」曹景宗詩：「去時兒女悲，歸來笳鼓競。」衣裘寒始輕。韋應物詩：「夏衣始輕體，游步愛僧居。」介父此句時雖不同，而意皆妙。稍知田父隱〔二〕，一作「穩」。燈火閉柴荆。杜詩：「歸翼飛栖定，寒燈亦閉門。」

【校記】

〔一〕「南」下，臺北本有「以北」二字。

〔二〕「隱」，宋本、叢刊本作「穩」。

王　村

晻靄王村路，春風北使旗。塵催輕騎走，寒咽短簫吹。攬轡聯貂帽，投鞭各酒巵。紛紛小兒女，何事倚墻窺？杜牧之詩：「蓑唱牧牛兒，籬窺蒨裙女。」

長垣北

攬轡長垣北，貂寒不自持。畿邑長垣，在京師東北一百五里。霜風急鼓吹，煙月暗旌旗。騎火流星點，牆桑亞戟枝。退之詩：「騎火萬星攢。」○「西來騎火照山紅。」○「漁火燦星點。」戟枝，取譬亦如羽葆之類。史游急就章注云：「戟，枝刃之矛也。」袁術遣紀靈等攻劉備，呂布救之，乃令軍候植戟於營門，布彎弓謂曰：「諸君觀布射戟小支，中者，各當解兵。」即一發，正中戟支。見後漢呂布傳。柴荊掩春夢，誰見我行時？選詩：「居人掩關卧，行子夜中飯。」

冬　日

擾擾今非昔，韓詩：「今既不如昔，後當不如今。」○李白詩：「今日非昨日，明日還復來。」漫漫夜復晨。「日復日，夜復夜。」又：「一日復一日。」風沙不貸客，雲日欲迷人。散髮愁邊老，嵇康：「散髮巖岫。」開顏醉後春。杜詩：「自吟詩送老，相勸酒開顏。」轉思江海上，一洗白綸巾。王逢原和云：「客夢愁生枕，雞號喜向晨。朔風能動地，短日更催人。宮柳看蘺〔一〕凍，江梅想漏春。淹留歸未得，塵土暗衣巾。」

【校記】

〔一〕「薶」字原缺，據沈文倬校王令集卷十次韻介甫冬日補，臺北本作「埋」。

壬辰寒食

客思似楊柳，春風千萬條。後漢紀：「千條萬端。」言客思如柳條之多。更傾寒食淚，欲漲冶城潮。冶城，見上注。城岸江，故云「冶城潮」。巾髮雪争出，鏡顔朱早彫。唐人詩：「白綸巾下髮如絲，静倚楓根坐釣磯。」○白詩：「白髮逐梳出，朱顔辭鏡去。」王康琚詩：「凝霜彫朱顔。」未知軒冕樂，但欲老漁樵。

雨中

尚疑櫻欲吐，已怪菊成漂。紫莧淩風怯，青苔挾雨驕。詩甫田：「維莠驕驕。」莧葉柔，得風如怯。苔以雨潤，生益蕃，故稱驕，猶言張王也。長閑故有味，多難自無聊。牢落〔一〕柴荆晚，生涯付一瓢。小杜詩：「清時有味是無能，閑愛孤雲静愛僧。」李白詩：「暫閑滋味勝長閑。」

○莊子養生篇：「吾生也有涯。」○語：「一簞食，一瓢飲。」

【校記】

〔一〕「落」，龍舒本作「勞」。

乘日

何承矩〔一〕於雄州北築愛景臺，植蓼花，日至其處吟詩。時謂何云宅愛蓼花，不知經始塘泊也。

乘日塞垣入，御風塘路歸。莊子徐無鬼：「若乘日之車，而游於襄城之野。」○御風，見別注。塘路，塘濼也。下云「煙水吾鄉似」，此詩作於北使回日。胡皆躍馬去，此言北虜送使人及境，復歸其國。鴈却背人飛。劉長卿詩：「孤城向水閉，獨鳥背人飛。」煙水吾鄉似，家書驛使稀。忽忽照顏色，恨不洗征衣。末句意與煙水相連。潁濱嘗云：「綿九章，事不接，文不屬，如連山斷嶺，雖相去絕遠，而氣象聯絡，觀者知其脉理之爲一也〔二〕。此最爲文高致也。」

【校記】

〔一〕「承矩」，原作「私車」，據臺北本改。

〔二〕「一也」，原作「止」，據蘇轍欒城集詩病五事、臺北本改。

宿雨

綠攪寒蕪出，紅争暖樹歸。杜詩：「樹攪離思花冥冥。」又：「青歸柳葉新。」魚吹塘水動，鴈拂塞垣飛。宿雨驚沙静〔一〕，一作「盡」。段成式詩：「一雨微塵盡，支郎許數過。」晴雲畫漏稀。張籍詩：「遠漏微更疎，薄衾中夜凉。」稀，亦疎也。却愁春夢短，燈火著征衣。劉禹錫詩：「可憐踏青伴，乘暖著輕衣。」○韓詩：「唯將新賜火，向曙著朝衣。」

【校記】

〔一〕「静」，龍舒本、宋本、叢刊本作「盡」。

秋露

日月跳〔一〕何急？元微之詩：「日月東西跳。」又答胡靈之詩序：「日月跳丸，於今行二十年矣。」荒庭露送秋。初疑宿雨泫，稍怪曉霜稠。曠野將馳獵，爾雅：「春獵爲蒐，夏曰苗，秋曰獮，冬曰狩。」據此，四時皆有獵。禮記月令注：「凡田之禮，惟狩最備，故馬融上廣成頌，乘輿乃以吉月之陽朔云云。陽朔，十月朔也。」華堂已御裘。禮記：「孟冬之月，天子始裘。」周官：「仲秋獻良裘，乃行羽物；季秋獻功裘，以待班賜。」空令半夜鹤，抱此一端愁。詩義疏云：「鹤嘗夜半鳴，其鳴高亮，聞八九里。」春秋繁露：「白〔二〕鹤知夜半。」注云：「鹤，水鳥也，夜半水位感其生氣，則益鳴而喜。」周處風土記曰：「白鹤性警，至八月白露降，流於草葉上，滴滴有聲，即鳴也。」又韓詩：「獨有知時鹤，雖鳴不緣身。」

【校記】

〔一〕「跳」，龍舒本、宋本、叢刊本作「凋」。

〔二〕「白」，宫内廳本、臺北本作「曰」。

還自河北應客

媿客問謠俗，舊傳今自如。材難知冀〔一〕馬，味美賽河魚。貨殖傳：「其謠俗猶有趙之風也。」○左氏：「冀之北土，馬之所生。」塞水移民久，川防動衆初。北人雖異論，時議或非疎。塞水，謂溏濼也。川防，謂調夫役運茭草塞河。

補注 謠俗 韓延壽傳：「人人問以謠俗，民所疾苦。」注：「謂閭里歌謠、政教善惡。」〔二〕

【校記】

〔一〕「冀」，宋本、叢刊本作「驥」。

〔二〕本注原闕入題下，無「補注」二字。

將次洺州憩漳上

漠漠春風裏，茸茸綠未齊。平田鴉散啄，深樹馬迎嘶。田之平衍，鴉乃散啄；馬喜嘉蔭，望樹而嘶。此二句甚妙，可畫。地入河流曲，天隨日去低。公羊文十二年：「河曲疏矣。」河千里而一曲也。○爾雅：「河百里一小曲，千里一曲一直。」○李白詩：「山將落日去，水與晴空宜。」○杜詩：「天高逐望低。」高城已在眼，杜詩：「青山各在眼。」聊復解輕齎。「南越賜陸賈橐中裝，直千金。」注：「有底曰囊，無底曰橐。」言其物質輕而價重，可入囊橐，以齎行也。

補注 散啄 杜詩：「曉日散雞啄。」〔一〕

【校記】

〔一〕本注原闕入題下，無「補注」二字。

和仲庶夜過新開湖憶冲之仲涂共泛

水遠浮秋色，河空洗夜氛。李白詩：「日落長沙秋色遠。」行隨一明月，李白詩：「月行却與人相隨。」○杜詩：「昨夜月同行。」坐失兩孤雲。興元南有路通巴州，路絶險，一上三日而達於山頂，故諺云：「孤雲兩角，去天一握。」○白樂天有「兩處成孤雲」之句。〔一〕露髮此時濕，風顔何處醺？淹留各有趣，不比漢三君。謂後漢大將軍竇武、太傅陳蕃、侍中劉淑也。見黨錮傳序。

【校記】

〔一〕此注龍舒本、宋本、叢刊本在詩末，「兩」作「二」。

送契丹使還次韻答净因長老〔一〕

公多有使北詩，而本傳及年譜皆不載嘗出疆，獨温公朔記云云。

老欲求吾志，時方摭我華。揚子：「孟子疾過我門而不入我室。或曰：『亦有疾乎？』曰：『摭我華而不食我實。』」公此意似謂世之知我，但以其文，未盡吾藴也。○東坡答李端叔書亦云：「無乃聞其聲不攷其情，取其華而遺其實乎？」强將愁出塞，空得病還家。古樂府有出塞曲。○李白詩：「錦城雖云樂，不如早還家。」日轉山河暖，風含草木葩。説文云：「葩，華也，从廾，从葩。」勝游思一往，不敢問三車。羊、鹿、牛車。見法華經。○李白詩：「真僧法號號僧伽，有時與我論三車。」○杜詩：「三車肯載書。」

【校記】

〔一〕「長老」，宋本、叢刊本無「長」字。

送吴叔開南征

摻袂不勝情，犀舟擊汰行。屈平九章：「乘舲船余上沅兮，齊吴榜以擊汰。」注：「汰，波也。」温公詩：「無人識名姓，擊汰入滄浪。」倦游無萬里，惜别有千名〔一〕。江淹别賦：「故别雖一緒，事有萬族。」疑千名亦類此，更須攷。○陸機詩：「陸産尚千名。」○退之詩：「春醪又千名。」春草凄凄緑，江楓湛湛清。楚詞：「王孫游兮不歸，芳草生兮萋萋。」又：「湛湛江水兮上有楓。」○杜詩：「煙綿碧草萋萋長。」金陵〔二〕多麗景，此去屬蘭成。張説題庾信宅：「蘭成追宋玉，舊宅偶詞人。」太平寰宇記：「蘭成，江州舊治。」○朔記云：「嘉祐五年九月，錢象先、閻詢、陳經、王安石使契丹。」此詩題又稱送契丹使還，當考。

【校記】

〔一〕宫内廳本注曰：「謂舟。」

〔二〕「金陵」，龍舒本作「金吾」。

游棲[一]霞庵約平甫至因寄 棲霞庵或便是西庵，疑不可考。

渺渺林間路，蕭蕭物外僧。高陰涼易入，閑貌老難增。評曰：人以老故閑，此獨未老已閑，即更老，不過如此。○上句言林間蔭樾高茂，易致風涼。下句言僧。皆繳首聯之意也。○李白詩：「意清淨，貌稜稜。亦不減，亦不增。」官事真傷錦 襄公三十一年：「子皮欲使尹何爲邑，子産曰：『今子有美錦，不使人學製焉。大官大邑，身之所庇也，而使學者製焉？其爲美錦，不亦多乎？』」又，公表文：「亦使敗財傷錦，宜有衆多之譏。」君恩更飲冰。莊子：「今吾朝受命而夕飲冰。」求田此山下，終欲忤陳登。評曰：即問舍求田，意最高而更婉美。○言元龍鄙求田者，今不復恤其忤也。

【校記】

〔一〕「棲」，龍舒本作「西」。

和棲霞寂照庵僧雲渺平甫同作[一]

蕭然一世外，所樂有誰同？宴坐能忘老，維摩經云：「舍利佛告世尊：『我昔曾於林中宴坐樹下，維摩謂我言：不必是坐爲宴坐也。夫宴坐也者，不於三界現身意，是爲宴坐；不起滅定而現諸威儀，是爲宴坐；不捨道法而現凡夫事，是爲宴坐；而不住內亦不在外，是爲宴坐；於諸見不動而脩行三十七品，是爲宴坐；不斷煩惱而入涅槃，是爲宴坐。』」**齋蔬不過中。**按四分律：「比丘非時受食者，爲破律。」非時者，謂自日中至亥，爲鬼神食。**無心爲佛事，**誌公語，已見上注。又，丹霞云：「佛之一字，永不喜聞，須自看取。」即此意也。梵志語亦云：「梵志不轉經，不持課。」**有客問家風。**禪門多有此語：「如何是黄龍家風、翠岩家風？」〇雲岩問圓智師：「師兄家風作麽生？」師曰：「教汝指點著堪作什麽？」曰：「無遮个來多少時也？」師曰：「牙根猶帶生澀在。」〇藥山又問圓智：「如何是和尚家風？」師下禪牀，作女人拜，曰：「謝子遠來，都無祇待。」〇僧問牛頭微禪師：「如何是和尚家風？」師曰：「山畬粟米飯，野菜淡黄虀。」僧曰：「忽遇上客來，又作麽生？」師曰：「喫即從君喫，不喫任東西。」**笑謂西來意，雖空亦不空。**此真際實相也。般若經：「知空不空。」又傳燈録：「真覺，第二出其觀體者，只知一念即空不空，非空非不空。」

補注　過中　梁武用釋氏法，日止一食。或遇事冗，日移中，則嗽口過。〔二〕

【校記】

〔一〕龍舒本題無「平甫同作」四字。宋本、叢刊本題「平甫」二字作旁注，無「同作」二字。

〔二〕本注原闌入題下，無「補注」二字。

宜春苑

宜春舊臺沼，日暮一登臨。漢有宜春苑，地屬下杜。有曰宜春宫者，即下杜苑中宫，皆秦剏也。又，子嬰葬二世杜南宜春苑中。本朝自都大梁，特借秦漢舊名，亦猶昆明池之類。解帶行蒼蘚，移鞍〔一〕坐緑陰。沈休文詩：「解帶臨清風。」王維詩：「松風吹解帶。」鞍，速侯切。説文：「軟皮也。」諸本皆作「鞍」，誤。○韓文：「坐茂樹以終日。」樹疎啼鳥遠，水静落花深。宋之問：「高樹陰疎鳥不留。」○張祜詩：「斷橋荒蘚澀，空院落花深。」○楊文公詩：「風定落花深一寸，日遲啼鳥度千聲。」無復增修事，君王惜費金。瓊林苑、金明池、宜春苑、玉津園，謂之四園苑。宜春苑本秦悼王園，俗但稱庶人園，荒廢殆不復治，故介父有「無復增修」之語。○漢文帝嘗欲作露臺，召匠計之，費百金。上曰：「百金，中人十家之産也。吾奉先帝宮室，常恐羞之，何以臺爲？」

【校記】

〔一〕「鞍」，龍舒本作「鞍」。宋本、叢刊本「鞍」字下注云：「一作『鞍』。」

春日〔一〕

冉冉春行暮，菲菲物競華。鶯猶求舊友，小雅伐木：「嚶其鳴矣，求其友聲。」燕不背貧家。武瓘〔二〕詩：「花開蝶滿枝，花謝蝶還稀。惟有舊巢燕，主人貧亦歸。」室有賢人酒，門無長者車。評曰：正以「無」字勝。○文中子：「子之室，酒不絶。」賢人，用徐邈事。陳平傳：「以席爲門，然多長者車轍。」杜詩：「坐對賢人酒，門聽長者車。」醉眠聊自適，淵明語客：「我醉欲眠，君可去。」歸夢到天涯。

【校記】

〔一〕龍舒本卷七十二題作「春日二首」，其一同此，其二即本書卷四十五春日。

〔二〕「瓘」，原作「灌」，據全唐詩及宮内廳本、臺北本改。

補注

求全詩〔一〕「何苦急隳成」　聖人所爲緩急皆有義。詩所稱「何苦」者，正謂後人不能深識此意耳。東坡論此一事，與公意合。今略摘附此：「魯定公十三年，孔子言於公曰：『臣無藏甲，大夫無百雉之城。』使仲由爲季氏宰，將墮郈。季氏將墮費，公山不狃、叔孫輒率費人襲公。公與三子入于季氏之宮，孔子命申句須、樂頎下伐之，費人北，二子奔齊，遂墮費。將墮成，公斂處父以成叛，公圍成，弗克。或曰：『殆哉，孔子之爲政也，亦危而難成矣！』子盍姑修其政刑，以俟三桓之隙也哉？蘇子曰：此孔子之所以聖也。蓋田氏、六卿不服，則齊、晉無不亡之道；三桓不臣，則魯無可治之理。孔子之用於世，其政無急於此者矣。彼晏嬰者亦知之，曰：『田氏之僭，惟禮可以已之。在禮，家施不及國，大夫不收公利。』齊景公曰：『善哉，吾今而後知禮之可以爲國也！』嬰能知之而莫能爲之，嬰非不賢也，其浩然之氣，以直養而無害，塞乎天地之間者，不及孔、孟也。孔子以羈旅之臣得政朞月，而能舉治世之禮，以律亡國之臣，墮名都，出藏甲，而三桓不疑其害己，此必有不言而信，不怒而威者矣。孔子之聖見於行事，至此爲無疑也。嬰之用於齊也，久於孔子，景公之信其臣也，愈於定公，而田氏之禍不少衰，吾是以知孔子之難也。」

【校記】

〔一〕蓬左本無此條補注，據臺北本補。

庚寅增注第二十三卷

次韻唐公其一　雲堆日瀉　雲堆，言山；日瀉，言江。

其二　轂有故人推　漢書：「嬰、蚡俱好儒術，推轂趙綰爲御史大夫。」注：「推轂，謂升薦之，若轉車轂之爲也。」

烏塘　地僻居人少　杜詩：「幽居地僻經過少。」　孫竹　元稹詩：「祖名業新筍。」

王村　投鞭　投鞭可渡，此言置鞭而飲酒也。

冬日　漫漫夜復晨　寧戚扣牛角歌：「長夜漫漫何時旦？」

壬辰寒食　寒食淚　杜詩：「無家對寒食，有淚如清波。」〔一〕

雨中　多難自無聊　左氏：「或名難以間〔二〕其國，啓其疆土。」○漢書：「新困〔三〕於無聊爾。」

乘日　塘路　謝琰傳：「塘路窄狹〔四〕，琰軍魚貫而進。」

宿雨　晝漏稀　杜詩：「晝漏稀聞高閣報。」

將次洛州　平田深樹　皇甫曾詩：「平田暮雪空。」杜詩：○「罔兩多深樹。」　輕齎　食貨志：「行者齎，居者送。」

和仲庶過新開湖　河空　河，謂天河也。

宜春苑　舊臺沼　唐人丁仙芝詩：「平陽舊池館，寂寞使人愁。」

春日　燕不背貧家　李端詩：「車馬雖嫌僻，鷰燕不棄貧。」○南史孝誼傳：「霸陵王氏，夫亡，守節不嫁。户有燕巢，常雙飛來去。後忽孤飛，女感其孤偏，乃以縷繫脚爲誌。後歲，此燕果復來，猶帶前縷。女爲詩曰：『昔年無偶去，今春猶獨歸。故人恩既重，不忍復雙飛。』此亦不背之尤者。」

【校記】

〔一〕蓬左本無本條注，據臺北本補

〔二〕臺北本「名」作「多」，「間」作「固」。

〔三〕「新困」，臺北本作「計出」。

〔四〕「窄袂」，原作「食」。

王荆文公詩卷第二十四

律詩

癸卯追感正月十五事 嘉祐八年。

正月端門夜，金輿縹緲中。傳觴三鼓罷，此言仁宗御樓觀燈，宴臣鄰也。史載：上御宣德門觀燈，顧從臣曰：「此因歲時與萬姓同樂爾，非朕獨肆游觀也。」縱觀萬人同。「高祖嘗繇咸陽縱觀秦始皇帝。」師古曰：「縱，放也。天子出行，放人令觀。」警蹕聲如在，嬉游事已空。事在七年，次年升遐，故云「如在」。但令千載後，追詠太平功。

晚興和冲卿學士

剡剡風生晚，娟娟月上初。玉藻篇：「弁行剡剡起屨。」注：「疾趍也。」○杜詩：「江漢月娟娟。」白沙眠騄〔一〕驥，清浪浴鱏魚。後漢：「靈帝光和四年，初置騄驥厩丞，領受郡國調馬。」注云：「騄驥，善馬也。」○杜詩沙苑行：「左輔白沙如白水，繚以周墻百餘里。龍媒昔是渥洼生，汗血今稱獻於此。」○爾雅云：「鱀是鱁。」注云：「鱀，鯌〔二〕屬，體似鱏。」字林云：「鱏，長鼻魚也，重千斤。」傳曰『伯牙鼓琴，鱏魚出聽』是也。」說文：「音淫，又音尋。」玉篇：「徐林、弋林二反。」又云：「鮪也，口在腹下。」竟欲從君飲，猶便讀我書。斜陽不到處，墻角樹扶疏。陶詩：「即耕亦已種，時還讀我書。」又：「孟夏草木長，遶屋樹扶疏。」

【校記】

〔一〕「騄」，龍舒本、宋本、叢刊本作「緑」。

〔二〕「鯌」，原作「鰭」，據宫内廳本、臺北本、爾雅注疏改。

秋興和冲卿

雲浮朝慘淡，風起夜颼飀。杜詩：「慘淡風雲會。」韓詩：「颼飀卧江汰。」欲作冰霜地，先回草樹秋。言天將降霜，先見草木之衰也。

地，如「獨不爲李將軍地」之意。征人倚笛怨，思婦向砧愁。倚歌而和之。古詩：「苦哉遠征人。」又：「城南有思婦。」○樂天聞夜砧詩：「誰家思婦秋擣帛，月苦風淒砧杵悲。」爲問隨陽鴈，哀鳴豈有求？杜詩：「君看隨陽鴈。」

次韻冲卿除日立春

猶殘一日臘，併見兩年春。物以終爲始，人從故得新。評曰：議論之自然者。○列子：「物之終始，初無極已，始或爲終，終或爲始。」于武陵詩：「浮世若浮雲，千回故復新。」白詩：「莫歎年將暮，須憐歲又新。」迎陽朝剪綵，唐馬懷素詩：「玄籥飛灰出洞房，青郊迎氣肇初陽。」○荆楚歲時記：「立春日，悉剪綵爲鷰以戴之，帖宜春之字。」傅咸鷰賦已有其言矣。守歲夜傾銀。杜詩：「傾銀注玉驚人眼，共醉終同卧竹根。」又：「守歲阿戎家。」恩賜隨嘉節，無功只自塵。「無將大車，秪自塵兮。」

題友人郊居水軒

田中三畝宅，水上一軒開。爲有漁樵樂，非無仕進媒。評曰：有味。槎頭收晚釣，杜詩：「漫釣槎頭縮〔二〕項鯿。」○襄陽耆舊傳曰：「峴山下漢水中出鯿魚，味極美。襄陽人採捕，遂以槎斷水，因謂之槎頭縮項鯿魚，爲水族上味。」孟浩然詩：「試垂竹竿釣，果得槎頭鯿。」荷葉卷新醅。荷葉，即碧筩杯，見招約之職方注。坐説魚腴美，功名挽不來。評曰：别别。〇杜詩：「河凍求魚不易得，偏勸腹腴愧年少。」

【校記】

〔一〕「縮」，原作「編」，據杜甫解悶十二首、宮内廳本、臺北本改。

游賞心亭寄虔州女弟

秀叢千山〔一〕霽，清涵萬里秋。滄江天上落，李白詩：「黄河落天走東海，萬里瀉入胷懷間。」明月鏡中流。杜牧詩：「白雲生鏡裏，明月落堦前。」〇逸少云：「山陰道上行，如在鏡中游耳。」眼與魂俱斷，身依影獨留。爲憐幽興極，不見爾來游。

【校記】

〔一〕「山」，宋本、叢刊本作「峯」。

江亭晚眺

日下崦嵫外，山海經西山經云：「西南三百六十里，曰崦嵫之山。」注：「日没所入山也。淹、兹二音。」○楚詞：「吾令羲和弭節兮，望崦嵫而未迫。」崦嵫，日所入山也，下有蒙水，水中有虞淵。○淮南子：「日入崦嵫，經細柳，入虞淵之地。」○裴迪詩：「落日下崦嵫，清波殊淼漫。」秋生沆碭間。漢樂歌：「西顥沆碭，秋氣肅殺。」注：「沆碭，白氣之貌。」清江無限好，范希文杜宇詩：「春山無限好，猶道不如歸。」白鳥不勝閑。雨過雲收嶺，天空月上灣。歸鞍侵調角，回首六朝山。

補注 吴處厚青箱録載，蘇湖州詩：「青波無限緑，白鳥自在飛。」〔一〕

【校記】

〔一〕本注原闌入題下，無「補注」二字。「詩」，原作「處」，據臺北本改。此詩，詩話總龜前集卷一二録青箱雜記作蘇爲湖州作，其中「青」作「春」，「在」作「由」。

金山寺〔一〕

按：鎮江志：「金山在大江中，去城七里。舊名浮玉，謂自玉京諸峯浮而至此。唐有裴頭陀開山得金，李錡時鎮潤州，表名金山，唐亦謂之伏牛山云。」

重經高處寺，一與白雲親。白詩：「獨上高寺去，一與白雲期。」樹木有春意，江山如故人。幽軒含氣象，偏影落風塵。閔公二年：「公衣之偏衣。」注：「偏，半也。」此言山之半影近城闕也。張祜越州懷古詩：「高秋海天闊，色落湖山影。」日暮臨歸去，徘徊欲損神。唐人詩：「晚來題竹偏，幽獨恐傷神。」

【校記】

〔一〕龍舒本卷六十四金山寺五首，其一同此；第二、四、五首即本書卷四十七金山寺三首；第三首即本書卷四十八金山。

揖仙閣

結閣揖仙子，疏塘臨隱扉。水花紅四出，杜詩：「水花晚色淨。」又：「水花寒落岸。」山竹翠相圍。雲度疑軿下，雲軿，用王母事。鳧舄，用葉令王喬事。鳧驚恐舄飛。蜀薑寧可待〔一〕，李義山贈鄭讜詩：「越桂留烹張翰鱸，蜀薑供煮陸機蓴。」○左慈傳：「曹操顧衆賓曰：『今日高會，所少吴松江鱸魚耳。』慈求銅盤貯水，以竹竿餌鈎於盤中。須臾，引一鱸魚出。操又曰：『既已得魚，恨無蜀中生薑耳。』慈曰：『亦可得也。』操恐其近取，因曰：『吾前遣人到蜀買錦，可過敕使者增市二端。』語頃，即得薑還，併獲操使報命。」投鈎此忘歸。

【校記】

〔一〕「薑」，龍舒本、宋本、叢刊本作「轠」。「待」，龍舒本、宋本、叢刊本作「恃」。

舟夜即事

火炬臨遥岸，餘光照客船。水明魚中餌，沙暖鷺忘眠。杜詩：「沙暖睡鴛鴦。」均爲「沙暖」，一稱「睡」，一稱「忘眠」。感槩無窮事，遲回欲曉天。宋子京杜宇詩：「蜀月初殘夜，巴山欲曉天。」山泉如有意，枕上送潺湲。湘君：「觀流水兮潺湲。」

何處難忘酒二首 公自注云〔一〕：「擬白樂天作。」

何處難忘酒？英雄失志秋。廟堂生莽卓，嵓谷死伊周。評曰：此生此死，無限恨意。賦斂中原困，干戈四海愁。此時無一盞，難遣壯圖休。樂天又以不如來飲酒命篇。

【校記】

〔一〕龍舒本、宋本、叢刊本無「公自注云」四字。

其二

何處難忘酒？君臣會合時。深堂拱堯舜，密席坐皋夔。傅武仲舞賦：「鄭衛之樂，所以娛密坐、接歡欣也。」〇韓詩：「密席羅嬋娟。」和氣襲萬物，歡聲連四夷。此時無一盞，真負鹿鳴詩。王逢原亦有十首，必同時作也。

送孫子高

蕩漾江南客，融怡席上珍。一樽相別酒，千里獨歸人。「儒有席上之珍以待聘。」注：「席，猶鋪陳也。鋪陳往古堯、舜之善道，以待見問也。」柳詩：「四千里外北歸人。」〇東坡詩：「如何風雪裏，更送獨歸人。」客路貧堪病，評曰：即如「可」字、「肯」字，謂不堪也。〇言既貧矣，豈堪復病？交情遠更親。杜詩：「行色秋將晚，交情老更親。」〇曹子建詩：「在遠分日親。」自慙兒女意，失淚滴衣巾。「周謨作晉陵太守，周顗、周嵩往別。謨以將別，涕泗不止，嵩怒曰：『斯人乃婦女，與人別離啼泣。』便舍去。」李白詩：「何必兒女情，相看泪成行。」

送董傳

據東坡有書與韓魏公，乞葬董傳，疑即此人也。詩末句云「一聽秦聲罷」，而坡書説「得秦中故人書，報傳死」，是傳游秦中，未歸而卒於逆旅矣。坡稱傳「文章有出塵之姿」，而公詩亦謂傳「文章合用世」，惜乎其命之窮耳。○「軾再拜：近得秦中故人書，報進士董傳三月中病死。軾往歲官岐下，始識傳，至今七八年，知之熟矣。其爲人不通曉世事，然酷嗜讀書。其文字蕭然有出塵之姿。至詩與楚詞，則求之於世，可與傳比者，不過數氏。此固不待軾言(二)，公自知之。然傳嘗望公不爲力致一官，軾私心以爲公非有所愛也，知傳所稟賦至薄，不任官耳。今年正月，軾過岐下，而傳居喪二曲，使人問訊其家，而傳徑至長安，見軾於傳舍，道其飢寒窮苦之狀，以爲幾死者數矣，賴公而存。『又且薦我於朝，吾平生無妻，近有彭駕部者，聞公薦我，許嫁我其妹。若免喪得一官，又且有妻，不虛作一世人，皆公之賜。』軾既爲傳喜，且私憂之。此二事，生人之常理，而在傳則爲非常之福，恐不能就。今傳果死，悲夫！書生之窮薄至於如此，其極耶！夫傳之才器，固不通於世用，然譬之象犀珠玉，雖無補於飢寒，要不可使在塗泥中，此公所以終薦傳也。今父子暴骨僧寺中，孀母弱弟，自謀口腹不暇，復不能葬。軾與之故舊在京師者數人，相與出錢賻其家，而氣力微薄，不能有所濟，甚可憫矣。公若猶憐之，不敢望其他，度可以葬傳者足矣。陳繹學士當往涇州，而宋迪度支在岐下，公若有以賜之，軾且斂衆人之賻，並以予陳而致之宋，使葬之，有餘，以予其家。傳平生所爲文，當使人就其家取之，若獲，當獻諸公。干冒左右，無任戰越。」

悠悠隴頭水，日夜向西流。王建古調：「一東一西隴頭水，一聚一散天邊霞。」辛氏三秦記：「隴山，一名隴坻，又名分水嶺，故有東、西之別。」行路未云已，歸人空復愁。文章合用世，顏髮未驚秋。一聽秦聲罷，還來上國游。楊惲傳：「家本秦也，能爲秦聲。」儲光羲詩：「一聽南律曲，分明散客愁。」

【校記】

〔一〕「軾言」二字原脱，據蘇軾上韓魏公書補。以下文字亦據上韓魏公書校改。

寄深州晁同年

深州爲饒陽郡，屬河北路。〔一〕陸韓卿詩：「陵隴多秀色，楊園多好音。」

秀色歸荒隴，新聲换氄毛。堯典：「鳥獸氄毛。」新聲，謂鳥聲。日催〔二〕花蘂急，雲避鴈行高。駐馬旌旗暖，傳觴鼓吹豪。杜詩：「旌旗日暖龍蛇動。」太白詩：「初筵哀絲動豪竹。」元微之詩：「涼州大遍最豪嘈。」班春不知負，短髮爲君搔。班春，見和錢學士喜雪注。

○杜詩：「白頭搔更短，渾欲不勝簪。」

【校記】

〔一〕本注原有竄亂，據宫内廳本、臺北本乙正。

〔二〕「催」，龍舒本作「摧」。

白雲然師

白首一山中，形骸槁木同。莊子：「形固可使如槁木。」苔争庵徑路，雲補衲穿空。阮籍詩：「臯蘭被徑路。」〇圓智師見雲嵓補草鞋，云：「作甚麼？」嵓云：「將敗壞，補敗壞。」鮑宣傳：「今貧民菜食不厭，衣又穿空。」注：「空，孔也。」〇「唐尊衣弊履空。」注：「空，穿也。」〇唐球詩：「衲補雲千片，香焚篆一窠。」〔一〕塵土隨車轍，波濤信柂工。昏昏老南北，應謝此高風。杜詩：「兒童莫信打慈鴉。」信，猶任也。

【校記】

〔一〕宮内廳本評曰：「上句工。」

自白土村入北寺二首

木杪田家出，城陰野逕分。溜渠行碧玉，坡詩：「水作三虹流。」畦稼卧黄雲。杜詩：「秔稻卧不翻。」薄槿臙〔二〕脂染，深荷水麝焚。唐劉得仁詩：「菡萏徧秋水，隔林香似焚。」夕陽人不見，雞鶩自成羣。太平廣記：「羅公遠曰：『混跡雞鶩之羣，窺〔三〕閲蜉蝣之境。』」〇于武陵詩：「寒州滿西日，空照鴈成羣。」

【校記】

〔一〕「臙」，龍舒本、宋本、叢刊本作「烟」。

〔二〕「羣」，原作「翠」；「窺」，原作「逍」，均據宮内廳本、臺北本改。

其二

雨過百泉出，秋聲連衆山。孟郊詩：「一雨百泉漲，兩潭夜來深。」〇王維詩：「山中一夕雨，樹杪百重泉。」〇白詩：「石擁百泉合，雲破千峯開。」獨尋飛鳥外，時度〔一〕亂流間。坐石偶成歇，看雲相與還。「行到水窮處，坐看雲起時。」會須營一畝，長此聽潺湲〔二〕。評曰：此等僅可數首。〇儒行篇：「儒有一畝之宮。」〇杜詩：「誅茅初一畝。」〇賈誼傳：「長此安窮。」

【校記】

〔一〕「度」，龍舒本作「渡」。

〔二〕「聽」，宮内廳本作「隔」。「湲」，龍舒本、宋本作「潺」。

題朱郎中白都莊

瀟灑桐廬守，桐廬縣屬睦州。睦，即嚴州也。縣有嚴陵山及陵釣臺。滄洲寄一廛。山光隔釣岸，江氣雜炊煙。戎昱詩：「水痕侵岸柳，山翠借厨煙。」句頗類此。藜杖聽鳴櫓，籃輿看種田。明時須共理，此興在他年。漢循吏傳：「孝宣常稱曰：『庶民所以安其田里而亡歎息愁恨之聲者，政平訟理也。與我共此者，惟良二千石乎？』」

史教授獨善堂

湖海十年舊，林塘三畝餘。魏志：「陳元龍湖海之士，豪氣不除。」靜非談者隱，揚子法言：「談言談行，不逢其時。」談者，隱也。注：「謂東方朔。」貧勝富人居。向子平言：「吾已知富不如貧，貴不如賤。」古語：「力能勝貧，謹能勝禍。」列鼎亦何有，幅巾聊自如。猶應不獨善，孟子盡心：「窮則獨善其身，達則兼善天下。」言史非但獨善，亦推以教人。學子滿墻除。韓詩：「翩翩媚學子，墻屏日有徒。」

寄福公道人

帝力護禪林，滄洲側布金。側布金，見長干寺注。樓依水月觀，阿彌陀十六觀有水觀。門接海潮音。唐人天竺詩：「樓觀滄海月，門聽浙江潮。」普門品：「梵音海潮音，勝彼世間音。」開士但軟語，妙法蓮華經：「跋陁羅等與其同伴十六開士」云云。開士者，能自開覺，又開他心，菩薩之異名也。杜詩：「夜闌接軟語，落月如金盆。」大集經六十四種惡：「口之業曰麄語、軟語、非時語、妄語。」據此，則軟語皆一類，與少陵公所稱異矣。蓋取義各不同也。又大集經所指，恐柔佞不正之語耳。東坡詩：「禪老語清軟。」游人多苦吟。曾同方丈宿，燈火夜沉沉。杜詩：「清夜沉沉動春酌。」

補注 錢起詩：「水月通禪觀。」〔一〕

【校記】

〔一〕本注原闌入詩注末，無「補注」二字。

閑　身〔一〕

身閑宜晚食，東坡答畢仲舉書云：「偶讀戰國策，見處士顔蠋之語『晚食以當肉』，忻然而笑。若蠋者，可謂巧於居貧者也。菜羹菽黍，差飢而食，其味與八珍等；而既飽之餘，芻豢滿前，惟恐其不持去也。美惡在我，何與於物？」歲晏忌晨興。道家法：春夏早起，取雞鳴時；秋冬晏起，取日出時。蓋在陽，勝之以陰；在陰，勝之以陽。裴度奏疏亦載此。素問云：「冬三月，此謂閉藏。水冰地坼，無擾乎陽。早卧晚起，必待日光，使志若伏若匿，若有私意，若已有得，去寒就温，無泄皮膚。此冬氣之應，養藏之道也。」人自嘲便腹，邊韶字孝先，晝日假卧，弟子嘲之曰：「邊孝先，腹便便，嬾讀書，但欲眠。」吾方樂曲肱。論語：「飲水，曲肱而枕之，樂亦在其中矣。」睡蛇雖不去，遺教經：「諸煩惱賊常伺殺人，甚於怨家，安可睡眠，不自警覺？煩惱毒蛇，睡在汝心，譬如黑蚖在汝室睡，當以持戒之鈎早併除之。睡蛇既出，乃可安眠；不出而眠，是無慚人。」夢虺已無憑。詩斯干：「吉夢維何？維熊維羆，維虺維蛇。」寄語林中〔二〕一作「中林」。客，郭璞游仙詩：「長揖當途人，云來山林客。」又王康琚反招隱詩：「今雖盛明世，能無中林士。」中林，林中也。思禪病未能。枚叔七發：「太子曰：『僕病未能也。』」

【校記】

〔一〕宋本、叢刊本題作「身閑」。又，本書目録、臺北本目録脱此題。

〔二〕「林中」，宋本、叢刊本作「中林」。

還家[一]

還家豈不樂？生事未應閑。朝日已復出，征鞍今更[二]攀。傷心百道水，閡目數[三]重山。評曰：殊未佳，何也？柳詩：「遠樹重遮千里目。」何以忘羈旅，倏然醉夢間。陶詩：「吾生夢幻間，何事紲塵羈？」李涉詩：「終日昏昏醉夢間，忽聞春盡強登山。」歐公詞：「落花狼藉酒闌珊，笙歌醉夢間。」

【校記】

〔一〕龍舒本卷六十九北山暮歸示道人二首，此爲其二。

〔二〕「今更」，龍舒本作「方便」，宋本、叢刊本作「方更」。

〔三〕「數」，宋本、叢刊本作「萬」。

題湯泉壁示諸子有欲閑之[一]意

吟哦一水上，披寫衆峯間。偶運非彭澤，言不同淵明之不遇時也。留名比峴山。杜預好爲後世名，刻石爲二碑，紀其勳績，一沉萬山之下，一立峴山之上，曰：「焉知此後不爲陵谷乎？」君才今卨稷，家行古原顏。原顏，原憲、顏淵。○孟子離婁下：「曾子、子思，易地則皆然。」平世雖多士〔二〕，安能易地閑？

【校記】

〔一〕「之」字原脱，據目録及龍舒本、宋本、叢刊本補。

〔二〕「士」，龍舒本作「學」。

和唐〔一〕公舍人訪净因 張唐公。

西城方外士，傳法自南華。南華，韶州六祖寺名。詩意蓋言唐公傳法自曹溪耳。高蹈玩一世，旁通兼數家。來游仁者静〔二〕，傳詠正而葩。仁者静，取樂山之意。○進學解：「詩正而葩。」乘興何時再〔三〕？晉王子猷雪夜訪戴安道。時在剡，乘興棹舟，經宿方至。既及門而返，曰：「乘興而來，興盡而返，何必見安道耶？」還能託後車。詩綿蠻：「命彼後車，謂之載之。」注：「後車，倅車也。」

【校記】

〔一〕「唐」，宮内廳本作「張」。

〔二〕「静」，宋本、叢刊本作「浄」。
〔三〕「再」，叢刊本作「載」。

沂溪懷正之

正之，孫侔也。

故人何處所，天角浪漫漫。魏張邈傳：「吕布與蕭建書曰：『布，五原人也，去徐州五千里，乃在天西北角。』」寂寞斷音驛，徘徊愁肺肝。世情紛可怪，旅況浩難安。願化東南鵠，高飛託羽翰〔一〕。選詩：「願爲雙鴻鵠，奮翅起高飛。」正之居江淮間，公欲就之，故云「東南鵠」。

【校記】

〔一〕「翰」，原作「翛」，據宋本、叢刊本、宫内廳本改。

答許秀才

高陽有才子，文公十八年：「昔高陽氏有才子八人。」注：「謂帝顓頊之後。」又隱十年：「許，大岳之胤也。」〔一〕注：「謂大岳神農之後。」蘇氏古史：「顓頊，本神農之後。」負笈求晨饘。

後漢李固傳注：「固改易姓名，杖策驅驢負笈，追師三輔，學五經。」所趣少知者，其辭多慨然。評曰：甚不惡。樵妻竟謝絶，前漢：「朱買臣家貧，常艾薪樵，賣以給食，擔束薪，行且誦書。其妻亦負戴相隨，數止買臣無謳歌道中。買臣愈益疾歌，妻羞之，求去。」漂母嘗哀憐。韓信傳：「漂，疋妙反，以水擊絮曰漂。」「漂母」對「樵妻」，甚工。尚友古之人，於今猶壯年。孟子：「以友天下之善士爲未足，又尚論古之人。頌其詩，讀其書，不知其人，可乎？是以論其世也，是尚友也。」

【校記】

〔一〕「隱十年」，應爲「隱十一年」。語出左傳隱公十一年。

次韻景仁雪霽

新聲生屋霤，殘點着垣衣。酉陽雜俎辨瓦松曰：「博雅云：『在屋曰昔耶，在垣曰垣衣。』」山谷荼蘼詩：「飄雪浄垣衣。」委翳無多在，飄零不更飛。坳中餘宿潤，暖處自朝暉。稍見青青色，還從柳上歸。選詩：「春從沙際歸。」○杜詩：「青歸柳葉新。」○李白詩：「寒雪梅中盡，春風柳上歸。」

次韻范[一]景仁二月五日夜風雪

何知此邂逅，談笑接清揚。詩君子偕老篇：「子之清揚。」注：「清，視清明也。揚，廣[二]而顔角豐滿。」對雪知春淺，白樂天詩：「可憐春淺游人少。」回燈惜夜長。密雲通炫晃，殘月憧冥茫。炫，轉；晃，耀，言雪也。韋應物詠曉詩：「晃朗先分閣。」徐鉉[三]詩：「冥茫萬事空。」故有臨邛客，抽毫興未忘。范景仁，成都人，故用相如事。

【校記】

〔一〕「范」字原脱，據目録及宋本、叢刊本補。

〔二〕詩毛傳「廣」下有「揚」字。

〔三〕「鉉」，原作「鈜」，據臺北本改。

次韻冲卿過濰陽

宫廟此神鄉，留親泊楚艎。劉向傳：「丘隴彌高，宫廟壯麗。」○艅艎，吴大舟。今用楚艎，猶淮南子所謂越舼、蜀舲之類。天開今壯麗，地積古悲涼。蕭何治未央宮，曰：「非壯麗無以重威。」○李白詩：「留得千年古惆悵，至今遺恨愴情寥。」不改山河舊，猶餘草木荒。杜詩：「國破山河在，城春草木深。」漢傳稱梁王築東苑，方三百餘里，廣睢陽城七十里。還聞足賓客，誰是漢鄒陽？睢陽，梁孝王都，故用鄒陽事。

答冲卿

風作九衢黃，謂塵土也。○柳文天説云：「下而黃者，世謂之地。」南窗坐正涼。破瓜青玉美，浮荈白雲香。杜詩：「破柑霜落爪。」〔一〕○「瓜嚼水精寒。」○荈，茶也。見送周都官通判湖州注。詩懶猶能強，官閑肯便忘。言不以官閑而忘其職所當憂。○杜欽傳：「職閑無事，欽所好也。」賢愚各有用，尺寸果誰長？太史公白起王翦贊：「鄙語云：『尺有所短，寸有所長。』」○離騷亦有此語。

【校記】

〔一〕「落爪」，原作「落瓜」，據杜甫孟冬改。

得書知二弟附陳師道舟上汴

兒童聞太丘，邂逅兩心投。與汝今爲伴，知吾不復憂。人之爲頗僻，多由交非其類耳。今喜其得友，必能相觀以善，可免父兄之憂。○陳寔爲太丘長。園桃已解萼，沙水欲驚舟。解萼，猶破萼也。謝靈運詩：「山桃發紅萼。」○酈道元水經云：「浚儀縣牛首鄉東北注渠，謂之沙水。」許慎〔一〕云：「水散石也，歷扶溝、汝南、新陽、山桑、龍亢、義城等縣，入於淮。」觀此，則自淮以達京師，水程必值沙水，故憂其驚舟焉。一見南飛鴈，江邊肯更留。言見鴈而更深兄弟之思，欲亟面也。

【校記】

〔一〕「許慎」，原作「許謹」，據宫内廳本改。

初憇和州

衣足一囊弊，莊子：「衣弊履穿，貧也。」○王吉傳「囊衣」注：「一囊之衣。」粟餘三釜陳。語雍也篇：「子華使於齊，冉子爲其母請粟。子曰：『與之釜。』」注：「六斗四升曰釜。」○曾子：「吾及親三釜而心樂。」○漢書：「太倉之粟，陳陳相因。」東坡贈月長老詩：「子有折足鐺，中餘五合陳。」坡詩大抵取其意足，如言陳，更不言粟。介父則必先有「粟」字，方使「陳」字。坡詩如「已遣亂蛙成兩部」，「兩部」，亦暗帶「樂」字。故葉石林謂坡詩有歇後語，然不害其爲奇也。猶依食貧地，已愧省煩人。詩：「三歲食貧。」○省煩，見初去臨川注。塵土病催老，風波愁過春。詩書今在眼，還欲討經綸。討論墳典，斷自唐虞以下。

瘧起舍弟尚未已示道原

道原姓沈，公之妹婿。

側足呻吟地〔一〕，連甍瘧瘴〔二〕秋。窮鄉醫自絀〔三〕，小市藥難求。趙世家：「窮鄉各異，世學多辨。」杜詩：「小市常争米。」自絀者，醫自知其技止此耳。肝膽疑俱破，筋骸謾〔四〕獨瘳。杜詩「隔日搜脂髓」，亦肝膽破之意。或指遇疾而恐〔五〕之過。暫君遠從我，契闊每同憂。

【校記】

〔一〕臺北本注曰：「莊子雜篇：『鄭人緩也呻吟裘氏之地。』」

〔二〕「瘧瘴」，龍舒本、宋本、叢刊本作「瘴瘧」。

〔三〕「絀」，龍舒本作「拙」。

〔四〕「謾」，宋本、叢刊本作「漫」。

〔五〕「恐」，宮内廳本作「憂」。

送杜十八之廣南

東南炎海外，尋訪又輸君。過嶺猿啼暖，貪程馬送曛。劉長卿詩：「嶺暗猿啼月，江寒鷺映濤。」清談消瘴癘，秀句起煙雲。及早來鄉薦，朝廷尚右文。

慧聚寺次張祜韻〔一〕

寺在崑山。據祜集無慧聚寺，却有題蘇州思益寺詩，疑即慧聚。詩云：「四面山形斷，樓臺此迥臨。兩峯高崒兀，一水下淫滲。鑿石西龕小，穿松北塢深。會當來結社，長月共僧吟。」〇二詩所言，景雖相似，但非次韻耳。

峯嶺互出没，江湖相吐吞。韓詩：「山狂谷狠相吐吞。」園林浮海角，臺殿擁山根。百里見漁艇，萬家藏水村。地偏來客少，幽興秪桑門。陶淵明詩：「心遠地自偏。」〇桑門，見泝棖注。

【校記】

〔一〕龍舒本卷五十三崑山慧聚寺二首，其一爲次孟郊韻，與卷四十八崑山慧聚寺次孟郊韻重，即本書卷十九崐山慧聚寺次孟郊韻，唯首句「蟠」作「盤」；其二爲次張祜韻，即此首。宋本、叢刊本題首有「崑山」二字。

吳江

即松江，亦名笠澤，今隸平江。

莽莽昔登臨，秋風一散襟。淵明詩：「斗酒散襟顔。」地留孤嶼小，天入五湖深。評曰：景語適稱。○孤嶼，疑指洞庭山。○五湖，見次韻唐公三首注。柑橘無千里，評曰：承得渾。○書禹貢：「揚州，厥包橘柚，錫貢。」今吳江正在古揚州境內。言包貢入於京師，又徧輸四方，故云「無千里」。魚鰕有萬金。齊威公聘陶朱公，問曰：「公所住輙至千萬，家累億金，何術乎？」公曰：「夫治生之法有五，水畜第一。所謂水畜者，魚也。以六畝地爲池，池中有九洲，即求懷子鯉魚長三尺者二十頭，牡鯉四頭，以二月上旬庚日納池中，令無聲，魚必生。所以養鯉者不相食，易長，又貴也。」○又，吳越春秋：「畜魚三年，其利可以致千萬。」吾雖輕范蠡，終欲此幽尋。評曰：閑處著一語，便不可堪。其棄國載西子皆在焉，不獨以其霸者之佐也。○韓詩：「白雲日幽尋。」○蠡，霸者之佐。公薄之。

江

靈源開闢有，羊叔子言：「自有宇宙，便有此山。」應瑒河賦云：「咨靈川之遐源兮，於崐崙之神丘。」贏縮但相隨。評曰：第二句難下。○盈虛之理相因。逆折山能礙，奔流海與期。揚子：「水避礙則通於海。」又：「百川學海，而至於海。」泥沙拆蚌蛤，評曰：不分細大，謂藏珠。雲雨暗蛟螭。杜詩：「螺蚌滿近郭，蛟螭乘九皐。」欲問深何許〔二〕，馮夷秖自知。博物志：「馮夷，華陰潼鄉人。得仙道，化爲河伯。」○山海經曰：「從極之淵，深三百仞，唯馮夷常都焉。馮夷，人面，乘雲車，駕兩龍。」○杜詩：「萬里滄浪水，龍蛇秖自深。」○韋應物詩：「失意還獨語，多愁秖自知。」

【校記】

〔一〕「許」，龍舒本作「處」。

江　南

江南春起柂，秋至尚波濤。杜詩：「君今起柂春江流。」問舍纔能定，孟子：「舍館定，然後求見長者乎？」呼舟已復操。莊子：「津人操舟若神。」○郭受詩：「蓮葉舟輕自學操。」行歌付浩蕩，歸夢得蕭騷。列子天瑞篇：「林類〔一〕拾穗行歌。」○杜詩：「白鷗波浩蕩，萬里誰能馴？」此欲去京師之意。冉冉欲何補，紛紛爲此勞。

【校記】

〔一〕「林類」，原作「杜穎」，據浙江書局本列子改。

補注　歸夢得蕭騷　謂歸正值秋風耳。〔一〕

【校記】

〔一〕本注原闌入詩末，無「補注」二字。

賈生〔一〕

漢有洛陽子，少年明是非。當時天下皆謂治安，而誼獨以抱火措薪爲憂，能明是非者。所論多感槩，謂痛哭流涕。自信肯依違。言不同俗脂韋。韓集：「皆信道篤而自知明也。」死者若可作，今人誰與歸？趙文子曰：「死者若可作也，吾誰與歸？」應須蹈東海，魯仲連不肯帝秦，曰：「彼即肆然而爲帝，過而爲政於天下，則連有蹈東海而死矣。」不若涕沾衣〔二〕。言仲連蹈東海，不若誼仕漢切於救時。

【校記】

〔一〕龍舒本卷七十三賈生二首，其一同此，其二即本書卷四十六賈生。

〔二〕「若」，宋本、叢刊本作「但」。宮内廳本評曰：「謂今比誼時更自不容，惟有蹈海，不止如生流涕不止。注誤。」

還自舅家書所感

行行過舅居，歸路指親廬。日苦樹無賴，言日色熾盛，樹木無生意。○杜詩：「韋曲花無賴。」○張釋之傳：「尉無賴。」天空雲自如。言雲氣凝然不動，且散漫不放〔一〕也。此時憫旱。黄焦下澤稻，緑碎短樊蔬。沮溺非吾意，憫嗟聊駐車。言將濟世，不與鳥獸同羣。

【校記】

〔一〕「放」，宫内廳本作「族」。

世　事〔一〕

世事一何稠，論心日已偷。尚蒙今士笑，宜見古人羞。評曰：語欲沉劌。○偷者，苟若而可之謂。趙孟其語偷，不似民主。老圃聊須問，良田亦欲求。非關畏轂冕，無責易身脩。大官憂重責深，不若下位之安。古人稱，智効一官，不以薄才而尸重任也。語：「而致美乎黻冕。」

【校記】

〔一〕龍舒本卷七十五無題二首，其一同此，其二即本書卷四十八默默。

寄純甫

塞上無花草，飄風急我歸。梢〔一〕林聽澗落，卷土看雲飛。杜詩：「急雨梢溪足。」○杜牧詩：「江東弟子多材俊，卷土重來未可知。」想子當紅蘂，思家上翠微。江寒亦未已，好好著春衣。高適詩：「博陵無近信，猶未換春衣。」○韓詩：「爲留新賜火，向晚著朝衣。」○上句「梢林」、「卷土」，皆言風也。張景陽七命：「飛礫起而灑天。」

【校記】

〔一〕「梢」，龍舒本作「稍」。

招丁元珍

默默不自得，紛紛何所爲？晝墁聊取食，晝墁，見上注。獵較久〔一〕隨時。孟子萬章：「魯人獵較，孔子亦獵較。」○退之蝦蟇詩：「獵較務同俗，全身斯爲孝。」秋入江湖暗，韓詩：「秋日苦易暗。」風生草樹悲。黄花一杯酒，思與故人持。評曰：志意悽愴。每讀，想見其難言，不獨詩好。

【校記】

〔一〕「久」，叢刊本作「且」。

游杭州聖果寺

登高見山水，身在水中央。詩秦兼葭：「宛在水中央。」下視樓臺處〔一〕，空多樹木蒼。浮雲連海氣，杜詩：「浮雲連海岱，平野入青徐。」落日動湖光。杜詩：「悠悠日動江。」偶坐吹横笛，殘聲入富陽。評曰：所謂「妥帖力排奡〔二〕」，兩詩皆然。○富陽，杭州屬縣。劉得仁詩：「坐久東樓望，鐘聲振夕陽。」

【校記】

〔一〕「處」，龍舒本、宋本作「起」。

〔二〕「孱」，原作「夏」，據韓愈薦士、宮内廳本改。

京兆杜嬰大醇能讀書其言近莊其爲人曠達而廉清自託於醫無貴賤請之輒往卒也以詩二首傷之

蕭瑟野衣巾，能忘至老貧。避囂依市井，蒙垢出埃塵。史記：「賈誼曰：『吾聞古之聖人不居朝廷，必在醫卜之中。』」接物工齊物，言貴賤請之輒往。勞身恥爲身。勞其身而爲人，非自爲。傷心宿昔地，不復見斯人。

其二

叔度醫家子，黄憲字叔度，世貧賤，父爲牛醫。同郡戴良才高倨傲，而見憲未嘗不正容，及歸，罔然若有失也。其母問曰：「汝復從牛醫兒來耶？」君平卜肆翁。嚴君平卜筮於成都市，裁日閱數人，得百錢，足自養，則閉肆下簾而授老子。蕭條昨日事，髣髴古人風。舊宅雨生菌，退之雨詩：「見墻生菌徧。」新阡寒轉蓬。賈山傳：「曾不得蓬顆蔽冢而託葬焉。」注：「土塊上生蓬爾。」存亡誰一問，嗟我亦窮空。

江上二首〔一〕

湖〔二〕連風浩蕩，沙引客淹留。落日更清坐，空江無近舟。言水闊舟遠。共看葭〔三〕葦宅，聊即稻粱謀。韓詩：「淺有葭葦。」李陵：「大澤葭葦中。」未敢嗟艱食，書益稷：「暨益奏庶食艱食鮮食。」〔四〕凶年半九州。半字，古人語亦多用。戰國策載逸詩云：「行百里者，半九十如。」謝靈運〔五〕云：「若殷仲文讀書半袁豹，則文才不減班固。」韓文鄭羣墓志：「客至請坐，相看竟不能設食。」

【校記】

〔一〕龍舒本卷七十一江上五首，其四、五同此二首。

〔二〕「湖」，龍舒本、宋本、叢刊本、臺北本作「潮」。

〔三〕「葭」，龍舒本、宋本、叢刊本作「蒹」。

〔四〕本注引文有脱漏，書益稷原作「暨益奏庶鮮食。……暨稷播，奏庶艱食鮮食」。

〔五〕「謝靈運」句：語出晉書殷仲文傳，下「殷仲文」，原作「殷文仲」，據晉書、宫内廳本改。又，世説新語文學載此語出傅亮，非謝靈運。

其二

書自江邊使，鄉鄰病餓稠。何言萬里客，更作百身憂。「鄉鄰」，必指撫州。公時居建業，故自稱客。〇秦詩黄鳥：「如可贖兮，人百其身。」〇杜詩：「長爲萬里客，有媿百年身。」此「百身憂」，謂所憂不止一處一事而已。補敗今誰卹？趍生我自羞。西南雙病眼，落日倚扁舟。荀子富國篇：「彼得之，不足以藥傷補敗。」〇陸龜蒙詩：「均荒補敗豈無術？」〔一〕

【校記】

〔一〕宮内廳本注云：「呂居仁詩：『萬里長江一尊酒，故人何處倚扁舟。』疑倣此意。」

補注

江亭晚眺　月上灣　別本「灣」一作「彎」。王化基參政應詔作老將詩云：「放弓月卸彎。」但此以「嶺」對「灣」，則非「彎」字也。　六朝山　許渾建康詩：「英雄一去豪華盡，惟有青山似洛中。」

送董傳　隴頭水　朱晦菴嘗和人題分水嶺詩云：「水流無彼此，地勢有西東。若識分時異，方知合處同。」分以地勢，言爲得其害也。　秦聲　藺相如傳：「趙王聞秦王善爲秦聲。客請奉盆瓶秦王，以相娛樂。」

題湯泉壁

偶運 淵明詩：「天運苟如此，且進杯中物。」

留名 王彦章：「豹死留皮，人死留名。」

世事 歐公與人帖：「士處陋巷，得以自高於王侯者，以道自貴也。一從吏事，便爲禮法所繩，若居人下而欲有所設施，則世事難如人意。此前代一節之士所以貧賤爲易守也。」即詩意。

庚寅增注第二十四卷

金山寺 按唐史，韓滉嘗出兵金山。滉在錡前已名金山矣。山謙之南徐州記言：「蒜山北江中有伏牛山。」唐志：「潤州貢伏牛山銅器。」今金山正在蒜山北江中，而唐以前詩亦無言浮玉山者。山海經有「浮玉山，苕水出其陰，北流於具區」，乃在今太湖之南，是可疑也。寺舊名澤心，今爲龍游。

寄深州晁同年 花蘂急　急，謂便開花也。

白雲然師 穿空　唐哥舒翰傳：「士皆訴衣服穿空。」

自白土村入北寺 溜渠碧玉　唐王建詩：「御溝水色春來好，處處分流白玉渠。」　水麝焚　樂天石楠詩：「夏葉濃焚百和香。」

其二 秋聲　王昌齡詩：「萬影皆因月，千聲各爲秋。」

題白都莊 瀟灑桐廬守　方通罷官歸鄉，夢至政事堂，尚書丞黄履素知通，獨起迎，語曰：「瀟灑，瀟灑！」遂去。既寤，莫測也。既而得官校理，滿任得知睦州，是歲建中元年，黄以疾去久矣。往謝執政，范右丞純禮曰：「先公嘗守睦，有瀟灑桐廬郡十詩，『桐廬真瀟灑』也。」

閑身 睡蚍　古宿語：「調伏心蚍，令入道果。」

題湯泉壁〔一〕　偶運 淵明詩：「天運苟如此，且進杯中物。」

次韻景仁〔二〕　炫晃 抑詩曰：「回眸炫晃列羣玉。」廣記：「神仙李清入雲門山穴，約行三十里，炫晃微明。」

示道原〔三〕　自絀 張蒼傳：「公孫臣稱終始五德」傳：「蒼由此自絀，謝病稱老。」又：「丞相嘉自絀。」

送杜十八　消瘴癘 檄愈頭風之意。

吴江　一散襟 「聖賢兩寂寞，渺渺一開襟。」

寄純甫　梢林 杜詩：「長歌激越梢林莽。」宋玉風賦：「梢殺林莽。」　著春衣 □詩：「爲留新賜火，向曉著朝衣。」

【校記】

〔一〕蓬左本無「題」下至卷末注，據臺北本補。

〔二〕題全作「次韻范景仁二月五日夜風雪」。

〔三〕題全作「瘧起舍弟尚未已示道原」。

王荊文公詩卷第二十五

律詩

夏夜舟中頗涼因有所感[一]

扁舟畏朝熱，望夜倚危[二]檣。日共火雲退，風兼水氣涼。未秋輕[三]病骨，微曙浣愁腸。言愁人苦夜長，日將旦而稍紓。堅我江湖意，滔滔興不忘。言執熱得涼，愈堅江湖之意。○杜詩：「詩罷聞吳詠，扁舟意不忘。」劉長卿詩：「平生江海意，惟共白鷗閑。」

【校記】

[一]龍舒本目錄題無「因」、「所」二字，正文目錄「有」作「風」。

[二]「危」，宋本、叢刊本作「桅」。

〔三〕「輕」，宋本作「經」。

孤桐

天質自森森，孤高幾百尋。枚乘七發云：「龍門之桐，高百尺而無枝。」〇謝朓詠桐詩云：「孤桐北窻外，枝高百丈餘。」凌〔一〕霄不屈已，書：「嶧陽孤桐。」注云：「特生也。」〇樂天孤桐詩：「亭亭五丈餘，高意猶未已。」得地本虛心。杜詩：「落落盤踞雖得地。」〇易緯曰：「桐枝濡毳，而又空中，難成易傷。」歲老根彌壯，陽驕葉更陰。明時思解慍，願斲五絃琴。評曰：自狀太切，故是一病。

補注 凌霄而不屈，言桐身之條直。公似自況云。若虛心，則公正欠此耳。

【校記】

〔一〕「凌」，宋本、叢刊本作「陵」。

遲明

欹枕浩無情，蘧蘧獨遲明。莊子：「蘧蘧然周也。」霜繁紅樹老，詩：「正月繁霜。」注：「繁，多也。」唐詩：「紅樹醉秋色。」雲澹〔一〕素蟾清。倦鵲猶三匝，魏武帝詩：「月明星稀，烏鵲南飛。遶樹三匝，何枝可依？」寒雞未一鳴。韓文〔二〕：「寒雞空在棲。」○杜詩：「初鳴度必三。」故山何處所？應有曉猿驚。

【校記】

〔一〕「澹」，宋本、叢刊本本作「月」。

〔二〕「文」，宮內廳本作「詩」。

陪友人中秋夕〔一〕賞月

海霧看如洗，秋陽望却昏。光明疑不夜，解道康齊地記曰：「齊有不夜城。蓋古者有日，夜中照於東境，故萊子立此城，以不夜爲名。」又，道家亦有不夜城事。清瑩欲無坤。庾開府舟中望月詩：「山明疑有雪，岸白不關沙。」頗似此。掃掠風前坐，留連露下樽。若吟應到曉，况有我思存。詩：「出其東門，有女如雲。雖則如雲，匪我思存。」○樊川詩：「大江吞天去，一練横坤抹。」

【校記】

〔一〕「夕」字原無，據本書目録、臺北本目録、宋本、宮内廳本、叢刊本補。

慎縣修路者

慎縣，屬廬州，有浮槎山，滁水〔一〕出焉。廬距〔二〕舒近，必爲時往來所作。

畚築今三歲，宣公十一年：「楚令尹蔿艾獵城沂，使封人慮事，平板榦，稱畚築，程土物。」注云：「畚，盛土器也。」康莊始一修。爾雅：「一達謂之道路，二達謂之岐旁，三達謂之劇旁，四達謂之衢，五達謂之康，六達謂之莊，七達謂之劇驂，八達謂之崇期，九達謂之逵。」何言野人意，能助令君憂。衢路治否，君子所以觀政。詩云：「職思其憂。」今野人能助邑長之憂，豈不賢於竊位而曠官者哉？勠力非無補，論心豈有求？言野人之心，豈以利而爲之哉？特以爲助上平治道路，亦分所當然耳。今人有毫髮勞効，即希幸功賞，曾野人之不若也。十年空志食，因汝起予羞。孟子：「其志將以求食也。」

【校記】

〔一〕「山滁水」，原作「此爲本」，據臺北本改。

〔二〕「距」，原作「州」，據臺北本改。

河勢

仁宗慶曆八年，河自横隴西徙，趍德、博，决商胡埽。後十餘年，又自商胡西趍恩、冀，河北多被水患。治平元年，同判都水監張鞏奏：「商胡堙塞，冀州界河淺，房家、武邑邑埽由此浸潰，恐一旦大决，爲害甚於商胡。乞選官與本司相度條奏。」於是命鞏同三司副使張燾、内侍押班張茂則乘驛，與河北轉運使燕度、都水監李立之行視地勢。浚三股、五股二河，紓恩、冀水災。詩中所謂「二渠」，蓋指此。神宗熙寧二年七月，張鞏等奏：「二股河上下約累經大河，泛漲無虞，乞差近上知河事臣僚一兩員，共講求閉塞北流利害。」詔遣司馬光、張茂則相度以聞。八月己亥，光及茂則對於崇政殿。光奏曰：「張鞏等欲塞二股河北流，臣恐其費大而功不成。若北流復，則虚費財力；其或可塞，則東流淺狹，必决，是移恩、冀、深、瀛之患於滄、德也。不若俟二三年後，東流益深闊，堤防稍固，北流於淺，薪芻有備，然後塞之，爲十全。」上曰：「若二三年，河水常分爲二流，何時有功？」光曰：「上約苟存，東流必增，北流必减。借使河水常分爲二，於張鞏等雖無功，於國家亦無害也。禹時分九河，漢世釃二渠。河分，則爲患亦細。臣在陛下前，不隱其情。」時二股東流已及六分，鞏等因欲閉斷北流，用爲功效。上意嚮之，罷光不遣。觀此詩，荆公於回河之議，初無所主。

河勢浩難測，禹功傳所聞。左氏昭公元年：「天王使劉定公勞趙孟於雒汭。劉子曰：『美哉禹功，明德遠矣。』」今觀一川破，復以二渠分。

河渠書：「禹以爲河所從來高，水湍悍，難以行平地，數爲敗，乃廝二渠，以引其河。」注：「廝，分也。」國論終將塞，民嗟亦已勤。無災等難必，從衆在吾君。漢志：「諸渠往二股引取之。」

送河間晁寺丞

河間乃瀛州屬縣，隸河北，州亦爲河間郡。

公孫富文墨，名字世多知。談笑取高第，弦歌當此時。語：「子之武城，聞弦歌之聲。」臨河薪石費，漢武臨決河作歌：「河伯許兮薪不屬。」又云：「頹林竹兮揵石菑。」近塞繭絲移。國語晉語：「趙簡子使尹鐸爲晉陽，請曰：『以爲繭絲乎？抑爲保障乎？』簡子曰：『保障哉。』」注云：「繭絲，賦税。保障，蔽捍。」緩急常愁此，看君有所爲。脩河之費，備邊之費，二者皆所憂也。

暮春

春期行畹晚，春意賸芳菲。樂天詩：「一年今日最芳菲。」曲水應修禊，漢志：「三月上巳，宮人並禊飲於東流水。」續齊諧記：「晉武帝問尚書郎摯虞曰：『三日曲水，其義何指？』曰：『漢章帝時，平原徐肇以三月初生三女，至三日而亡，一村以爲怪，乃相携之水濱盥洗，因水以泛觴。曲水之義，起於是也。』帝曰：『若如所談，便非好事。』尚書郎束皙曰：『摯虞小生，不足以知之。臣請説其始。昔周公城洛邑，因流水以泛酒，故逸詩曰：「羽觴隨波。」又秦昭王三日置酒河曲，見有金人出，捧水心劍曰：「令君制有西夏。」及秦伯諸侯，乃因此處立爲曲水。二漢相緣，皆爲盛集。』」披香未試衣。漢宮閣名。長安有披香殿、合歡殿，故西都賦云：「披香發越。」○唐書蘇世長傳：「高祖常宴於披香殿，酒酣，世長奏曰：『此隋煬帝所作耶？何雕麗之若此！』高祖曰：『卿好諫似直，其心實詐，豈不知此殿是吾所造？何須姦詭疑煬帝乎？』」又，江左亦有披香殿。楊脩詩注云：「在臺城後。」庾信詩：「宜春苑中春已歸，披香殿裏作春衣。」○李白詩：「披香殿前花始紅。」雨花紅半墮，煙樹碧〔一〕相依。樂天詩：「露杏紅初拆，煙楊緑未成。」句法絶相似。悵望夢中地，王孫底不歸。

【校記】

〔一〕「碧」，宫内廳本作「緑」。

游北山

攬轡出東城，登臨目暫明。韓詩：「遠目增雙明。」煙雲藏古意，猿鶴弄秋聲。米芾詩：「雲山養秋意，松竹貢秋聲。」客坐苔紋滑，歐公詩：「盤石蒼苔留客歇。」僧眠蔭樾〔一〕清。淮南子曰：「鹽汗交流，喘息薄喉。當此之時，得蔭樾下，則脱然而喜矣。」賞心殊未已，山日下西榮。禮記：「升自東榮，降自西北榮。」○李白詩：「淹留未盡興，日落羣峯西。」○甘泉賦：「列宿乃施於上榮。」○上林賦：「偓佺之倫，暴於南榮。」○儀禮士冠禮篇：「夙興設洗，直於東榮。」鄭氏注曰：「榮，屋翼也。」唐賈公彦疏曰：「屋翼，即今之摶風。」又云：「榮者，屋棟兩頭，與屋爲翼，若鳥之有翼，故斯干詩美宣王之室云：『如鳥斯革，如翬斯飛。』與屋爲榮飾，故曰榮。」

【校記】

〔一〕「蔭樾」，宋本、叢刊本作「樾蔭」。

吴正仲謫官得故人寄蟹以詩謝之余次其韻

越客上荆舠，

釋名曰：「二百斛曰舠，三百斛曰艇。」

秋風憶把螯。

畢茂世云：「左手持蟹螯，右手持酒杯，拍浮酒船中，便足了一生。」

故煩分巨跪，

荀子勸學篇：「蟹有六〔一〕跪而二螯。」注：「跪，足也。」韓子以刖足爲刖跪。螯首上如鉞者。說文：「螯，一作聱。」大業拾遺：「擁劍，似蟹而小，一螯偏大。」

持用佐清糟。

記內則篇：「飲：重醴，清糟〔二〕；稻醴，清、糟；黍醴，清、糟；粱醴，清、糟。」注：「糟，醇也；清，泲也。」今公以對巨跪，蓋不用古注。

飲〔三〕量寬滄海，詩鋒捷孟勞。

穀梁僖公元年：「公子友謂莒拏曰：『吾二人不相說，士卒何罪？』屏左右而相搏，公子友處下，左右曰：『孟勞。』孟勞，魯之寶刀也。公子友以殺之。」劉叉詩：「酒腸寬似海，詩膽大於天。」

甘飡飽觴詠，餘事付鈞陶。

【校記】

〔一〕「六」，原本、臺北本作「大」，據宮內廳本、浙江書局本荀子改。

〔二〕「清糟」，禮記內則無此二字。

〔三〕「飲」，宮内廳本作「酒」。

陳師道宰烏程縣

烏程屬湖州，見下注。

嘗聞太丘長，德不負公卿。陳寔傳：「寔爲太丘長，脩德清净。子紀，爲大鴻臚。紀子羣，爲魏司空。天下以爲公慚卿，卿慚長。」墟墓今千載，昆雲亦一城。爾雅釋親云：「來孫之子爲昆孫，昆孫之子爲仍孫，仍孫之子爲雲孫。」注云：「昆，後也。雲者，言輕遠如浮雲。」城，恐作「成」。左氏：「有田一成。」本懷深閉蓄，餘論略施行。賈誼傳贊：「誼之所言，略施行矣。」故自有仁政，能傳家世聲。

冬至

都城開博路，評曰：京俗如此，縱博無禁。○博路，未詳，豈謂博易時節爲樂乎？佳節一陽生。喜見兒童色，歡傳市井聲。幽閑亦聚集，珍麗各攜擎。却憶他〔一〕年事，關商閉不行。評曰：觀首尾可見。○易復卦：「先王以至日閉關，商旅不行。」言復貴静。而今人事游燕，與古不同。

補注 博路 越勾踐與荆楚博，争路。〔二〕

【校記】

〔一〕「他」，宫内廳本作「此」。

〔二〕本注原闌入題下，無「補注」二字。

湯泉

寒泉詩所詠，獨此沸如烝。詩凱風：「爰有寒泉，在浚之下。」一氣無冬夏，諸陽自〔一〕廢興。言此泉四時皆熱，不同諸陽有廢興消息之迭運。人游不付〔二〕火，朱泚反，奉天危蹙，嚴震遣大將張用誠奉迎。用誠有反計，會震牙將馬勛嗣知其謀，陰令焚草館外，士争寒附火。○開元天寶遺事云：「張九齡見朝士趍附國忠以求官，語人曰：『此曹皆向火乞兒，一旦火盡灰冷，當凍裂肌體，暴骨溝中矣。』禄山之亂，果然。」向火，言附炎也。蟲出亦疑冰。莊子：「夏蟲不可以語冰。」孫綽天台山賦：「哂夏蟲之疑冰。」更憶驪山下，歊然雪滿塍。歊，以喻温也。唐温湯在華清宫，時移事改，非復玉甃委於溝塍也。

【校記】

〔一〕「自」，宫内廳本作「有」。

〔二〕「付」，宋本、宫内廳本、臺北本、叢刊本作「附」。

讀鎮南邸報癸未四月作

仁宗慶曆三年三月，吕夷簡罷相，上遂欲更天下弊事，增諫官員，以王素、歐陽脩、余靖爲之，又除蔡襄知諫院，風采傾天下。四月甲辰，韓琦、范仲淹並自陝西召爲樞密副使。乙巳，罷夏竦，令赴忠武本鎮，以杜衍代之。富、范、韓、杜同居政府。公詩謂癸未歲四月作，即此時也。是月，石介亦作慶曆聖德頌。

賜詔寬言路，登賢壯陛廉。賈誼曰：「陛九級，上廉遠地則堂高；陛亡級，廉近地則堂卑。高者難攀，卑者易陵。」師古注：「廉，側隅也。」相期正在治，揚子：「君子在治若鳳。」素定不煩占。衆喜夔龍盛，予虞絳灌憸。文帝以賈誼任公卿之位，絳、灌、東陽侯之屬盡害之，迺毁誼，出爲長沙傅。荆公於羣賢進用之初，而深慮讒慝，蓋當時有沮抑韓、范之來者，故於詩寄意云。韓詩：「賢能日登御，黜彼傲與憸。」太平詎可致？天意慎猜嫌。韓、范之召，富公上言：「近降勑命，韓琦、范仲淹並授樞密副使。仰認聖意不聽讒毁，擢用孤遠，太平不難致也。議者云：西寇未殄，亦須藉才，願一名召來使處於内，一名就授樞副，且令在邊。以臣愚慮，亦謂允當。然近日忽聞有異議者，謂樞密使副不可令帶出外任，異時武官援此爲例，深不穩便。是乃巧爲其説，惑君聽，抑賢才。姦邪用心，一至於此。」又蔡襄亦有奏疏論異議者沮抑二公。荆公此詩，殆謂是也。

次韻張子野秋中久雨晚晴

天沉四山黑，杜詩：「日下四〔二〕山陰。」池漲百泉黄。百泉，見自白土村入北寺注。苦濕欲千里，願晴非一鄉。掃除供晚色，洗刷放秋光。杜牧晚晴賦：「雨晴秋容新沐兮，忻遶園而細履。」養生論：「勁刷理鬢。」江敦表：「左右整刷，以疑寵見嫌。」菊泣花猶重，秔肥穗稍長。積陰消户牖，返照媚林塘。想見陽臺路，神歸鬓彩凉。李義山細雨詩：「楚女當時意，蕭蕭髮彩凉。」

補注　掃除　漢書：「備後宫掃除之役。」〔二〕

【校記】

〔一〕「四」，原本、臺北本作「西」，據宫内廳本、杜甫暝改。

〔二〕本注原闌入詩注末，無「補注」二字。

射亭

亭在撫州金溪縣，即飲歸亭也。曾南豐嘗作記云：「金溪尉汪君名遘，爲尉之三月，斥其四垣爲射亭。既成，教士於其間，而名之曰飲歸之亭。以書走臨川，請記於予。請數反，不止。予之言何可取？汪君徒深望予也。既不得辭，乃記之曰：射之用事已遠，其先之以禮樂以辨德，記之所謂賓燕鄉飲大射之射是也；其貴力而尚技以立武〔二〕，記之所謂四時教士貫革之射是也。古者海内洽和，則先禮射，而弓矢以立武，亦不廢於有司。及三代衰，王政缺，禮樂之事相屬而盡壞，揖讓之射滋亦熄。至其後，天下嘗集，國家嘗閒暇矣。先王之禮，其節文皆在，其行之不難。然自秦漢以來千有餘歲，衰微絀塞，空見於六藝之文，而莫有從事者，由世之苟簡者勝也。争奪興，而戰禽攻取之黨奮，則強弓疾矢、巧技之出不得而廢，其不以勢哉？今尉之教射，不比乎禮樂而貴乎技力。其衆雖小，然而旗旄鐲鼓，五兵之器，便習之利，與夫行止步趍遲速之節，皆宜有法，則其所教亦非獨射也。其幸而在乎無事之時，則得以自休守境而填衛百姓。其不幸殺越剽攻，駭驚閭巷，而並逐於大山長谷之間，則將犯晨夜，蒙霧露，陷阸馳危，不避矢石之患、湯火之難，出入千里而與之有事，則士其可以不素教哉？今亭之作，所以教士，汪君又謂古者師還必飲至於廟，以紀軍實。今廟廢不設，亦欲士勝而歸則飲之於此，遂以名其亭。汪君之志，與其職可謂協矣！或謂汪君，儒生，尉，文吏，以禮義禁盜宜可止，顧乃習鬭而喜勝，其是歟？夫治固不可以不兼文武，而施澤於堂廡之上，服冕搢笏，使士民化、姦宄息者，固亦在彼而不在此也。然而天下之事，能大者固可以兼小，未有小不治而能大也。故汪君之汲汲於斯，不忽乎任小，其非所謂有志者邪？」

因射構兹亭，序賢仍閱兵。庶民觀禮教，羣寇避威聲。詩行葦：「序賓以賢。」箋云：「謂以射中多少爲次第。」城壘前相壯，溪山勢盡傾。宜哉百里地，桴鼓未嘗鳴。尹賞傳：「城中薄暮塵起，桴鼓不絶。」注：「桴，擊鼓椎。」

【校記】

〔一〕「立武」，原作「文武」，據曾鞏元豐類稿卷十八飲歸亭記及宫内廳本改。

寄王補之

平居相值少，况復道塗留？今我思揮麈〔一〕，孫安國與殷中軍語：「麈尾脱落。」見别注。逢君爲艬舟。艬舟，見上注。人情方慕貴，孟子萬章上：「人少則慕父母，知好色則慕少艾，有妻子則慕妻子，仕則慕君，不得於君則熱中。」吾道合歸休。莊子逍遥游：「許由曰：『歸休乎君，予無所用天下爲！』」○家語：「孔子曰：『匪兕匪虎，率彼曠野。吾道非乎？奚爲而至於此。』」吏責真難塞，聊爲泮水游。補之，嘉祐二年進士，嘗從公學。時方以經術造士，公言：「君可教國子。」命且下而補之死。事見墓誌。此詩疑公再入相時，道逢補之，許以泮水之游而實未到官也。死於熙寧二年冬。

【校記】

〔一〕「令」，龍舒本作「令」。「塵」，原作「塵」，據龍舒本、宫内廳本改。

寄謝師直

師直，陽夏公之子景初師厚之弟也。范忠宣誌師厚墓云：「師厚知越州餘杭縣，有異政。是時荆公王介父宰明之鄞縣，知樞密院韓玉汝宰杭之錢塘，公弟師直宰越之會稽，環吴越之境，皆以此四邑爲法，處士孫侔爲文以紀之。」劉貢父載師直語云：「王介父之知人也，能知中人以上者。自中人以下，乃或不能知。由其性韻獨高而然乎？」觀此，則師直與介甫分皆素結也。

湖海三年隔，相逢塞路中。黄金酌卯酒，白髮對春風。白詩：「午茶能破睡，卯酒善消愁。」又：「明日早花應更好，心期同醉卯時杯。」又：「麴神寅日合，酒聖卯時歡。」所願乖平日，何知即老翁。杜詩：「不謂生戎馬，何知共酒杯。」○陸龜蒙漁具詩十篇，釣筒其一也，詩云：「短短截筠筒〔一〕，悠悠卧江色。蓬差橹相應，雨慢煙交織。須臾中芳餌，迅疾如飛翼。彼竭我還浮，君看不争得。」悠悠越溪水，好在釣魚筒。

【校記】

〔一〕「筒」，全唐詩陸龜蒙漁具詩釣筒作「光」。

次韻留題僧假山

態足萬峯奇，功纔一簣微。旅獒篇：「爲山九仞，功虧一簣。」簣，竹器，以盛土也。○杜詩假山：「一簣功盈尺，三峯意出羣。」愚公誰助徙？列子湯問篇：「北山愚公懲出入之迂，謀畢力平險。隣人有男，始齔〔一〕，跳往助之。」靈鷲却愁飛。臨安錢塘西十二里有靈鷲山。晉咸和中，有西乾梵僧登此山，歎曰：「此武林山，是中天竺國靈鷲山之小嶺，不知何年飛來此？」乃創靈隱寺。按：靈鷲山在天竺國，胡語曰耆闍崛山，山是青石，頭似鷲鳥，故名。○退之南山詩：「或翼若搏鷲。」竇雪藏銀鎰，簷曦散玉輝。張良傳：「賜良金百鎰，珠二斗。」服虔曰：「二十兩曰鎰。」師古曰：「秦以鎰名金，若漢之論斤也。」○韓子曰：「鑠金百鎰，盜跖不搏。」未應頹蟻壤，方此鎮禪扉。符子曰：「東海有鼇焉，冠蓬萊而浮於滄海。有蚔蟻聞而悅之，欲觀鼇焉。月餘日，鼇潛未出，羣蟻將反，遇長風激浪，海水沸，地雷震，羣蟻曰：『此將鼇之作也。』數日，風止，羣蟻曰：『彼之冠山，何異我之戴粒逍遥封壤之顛，伏乎窟穴之間也。』」○韓子曰：「千丈之堤，以螻蟻之穴而潰。」○淮南子曰：「千丈之堤，以螻蟻之穴漏。」○抱朴子：「千丈之陂，潰於一蟻之穴。」物理有真僞，僧言無是非。但知名盡假，不必故山歸。評曰：甚自超。○詩意謂物無真假是非之辨，一歸於空。蓋取僧說也。

【校記】

〔一〕「齕」，原作「齕」，據浙江書局本列子改。

擬和御製賞花釣魚

雲暖蓬萊日，三秦記：「秦始皇作長池，築土爲蓬萊山，刻石爲鯨魚，長二百丈。」○漢武帝作建章宮，爲千門萬户，有鳳凰闕，高二十餘丈，中有蓬萊、方丈、瀛洲、壺梁，象海中神山。南有玉堂、壁門、大鳥之屬，立神明臺、井榦樓，度高五十餘丈，輦道相屬焉。唐杜審言有蓬萊三殿侍宴應制詠南山詩。風酣太液春。太液池，見七言律詩注。水光承步輦，花氣入鈎陳。班固傳：「周以鈎陳之位。」注云：「鈎陳，紫宫外星也，宫衛之位亦象之。」○大業雜記云：「隋大業三年二月，内史令元壽奏進鈎陳，賜物百段。先是，何稠奏，以爲王者所在居停之處，上取則於玄象。紫微宫衛，名曰鈎陳。前代帝王雖行幸次舍，未有製之者。書史但有虛名，而莫能傳其法，請與巧思之人詳論。今以木爲之，朱色綺文，體勢雜合，如百子帳骨，鈎紐相牽，周匝數重，環遶行宫耳。」○李義山詩：「渚蓮參法駕，沙鳥犯鈎陳。」伏檻留清蹕，伏檻，見前注。天子出警入蹕，蓋鹵簿内爆稍棒也，以黄金塗其末，執之以扈蹕。見漢注。傳觴屬從臣。霏香連釣餌，落蘂亂游鱗。鎬飲恩知厚，詩：「魚在在藻，有頒其首。王在在鎬，豈樂飲酒？」○江揔秋日侍宴詩：「鎬飲詎能方？」衢樽賜愿均。淮南子曰：「聖人之道，猶中衢而設樽，即過者斟酌多少不同，得其所宜。」○張説應制詩：「侍酌衢樽滿。」更看追夏諺，孟子：「夏諺曰：『吾王不游，吾何以休？』」先此詠逢辰。昭陵賞花釣魚詩：「蘋風縈釣線，碧沼躍游鱗。鎬飲君臣洽，恩光動搢紳。」時景祐三年。

和吴冲卿雪霽紫宸朝

虎士開閶闔，周禮：「虎賁氏，虎士八百人。」「舍則守王閑。王在國，則守王宮。」雞人唱九霄。周禮：「雞人掌大祭祀，夜呼旦以嘂百官。」嘂，古吊切。○李賀詩：「雞人唱罷曉龍璁，鴉啼金井下梧桐。」○東坡手澤：「余來黄州，聞光、黄間人二三月皆羣聚謳歌，其詞固不可分，而音亦不中律呂，但宛轉其聲，高下往返，如雞唱耳，與朝堂中所聞雞人傳漏微有相似，而極鄙野。漢官儀：『宮中不畜雞，汝南出長鳴雞，衛士候朱雀門外，專傳雞鳴。』又應劭曰：『楚歌，今雞鳴歌也。』晉太康地道記曰：『後漢固始、鮦陽、公安、細陽四縣衛士習此曲，於闕下歌之，今雞鳴歌是也。』顔師古不考本末，妄破此説。今余所聞，豈亦雞鳴之遺聲乎？今土人謂之山歌云。」雲移銀闕角，日轉玉廊腰。孔平仲雲詩：「斜拖闕角龍千丈，淡抹墻腰月半稜。」箒動川收潦，箒以掃雪，言其多如潦之縮。靴鳴海上潮。百官入賀者，皆著靴至殿門，其聲如海潮之上。舞袍沾宿潤，拜笏擁殘飄。賜飲人何樂，歸嘶馬亦驕〔一〕。低徊但志〔二〕食，吟詠得逍遥。杜詩驄馬行：「顧影驕嘶似矜寵。」

【校記】

〔一〕「驕」，龍舒本作「嬌」。

〔二〕「志」，龍舒本、宋本、臺北本、叢刊本作「忘」。

和吴冲卿集禧齋祠

緘封祝辭密，占寫御名真。左氏：「其祝史陳信於鬼神，無愧辭。」○退之南海廟碑：「册有皇帝名，乃上所自署。」帝坐遥臨物，晉天文志云：「太微，天子庭，五帝之坐也。黄帝坐在太微中，其神曰含樞紐。四帝星俠黄帝坐，東方靈威仰，南方赤熛怒，西方白招矩，北方叶光紀〔一〕，謂之五帝坐。」星圖俯映人。帝坐雖遥，星圖實近，蓋指齋壇也。風含煙外節，月點霧中茵。沈藿升煙遠，升煙，即燔柴與蕭薌之義。槐檀取燎薪〔二〕。周禮夏官：「司爟掌行火政，變國火以救時疾。」注云：「春取榆柳之火，冬取槐檀之火。」羽衣將〔三〕一作「歸」。寂寞，漢郊祀志：「天子刻玉印曰『天道將軍』，使使衣羽衣，夜立白茅上。五利將軍亦衣羽衣，立白茅上受印。」○盧拱觀醮詩：「羽衣凌縹緲，瑶轂輾虚空。」金鋑〔四〕立逡巡。後漢輿服志：「乘輿，建大旂，十有二斿，畫日月升龍，駕六馬，象鑣鏤錫，金鋑方釳，插翟尾。」注云：「蔡邕獨斷曰：『鋑者，馬冠也，如三華形，在馬髦前。方釳，鐵也，在馬鬘後。後有三孔，插翟尾其中。』」按：説文，鍐當作鋑，亡狗切。釳，許迄反，又魚乞切。别本一作「盾」。却想來時路，還疑隔一塵。異人丁約隱於卒伍，韋子威師之。丁謂韋曰：「郎君得道，尚隔兩塵。」問其故，約曰：「儒謂之世，釋謂之刼，道謂之塵。」姚合過僧院詩：「自想歸時路，塵埃復幾重？」

【校記】

〔一〕「叶光紀」，原作「黑光紀」，據晉書天文志、宫内廳本、臺北本改。

〔二〕「薪」，諸本均作「新」。

〔三〕「將」，龍舒本、宋本、叢刊本作「歸」。

〔四〕「鋟」，龍舒本作「鋄」。

送周都官通判湖州

渌水烏程地，烏程，湖州屬縣，吴孫皓嘗封烏程侯。郡國志云：「古烏程氏居此，能醖酒，故以名縣。」○張景陽七命：「荆南烏程，豫北竹葉。」青山顧渚濱。顧渚，在長興縣西北三十里。昔吴王夫槩顧其渚次原隰平衍，爲都邑之所。今崖谷林薄之中多産茶茗，以供歲貢。見寰宇志。酒醪猶美好，茶荈正芳新。陸羽茶經云：「南方之嘉木，一曰茶，二曰檟，三曰蔎，四曰茗，五曰荈。」聚泛罇前月，分班焙上春。仁風已及〔一〕俗，樂事始關身。唐制，湖州造茶最多，謂之顧渚貢焙，歲造一萬八千四百片。大曆後，始有進奉。建中二年，袁高刺郡，進三千六百串，並詩一章，刻石在焙，大抵皆諷諫之辭也。○公詩言仁風樂事，其意亦猶是爾。橘柚供南貢，楓槐望北宸。尚書禹貢篇：「厥包橘柚錫貢。」謝玄暉酬晉安王詩：「南中榮橘柚。」景福殿賦云：「楓槐被宸。」知君白羽扇，歸日未生塵。晉顧榮傳：「廣陵相陳敏反，榮説甘卓共起兵攻敏，敏率萬餘人出，榮麾軍以白羽扇，其衆潰，乃平之。」○庾亮據上流，擁強兵，趍向者多歸之。王導内不平，常遇西風塵起，舉扇自蔽，曰：「元規塵污人。」

【校記】

〔一〕「及」，叢刊本作「入」。

雙廟 張巡 許遠

兩公天下駿，無地與騰驤。評曰：起便哀痛。就死得處所，至今猶耿光。非死之難，處死之難。言二公死於忠義，爲得其處所也。〇陳湯傳：「亡逃分竄，死無處所。」〇漢贊：「欒布哭彭越，田叔隨張敖，赴死如歸，彼誠知所處，雖古烈士，何以加哉！」〇干寶論姜維：「古之烈士，見危授命，投死如歸，非不愛死也，固知命之不長，而懼不得其所也。」〇杜牧之詩：「和鼎顧余云，我死有處所。」〇書立政：「以覲文王之耿光。」退之祭田横墓文：「自古死者非一，而夫子至今有耿光。」中原擅兵革，昔日幾〔一〕侯王。杜詩洗兵馬：「天下盡化爲侯王。」此獨身如在，誰令國不亡？評曰：十字盡他千百語。〇言忠義死節之人爲世高仰，終古如有。北風吹樹急，西日照窗涼。評曰：只作景語，最妙。志士千年淚，泠然落奠觴。苕溪漁隱曰：「半山老人雙廟『北風』、『西日』之句，細味之，其託意深遠，非止詠廟中景物而已。蓋巡、遠守睢陽時，安慶緒遣突厥勁兵攻之，日以危困，所謂『北風吹樹急』也。是時肅宗在靈武，號令不行於江淮，諸將觀望，莫肯救之，所謂『西日照窗涼』也。此殊得老杜句法。如老杜題蜀相廟詩云：『映堦碧草自春色，隔葉黃鸝空好音』，亦自別託意在其中矣。」

補注 幾侯王 曹操言：「設使國家無有孤，不知當幾人稱帝，幾人稱王？」〔二〕

【校記】

〔一〕「幾」，龍舒本作「起」。

〔二〕本注原闌入詩注末，無「補注」二字。

和子瞻同王勝之游蔣山

并序〔一〕：「子瞻同王勝之游蔣山，有詩。余愛其『峯多巧障日，江遠欲浮天』之句，因次其韻。」

金陵限南北，形勢豈其然？魏帝臨江曰：「烏乎，固天所以限南北而分中外也！魏雖有武騎千羣，無所用之。」楚役六千里，陳亡三百年。荀子仲尼篇：「善用之，則百里之國足以獨立，不善用之，則楚六千里地而爲讎人役。」隋師伐陳，高熲〔二〕謂薛道衡曰：「今茲大舉江東，必可克乎？」對曰：「克之。嘗聞郭璞有言：『江東分王三百年，復與中國合。』此數將周。」江山空幕府，建康有幕府山，在郡西二十五里。晉琅邪王初過江，丞相王導建幕府，因以爲名。風月自舼舡。杜牧之詩：「舼舡一棹百分空。」主送悲涼岸，妃埋想故蓮。建康圖經：「桃葉渡在秦淮口。桃葉者，晉王獻之愛妾也，有妹曰桃根。獻之詩曰：『桃葉復桃葉，渡江不用楫。但渡無所苦，我自楫迎汝。』不用楫者，橫波急也。嘗臨此渡，歌送之。楊〔三〕脩有詩曰：『桃葉桃根柳岸頭，獻之才調頗風流。相看不語橫波急，艇子翻成送莫愁。』此主翁送妾至秦淮岸頭耳。○齊東昏嬖潘淑妃，刻金蓮花於石上，令潘妃行之，自言：『步步生蓮花。』」臺傾鳳久去，金陵有鳳臺山。宋元嘉，鳳凰集於此，乃築臺於山，以表嘉瑞。○李白詩：「鳳去臺空江自流。」城踞虎爭偏。諸葛亮云：「鍾山龍盤，石城虎踞，真帝者之都。」吳始築石頭城。司馬壖廟域，晁錯爲內史，門東出，不便，更鑿一門南出。南出者，太上皇廟堧垣也。○司馬，謂晉之故祠。獨龍層塔〔四〕巔。獨龍，山名。森疏五願木，輿地志：「鍾山少林木。宋時，諸州刺史罷還者，栽松三十株，下至郡守各有差。山之最高峯北有五願樹，乃柞木也。」蹇淺一人泉。建康志：「一人泉，在蔣山北高峯絕頂，僅容一勺，挹之不竭。」○傳燈録云：「江南相馮延巳與數僧游鍾山，至一人泉，問：『一人泉，許多人爭得？』對曰：『不教欠少。』延巳不肯，乃別云：『誰人欠少？』法眼別云：『誰是不足者？』」棁杖窮諸嶺，棁杖，見示安大師注。籃輿罷半天。朱門園緑〔五〕水，碧瓦第青煙。杜詩：「名園依緑水，野竹上青霄。」○公此聯句法甚新，必有所本。東方朔諫廣上林，斥而營之，垣而囿之。墨客真能賦，揚雄傳：「雄上長楊賦，因筆墨之成文章，故藉翰林以爲主人，子墨爲客卿以風。」留詩野竹娟。

補注　故蓮　宋子京江南詩：「離宫人去金蓮老，亡國歌沈玉樹休。」〔六〕

【校記】

〔一〕「并序」，宋本、叢刊本同，然序文提行作大字，宫内廳本無此二字。

〔二〕「頖」，原作「頻」，據資治通鑑卷一七六及宫内廳本、臺北本改。

〔三〕「楊」，原作「楫」，據宫内廳本、臺北本改。

〔四〕「層塔」，宫内廳本作「塔層」。

〔五〕「緑」，宋本、叢刊本作「渌」。

〔六〕本注原闌入詩末，無「補注」二字。又，「玉樹」下原衍「以」字，删。

送鄆州知府宋諫議

名庠，字公序，景文之兄，謚元憲。寶元中，以右諫議大夫、參知政事，出知揚州。徙鄆州。爲相，後再判鄆州。此言諫議，則是作參時也。言行録載，元憲初執政，遇事輒分别是非可否，用是斥退。及再登用，遂浮沉偷安云。

盛世千齡合，宗工四海瞻。天心初籲俊，雲翼首離潛。仁宗初即位，詔禮部貢舉，公序兄弟同試禮部。祁初爲第一，章獻太后曰：「弟可先兄乎？」乃以庠爲第一，而祁爲第十。初除大理評事，同判襄州。○籲俊，出尚書。○易乾：「九二，見龍在田。」王輔嗣〔一〕注云：「出潛離隱，故曰見龍。」德望完圭角，儀形壯陛廉。韓文石鼎聯句：「磨礱去圭角。」陛廉，見讀鎮南邸報注。徐鳴蒼〔二〕玉佩，蔡邕釋誨曰：「當其無事也，則舒紳緩佩，鳴玉以步，綽有餘裕。」玉藻：「大夫佩水蒼玉，而純組綬。」注：「玉有水蒼者，眎其文色所似。」盡校碧牙籤。公序嘗爲直史館、脩起居注。○唐六典：「四庫書共十二萬五千九百六十卷。其經庫書緑鈿白牙軸、黄帶紅牙籤；史〔三〕庫書白鈿青牙軸、縹帶緑牙籤；子庫書雕紫檀軸、紫帶碧牙籤；集庫書緑牙軸、朱帶白牙籤，以別之。」綸掖清光注，鑾坡茂渥霑。景祐元年，公序擢知制誥。五年，召入翰林爲學士。綸掖，謂西掖縝綸之地，猶言綸闈、綸閣之類。唐制，駕在大内，則於明福門内置學士院；駕在興慶宮，則於金明門内置學士院。德宗時，移院於金鑾殿之坡上，故世號鑾坡。文明誠〔四〕得主，政瘼尚煩砭。右府參機務，右府，謂樞府。參機務者，謂參機密之務也。東塗贊景炎。東京賦：「乃羡公侯卿士，登自東除。」五臣作「塗」。塗，階也。典引：「揚洪輝，奮景炎。」注曰：「景明炎盛也。」廟〔五〕謨資石畫，兵略倚珠鈐。前漢匈奴傳：「奇譎之士，石畫之臣甚衆。」○珠鈐，猶玉鈐，謂兵書也。○此聯言在中書及樞府時。坐鎮均勞逸，齋居養智恬。謳謠喧井邑，惠化洽〔六〕一作「穆」。蒼黔。進〔七〕律朝章舊，禮記王制：「有功德於民者，加地進律。」注：「律，法也。」○寶元初，或誣公與鄭戩等爲朋黨，遂罷政居外。疏恩物議僉。通班三殿邃，徙部十城兼。庠先忤夷簡，以本官知揚州，旋加資政殿學士，改知鄆州兼京西安撫使。申甫周之翰，龜蒙魯所詹。詩小雅崧高：「維申及甫，維周之翰。」箋云：「申，申伯；甫，甫侯也。」魯頌閟宮：「泰山巖巖，魯邦所詹。奄有龜蒙，遂荒大東。」注：「詹，望也；龜，山也；蒙，山也。」○地志云：「鄆地連鄒、魯，境分青、齊，實學通儒，無絶今古。」地靈奎宿照，野沃汶河漸。寰宇記：「兖、鄆皆禹貢兖州之域，星分皆屬奎、婁。汶河出於兖州乾封縣。」述征記：「泰山郡水皆名曰汶，今凡五汶。有北汶、瀛汶、牟汶、柴汶、浯汶，源別而流同，其流亦經鄆州。」首路龍旗盛，提封虎節嚴。韓信傳：「北首燕路。」注：

「首，謂趣向也。音式救切。」〇商頌玄鳥：「龍旂十乘，大糦是承。」魯頌閟宫：「龍旂承祀，六轡耳耳。」箋云：「交龍爲旗也。十乘者，二王之後，八州之大國。」晉書輿服志：「公旂八旒，侯七旒，卿五旒，皆畫降龍。」〇前漢刑法志：「提封萬井。」李奇曰：「提，舉也，舉四封之内也。」〇周禮：「地官掌節。凡邦國之使節，山國用虎。」注云：「山多虎，以金爲節，鑄象焉。」漢銅虎符，亦其遺制也。賜衣纏錦〔八〕一作「紫」。艾，後漢張奂遺命曰：「吾前後仕進，十腰銀艾。」注：「銀印緑綬也，以艾草染之，故曰艾也。」又：「獲嘉侯馮石，安帝寵之，賜紫艾綬。」注云：「艾，即盭緑色也，其色似艾。」衛甲綴朱綅。魯頌閟宫：「貝胄朱綅。」注：「貝胄，貝飾也。朱綅，以朱綅綴之。」説文云：「綫也。息廉反。」海谷移文省，溪堂燕豆添。鄆本齊地，實表東海，故云「海谷」。〇鄆州有溪堂，退之爲馬摠作溪堂詩。班春回紺幰，問俗卷彤襜。前漢宣帝五鳳中，分遣使者廵問風俗。紺幰、彤襜，皆諸侯之制。〇後漢輿服志注云：「舊典，傳車驂駕，垂赤帷裳，惟郭賀爲冀州，敕去襜帷，使百姓見其容服，以章有德。」又，賈琮爲冀州刺史，傳車垂赤帷裳。琮升車褰帷，曰：「刺史當遠視廣聽，糾察善惡，何反自掩塞乎？」儀制令曰：「諸車：一品，青油，纁道幰，朱裏，朱絲絡網；三品以上，青道幰，朱裏；五品以上，青幰，碧裏；六品以下，皆不得用幰。」通俗文曰：「張布曰幰。」舟楫商嵓命，熊羆渭水占。書説命：「若濟巨川，用汝作舟楫。」渭水，太公事。治裝行入覲，金鼎重調鹽。曹參傳：「聞蕭何薨，促舍人治裝，曰：『吾且入相矣。』」〇詩韓奕：「以其介圭，入覲於王。」書説命：「若作和羹，爾爲鹽梅。」〇元憲慶曆八年爲樞密使，皇祐元年拜兵部侍郎、同中書門下平章事、集賢殿大學士。三年，御史論公在政府無所建明，罷爲刑部尚書、觀文殿大學士、知河南府，徙許州。〇嘉祐三年，復入拜樞密使，封莒國公。數求去位，乃以河南三城節度使、同平章事判鄭州，又徙相州。公先貳政，後入相，真所謂「重調鹽」也。

【校記】

〔一〕「土輔嗣」，原作「王輔詞」，據宫内廳本、臺北本改。王弼字輔嗣，著有周易注。

〔二〕「蒼」，原作「倉」，據諸本改。

〔三〕「史」，原作「文」，據宮內廳本、臺北本改。
〔四〕「誠」，龍舒本作「誰」。
〔五〕「廟」，龍舒本、宋本作「府」。
〔六〕「洽」，龍舒本、宋本、叢刊本作「穆」。
〔七〕「進」，宮內廳本作「遇」。
〔八〕「錦」，龍舒本、宋本、叢刊本作「紫」。

見遠亭上王郎中〔一〕

此詩元有十韻，舊本却作絶句刊，今得全篇足之。

高亭豁可望，朝暮對溪山。野色軒楹外，霞光几席間。樹侵蒼靄没，鳥背夕陽還。項斯詩：「逢人鳥背飛。」○唐詩：「高閣臨江上，重陽古戍閑。」草帶平沙闊，煙籠别戍閑。張祜詩：「山畦花氣遠。」劉長卿詩：「春入燒痕青。」圃畦花氣合，田徑燒痕斑。樵笛吟晴塢，漁帆出暝灣。漢淮陽王傳：「今大王結以朱顔。」○詩：「魯侯宴喜。」登臨及芳節，宴喜發朱顔。夾砌陳旌旝，褰簾進佩環。杜牧詩：「絳帷環珮列神仙。」觀風南國最，應宿紫宸班。後漢顯宗紀：「郎官上應列宿，出宰百里。」○史記曰：「太微宮後二十五星，郎位也。」康樂詩名舊，蕪音詎可攀？

【校記】

〔一〕題，原本目録和臺北本目録作「見遠亭一絶上王郎中」，現從正文。龍舒本卷六十七見遠亭一絶上王郎中同本詩首四句，同卷見遠亭同本詩。

補注　暮春詩　悵望夢中地王孫底不歸　唐蘇檢登第，歸省家，行及同州澄城縣，止於縣樓上。醉後，夢其妻贈詩曰：「楚水平如鏡，周回白鳥飛。金陵幾多地，一去不知歸。」見太平廣記夢門。檢，金陵人。

讀鎮南邸報　素定不煩占　歐公作潞公批答云：「承惟商周之所記，至以夢卜而求賢，曷若用搢紳之公言，從中外之人望。」亦「不煩占」之意。

秋中晚晴詩〔一〕　掃除供晚色洗刷放秋光　周禮：「宮人掌凡寢中之事，掃除執燭。」又：「凌人秋刷。」注：「刷，清也。」

補注　送周都官　李肇國史補：「湖州有顧渚紫筍茶。」陸羽與楊祭酒書：「顧渚山中紫筍茶兩片，一上太夫人，一充昆弟同啜，但恨帝未得嘗耳。」

雙廟　言張、許皆英才，位任未極，故所就止此。使其大見用，勳業豈遜李、郭哉？

送鄆州宋諫議　珠鈐　歐公贈聖俞：「詩工鑱刻露無骨，將論縱横轻玉鈐。」〔二〕

【校記】

〔一〕題全作「次韻張子野秋中久雨晚晴」。

〔二〕蓬左本無此注，據臺北本補。

庚寅增注第二十五卷

遲明　蘧蘧　坡詩：「蘧蘧形開如酒醒。」皆言夢而覺也。　寒雞未一鳴　吳志：「失旦之雞，復得一鳴。」

陪友人賞月　思存　沈休文詩：「神交疲夢寐，路遠隔思存。」

河勢　從衆在吾君　東北流皆難，必其無害，在人主折衷衆言耳。

冬至　博路　杜詩除日詩：「相與博塞爲歡〔一〕娛。」〇蕭望之傳：「開利路。」　喜見兒童色　杜詩：「慣看賓客兒童喜。」　歡傳市井聲　漢天文志：「凡候歲美惡，謹候歲始。或冬至日〔二〕。是日光明，聽都邑人民之聲。聲宮，則歲美，吉。」

湯泉　諸陽　董仲舒傳：「閉諸陽，縱諸陰。」

癸未四月作　絳灌憸　書立政篇：「其勿以憸人。」注：「謂憸利之人。」如絳、灌，正苦其樸魯少文，不可謂憸。公此指言其排賈生耳。

次韻張子野　菊泣花猶重　杜詩：「曉看紅濕處，花重錦官城。」〇坡詩：「娟娟泣露紫含笑。」

寄王補之

慕貴　此言慕貴，殆指東平吉甫乎？

擬和御製

步輦　杜審言詩：「堯尊隨步輦，舜樂遶行輝。」○上官儀初春詩亦有「步輦」字。○李白詩：「每出深宮裏，常隨步輦歸。」

勾陳　少陵云：「大角纏兵氣，勾陳出帝畿。」

和吴冲卿〔三〕

闕角　班固西都：「上觚稜而棲金。」吕向注曰：「觚稜，闕角也。角上棲金爵。」

雙廟

張巡、許遠廟也。按：唐書本傳，張巡，鄧州南陽人，博通羣書，志氣高邁。天寶中，調真源令。安禄山反，巡合河南兵拒之。至睢陽，與太守許遠合。遠以才不及巡，以軍府事遜巡，而居其下。禄山死，安慶緒遣其將以勁兵十餘萬攻睢陽，巡屢以奇計挫賊。其後糧盡，援兵不至，城陷，巡、遠等俱爲賊所執。賊以刃脅降之，巡不屈，與遠皆遇害。大中時，圖其像於凌煙閣，睢陽人至今祠之，號爲雙廟。

就死得處所　王經以從魏帝高貴鄉公，當誅。經謝其母，母顔色不變，笑而應曰：「人誰不死？正恐不得其所。以此並命，何恨之有？」

送宋諫議

海谷　列子湯問篇：「渤海之東有大壑焉，實惟無底之谷。」

高亭豁可望　李端詩：「高亭不可望，星月滿空山。」〔四〕

見遠亭

旌旝　左傳：「旝動而鼓。」

南國最　西漢：「兒寬爲左内史，負租課殿，當免。民皆恐失之，競納租税，繦屬不絶，課更以最。」文選：「考殿最於錙銖。」注云：「上功曰最，下功曰殿。」

應宿　唐趙謙光詩：「惟愁員外置，不應列星文。」謂員外郎也，惟正爲郎，始稱「應宿」。

【校記】

〔二〕「歡」字原脱，據杜甫今夕行詩補。

〔二〕「或冬至日」，漢書天文志「或」字上有「歲始」二字；本注引文「日」字下有脱略。

〔三〕題全作「和吴冲卿雪霽紫宸朝」。

〔四〕此條應爲見遠亭詩注，闌入本詩注。

王荆文公詩卷第二十六

律詩

歲晚懷古

先生歲晚事田園，魯叟遺書廢討論。時方作一經義。[一]問訊桑麻憐已長，按[二]行松菊喜猶存。農人調笑追尋壑，戎昱[三]詩：「調笑提筐婦，春來蠶幾眠。」稚子歡呼出候門。遥謝載醪袪惑者，吾今欲辯已忘言。此篇全用淵明事。

【校記】

〔一〕「方」，原作「力」，據宫内廳本改。「一經義」，宫内廳本作「二經義」。

〔二〕「按」，龍舒本作「桉」。

〔三〕「戎昱」，原作「戍晏」，引詩爲戎昱漢上題韋氏莊詩，據全唐詩改。

段約之園亭

愛公池館得忘機，初日留連至落暉。韓詩：「湖上新亭好，公來日出初。」菱暖紫鱗跳復没，李白詩：「暮跨紫鱗去。」杜詩：「紫鱗衝岸躍。」柳陰黄鳥囀還飛。杜詩：「囀林黄鳥過。」徑無凡草唯生竹〔一〕，盤有嘉蔬不采薇。曲禮：「稻曰嘉蔬。」言有粟而不必効伯夷也。勝事閬州雖或有，杜詩：「閬州勝事可腸斷，閬州城〔二〕南天下稀。」終非吾土豈如歸？評曰：本説家山樂，却如此轉來。○王仲宣賦：「雖信美而非吾土兮，曾不足以少留。」

【校記】

〔一〕臺北本注曰：「説文曰：『卄，作艸。』隸變作卄，百卉也。段文昌古柏文：『下蔭芳苔，凡艸不生。』白樂天詩：『路旁凡草榮遭遇。』張祜詩：『地僻泉長冷，亭香草不凡。』歐陽公詩：『可羡凡艸木，糞壤自青紅。』」

〔二〕「城」，原作「江」，據杜甫閬水歌及宫内廳本、臺北本改。

段氏園亭〔一〕

欹眠隨水轉東垣，一點炊煙映水昏。漫漫芙蕖難覓路，樂府胡渭州：「鄉國不知何處是，雲山漫漫使人愁。」離騷：「路漫漫而脩遠兮，吾將上下而求索。」翛翛楊柳獨知門。唐劉威詩：「遥知楊柳是門處，似隔芙蕖無路通。」〔二〕○知門，見招約之注。青山呈露新如染，王建詩：「日暮數峯青似染。」○韓集：「軒豁呈露。」白鳥嬉游静不煩。杜詩：「白鳥去邊明。」○柳子厚：「耳静煩喧蟻。」○經解：「恭儉莊敬而不煩，則深於禮者也。」朱雀航邊今有此，可能摇蕩〔三〕武陵源？晉咸康三年，更作朱雀門，新立朱雀浮航。航在縣城東南四里，對朱雀門，南渡淮水，亦名朱雀橋。○杜詩：「摇蕩菊花期。」

【校記】

〔一〕宋本、叢刊本題作「又段氏園亭」。

〔二〕「唐劉威」，原作「惠對威」，據臺北本改。「隔」，原作「危」，據全唐詩劉威遊東湖黄處士園林改。

〔三〕「摇蕩」，龍舒本作「遥望」。臺北本注曰：「世説叙録：『大桁者，吴時南津橋也，名曰朱雀桁。』」

回　橈[一]

柴荆散策静凉飆，隱几扁舟白下潮。唐武德八年，更歸化曰金陵。九年，更金陵曰白下。正觀九年，又更白下曰江寧。又，白下門，見題半山寺壁注。紫磨月輪升靄靄，孔融論金之優者名紫磨，猶人之有聖也。○南史曰：「南海扶南國王諸農死，子陽邁立。陽邁初在孕，其母夢生兒，有人以金蓆藉之，其色光麗。夷人謂金之精者爲陽邁，中國云紫磨者，因以爲名。宋永初二年，遣使貢獻，以陽邁爲林邑王。」○某國王女白其父，願以水上泡爲頭華鬘。王告不可，令匠取泡，女見，隨手破壞。又曰：「水泡虚僞，不可久停，願王爲我作紫磨金鬘。」○崔豹古今注：「月重輪。」○杜詩：「關山信月輪。」帝青雲幕卷寥寥。帝青，見古意注。○杜詩：「柳影含雲幕。」○楚詞遠游篇：「經營四荒兮，周流六漠。」漢樂歌作「幕」。六幕，謂六合也。數家雞犬如相識，吴融詩：「見多鄰犬遥相認，來慣幽禽近不驚。」○戎昱詩：「黄鶯久住渾相識。」○韓詩：「所以孤嶼鳥，與公盡相識。」一塢山林特見招。杜詩：「濠梁同是招。」陶詩：「山澤又見招。」尚憶木瓜園最好，興殘中路且回橈。

補注　雲幕　晏公詩：「雲幕無波斗柄移。」[二]

【校記】

〔一〕龍舒本卷七十題作「泛舟」。

〔二〕本注原闌入詩末，無「補注」二字。

酴醾金沙二花合發

相扶照水弄春柔，發似矜夸斂似羞。退之李花詩：「平旦入西園，梨花數株若矜夸。旁有一株李，顏色慘慘似含嗟。」碧合晚雲霞上起，紅争朝日雪邊流。李白詩：「宮花争笑日。」此聯言紅白合也。武帝内傳：「仙家上藥有絳雪。」我無丹白知如夢，真誥第三卷：「夫真者，都無情欲之感，男女之想也。若丹白存於胷中，則真感不應，真靈不降矣。故知真道不可對求，要言不可偶聽也。」詩意言丹白不存於中，故眎花如夢。○張文潛詩：「久無丹白應知我，齊散天香供道人。」人有朱鉛見即愁。評曰：意外意。○言婦人之豔飾者，見花而愁，自以不及也。疑此冶容詩所忌，故將樛木比綢繆。樛木之詩，取木枝下垂之故，故葛也，藟也，得纍而附之，以比后妃不忌衆妾，使得進御，而下皆悦附也。冶容，正指酴醾、金沙言，二花競發，盛其容飾，若争妍巧。詩人所忌在此，而猶愛其綢繆，不相舍去，故以樛木終之，美反正也。易：「冶容誨淫。」

輒次公闢韻[一]書公戲語申之以祝助發一笑

公闢名師孟。公集有答公闢書，正及此詩，今附於此。○「某啓：比承故人遠屈，殊以不獲從容爲恨。更煩專使，貺以好音，豈勝感悵。陰晴不常，寒暄屢變，尤喜跋涉動止安豫。平字韻詩，不敢違指，聊供一笑。集古句亦勉副來喻，不足傳示也。尚此阻闊，惓惓可知，千萬自愛，以副情禱也。不宣。」

故人辭禄未忘情，語我猶能作扞城。兔罝：「赳赳武夫，公侯干城。」注：「干，扞也。」箋云：「干也，城也，皆以禦難。」身不自[二]遭如貢薛，兒應堪教比韋平。薛廣德、貢禹皆爲御史大夫，列三公。廣德晚歲甫遂懸車之請，禹求退不能，竟卒於位。今云「不遭」，似言公闢之身，不如貢、薛之遭遇也。○平當傳：「漢興，惟韋、平父子至宰相。」謂韋賢、玄成、平當、晏也。老羆豈得長高卧？雛鳳仍聞已間生。王羆守洛陽，魏將侵之。羆曰：「老羆當道卧，貉子安得過？」此言公闢之賢，可令守邊，不當令閑。○焦贛易林：「鳳生五雛，長於南郭。」○龐統傳：「此間自有伏龍、鳳雛。」把酒〔三〕祝公公莫拒，緇衣心爲好賢傾。評曰：間生，其戲也，謂不止此也，故祝云。○詩引緇衣及韋、平、雛鳳事，似並及其子。然公闢之後無聞，傳亦不著「子某某」。○禮記：「好賢如緇衣，惡惡如巷伯。」

【校記】

〔一〕題「輒次公闢韻」，宋本、叢刊本作「次韻公闢正議」，下同。

〔二〕「不自」，宫内廳本作「自不」。

〔三〕「酒」，宋本、叢刊本作「盞」。

次韻致遠木人洲〔一〕二首

迷子山前漲一洲，木人圖志失編收。建康志：「迷子洲在城西南四十里，周迴三十里。」年多但有柳生肘，地僻獨無茅蓋頭。柳生肘，見東皋注。○傳燈録：「潙山問衆：『還識遮阿師子也無？』謂德山〔二〕宣鑒也。衆曰：『不識。』潙曰：『是伊將來有把茅蓋頭罵佛罵祖去！』」河側鮑焦〔三〕一作「生」。乾尚立，鮑焦，周之介士也，衣弊膚見，潔畚將蔬。子貢遇之，曰：「吾子何以至此也？」焦曰：「天下之遺德教者衆矣，吾何以不至於此也？」子貢曰：「吾聞之，非其世者，不生其利；汚其君者，不踐其土。今吾子汚其君而踐其土，非其世而將其蔬，此誰之有哉？」鮑焦曰：「嗚呼！賢者重進而輕退，廉者易醜而輕死。」乃棄其蔬而立槁死於洛水之上。事見新序。○莊子盜跖篇：「鮑子立乾，申子不自理，廉之害也。」

江邊屈子槁將投。屈原至於江濱，形容枯槁，乃作懷沙之賦，遂自投汨羅而死。「立」與「投」，皆本出處，用字工且嚴如此。

未妨他日稱居士，能使君疑福可求。韓詩：「偶然題作木居士，便有無窮祈福人。」余見湖南一知舊，云：木居士在耒陽縣北鼇口寺。元豐間，縣令禱雨弗應，析而薪之。今所存，乃後人更爲者。

【校記】

〔一〕龍舒本無「洲」字。

〔二〕「潙山」，原作「僞山」；「德山」，原作「慈山」，均據景德傳燈録、宮内廳本、臺北本改。

〔三〕「焦」，宋本、叢刊本作「生」。

其二

杌爾何年客此洲，飄流誰棄止誰收？何平叔景福殿賦：「華鍾杌其高懸。」○孟嘗君將入秦，蘇秦謂之曰：「臣過淄水，有土偶人與木偶人相語，土偶謂木偶曰：『子，東國之桃梗也，刻削子以爲人，降雨下，淄水至，流子而去，則子漂漂者未知所止息也。』」

無心使口肝使目，有幹作身根作頭。評曰：又奇。○列子偃師事：「王試廢其心，則口不能言；廢其肝，則目不能視。」○韓詩：「根爲頭面幹爲身。」暴露神靈難寄託，鬼神必依深柏茂樹。今木既槁，故云「難寄託」。禱祠村落幾依投。杜牧之詩：「井閭安樂易，冠蓋惬依投。」○退之詩：「寄託惟朝菌，依投絶暮禽。」紛紛剪帋真虚負，杜詩：「剪帋招我魂。」立槁安知富可求？韓詩外傳曰：「鮑焦棄其蔬而立槁於洛水之上，君子曰：『廉夫剛哉。』」○論語：「富而可求也，雖執鞭之士，吾亦爲之。」

次韻酬龔深甫二首

據國史，深甫名原，處州人，嘉祐八年進士。哲廟時、徽廟初，嘗爲兵部、工部侍郎，給事中。原學於王安石。安石改學校法，引原以自助，原亦爲盡力。元祐初，司馬光召原與語，詆王氏，原反復辯論，終不爲變。光曰：「王氏習氣尚爾耶？」據此，可見原不隨時觀望，背其師法。又，原在紹聖、元符間，時有正論，言徽廟當爲哲宗服三年喪，坐此斥，後又坐與陳瓘善得罪。

恩容衰〔一〕老護松楸，復得一龔隨我游。樂天春深詩：「詔借當衢宅，恩容上殿車。」講肆劇談兼祖謝，舞雩高蹈異求由。陶詩：「周生述孔業，祖謝響然臻。馬隊非講肆，校書亦已厘。」祖企、謝景夷也。○論語：「風乎舞雩，詠而歸。」言由、求之仕，不如曾點。北尋五柞故未憖，東挽三楊仍有樛。評曰：「樛」字韻強，故對以「憖」耳。○漢有五柞宮，在盩厔。初疑公何忽用此，後按輿地志：「鍾山少林最高峯北有五願樹，乃柞木也。」然後知公詩所稱「北尋」，蓋謂此。○文公十二年：「秦行人夜戒晉師曰：『兩君之士，皆未憖也。』」注：「憖，缺也。」○李白詩：「驛庭三楊樹，正當白下門。吴煙暝長條，漢水嚙古根。」白下，亦切近鍾山。陟巘降原從此始，但無瑶玉與君舟。〔一〕詩公劉：「陟則在巘，復降在原。何以舟之？惟玉及瑶，鞞琫容刀。」注：「舟，帶也。」○贈佩刀之類。

補注 柞 高力士於太宗陵寢見柞木梳一，黑角篦一，則柞固可爲器用。〔三〕

【校記】

〔一〕「衰」，宋本、叢刊本作「楚」。

〔二〕龍舒本詩末注云：「此詩舊集作兩絶句，今併爲一首。」

〔三〕本注原闌入詩注末，無「補注」二字。

其二

握手東崗雪滿簪，杜詩：「鬢髮還應雪滿頭。」後期惆悵老吴蠶。李白詩：「吴地桑葉緑，吴蠶已三眠。」芳晨〔一〕一笑真難值，暮齒相思豈久堪？退之詩：「暮齒良多感，無事涕垂頤。」他日杜詩傳渭北，評曰：杜詩，語拙。幾時周宅對漳南？杜詩：「渭北春天樹。」○宋劉繪、張融、周顒，一時勝士，居皆連墻，故朝野爲之語曰：「三人共宅夾清漳，張南周北劉中央。」以「渭北」對「漳南」，所謂無一字無來處。百年邂逅能多少，且可勤來共草庵。彌勒同龕之義。○韻書：「庵，圜屋也。」

【校記】

〔一〕「晨」，宋本、叢刊本作「辰」。

次韻葉致遠〔一〕

知君聊占水中洲，去即東浮逐聖丘。韓詩聯句：「懷糈愧賢屈，乘桴追聖丘。」憂國無時須問舍，憂國、問舍，見讀蜀志注。得坻有興即乘流。賈生賦：「乘流則逝兮，得坻則止。」注：「木之浮水，行止隨流。」由來要路當先據，選詩：「何不策高足，先據要路津。」誰謂窮鄉可久留？他日五湖尋范蠡，想能重此駐前騶。〔二〕梁制：尚書令、僕、中丞，各給威儀十人，其六人武冠絳韝，即所謂騶也。齊王融躁於名利，自恃人地望爲公輔。常行，遇朱雀桁開，路人填塞，乃槌車壁曰：「車中乃可無七尺〔三〕，車前豈可乏八騶？」○此詩一本作：「生涯聊占水中洲，豈即乘桴逐聖丘。身與鳧飛仍鴈集，心能茅靡亦波流。由來杞梓當先伐，誰謂菰蒲可久留？乘興君廬知未厭，故移脩竹擬延騶。」〔四〕

【校記】

〔一〕龍舒本卷五十四次韻葉致遠五首，其一即此首，餘四首即本書卷四十一次韻葉致遠置洲田以詩言志。宋本、叢刊本題作「次葉致遠韻」。

〔二〕宋本、叢刊本以此首爲「一作」小注。

〔三〕「七尺」，原作「木尺」，據南史王融傳、臺北本改。

〔四〕宋本、叢刊本以此首爲正文，唯「當先伐」作「常先伐」，「君廬」作「吾廬」；宮内廳本、臺北本亦作「吾廬」。

次韻酬朱昌叔五首〔一〕

朱昌叔見上。

點也自殊由與求，既成春服更何憂？事見先進。○伊川曰：「孔子與點，蓋與聖人之志同，便是堯舜氣象，誠異三子者之撰，特行有不掩焉耳，此所謂狂也。子路等所見小，只爲不達爲國以禮道理，是以哂之，若達，却是這氣象。」拙於人合且天合，静與道謀非食謀。莊子：「堯爲天之合，舜爲人之合。」韓集：「合於天而乖於人，何害？況又時有兼得者耶？」○語：「君子謀道不謀食。」未愛京師傳谷口，但知鄉里勝壺頭。揚子：「谷口鄭子真耕於巖石之下，名震於京師。」○壺頭，見馬援傳，山名，在辰州沅陵〔二〕東。嗟予老矣無一事，復得此君相與游。馬援云：「吾從弟少游嘗言云云〔三〕，鄉里稱善人則可矣。」以「鄉里」對「京師」，本此。

【校記】

〔一〕「五首」，龍舒本卷五十四目録作「六首」，前五首同此，第六首即本書卷四十一次韻朱昌叔。

〔二〕「陵」，原作「陜」，據宮内廳本改。

〔三〕「嘗言云云」，宮内廳本作「嘗言士生一世云云」。

其二

去年音問隔淮〔一〕州，自〔二〕謫難知亦我憂。陳遵傳：「故事，有百適者斥。」注：「適，讀曰〔三〕謫。」前日杯盤共江渚，一歡相屬豈人謀。此名蹉對格。退之送李正字序：「於時太傅府之士，惟愈與周君獨在，其外則李氏父子，相與爲四人。離十三年，幸而集處得燕，而舉一觴相屬，此天也，非人力也。」山蟠直瀆輸淮口，水抱長干轉石頭。孫盛晉陽秋云：「秦淮是始皇所鑿。王導令郭璞筮，即此淮也。」又稱：「未至方山，有直瀆，行三十餘里。」以地論之，淮發源詰曲，不類人功，則始皇所掘，即此瀆也。○丹陽記：「建康有淮，源出華山，流入江，在丹陽、姑熟之界。西北流經建康、秣陵二縣之間，縈紆京邑之內，至於石頭入江，綿亘三百許里。」唐人詩：「未開直瀆三千里，青蓋何曾到洛陽？」曰長干，秣陵縣東里巷名，有大長干、小長干、東長干，皆地名。乘興舟輿無不可，春風從此與公游。

【校記】

〔一〕「淮」，龍舒本作「涯」。

〔二〕「自」，諸本均作「百」。

〔三〕「曰」，原作「自」，據宮內廳本、臺北本改。

其三

烏榜登臨興未休，上林賦：「榜人歌，聲流喝。」注：「榜人，舡長也。榜，音謗，又方孟反。」共言何許更消憂。聯裾蕭寺尋真覺，梁武帝造寺，令蕭子雲飛白大書一「蕭」字。○大中祥符四年，詔於龍圖閣取舒州所獲誌公石以示輔臣，乃加謚誌公「真覺」，遣知制誥陳堯咨詣蔣山致告。後又謚「道林真覺」，令公私無得斥誌公名。方駕孫陵弔仲謀。左太冲魏都賦：「方駕比輪。」○按：吴大帝陵在蔣山南八里。丹陽記：「蔣陵，因爲名。」輿地志：「臺當孫陵曲折之旁，故曰蔣陵。亭亦名孫陵亭。」語罷每開歡笑口，莊子盜跖篇：「其中開口而笑者，一月之中，不過四五日而已矣。」詩來仍掉苦吟頭。杜詩：「巢父掉頭不肯住，東將入海隨煙霧。詩卷長留天地間，釣竿欲拂珊瑚樹。」○餘見諸葛武侯注。已知軒冕真吾累，且可追隨馬少游。少游，見和王勝之借馬注。

其四

白下門東春水流，相看一噱散千憂。噱，笑也。陳琳代曹洪與魏文帝書：「恐猶未信丘言，必大噱也。」○嵇康琴賦：「嗢噱終日。」○杜詩：「一酌散千憂。」穿梅入柳曾莫逆，度嶺〔一〕一作「壍」。緣岡初不謀。莊子大宗師篇：「三人相眎而笑，莫逆於心。」○曹唐詩：「穿花度柳能相訪，珍重多才阮步兵。」○東坡詩：「意行無澗崗。」亦不謀也。

世事但知[二]吹劒首，官身難即問刀頭。莊子則陽篇：「惠子曰：『夫吹管也，猶有嗃也；吹劒首者，吷而已矣。堯、舜，人之所譽也；道堯、舜於戴晉人之前，譬猶一吷也。』」古樂府：「藁砧今何在？山上更安山。何當大刀頭，破鏡飛上天。」注：「刀頭有環，問何時還？」長臨鍛竈真自苦，有興復來從我游。嵇康傳：「性絶巧而好鍛，宅中有一柳樹甚茂，乃激水圜之，每夏月，居其下以鍛。」

【校記】

〔一〕「嶺」，宋本、叢刊本作「壍」。

〔二〕「知」，宋本、叢刊本作「如」。

其　五

樂世閑身豈易求，巖居川觀更何憂？蔡澤説范雎：「君何不以此時歸相印，讓賢者而授之，退而巖居川觀，必有伯夷之廉。」放懷自遂如初服，買宅相招亦本謀。屈平離騷經：「進不入以離尤兮，退將復脩吾初服。」注：「誠欲進竭其忠，君不肯納，恐歸重遇禍，故將復去脩吾初始清潔之服。」○梁宋季雅罷南康郡，市宅，居吕僧珍宅側。僧珍問宅價，曰：「千萬[一]百萬。」怪其貴，季雅曰：「百萬買宅，千萬買隣。」名譽子真矜谷口，事功新息困壺頭。馬援封新息侯。壺頭，征蠻處，併谷口，見前篇注。知君於此皆無累，長約追隨壙埌游〔二〕。莊子應帝王篇：「予方將與造物者爲人，厭則又乘夫莽眇之鳥，以出六極之外，而游無何之鄉，以處壙埌之野。」注云：「猶壙蕩也。」

【校記】

〔一〕「萬」，臺北本作「一」。

〔二〕「約」，宋本、叢刊本作「得」；「壙埌」，龍舒本作「曠蕩」。

次韻送程給事知越州〔一〕 公闢熙寧十年五月守越。

旌節〔二〕一作「千騎」。東方占上頭，如何誤到北山游？樂府：「東方千餘騎，夫婿居上頭。」清明若睹蘭亭月，暖熱因忘蕙帳秋。蘭亭序：「是月也，天朗氣清。」○蕙帳，見北山移文。元微之苦樂倚曲：「猶得半年相煖熱。」○樂天對酒詩：「賴有詩仙相煖熱。」投老更〔三〕一作「始」。知歡可惜，通宵先〔四〕一作「豫」。以別爲憂。白詩：「老向歡彌切，狂於飲不廉。」歸來若〔五〕一作「西歸定」。有詩千首，想肯重來賁一丘。本傳稱公闢喜爲詩。千首，非徒説也。○小杜詩：「誰人得似張公子，千首詩輕萬户侯。」○杜詩：「敏捷詩千首。」○易賁卦：「賁於丘園，束帛戔戔。」

補注 別爲憂 戴叔倫詩：「夜深愁不醉，老去別何頻？」〔六〕

【校記】

〔一〕龍舒本卷五十四題作「次程公闢韻」。
〔二〕「旌節」，宋本、叢刊本作「千騎」。
〔三〕「更」，宋本、叢刊本作「始」。
〔四〕「先」，宋本、叢刊本作「豫」。
〔五〕「歸來若」，宋本、叢刊本作「西歸定」。
〔六〕本注原闌入詩注末，無「補注」二字。

次韻酬徐〔一〕仲元

投老逍遥屺與堂，詩：「終南何有？有紀與堂。」注：「紀，一作屺。」天刑真已脱桁楊。莊子德充符篇：「老聃曰：『胡不直使彼以生死爲一條，以可不可爲一貫者，解其桎梏，其可乎？』無趾曰：『天刑之，安可解！』」彼，謂仲尼也。○桁楊，見游土山注。緣源静翳魚無〔二〕淰，鮑明遠詩：「緣源殊未極，歸徑窅如迷。」魚淰，見秋夜泛舟注。渡谷深追鳥有〔三〕鴻。甘泉賦：「魚頡而鳥䀢。」鴻，一作「䀢」。每苦交游尋五柳，歸去來詞：「請息交以絶游。」最嫌尸祝擾庚桑。莊子庚桑楚：「畏壘之人言曰：『子胡不相與尸而祝之，社而稷之乎？』」○石林詩話云：「嘗有人面稱公，喜『五柳』、『庚桑』之句，以爲的對。公笑曰：『君但知柳對桑爲的，然庚亦自是數。』蓋以十干數之也。」相看不厭唯夫子，風味真如顧建康。顧憲之爲建康令，甚得人和，故都下飲酒醇旨，輒號爲「顧建康」，謂其清且美。

【校記】

〔一〕龍舒本卷五十四題無「徐」字。

〔二〕「魚無」，龍舒本、叢刊本作「無魚」。

〔三〕「渡」，宋本、叢刊本作「度」。「鳥有」，龍舒本、宋本、叢刊本作「有鳥」。

送〔一〕許覺之奉使東川

三秋不見每惓惓，詩：「一日不見，如三秋兮。」握〔二〕手山林復悵然。後會敢期黃耇日，評曰：此語亦今人以爲諱者。相看且度白雞年。白雞，見游土山注，謂酉年也。○行葦詩：「黃耇台背，以引以翼。」○師丹傳：「爲國黃耇。」注云：「黃，謂白髮落，更生黃者。耇，老人色不净如垢也。」據此，則黃耇是二誼。畏塗石棧王尊馭，王尊馭，見送復之赴成都注。○晉書劉琨傳：「常恐祖生先吾著鞭。」揚雄解嘲曰：「歷金門，上玉堂〔三〕有日矣。」應劭曰：「金門，金馬門也。本魯班門，漢武帝時詔立銅馬於門外，因更名。」榮路金門祖逖鞭。一代官儀新藻拂，得瞻宸宇一作「扆」。想留連。元豐三年初改官制，至五年始行之。公時奉祠家居，故云「握手山林」。○唐德宗賜馬燧宸扆、台衡二銘。

【校記】

〔一〕龍舒本卷五十五題作「奉酬許承議」。宋本、叢刊本題「送」上有「詩奉」二字，下無「許」字。「送」，宫内廳本作「次」。

〔二〕「握」，宋本作「捉」。

〔三〕「玉堂」，原作「下堂」，據臺北本、文選揚雄解嘲改。

次韻〔一〕覺之

久知乘傳入西州，漢高帝紀：「乘傳詣雒〔二〕陽。」師古曰：「傳者，若今之驛。古者以車，謂之傳車，其後又單置馬，謂之驛騎。傳，音張戀反。」○西州門，見游土山注。雞黍從容本不謀。范雲詩：「恨不具雞黍，得與故人揮。」户外驚塵尺書至，眼中白浪片〔三〕帆收。李白詩：「雲間片帆起。」山林病骨煩三顧，三顧，借用草廬事。○韓詩：「別腸車輪轉，一日一萬周。」湖海離腸〔四〕欲萬周。尚有光華賁岑寂，篋中佳句得長留。杜詩：「詩卷長留天地間。」○元次山編時人好詩，名篋中集。

【校記】

〔一〕龍舒本卷五十四題「次韻」下有「許」字。宋本、叢刊本題「次韻」下有「奉酬」二字。

〔二〕「雒」，原作「淮」，據漢書高帝紀改。

〔三〕「白」，龍舒本、宋本、叢刊本作「飛」。「片」，龍舒本作「白」。
〔四〕「離腸」，龍舒本作「傷離」。

送程公闢得謝還〔一〕姑蘇

公闢，吴郡人。姑蘇，即吴郡。

東歸行路歎賢哉，二疏之歸，道路觀者皆曰：「賢哉二大夫！」或歎息爲之泣下。碧落新除寵上才。公闢自知青州告老，以正議大夫致仕，時元豐四年，公在金陵。正議視六曹侍郎，故用「碧落」字。○葛洪神仙沈羲傳：「忽有白鹿青龍車，羽衣持節，以青玉界丹版，拜羲爲碧落侍郎。」白傅林塘傳畫去，吴王花草〔二〕入詩來。樂天嘗守蘇。○吴王闔閭築吴城郡，都之，今蘇州城是也。○李白詩：「吴時花草埋幽徑。」唱酬自有微之在，談笑應容逸少陪。按舊本公自注云：「少保元絳，謝事居姑蘇。」又：「王中甫善歌詞，與相唱酬燕集。」中甫，王介也。○逸少、微之，皆取古人以比今之同姓者。除此兩翁相見外，不知三徑爲誰開？

【校記】

〔一〕「還」，宋本、叢刊本作「歸」。龍舒本題無「得謝」二字。
〔二〕「草」，宋本、叢刊本作「鳥」。

送項判官

斷蘆洲渚落楓橋，渡口沙長過午潮。山鳥自鳴〔一〕泥滑滑，竹雞也，亦名雞頭鶻。○東坡詩：「泥深厭聽雞頭鶻。」○梅聖俞禽言四首其一竹雞云：「泥滑滑，苦竹崗。雨蕭蕭，馬上郎。」行人相對馬蕭蕭。詩車攻：「蕭蕭馬鳴。」○杜詩：「車轔轔，馬蕭蕭，行人弓箭各在腰。」十年長自青衿識，千里來非白璧招。禮記：「十年以長，則兄事之。」○詩：「青青子衿。」○孟子梁惠王上：「叟不遠千里而來。」○史記：「虞卿賜白璧一雙。」握手祝君能強飯，華簪常得從雞翹。漢書衛皇后傳：「平陽主拊子夫背曰：『行矣，強飯，勉之！』」○元帝詔貢禹曰：「生其強飯！」○李義山詩：「内苑只知含鳳髓，屬車無復插雞翹。」○後漢輿服志曰：「皮軒鸞旗，皆大夫載。」鸞旗者，編羽旄列繫幢旁，民或謂之雞翹車，非也。

【校記】

〔一〕「鳴」，宋本、叢刊本作「呼」。

次韻張德甫〔一〕奉議

張奉議，必從公談禪學佛者。

知君非我載醪人，終日相隨免汙茵。陶詩：「時賴好事人，載醪祛所惑。」○揚雄傳：「時有好事者載酒肴從游學。」「汙丞相車茵。」丙吉傳。公自用丞相事。賞盡高山見流水，列子湯問：「伯牙善鼓琴，鍾子期善聽。伯牙鼓琴，志在登高山，鍾子期曰：『善哉！峩峩兮若泰山。』志在流水，鍾子期曰：『善哉！洋洋兮若江河。』伯牙所念，鍾子期必得之。」唱殘白雪值陽春。言微言妙誼，蟬聯不絶。○宋玉對問曰：「客有歌於郢中，始曰下俚巴人，國中屬而和者數千人，其爲陽春白雪，國中屬而和者不過數十人。是其曲彌高，而和彌寡。」中分香積如來鉢，香積，見懷古注。對現〔二〕毗耶長者身。維摩經：「爾時毗耶離大城中，有長者名維摩詰，已曾供養無量諸佛，深植善根，得無忍難，爲白衣，奉持沙門清凈行。雖處居家，不著三界。若在長者，長者中尊。若在居士，居士中尊。其以方便，現身有疾，以其疾故，國王、大臣、長者、居士、婆羅門等，及諸王子，並餘官屬，無數千人皆往問疾，維摩詰因以身疾，廣爲說法。」誰拂定林幽處壁？與君〔三〕圖寫繼吾真。

【校記】

〔一〕龍舒本卷五十四題無「德甫」二字。

〔二〕「現」，龍舒本作「見」。

〔三〕「君」，原作「岩」，據諸本改。

北山三詠

寶公塔。寶公名寶誌，南史有傳。按：建康志，塔在蔣山。梁武帝天監十三年，以定林寺前岡獨龍阜葬誌公。永定公主以湯沐之資，造浮圖五級於其上。十四年，即塔前建開善寺。今寺乃其地也。紹興間，賜塔名感順。

其一　寶公塔〔一〕

道林真骨葬青霄，道林，見酬朱昌叔五首注。○杜詩：「赤霄有真骨。」窣堵千秋未寂寥。誌公天監十三年謂人曰：「菩薩將去矣。」未及旬日，無疾而終，屍骸香軟，形貌熙悅。臨亡，然一燭，以付後閤舍人吳慶。慶即〔二〕啓聞，梁武歎曰：「大師不復留矣！燭者，將以後事屬我乎？」因厚加殯送，葬於鍾山獨龍之阜，仍於墓所立開善寺，敕陸倕製銘於塚內，王筠勒碑文寺門。傳其遺像，處處存焉。寶勢旁連大江起，王逸〔三〕魯靈光殿賦：「據坤靈之寶勢，承蒼昊之純殷。」張銑注云：「寶，奇也。言授地靈之奇勢。」尊形獨受衆山朝。杜子美望岳詩：「西岳崚嶒竦處尊，諸峯羅列如兒孫。」又寄劉峽州詩：「遠山朝白帝，深水謁夷陵。」雲泉別寺分三徑，香火幽人秪〔四〕一瓢。我亦鷲峯同聽法，歲時歌唄豈辭遥？佛坐禪於耆闍崛山，波旬化作雕鷲住崛前，以恐阿難。鳥跡今猶在，故名鵰鷲崛山。○又，支曇諦有靈鳥山銘，銘云：「昔如來游王舍城，憩靈鳥山，山峯似鳥而威靈。」疑靈鷲即靈鳥也。○宣宗曰：「裴休真儒者，然嗜浮圖法，居常不御酒肉，講求其説，演繹附著會數萬言，習歌唄以爲樂。」

補注　寶勢　韓魏公壓沙寺詩：「漸見祇園琉勢雄。」〔五〕

【校記】

〔一〕龍舒本卷六十五題作「寶公塔」，無「北山三詠」總題。宋本、宫内廳本、叢刊本無「其一」、「其二」、「其三」。又，本書「寶公塔」三字原在「北山三詠」題下，爲小字，同題注，現移於「其一」下。

〔二〕「即」，原作「郎」，據宫内廳本、臺北本改。

〔三〕「王逸」，當作「王延壽」。延壽爲逸子，作魯靈光殿賦，見文選李善注。

〔四〕「秖」，宋本、叢刊本作「止」。

〔五〕本注原闌入「其二」下，無「補注」二字。

其二　覺海方丈〔一〕

往來城府住山林，諸法翛然但一音。寶積經：「佛以一音廣〔二〕説法。」華嚴經：「佛以一音演説，衆生隨類各得解。」不與物違真道廣，每隨緣起自禪深。道明禪師謂洞山：「多學佛法，廣作利益。」洞山云：「多學佛法即不問，如何是廣作利益？」師云：「一物莫違，即是。」○後漢許劭傳：「劭曰：『太丘道廣，廣則難周。』」○祖師言：「六根涉境，心不隨緣，名定。」詩意若反是。其實則謂隨緣應之，初不染著，始爲至也。真覺大師著禪宗悟脩圓旨十篇，自淺之深。又云：「深觀乃會其宗的。」言必明其旨。華嚴經：「隨緣赴感靡不周，而不離此菩提坐。」○法華經：「皆得深妙禪定。」舌根已净誰能壞？法華經：「是人舌根净，終不受惡味。」足跡如空我得尋。華嚴第三地法門：「菩薩得無量神通力，能動大地，以一身爲多身，多身爲一身，或隱或顯，石壁山嶂，所往無礙，猶如虛空，於虛空中跏趺而去，同於飛鳥，入〔三〕地如水，履水如地。」洪州雙嶺玄真禪師，初問道吾：「無神通，菩薩爲什麼足迹〔四〕難尋？」道吾曰：「同道者方知。」師曰：「和尚還知否？」曰：「不知。」師曰：「何故不知？」曰：「去，不識我語。」

歲晚北窗聊寄傲，歸去來詞：「倚南窗以寄傲。」蒲萄零落半床陰。陳後主游栖霞寺詩：「摧殘枯〔五〕樹影，零落古藤陰。」○薛能詩：「坐石教公子，禪床摇竹陰。」○許渾詩：「蒲院華花平誌石，遶山藤葉蓋禪林。」○鄭谷詩：「自説康廬側，槐陰半下床。」

【校記】

〔一〕龍舒本卷六十五題作「覺海方丈」。

〔二〕「廣」，宮内廳本作「演」。

〔三〕「入」，宮内廳本作「天」。

〔四〕「什麼足迹」，原作「什床是迹」，據宮内廳本、臺北本改。

〔五〕「摧殘枯」，原作「催青松」；下「古藤」，原作「石藤」，均據臺北本、陳後主同江僕射遊攝山棲霞寺改。

其三　道光泉〔一〕

建康志：「道光泉在蔣山之西，梁靈曜寺之前。熙寧八年，僧道光披榛莽得之。其深五尺，穴竹引注寺中。由嶺至寺，凡三百步，有舒王手植二松於其傍。其後道光又得二泉，合爲一派，主寺者作屋覆其上，名曰蒙亭，以此泉得之道光，故名道光泉，王平甫作記。」

篳龍將雨遶山行，以竹爲筒而引泉。注遠投深静有聲。雲涌浴槽朝自暖，禪寺浴槽引水，如流杯池也。雲涌，言水熱，其氣蒸上如雲。虹垂齋鑊午還晴。虹垂，言水瀉入鑊之勢。虹見則雨。此言其似，故云晴。銅缾各滿幽人意，玉甃因高正士名。唯識論云：「梵語菩提薩埵，唐言好略，止云菩薩，亦云開士、真童、儒童、真人、正士。」神力可嗟妨智巧，桔槔零落便苔生。桔槔，見賜也注。

【校記】

〔一〕龍舒本卷七十一題作「道光泉」。

補注

送許覺之　一代官儀新藻拂　元晦嘗云：「介甫居金陵，見新改官制頒行，大驚曰：『主上平日許多事無不商量，只有此一大事，却不曾説過。』蓋神宗因見唐六典，遂斷自聖意改之耳。」按：公時居鍾山，距京師遠矣，安得事事語之耶？元晦所云，必有據，姑附此。

庚寅增注第二十六卷

歲晚懷古　欲辯已忘言　「此還有真意，欲辯已忘言。」

段約之園亭　凡草　唐詩：「枝下無俗草，所植惟蘭孫。」

回橈　紫磨　太平廣記一百一十八卷：「唐豫章熊氏以販魚爲業，民聞舡中諸魚念經聲，悉取放之。後於沙中得紫磨金數斤，詣都市貨，貨得鏹數十萬。」

次韻酬朱昌叔　點也自殊由與求　君子謂曾點之對有以見其學，隨處充裕，無少欠闕，故動静之際，從容如此。而其言志，則又不過即其所居之位，樂其日用之常，初無舍己爲人之意。而其胷中悠然，直與天地萬物上下同流，各得其所之妙，隱然自見於言外。視三子規規於事，爲之末者，氣象不侔矣。　春服　春服者，單袷之衣，浴後所著也。

送程給事　煖熱　又：「應是天教相煖熱，一時垂老與閑官。」

酬徐仲元　鳥有頏　禽經云：「鶴以怨望，鴟以貪顧，雞以嗔睨，雀以猜懼，燕以狂眄，視也；鶯以喜囀，鳶以飢啼，梟以凶叫，鶴以潔唳，鳴也。」

送項判官　泥滑滑　杜子美寄岑參詩：「所向泥滑滑，思君令人疲。」

北山三詠其二　舌根　東坡勝相院藏記偈：「忽然反自味，舌根有甜相。」　蒲萄零落半牀陰　據蔣山元禪師誌云：「師名贊元，字萬宗，婺州義烏人，雙林寺大士之遠孫也。三歲出家，七歲爲大僧。性重遲，閑靖寡言。十五游方，兄事蔣山心禪師。心歿，以元繼其席。舒王初丁太夫人憂，讀經山中，與元游，如昆弟。問祖師意旨，元曰：『公般若有鄣三，有近道之質，更一兩生來，恐純熟。』王曰：『願聞其説。』元曰：『公受氣剛大，世緣深，以剛大氣遭深世緣，必以身任天下之重，懷經濟之志，用舍不能必，則心未平。以未平之心持經世之志，何時能一念萬年哉？又多怒，而學問尚理於道，爲知之愚，此其三也。特視名利如脱髮，甘澹薄如頭陀，此爲近道，且當以教乘滋茂之可也。』王再拜授教。自熙寧初，王入對，遂大用，至真拜，貴震天下。無月無耗，元未嘗發視。元豐初，王罷政府，舟至石頭，夜造山拜墳，士大夫車騎填山谷。王入寺已二鼓，元出迎，一揖而退。王坐東偏，從官賓客滿坐，王環侍，問元所在，侍者曰：『已寢久矣。』王笑之。王結屋定林，往來山中又十年。稍覺煩動，即造元，坐終日而去。有詩贈之，其終曰：『不與物遺真道廣，每隨緣起自禪深。舌根已静誰能壞，足跡如空我得尋。』人以爲實録。」

王荊文公詩卷第二十七

律詩

登寶公塔

倦童疲馬放松門，自把長笻倚石根。劉越石詩：「繫馬長松下。」○靈運詩：「牽葉入松門。」○岑參詩：「疲馬卧長坂，夕陽下通津。」江月轉空爲白晝，嶺雲分暝與黄昏。王建白紵歌：「回晝爲宵亦不寐。」此則反言之，音節類公此句。○吴融詩：「幾樹好花虚白晝，滿庭荒草易黄昏。」鼠摇岑寂聲隨起，鴉矯荒寒影對翻。盧綸詩：「鬬鼠摇松影，游龜落石層。」○張祜詩：「引滕聞鼠亂。」○杜詩：「鴈矯銜蘆内，猿啼失木間。」當此不知誰主客〔一〕，司馬德操過龐德公事，見題望雲亭〔二〕注。道人忘我我忘言。陶詩：「此中有真趣，欲辯已忘言。」

【校記】

〔一〕「主客」，宋本、叢刊本作「客主」。

〔二〕「題望雲亭」，即本書卷二題晏使君望雲亭。

重登寶公塔〔一〕二首

空見方墳涌半霄，難將生死問參寥。方墳，謂方塔。方塔亞於圓塔。○寰宇志：「鄭州陘山上有子産墓，墓累石爲方墳。」莊子：「南伯子葵問乎女偊曰：『子之年長矣，而色若孺子，何也？』曰：『吾聞道矣。』南伯子葵曰：『子獨惡乎聞之？』曰：『於謳聞之玄冥，玄冥聞之參寥，參寥聞之疑始。』」應身東返知何國，建康實録：「開善寺有誌公履，疑誌之没，亦如達摩還西竺也。」○高僧傳：「會稽臨海寺有大德，聞誌公在都下語言顛狂，放縱自在。僧云：『必狐魅也，願向都下覔獵犬逐之。』於是輕舡入海，趨浦口，欲西上。忽大風起，飄至一島，中有五六僧，身著真緋袈裟，謂僧云：『必欲向揚州，即時便到。今附書到鍾山寺西行南頭第二房，覔黄頭付之。』僧因閉目坐舡，風聲定，開眼，已奄至西岸。入浦數十里，至都，徑往鍾山寺訪問，都無字黄頭者。僧具説委曲，報云：『西行南頭第二房，乃病風道人誌公，常在都下樂處，百日不一度來也。』問答之間，不覺誌公已在寺厨上索食。寺僧試遣沙彌呼：『黄頭！』誌公忽云：『阿誰喚我？』即逐沙彌來至僧處，謂曰：『汝許將獵狗捉我，何爲空來？』僧知是異人，頂禮懺悔，授書與之。誌公云：『方丈道人喚我，不久亦當自還。』於是屈指云：『某月某日去。』便不復與此僧語，但記某月日。至天監十三年冬，於臺後堂謂人云：『菩薩將去。』未及旬日，無疾而終。」瑞像西歸自本朝。唐麟德二年，蘭州金水縣北三學山僧慧昱，往荆州長沙寺畫瑞像七尊。建康續志載劉岑侍郎蔣山大佛殿記云：

「寶公舊像，父老相傳以沉香爲之。國初，取歸京師。狄咸詩云：『旃檀歸象魏，窣堵卧煙霞。』蓋謂此也。」遺寺有門非輦路，故池無鉢但僧瓢。遺寺，即梁武所立開善寺。○西都賦：「輦路經營。」漢武故事：「建章、長樂宮，皆輦路相屬。」○建康志：「開善寺，寶公塔西二里，有洗鉢池。」獨龍下視皆陳跡，追數齊梁亦未遥。獨龍，見北山三詠注。

【校記】

〔一〕「塔」下宋本、叢刊本有「復用前韻」四字。

其二

碧玉旋螺恍隔霄，冠山仙冢亦寥寥。有僧撰觀音贊：「碧玉螺文旋宛轉，紫金蓮掌畫分明。」○武帝改造阿育王塔，出舊塔下舍利及佛爪髮。髮青紺色，衆僧以手伸之，隨手長短，放之則旋屈爲蠡形。案僧伽經云：「佛髮青而細，猶藕莖絲。」佛三昧經云：「我昔在宮沐頭，以尺量髮，長一丈二尺。放已，右旋，還成螺文。」唐盧肇文：「巨鼇贔屓，首冠蓬山。」言山在頂上如冠也。空餘華構延風月，無復靈蹤落市朝。南史：「寶誌，不知何許人，有於宋太始中見之，出入鍾山，往來都邑，已五六十年。齊、宋之交，稍顯靈跡。被髮徒跣，語嘿不倫。或被錦袍，飲啗同於凡俗，以銅鏡、剪刀、鑷、掛杖，負之而趨；或呼索酒殽；或累日不食。豫言未兆，識他心志。一日中，分身易所，遠近驚赴。所居噂沓。齊武憤其惑衆，收付建康獄。旦日，咸見游行市里；既而檢校，猶在獄中。武帝乃迎入華林苑，尤深敬事。」帳座追嚴多獻寶，供盤隨施有操瓢。杜詩：「自從獻寶朝河宗。」○莊子盜跖篇：「此四子者，無異於磔犬流豕，操瓢而乞者。」他方出没還如此，與物無〔二〕一作「何」。

心作邇遥。楞嚴經：「静無邊際，動若邇遥。」

補注 冠山 柳子厚記零陵三亭：「高者冠山顛，下者附清池。」〔二〕

【校記】

〔一〕「無」，龍舒本作「何」。

〔二〕本注原闌入「其二」下，無「補注」二字。

紙閣〔一〕

聯屏蓋障一尋方，南設鈎簾北置牀。杜詩：「鈎簾宿鷺起。」八尺爲尋，言閣之廣袤方一尋。○白詩：「東西疏二牖，南北開兩扉。蘆簾前後卷，竹簟當中施。」側座對敷紅絮暖，仰窻分啓碧紗凉。氊廬易以梅蒸〔二〕壞，漢匈奴傳：「匈奴父子同穹廬。」師古曰：「穹廬，旃帳也。其形穹隆，故曰穹廬。」○嚴維詩：「梅天一雨清。」周處風土記：「梅熟時雨，故云梅雨。」錦幄終於草野妨。李嶠爲相，卧青絁帳。帝歎曰：「國相如是，乖大國之體。」賜御用繡羅帳。嶠寢其中，達曉不安，覺體生疾，遂自奏曰：「臣少，相人云：『不當華。』華故非分。」帝太息久之，任意用舊。據嶠爲相猶爾，况於艸野之人乎？○少陵詩：「錦衾卷還客，始覺心和平〔三〕。」非虚語也。楚穀〔四〕越藤真自稱，蕭倣領南海，多穀紙，敕諸子繕補殘書。穀，即楮也。舒元興有悲剡溪古藤文。越，蓋指剡溪言。每糊因得減書囊。漢文帝集上書囊，以爲殿帷〔五〕。

補注 紅絮 荆公嫁女蔡氏，慈壽宮賜珠褥，直數十萬。公今以紙爲閣，紅絮爲籍，珠褥必非所安也。〔六〕

【校記】

〔一〕宋本、叢刊本題作「紙暖閤」。

〔二〕「蒸」，宋本、叢刊本作「烝」。

〔三〕「始覺心和平」，原作「始覺心之乎」，據杜甫太子張舍人遺織成褥段改。

〔四〕「穀」，龍舒本作「縠」。

〔五〕「帷」，宮内廳本作「幃」。

〔六〕本注原闌入題下，無「補注」二字。「籍」，宮内廳本作「藉」。

雨花臺

在江寧縣城南三里。據岡〔一〕阜最高處，俯瞰城闉。舊傳梁武帝時，有雲光法師講經於此，感天雨賜花，故以名焉。事見建康志。

盤互長干有絶陘， 劉向傳：「宗族盤互。」爾雅：「連山中斷絶曰陘。」○韓詩：「洛邑得休告，舊山窮絶陘。」音刑。謝靈運詩：「迢遞陟陘峴。」 並包佳麗入江亭。 杜牧之詩：「謝朓詩中佳麗地，夫差傳裏水犀軍。」○杜荀鶴金陵水亭詩曰：「江亭當廢國，秋景倍蕭騷。」按：建康志有佳麗亭，太守馬亮所建，與風亭相近，在折柳亭之東，賞心亭之下。詩或指此。新霜浦漵綿綿白〔二〕，何遜鷗詩：「孤飛出浦溆，獨宿下滄洲。」〇杜詩：「舟人魚子入浦溆。」薄晚林巒往往青。南上欲窮牛渚怪，溫嶠然犀事。北尋難忘草堂靈。評曰：自然。孔璋〔三〕北山移文：「鍾山之英，草堂之靈。」注：「蔣子文自謂青骨，死當爲神。吳主爲立祠山下。蜀有法師居於草堂寺，及至此，乃於此作草堂以擬焉。英、靈，二神也。」箯輿却走垂楊陌，已戴〔四〕寒雲一兩星。漢書貫高：「上使泄公持節問之箯輿前，卬視泄公。」〔五〕師古曰：「箯輿者，編竹木以爲輿形，如今之食輿矣。」〇公羊：「齊人歸公孫敖之喪，脅我而歸之，筍將而來也。」何休注：「筍者，竹箯，一名編輿。齊、魯以北，名之曰筍。」

【校記】

〔一〕「岡」，原作「閫」，據宮内廳本、臺北本改。

〔二〕「白」，龍舒本、宋本、叢刊本作「浄」。

〔三〕「孔璋」，應爲「孔德璋」，文選卷四十三作「孔德璋北山移文」。蕭子顯齊書曰：「孔稚珪，字德璋。」

〔四〕「戴」，龍舒本、宮内廳本作「載」。

〔五〕引文出漢書張耳陳餘傳。

北窗

病與衰期每強扶，雞壅桔梗亦時須。莊子：「藥也，其實堇也，桔梗也，雞壅也，豕零也。是時爲帝者也，何可勝言？」注：「當其所須則亡賤，非其時則亡貴。貴賤有時，誰能常也？」

空花根蒂難尋摘，夢境煙塵費掃除。圓覺經：「譬彼〔一〕病目，見空中花。又空本無花，病者妄執。又如夢中人，夢時非無，及至於醒，了無所得。」耆域藥囊真妄有，耆域經：「柰女端正，七國王争，唯萍莎王得之，生耆域，手持針藥囊，生而善醫。有小兒賣薪，得藥樹枝，見人五臟。有女子死，域問曰：『因何？』曰：『頭痛死。』以木示之，見腦有蟲，大〔二〕小相生，食腦髓盡，死。域爲開腦，取蟲三，藥覆之，七日重活。」又，温室浴經云：「柰女之子名祇域，善治衆病，死者更生，喪車却還，名聞四方。」軒轅經匱或元無。漢藝文志：「黄帝有内外經。」黄帝，即軒轅氏。北窻枕上春風暖，謾〔三〕讀毗耶數卷書。毗耶即維摩詰。宋子京詩：「一榻北牕思道友，數行西竺悟勞生。」

【校記】

〔一〕「彼」，原作「被」，據宮内廳本、臺北本改。

〔二〕「大」，原作「七」，據宮内廳本、臺北本改。

〔三〕「謾」，宋本、叢刊本作「漫」。

小　姑

歐公云：「江南有大、小孤山，在江水中，嶷然獨立，而世一作「俚」。俗轉『孤』爲『姑』。江側有一石磯，謂之彭浪，遂轉爲彭郎磯，云：彭郎者，小姑婿也。余嘗過小孤山，廟像乃一婦人，而勑額爲聖母，豈止俚俗之繆哉？」據此言，則假託明矣。公亦隨俚俗實之，抑戲耶？

小姑未嫁與蘭支，何恨流傳樂府詩？初學水仙騎赤鯉，竟尋山鬼從文貍。郭璞江賦：「琴高沉水而不濡，時乘赤鯉而周旋。」〇李義山詩：「水仙欲上鯉魚去，一夜芙蕖紅淚多。」〇離騷山鬼篇：「乘赤豹兮從文貍。」繽紛雲〔一〕襹空棠檝，綽約煙鬟獨桂旗。說文：「襹，短衣也。」釋名曰：「襹，屬也，衣裳上下相連接。」徐廣輿服雜注曰：「今皇后謁廟，服袿襹大衣。」〇南史：「南岳鄧先生，隱居不仕。魏夫人忽來臨降，乘雲而至，從少嫗三十，並著解紫羅繡袿襹，年皆可十七八許。」〇梁元帝詩：「沙棠作舡桂作檝，夜渡江南采蓮葉。」〇楚詞：「辛夷車兮結桂旗。」弄玉有祠終或往，蕭史，秦穆公時，善吹簫，能致白鵠、孔雀。穆公女字弄玉，好之，公以妻焉，遂教弄玉作鳳鳴。居數年，鳳凰來止其屋，爲作鳳臺，夫婦止其上，日〔二〕旦皆隨鳳飛去。於是秦人作鳳女祠。飛瓊無夢故難知。評曰：弄玉、飛瓊好。四字無謂，堆實用了。〇廣記：「唐開成初，進士許瀍游河中，忽得重病，不知人，親友數人環坐守之。至三日，蹷然而起，取筆大書於壁曰：『曉入瑤臺露氣清，坐中唯有許飛瓊。塵心未盡俗緣在，十里下山空月明。』書訖，復寐。及明日，又驚起，取筆改其第二句曰：『天風飛下步虛聲。』書訖，兀然如醉，不復寐矣。良久，漸言曰：『昨夢到瓊臺，有女仙三百餘，皆處大屋內，云是許飛瓊遺賦詩。及成，復令改，曰：「不欲世間人知有我也。」既畢，甚被賞歎，令諸仙皆和，曰：「君終當至此，且歸。」』若有人導引者，遂得迴耳。」出逸史。飛瓊對弄玉，奇甚。

【校記】

〔一〕「雲」，龍舒本作「文」。

〔二〕「日」，宮内廳本、臺北本作「一」。

榮上人遽欲歸以詩留之

道人傳業自天台，千里翛然赴感來。梵行毗沙爲外護，華嚴經：「隨緣赴感，靡不周。」宣律師脩行精苦，常夜行道，臨堦墜落，忽覺有人捧承其足，宣顧視之，乃一少年也。宣遽問：『弟子何人？中夜在此？』少年曰：『某非常人，即毗沙門天王子那吒太子也。以護法之故，擁衛和尚，時已久矣。』法筵靈曜得重開。靈曜，寺名，梁武所建。○續高僧傳：「僧智藏宿靈曜寺，夜暫攝心宴寂，見有金光照曜，一室洞明。人問其故，答曰：『此中奇妙，未可得言。』」已能爲我迃神足，智論云：「佛足行時，去地四指，而現印文，不在空者，人疑難親。附在地者，恐與常人同傷物命，故反迃其足，使去地四指。」○金光明經捨身品：「爾時世尊即現神足。神足力，故令此大地六種震動。於大講坐衆會之中，有七寶塔從地漏出，衆寶羅網，彌覆其上。」便可隨方長聖胎。智封禪師初滯名相，乃罷講游行。「登武當山，見秀禪師，疑心頓釋，思養聖胎，乃辭去。居於蒲津安峯山，不下十年。」傳燈録：「馬祖一日謂衆曰：『於心所生，即名爲色，知色空故，生即不生。若子此意，乃可隨時著衣喫飯，長養聖胎，任運過時，更有何事？』」魏泰東軒雜録載：「隱士藍方三年養聖胎，不遇劉海蟾，不能得出。」觀此，則道家亦有聖胎，所謂内丹是也。肯顧北山如慧約，慧約，即婁約法師。與公西崦斸莓苔。

送陳和叔〔一〕

公自序云：「嘉祐末，和叔以集賢校理判登聞鼓〔二〕院、同知太常禮院。宅〔三〕皮場街，有園數畝，中置二墩〔四〕作「槨」，甎袤丈〔五〕，北户臨溝，略彴通衢。旁作小屋，毁輜車爲蓋。某以直集賢院爲三司度支判官，以知制誥糾察在京刑獄，同管勾三班院。間度彴，飯車蓋屋〔六〕下，隨所有無，坐卧甎上，笑語常至夜。如此三歲，而和叔遭太夫人憂。未幾，某亦喪親以去，時永昭陵尚未復土也。後與和叔皆蒙今上拔用，數會議語，皆憂傷之餘，責厚事叢，無復故情。元豐元年，某食觀使禄，居鍾山南，和叔經略廣東，道舊故〔七〕悵然。某作此〔八〕詩，以叙其事。」

毁車爲屋僅容身，三歲相要薄主人。左氏：「荀吴毁車爲行。」○薄主人，見酬吴仲庶小園注。又，步騭傳：「孫權言：『當以千頭牛爲君作主人。』」晝寓墩〔九〕甎常至夜，冬沿溝彴復尋春。此詩有石本，在臨川饒蒙家，真跡「墩」作「椁」。南陔不洎公歸里，束廣微補南陔詩云：「嗷嗷林烏，受哺於子。」蒼墓垂成我喪親。嘉祐八年三月辛未，仁宗升遐。四月乙亥，命韓琦爲山陵使。十月甲午，永昭陵復土。公以八月丁母吴氏憂，故云「蒼墓垂成我喪親」也。蒼墓，指舜葬蒼梧。後會縱多無此樂，山林投老一傷神。

【校記】

〔一〕宋本、叢刊本題作「呈陳和叔」。龍舒本、宋本、叢刊本題下注「并序」二字，無「公自序云」四字，序文大字另行。

〔二〕「鼓」，原作「檢」，據龍舒本、宋本、叢刊本改。

〔三〕宋本、叢刊本無「宅」字。

〔四〕「置」，宫内廳本作「壘」。「墩」，宋本、叢刊本作「椁」。

〔五〕「甎」，宮内廳本作「墩」。「丈」，原作「支」，據龍舒本、宋本、臺北本、叢刊本改。

〔六〕宋本、叢刊本無「屋」字。

〔七〕宋本、叢刊本無「故」字。

〔八〕龍舒本、宋本、叢刊本無「此」字。

〔九〕「墩」，宋本、叢刊本作「椁」。

招呂望之使君

潮溝直上〔一〕一作「東路」。兩牛鳴，潮溝，見建康實録：「孫權赤烏四年，開潮溝以引江潮。自歸善寺門前，東出至青溪。」○唐西域記云：「夫數量之稱，謂踰繕那。踰繕那者，自古聖主一日軍行。舊傳一踰繕那，四十里矣。印度國俗乃三十里，教所載唯十六里。窮微之數，分一踰繕那四十里爲八拘盧舍。八拘盧舍者，謂大牛鳴聲所極聞也。」兩牛鳴里數，又倍於一牛鳴矣。〔二〕十畝漣漪〔三〕一草亭。詩：「河水清且漣漪。」○杜子美詩：「乾坤一草亭。」委質山林如許國，左氏：「策名委質。」山濤傳：「委質事人，復何容易之？」言一心於山林，猶嚮日之許國，誓無貳也。寄懷魚鳥欲忘形。蘭亭：「或取諸懷抱，或因寄所託。」○杜詩：「忘形到爾汝。」紛紛易變浮雲白，落落誰鍾老柏青？杜詩：「天上浮雲似白衣，須臾忽變爲蒼狗。」又：「意鍾老柏青，誼動秋蛇蟄。」尚有使君同好惡，想隨秋水肯揚舲？評曰：甚怨。

【校記】

〔一〕「直上」，龍舒本作「直下」，宋本、叢刊本作「東路」。

〔二〕宫内廳本評曰：「是五里爲一牛鳴。牛鳴何到此。」

〔三〕「漣漪」，宋本、叢刊本作「漪漣」。

公闢枉道見過獲聞新詩因叙歎仰

青丘神父能爲政，相如賦：「秋田平青丘，彷徨乎海外。」公闢自越召入，元豐三年出知青州。踰年告老，年已七十餘。此自青州歸蘇日過公也。○後漢鮑昱傳：「鮑德爲南陽太守，吏人愛悦，號爲神父。」碧落仙翁好作詩。碧落，見送公闢得謝還姑蘇注。○劉禹錫雲賦：「日轉黄道，天開碧落。」舊事齊兒應共記，朱博傳：「觀齊兒欲以此爲俗耶？」新篇楚老得先知。楚老，公自指也。○杜詩虎牙行：「楚老長嗟憶炎瘴。」懷甎大峴如迎日，後魏李延寔〔一〕，莊帝舅，出刺青州。帝謂之曰：「懷甎之俗，世號難治，舅宜好用心。」楊寬時在側，不曉懷甎之義，私問温子升，升曰：「吾聞至尊兄彭城王作青州，其賓客至州者云：『齊土之民，風俗淺薄。太守初入境，百姓皆懷甎叩頭，以美其來。及其代去，還以甎擊之。』」事見太平廣記四百九十三卷。○唐人送人解官赴闕詩：「吏辭如賀日，民送似迎時。」供帳閶門憶〔二〕去時。閶門，吴郡城門。當言程赴官時也。程，姑蘇人。若與鴟夷鬭百草，國史纂異云：「晉謝靈運鬚美，臨刑，施於南海祇洹寺爲維摩詰鬚。寺人寶惜，初不虧損。中宗樂安公主五日鬭百草，欲廣其物色，令馳取之，又恐爲他人所得，因剪棄其餘。今遂絶。」錦囊佳麗敵西施。評曰：事、句嚴密如此。○夢得寄樂天詩：「蘇州刺史例能詩，西掖吟來替左司。」又云：「若共吴王鬭百草，不如惟是欠西施。」樂天答：「分無佳麗敵西施，豈有文章替左司？」

【校記】

〔一〕「寔」字原脱，據太平廣記補。

〔二〕「憶」，宋本、叢刊本作「勝」。

全椒張公有詩在北山西庵僧者墁之悵然有感

全椒張公者，名環，字唐公。祖洎，參知政事。環學問該洽，有文章，姿長者。然遇事輒言，數忤權貴，屢出不悔。恬於進取，不磨勘遷官者，率嘗至十餘年。其操行頗類公，宜公所厚也。環終翰林侍讀學士。按續建康志云：「白雲庵，在攝山天開巖下。」注云：「侍讀張公環嘗讀書於此。左丞王安禮爲記。」紹聖間，陳軒待制集金陵詩，有懷攝山十題，曰白雲庵、天開巖等處，而有號唐公巖者居其一，巖或以唐公得名也。又疑北山即攝山，西庵即白雲庵。

十年怊悵躡山阡，躡，當作「攝」。建康志云：「在城東北四十五里。」江乘地記云：「村有攝山，多藥草，可以攝生，因以名之。」終欲持盃滴到泉。韓詩：「上呼無時聞，滴地淚到泉。」○記郊特牲：「灌用鬯臭，鬱合鬯臭，陰達於淵泉。」東路角巾非故約，羊祜傳：「與從弟琇書：『既定邊事，當角巾東路歸故里。』」西州華屋漫脩椽。西州華屋，羊曇事。○杜詩：「拾遺平昔居，大屋尚脩椽。」幽明永隔休炊黍，謝承後漢書：「范式少游太學，與張劭爲友。劭字元伯。春別京師，暮秋爲期。元伯九月十五日，殺雞炊黍以待之。母曰：『千里，何期之審？』元伯曰：『巨卿信士，終不失期。』言未畢，巨卿至。」○范曄漢書式傳云：「元伯卒，式夢元伯曰：『吾以某日葬，子未我忘，豈能相及？』式即投其葬日，馳往赴之。未至，而喪已發引。將窆，柩不肯前。其母撫之曰：『元伯豈有望乎？』須臾，式至，扣喪曰：『行矣元伯，死生異路，永從此辭。』因執紼而引，乃進。」公此詩，正用此朋友事。真俗相妨久絶絃。評曰：兩語宛轉凄斷。○武帝與婁約法師、傅大士、昭明太子論三諦法門，真諦以明非有，俗諦以明非無，真、俗不二[一]，是聖諦第一義。○鍾子期死，伯牙爲之絶絃。○謝靈運詩：「平生疑若人，通蔽互相妨。」遺墨每看疑邂逅，復隨人事散如煙。評曰：著「疑邂逅」，又好。○杜詩：「黎園弟子散如煙。」

【校記】

[一]「二」字原脱，據宮内廳本、臺北本補。

嶺雲

嶺雲合處小盤桓，易屯：「初九，盤桓。」○淵明文：「撫孤松而盤桓。」人得敷衾馬解鞍。「解鞍縱馬卧。」見李廣傳。寒莢著天榆歷歷，春秋運斗樞曰：「玉衡星散爲榆。」○古樂府：「天上何所有，歷歷種白榆。」○白樂天詩：「君不見，沉沉海底生珊瑚，歷歷天上種白榆。」○韓詩：「楊花榆莢無才思。」净華浮海桂團團。謂月也。退之柳州廟碑：「桂樹團團兮白石齒齒。」○李白詩：「仙人垂兩足，桂樹作團團。」○「明月出天山，蒼茫雲海間。」交游涣散淵明喜，評曰：政是用事意。○事見歸去來詞。○柳集：「交游解散，羞與爲戚。平生覊慕，毁書滅跡。」吏卒蕭條叔夜寬。山濤將去選官，舉嵇康自代，康乃與書絶交云：「有必不堪者七：卧喜晚起而當關呼之，一也；抱琴行吟、弋釣草野而吏卒守之，不得妄動，二也。」方丈老翁無一髮，更知來不爲皮冠。孟子：「招虞人以皮冠。」○左氏：「不釋皮冠而與之語。」

蓼蟲

蓼蟲事業無餘習，孔叢子蓼蟲賦：「季夏既望，憩於南藩。睹茲茂蓼，結葩吐榮。爰有蠕蟲，厥狀似螟。羣聚其間，食之以生。於是悟物託〔一〕事，推況乎人。幼長斯蓼，莫或知辛。膏粱之子，豈曰不云：『惟非德非義，不以爲家，安逸無心，如禽獸何？』逸必致驕，驕必致亡。」注：「言是蟲浸辛而不以爲辛，猶膏粱之子浸驕而不以爲驕也。」〔二〕芻狗文章不更陳。莊子天運篇：「師金謂顏淵曰：『夫芻狗之未陳也，盛以篋衍，巾以文繡，尸祝齋戒以將之。及其已陳也，行者踐其首脊，蘇者取而爨之而已。將復取而盛以篋衍，巾以文繡，游居寢卧其下，彼不得夢，必且數眯焉。今夫子亦取先王已陳芻狗，取弟子游居寢卧其下。』」隱几自憐居〔三〕喪我，莊子：「南郭子綦隱几而坐，仰天而噓，嗒焉似喪其耦。顏成子游曰：『何居乎？形固可使如槁木，心固可使如死灰乎？』子綦曰：『今者吾喪我，子知之乎？』」倨堂誰覺似非人？孔子見老聃新沐，方將被髮而乾，慹然似非人。難堪藏室稱中士，「老子姓李氏，名耳，字伯陽，謚曰聃。周守藏室之史也。」索隱曰：「周藏書之室，謂之藏室。」王制有上士、中士、下士。秪合箕山作外臣。謂方外之臣也。○箕山上有許由冢。○左氏成三年：「智罃謂楚莊王曰：『君之外臣首。』」又：「郤至曰：『君之外臣至。』」此借用。白樂天詩：「堯被巢由作外臣。」張俞詩：「欲作外臣誰是友？白雲孤鶴在嵓扉。」尚有少緣灰未死，韓安國傳：「死灰獨不復燃乎？」欲持新句惱比隣。

【校記】

〔一〕「託」，宮内廳本作「記」。

〔二〕宮内廳本評曰：「以食辛比膏粱，甚不類。」

〔三〕「居」，宮内廳本作「吾」。

莫疑

莫疑禪伯未知禪，莫笑仙翁不學仙。靈骨肯傳黄蘗燼，真心自放赤松煙。評曰：「煙」字欠考。○黄蘗，唐高僧。赤松子，古仙人。蓮花〔一〕世界何關汝？觀音延壽經：「有佛世界，純是蓮花」。楮葉工夫浪費年。楮葉，見前日石上松注。露鶴聲中江月白，一燈岑寂擁書眠。柳詩：「鶴鳴楚山静，露白秋江曉。」

【校記】

〔一〕「花」，宋本、叢刊本作「華」。

示俞秀老〔一〕

繚繞山如涌翠波，杜牧詩：「嵐嫩千峯疊海濤。」○戴叔倫詩：「繚繞古城東。」○杜詩：「閭閻繚繞接山巔。」人家一半在煙蘿。時豐笑語春聲早，白詩：「年豐豈獨人，禽鳥聲亦樂。」○杜詩：「鷗泛已春聲。」地僻追尋野興多。窣堵朱甍開北向，豳風：「塞向墐户。」毛注云：「向，北出牖也。」○吴都賦曰：「開北户以嚮日。」劉逵曰：「日南之北户，猶日北之南户。」窣堵，梵言塔。招提素脊隱西阿。招提，寺别名。暮年要與君携手，處處相煩作好歌。詩何人斯：「作此好歌，以極反側。」

【校記】

〔一〕龍舒本卷六十九示俞秀老三首，其一同此，其二、三即本書卷四十三示俞秀老二首。

示江公佐外厨遺火〔一〕

刀匕初無欲清〔二〕人，莊子人間世篇：「葉公子高曰：『吾食也執粗而不臧，爨無欲清之人。』」注：「對火而不思凉，時其所饌儉薄也。」○説文：「字從以青，寒也。」○禮：「冬温夏凊。」○刀匕，見放魚注。**如何竈鬼尚嫌嗔？**宣帝時，陰子方者臘日晨炊，而竈神形見，子方再拜受慶。家有黃羊，因以祀之。注云：「雜五行書曰：『竈神名禪，字子郭，衣黃衣，夜被髮從竈中出。知其名，呼之，乃可除凶。』」竈鬼，即竈神。**倏倏短褐方圍[三]火，冉冉青煙已被宸。**說文云：「褐，短衣也。」墨子曰：「人不可衣短褐。衣服不美，身體從容不足觀也。」〇李白詩：「厨竈無青煙，刀机生綠蘚。」〇何晏景福殿賦：「芸若充庭，槐楓被宸[四]。」**邂逅焚巢連鳥雀，**易旅：「上九，鳥焚其巢。」〇「城門失火，禍及池魚。」亦此類也。〇漢成帝河平元年，泰山山桑谷，有鳶焚其巢。男子孫通等聞山中羣鳥鳶鵲聲，往視，見巢⿱難灬[五]盡墮地，中有三鳶鷇燒死。樹大四圍，巢去地五丈五尺。**倉黃濡幕愧比鄰。**哀公三年：「司鐸火。濟濡帷幕，鬱攸從之，蒙葺公屋。」**王陽幸有囊衣在，**「王吉字子陽，遷徙去處，所載不過囊衣，不畜積餘財。」師古曰：「一囊之衣也。有底曰囊，無底曰橐。」**報賞焦頭亦未貧。**霍光傳徐生事，「焦頭爛額爲上客」。

【校記】

〔一〕宋本、叢刊本題作「外厨遺火示公佐」。

〔二〕「清」下宋本、叢刊本注云：「七姓切。」

〔三〕「圍」，宋本、叢刊本作「煬」，注云：「一作圍。」

〔四〕「宸」，原作「震」，據文選景福殿賦及宮內廳本、臺北本改。

〔五〕「⿱難灬」，原作「難」，據宮內廳本、臺北本改。

讀眉山集次韻雪詩五首 眉山，謂東坡。

若木昏昏末〔一〕有鴉， 淮南子：「若木在建木西，末有十日，其光照地。」注：「木端也。」又：「日中有踆烏。若木，日也；鴉，日中三足烏。」○退之詩：「金鴉忽騰翥，六合俄清新。」 凍雷深閉阿香車。 搜神記：「義興人周永和出行，值日暮，路傍小屋中有女子留宿。一更後，有喚阿香，女應諾。『官喚汝推雷車。』女遂辭周，云：『有官事，須去。』俄而大雷。既明，周異其處。反尋，惟見新冢。」韓詩：「偷入雷電室，輷輷掉狂車。」 摶雲忽散簁爲屑，剪水如分綴作花。 退之詩：「宿雲寒不卷，春雪墯如簁。」又：「片片勻如剪，紛紛碎若挼。」又：「真是屑瓊瑤。」○陸暢雪詩：「天人寧底巧，剪水作花飛。」 擁篲尚憐南北巷〔二〕，持盃能喜兩三家。 王元寶迎賓事，見和沖卿雪注。 戲挼亂〔三〕掬輸兒女，羔袖龍鍾手獨叉。 馬援傳：「豈有知其無成，叉手從族乎？」琴操：「卞和歌曰：『空山欷歔涕龍鍾。』」○左氏：「余狐裘而羔袖。」

【校記】

〔一〕「末」，宋本作「未」。

〔二〕「巷」，宋本作「港」。

〔三〕「亂」，宋本、叢刊本作「弄」。

其二

神女青腰寶髻鴉，獨藏雲氣委飛車。淮南子：「至秋三月，青女乃出，降以雪霜。」注：「青女，天神，青腰玉女也，主霜雪。」夜光往往多聯璧，李斯傳：「必秦所生然後可，則夜光之璧不飾朝廷。」鄒陽傳：「明月之珠，夜光之璧，以暗投人。」○謝惠連雪賦云：「亦遇圓而成璧。」小白紛紛每散花。華嚴經有小白花山。○天女散花事，見維摩經。珠網纚連拘翼座，凡夫或善或惡，一念才起，即五處遍現一帝釋珠網中也。詳見藏經。又，據增壹阿含經第六卷利養品第十二：「爾時釋提桓因白須菩提言：『云何善業所抱患苦，有增損乎？今此身痛，爲從何生？身生邪？意生乎？』爾時尊者須菩提語釋提桓因言：『善哉拘翼，法法自生，法法自滅，法法相動，法法自息。絶〔一〕如拘翼，有毒藥，復有害毒藥。天帝釋此亦如是。法法相亂，法法自息。法能生法，黑法用白法治，白法用黑法治。天帝釋，貪欲病者，用不浄治；瞋恚病者，用慈心治；愚癡病者，用智慧治。如是，釋提桓因，一切所有皆歸於空，無我無人，無壽無命，無士無夫，無形無像，無男無女。猶如釋提桓因，風壞大桂〔二〕，枝葉彫落，雷雹壞苗，華果初茂，無水自萎。天降時雨，生苗得存。如是，天帝釋，法法相亂，法法自定。我本所患疼痛苦惱今日以除，無復患苦。』」據此，則拘翼乃天帝釋，即提桓也。瑶池淼漫阿環家。阿環，上元夫人名，見古意注。然公詩所用阿環字，皆以爲西王母。○李義山集有曼倩辭云：「十八年來墮世間，瑶池歸夢碧桃閑。如何漢殿穿針夜，又向窗中覷阿環。」此亦連用瑶池、阿環事。銀爲宮闕尋常見，漢郊祀志：「蓬萊、方丈、瀛洲，此三神山皆在渤海中。其禽獸盡白，而黄金銀爲宮闕。未至，望之如雲；及到，三神山反居水下。」豈即諸天守夜叉。盧仝詩：「夜叉守門晝不啓。」○顯宗論云：「藥叉、夜叉，梵語輕重不同。此云暴惡，或云勇健，亦鬼神之類，然福德殊勝，或衛護諸天。」又，金頂輪王經云：「持經者得夜叉現，謂曰：『我須得一神守門，隨意當用，所求令我滿足。』」

【校記】

〔一〕「絶」，宮内廳本、臺北本作「猶」。

〔二〕「桂」，臺北本作「樹」。

其三

惠施文字黑如鴉，於此機緘漫五車。五車，見偶書注。盧仝詩：「忽來案上飜墨汁，塗抹詩書如老鴉。」○世説：「司馬太傅問謝車騎：『惠子其書五車，何以無一言入玄？』」皭若易緇終不染，論語：「不曰白乎？涅而不緇。」○屈原傳：「皭然於塵垢之外。」紛然能幻本無〔一〕花。圓覺經：「譬如幻翳，妄見空華。」又：「猶如空華，從空而有。幻華雖滅，空性不壞。」○韓詩外傳：「凡草木花多五出，雪花獨六出。雪花曰霙。」○唐文皇帝雪詩云：「不糊空散粉，無樹獨飄花〔二〕。」○李白詩云：「五月天山雪，無花只有香。」〔三〕觀空白足寧知處，僧曇始，關中人。晉孝武太元末往遼東宣化，後還關中，開導三輔。足白於面，雖涉泥水，未嘗沾涅，咸稱白足和尚。○雞跖集：「魏武帝時，有一僧足白，名思始。甚有神異，號白足禪師。」疑有青腰豈作家？慧可忍寒真覺晚，爲誰將手少林叉？傳燈録：「僧神光聞達磨住少林，乃往師事。師嘗端坐面墻，莫聞誨勵〔四〕。光堅立不動。遲明，積雪過膝，師憫而問之曰：『汝久立雪中，當來〔五〕何事？』光悲涕云云。師遂與易名慧可，語以法要。」叉手，謂慧雪中叉手而立。

補注　無花　一作「非花」，「非」字是。〔六〕

【校記】

〔一〕「無」，宫内廳本作「非」。

〔二〕「花」，原作「無」，據臺北本改。

〔三〕「無花只有香」，出李白塞下曲六首其一，一作「無花只有寒」。

〔四〕「勵」，宫内廳本作「飭」。

〔五〕「來」，宫内廳本、臺北本作「求」。

〔六〕本注原闌入詩注末，無「補注」二字。

其　四

寄聲三足阿環鵶，相如賦：「低徊陰山，翔以紆曲兮，吾乃今日睹西王母。暠然白首，戴勝而穴處兮，亦幸有三足烏爲之使。」注：「三足青烏也。」問訊青腰小駐車。一一照肌寧有種，陳勝傳：「寧有種乎？」○退之詩：「熒煌初亂眼，浩蕩忽迷神。」○李白詩：「白雪飛花亂人目。」○樂天詩：「一朝一夕迷人眼。」紛紛迷眼爲誰花？争妍恐落江妃手，雪入水而消，故言「落江妃手」。○郭璞江賦云：「江妃含嚬而矊眇。」耐冷疑連月姊家。耐寒字，見晁錯傳。○春秋感精符云：「人主兄日姊月。」○米芾雪詩：「月姊封銀界，龍君幻玉壺。」長恨玉顔春〔一〕不久，畫圖時展爲君叉。唐薛媛寫真寄夫詩云：「恐君渾忘却，時展畫圖看。」

【校記】

〔一〕「春」，宮内廳本作「時」。

其五

戲珠〔二〕微縞女鬟鴉，試咀流酥已字誤。頰車。據南岳魏夫人傳云，夫人設王子喬瓊蘇緑酒。故薛道衡詩：「共酌瓊蘇酒，同傾鸚鵡盃。」東坡詩：「舉網驚呼得巨魚，饞涎不易忍流酥。」又：「碧香近出帝子家，鵝兒破殼酥流盎。」○僖公五年：「諺所謂『輔車相依，唇亡齒寒』者，其虞、虢之謂也。」注：「輔，頰輔；車，牙車。」○東坡詩：「咽嗽鳴兩車。」○靈樞經云：「足陽明之脈，起於鼻，循頰車上耳前過。」歷亂稍埋冰揉粟，消沉時點水圓花。退之詩：「飄飖還自弄，歷亂竟誰催？」○九辯：「雪霰紛揉。」○書：「藻火粉米。」注：「粉若粟冰，米若聚米。」孔穎達疏云：「粉之在粟，其狀如冰。」○杜詩：「水花笑白首。」○東坡詩：「凍合玉樓寒起粟，光摇銀海眩生花。」豈能舴艋真尋我，評曰：去訪戴太遠，又用意之弊。○舴艋，謂子猷訪戴安道。○唐人詩：「聽君摠畫麒麟閣，還我安眠舴艋舟。」且與蝸牛獨卧家。焦先所居爲蝸牛廬，嘗袒卧雪中不移，人以爲死，就視，如故。欲挑青腰還不敢，直須詩膽付劉叉。五詩四用「青腰」字。劉叉：「詩膽大於天。」○叉游退之門，作冰柱、雪車二詩，出盧仝、孟郊右。評曰：其讀坡集，喜而屢和，然節度嚴整，未足當韓豪也。

【校記】

〔一〕「珠」，宋本、叢刊本作「摇」。

補注

留榮上人〔一〕

靈曜 靈光獨曜，迎脱根塵。

聖胎 蘇養直〔二〕家居。一日，有異人見之，曰：「羅浮黄真人以公不好世人之所好，炁母已成，令某持丹度公，可服之。」袖中出一小合藥，黄色而膏〔三〕融，養直遲疑間，道人曰：「此丹非金非石，乃真炁煉成〔四〕，疑即且止，俟有急服之。」出門徑去。余竊〔五〕疑氣母即内丹，内丹即聖胎也。聖胎之成，則能出入變化，與飛仙同矣。

登寶公塔〔六〕

何國 泗州大聖僧伽傳云：「和尚何國人也？」又曰：「世莫知其所從來，云：『不知何國人也。』」然隋史西域傳乃有何國。

【校記】

〔一〕題應爲「榮上人遽欲歸以詩留之」。本注原置於卷末，無「補注」二字。

〔二〕「養直」，原作「養有」，據臺北本改。

〔三〕「膏」，原作「毫」，據臺北本改。

〔四〕「真」，原作「喜」；「成」，原作「或」，均據臺北本改。

〔五〕「余竊」，原作「竊余」，據臺北本乙。

〔六〕題應爲「重登寶公塔二首」。

庚寅增注第二十七卷

北窻　元無　高志寧傳：「世謂神農氏嘗藥以拯含氣，而黄帝以前文字不傳，以識相付。」此豈或「元無」之意耶？

小姑〔一〕　蘭支　衛風：「芄蘭之支，童子佩觿。」蘭支，疑公用衛詩事。童子，以喻幼稚，豈如李白詩所謂「兩小無猜嫌」者耶？

公闢枉道見過獲聞新詩因叙歎仰〔二〕　程公闢　石林避暑録云：「程光禄師孟，吴下人。樂易純質，喜爲詩，效白樂天而尤簡直，至老不改吴語。與荆公有場屋之舊。自洪州致仕歸吴，過荆公蔣山，留數日。時已年七十餘，荆公戲之曰：『公尚欲仕乎？』曰：『猶可更作一郡。』荆公大笑，知其無隱情也。」　**神父**　唐張楚金歷虞鄉令，略無留事，亦號神宰。　**錦囊佳麗敵**

西施　魏泰東軒筆録：「程師孟知洪州，於府中作静堂，自愛之，無日不到。作詩題於石曰：『每日更忙須一到，夜深長是點燈來。』李元規見而笑曰：『此無乃是登溷之詩乎？』」據泰所記，則公闢亦未爲能詩。但泰言每挾好惡之私，不可盡信耳。

蓼蟲　外臣　李白集：「余素愛寶訣，爲三十六天帝之外臣。」

莫疑　仙翁　邵康節詩：「被人謗道是神仙。」　**靈骨真心**　韓持國詩：「靈骨不隨煙共盡，真心常與月孤明。」　**蓮花世界**　合揔論門云：「觀音延壽經説一切諸佛，本報國土十蓮花藏世界海，一蓮花藏最下世界，皆有十佛世界微塵數。」

示俞秀老〔三〕　西阿　真誥第二卷：「薛旅往學真道於鍾山北阿。」則鍾山有西阿、北阿也。

【校記】

〔一〕詩題原闕，據注文補。
〔二〕詩題原闕，據注文補。
〔三〕詩題原闕，據注文補。